民國文化與文學 研究文叢

十五編

李 怡 主編

第 11 冊

抗戰大後方的杜甫研究（下）

熊 飛 宇 著

國家圖書館出版品預行編目資料

抗戰大後方的杜甫研究（下）／熊飛宇 著 -- 初版 -- 新北市：
花木蘭文化事業有限公司，2022〔民 111〕
目 4+208 面；19×26 公分
（民國文化與文學研究文叢 十五編；第 11 冊）
ISBN 978-986-518-969-3（精裝）
1.CST：（唐）杜甫 2.CST：唐詩 3.CST：詩評
4.CST：抗戰文藝
820.9   111009885

特邀編委（以姓氏筆畫為序）：

丁　帆	王德威	宋如珊
岩佐昌暲	奚　密	張中良
張堂錡	張福貴	須文蔚
馮　鐵	劉秀美	

ISBN-978-986-518-969-3

9 789865 189693

民國文化與文學研究文叢
十五編　第十一冊　　　　　　　　ISBN：978-986-518-969-3

抗戰大後方的杜甫研究（下）

作　　者　熊飛宇
主　　編　李　怡
企　　劃　四川大學中國詩歌研究院
總 編 輯　杜潔祥
副總編輯　楊嘉樂
編輯主任　許郁翎
編　　輯　張雅淋、潘玟靜、劉子瑄　美術編輯　陳逸婷
出　　版　花木蘭文化事業有限公司
發 行 人　高小娟
聯絡地址　235 新北市中和區中安街七二號十三樓
　　　　　電話：02-2923-1455／傳真：02-2923-1452
網　　址　http://www.huamulan.tw 信箱 service@huamulans.com
印　　刷　普羅文化出版廣告事業
初　　版　2022 年 9 月
定　　價　十五編 21 冊（精裝）新台幣 55,000 元

抗戰大後方的杜甫研究(下)

熊飛宇 著

目次

第五章　文學史中的杜甫評論

　　20 世紀初，新文化與新文藝理論的傳入，對古典文學研究的影響，較為顯著的表現是文學史觀念的建立。孔令環曾根據陳玉堂的《中國文學史舊版書目提要》，統計出 1917 年～1949 年間的中國文學史著作共有通史 120 部，斷代文學史中唐代文學史與涉及唐代文學史的 9 部，分類文學史中涉及唐詩的 20 部，其中留存著大量杜詩學研究資料。〔註1〕這些文學史著作在評論杜甫時，首先是將其放在一定的歷史座標上來加以考察，同時在文學史、詩史體系的建構和書寫過程中，杜甫、杜詩僅僅是作為其中的一章或一節，因此對杜甫、杜詩的承繼與影響，通常都會順理成章地予以縱向探討。〔註2〕而抗戰前後，由於戰爭對時代氛圍的刺激和擾動，文學史家在撰寫文學史的時候，其視角和眼光往往隨之而發生改變，其觀點和結論自然也有別於平時。下面所選擇的九部文學史著作，將從不同角度和不同側面呈現出抗戰視域下的杜甫與杜詩。

一、羊達之編著：《中國文學史提要》

　　正中書局印行。或謂「1937 年初版」〔註3〕；或云「南京正中書局 1937

〔註1〕孔令環：《現代杜詩學文獻述要》，《中州學刊》2016 年第 10 期，第 140 頁。

〔註2〕王學泰：《20 世紀文化變遷中的杜甫研究》，董乃斌、薛天緯、石昌渝主編《中國古典文學學術史研究》，烏魯木齊：新疆人民出版社，1997 年 11 月版，第 407～408 頁。

〔註3〕徐州師範學院中文系《中國古典文學辭典》編寫組編：《中國古典文學辭典》，南昌：江西教育出版社，1997 年 6 月版，第 643 頁。

年 4 月初版」〔註 4〕；或謂「1937 年 5 月初版」〔註 5〕、「民國 26 年 5 月上海正中書局發行」〔註 6〕、「1937 年 5 月正中書局印行初版」〔註 7〕；或云「1937年 6 月」〔註 8〕出版。據 1947 年 12 月滬一版、1956 年 11 月臺二版、1965 年10 月臺五版的版權頁，均署「中華民國二十六年五月初版」。但據其初版本版權頁，則是「中華民國二十六年四月初版」〔註 9〕。有《編輯大意》，「羊達之識於省揚中，二十五年十月」；《序》，「民國二十五年十月二十二日淮陰張須謹序」。此係「國學叢刊」之一。

　　本書約八萬字，是一本條目式文學史大綱，從唐堯虞舜以前文學起，至現代文學止，共分十六大題、八百八十三則。每則以作家軼事、文學常識為中心，各自獨立，聯繫起來，又自成系統。適宜作輔助教材和中學生課外讀物。〔註 10〕

　　羊達之，名兆覺，以字行。江蘇阜寧（今屬射陽）人。生於 1903 年。畢業於廈門大學。後應聘執教於揚州中學。日寇侵華，揚州淪陷，揚中停辦，乃盡棄衣物書籍，避居四川。初任國立二中教職，後轉重慶北碚國立編譯館。館中同仁先後有梁實秋、盧前、孫小孟、夏貫中等，曾編校不少教材與教輔材料。1946 年秋，編譯館復遷南京，羊達之隨之來寧。南京解放後，受聘於中國人民解放軍軍事學院，後調任南京師範學院，任中文系教授。《中國文學史提要》之外，其抗戰前的編著另有《形聲字研究》《說文重文類錄》等。〔註 11〕

〔註 4〕北京圖書館編：《民國時期總書目（1911～1949）：文學理論・世界文學・中國文學》上，北京：書目文獻出版社，1992 年 11 月版，第 203 頁。

〔註 5〕陳玉堂：《中國文學史舊版書目提要》，上海：上海社會科學院文學研究所，1985 年版，第 103 頁。

〔註 6〕王為剛：《我的老師羊達之教授》，中國人民政治協商會議江蘇省射陽縣委員會文史資料研究委員會編《射陽縣文史》第三輯，1989 年 12 月版，第 100頁。

〔註 7〕吉平平、黃曉靜編著：《中國文學史著版本概覽》，瀋陽：遼寧大學出版社，1992 年 6 月版，第 58 頁。

〔註 8〕陳昌恒：《馮夢龍・金瓶梅・張竹坡》，武漢：武漢出版社，1994 年 9 月版，第 361 頁。

〔註 9〕初版版權頁其餘信息署編著者：羊達之；發行人：吳秉常（南京河北路本局）；印刷所：正中書局（南京河北路童家巷口）；發行所：正中書局（上海福州路、南京太平路）；「全一冊　實價國幣五角五分」。

〔註 10〕徐州師範學院中文系《中國古典文學辭典》編寫組編：《中國古典文學辭典》，南昌：江西教育出版社，1997 年 6 月版，第 643 頁。

〔註 11〕王為剛：《我的老師羊達之教授》，中國人民政治協商會議江蘇省射陽縣委員會文史資料研究委員會編《射陽縣文史》第三輯，1989 年 12 月版，第 97～100 頁。

其「盛唐文學」部分，涉及李杜比較，茲錄之，以備一觀：

第三六四則：「盛唐詩人，以李白、杜甫為最著名。領袖群倫，固為一代文學之中心；而境界絕高，亦為曠古今所無之『詩聖』。」

第三六五則：「李白，字太白，為人天才英特，志氣豪邁，灑落豁達，不拘小節。其詩以飄逸清俊勝，如天馬行空，不可羈軛。時人稱為『詩仙』。」

第三六六則：「太白詩，力贊物質之享樂。酒精與美人，俠客與寶劍，幾成為生命要素。作品中五七言歌行，最足以表現其個性與天才。」

第三六七則：「杜甫，字子美，號少陵。杜審言之孫。生當安史亂離之世，一生消磨於流離憂患之中。其作品，大都為當時天災人禍以及民間種種疾苦之實地記載，後世號為『詩史』。與李白並時齊名，世號『李杜』。」

第三六八則：「杜詩純由學力而得，非若李白之運以天才者可比。『語不驚人死不休』，為其自況作風之言。蓋思力沉厚，每一製作，必經千錘百鍊而後出；而筆力又豪動〔註 12〕。故無論句法、字法、章法、篇法，無一不曲盡其妙。」

第三六九則：「李杜二人同時，同一處境，交情又最密；而其性行、思想、文章則各擅其勝。在性行上：李之品如仙，杜之品如聖；李以才勝，杜以學勝；李豪於情，杜篤於性。在思想上：李受南方之化，受道家影響，出世而超塵；杜受北方之化，受儒家影響，入世而濟時。在文章上：李有斗酒百篇，揮灑自如之概；杜有讀書萬卷，沉鬱頓挫之觀。」〔註 13〕

本書的編制，「條條獨立」，「一披細目，乃朗如列眉，秩如振衣」〔註 14〕，「而精神脈絡，因果關係，其系統組織，仍極分明」〔註 15〕。對於重要作家的介紹，則「偏重其作風、氣質、修學方法，及忠義節操之概，而略於官職行事，以寓激勸惕勉之意」〔註 16〕。上引文字，即體現了該書此一特色。

〔註 12〕「動」，疑為「勁」之誤。
〔註 13〕羊達之編著：《中國文學史提要》，南京：正中書局，1937 年 5 月版，第 60～62 頁。
〔註 14〕羊達之編著：《中國文學史提要》，南京：正中書局，1937 年 5 月版，《序》第 1 頁。
〔註 15〕羊達之編著：《中國文學史提要》，南京：正中書局，1937 年 5 月版，《編輯大意》第 1 頁。
〔註 16〕羊達之編著：《中國文學史提要》，南京：正中書局，1937 年 5 月版，《編輯大意》第 2 頁。

二、蘇雪林著：《中國文學史略》

國立武漢大學印，內頁左側有「樂 二十七年印」。關於此書，沈暉編著《蘇雪林年譜長編》竟不見記。其編成，曹建國推斷是在「1937 年」。〔註17〕

蘇雪林（1897～1999），本名蘇小梅，1919 年秋天，將「小」字省去，改名蘇梅；字雪林，以字行；筆名瑞奴、瑞廬、小妹、綠漪、靈芬、老梅等。生於浙江瑞安，祖籍安徽太平，乃北宋蘇轍之後。1914 年考入安慶安徽省立第一女子師範學校。1917 年畢業，在母校附小任教。1919 年入北平女子高等師範。1921 年赴法國，肄業於中法學院，爾後入里昂國立藝術學院深造。因母病輟學回國。1925 年至 1930 年間，任教於蘇州東吳大學、上海滬江大學、安徽省立大學。1931 年任武漢大學教授。與凌叔華、袁昌英並稱「珞珈三傑」。1938 年 4 月中旬，武漢大學決定西遷四川樂山縣。圖書、儀器先行，教職員及學生分批乘船，陸續撤離武昌。至 1946 年 7 月，隨武漢大學最後一批教職工離開樂山。1949 年赴香港，在真理學會任職。1950 年赴巴黎，研究神話。1952 年返臺灣，任師範大學、成功大學教授。一度還到新加坡南洋大學授課。1973 年退休，在家專事著述。〔註18〕

古人論唐韻文，多喜分四個時期以論，即初唐、盛唐、中唐、晚唐。蘇雪林認為，用朝代來劃分文學史時代，「無益而有害」，故此種分法，不足以表現唐代文學「變遷之精神」，真正的唐代文學，當從開元天寶算起。蘇雪林將唐文學分為四期：天寶大亂前為第一期，天寶大亂後至中唐為第二期，長慶至大中為第三期，咸通至天祐為第四期。第一期為浪漫文學的時代；第二期為寫實主義文學；至第三期，則變為唯美主義。晚唐到唐末，詩壇頹唐不振，詩風止於「幽僻」「尖新」「纖巧」「靡弱」「俚俗」。

杜甫是第二期最重要的詩人，也是唐代最偉大的詩人，又是「寫實文學劃時代的第一人」。與之同時，有元結、顧況為同志，後有元稹、白居易等繼其衣缽。杜甫之後，寫實文學經過長時期的努力，開始在中國文學中占一極其重要的位置。

〔註17〕 曹建國：《評蘇雪林的〈中國文學史略〉》，陳國恩主編《蘇雪林面面觀——～2010 年海峽兩岸蘇雪林學術研討會論文集》，哈爾濱：黑龍江人民出版社，2011 年 12 月版，第 170 頁。

〔註18〕 參見中國現代文學館編《中國現代作家大辭典》，北京：新世界出版社，1992 年 2 月版，第 439 頁，該詞條為李麗撰；沈暉編著《蘇雪林年譜長編》，合肥：安徽文藝出版社，2017 年 1 月版，第 77、88 頁。

　　蘇雪林借用胡適的觀點，將杜甫作品分為三期。一是大亂以前之詩。杜甫從個人的貧苦生活裏，觀察到不少的民生痛苦，「體驗出人生的實在狀況」，感覺到社會國家的危機，寫實文學已「具有端緒」。自安祿山之亂至入蜀定居，為杜詩第二時期，也是杜詩「最光榮之時代」。社會政治「崩壞之慘況」，俱入其詩，後人稱之為「詩史」。其代表作有《哀江頭》《哀王孫》、「三吏」「三別」、《北征》等。入蜀至死，為第三時期。雖仍困窮，但較為安定。所作描寫田園的小詩，「不加雕飾，隨便揮灑，都是天趣」。

　　杜詩的優長，體現在三個方面。一是「情真語摯，直抒肺腑」。杜甫的性格，「忠篤而真實」，且有「非常豐富之同情」和「極其敏銳之感覺」，故一飯不忘君，對於家人骨肉，則絮述家常，「於死生離別之際尤再三致其哀感」。面對國運顛連，姦邪誤國，蒼生困厄，輒「大聲疾呼，怒發上指，肝膽如火，涕泗橫流」。二是「沉鬱頓挫，蒼涼悲壯」。杜甫思想，純為儒家入世思想，然「骯髒不偶」，畢生未展其志。其自少至老，「皆在窮困之中」，中年之後，則「遭世大亂」，「流離道路」。其情感鬱勃於胸，既深且厚；發之於筆墨，則「抑塞磊落」，「悲歌慷慨」，形成其「特殊之作風」。三是「體裁廣博，涵蓋萬有」。元稹、沈臣嘉都有的評。蘇雪林則以西洋文學家對李、杜有所比擬。在她看來，李白如擺侖〔註19〕、雪萊、海涅，「雖天才絕代而僅此一格」，而杜甫則如同莎士比亞，「融鑄萬象，入於豪端，可稱化工之筆」。

　　杜甫的影響及於元、白。中唐時期，政局雖較安定，但「浪漫之夢想已不能恢復」。幾個領袖文人，「受杜甫之感動」，決心創造一種新文學。蘇雪林認為，中國文學史上的大變動，向來都是自然演變的結果。只有這一時代，算是「有意的，自覺的文學革新時代」。〔註20〕

　　再如陸游。其作品「慷慨激昂，悲憤抑塞，與老杜不相上下」，兩人雖同為「忠愛詩人」，但杜甫忠愛的對象「僅為唐室帝皇」，而陸游則為「國家民族」。因為安祿山雖為胡人，但歸化唐朝已久，其起兵叛亂，不過是「強藩之叛亂」而已。至於金人入寇，則分明是「種族壓迫」。陸游時代，國家觀念和民族意識較之杜甫時代，已更加明瞭，而陸游在南宋詩人中，將此種意識表現得「最為清楚而且強有力」，堪稱「中國第一愛國詩人」和「第一

〔註19〕擺侖，今譯作「拜倫」。
〔註20〕蘇雪林：《中國文學史略》，樂山：國立武漢大學，1938 年印，第 62b～74a 頁。講義雙面為一頁。

民族詩人」。〔註21〕

　　杜甫亦有短處。如其散文虛字的用法，便頗可訾議，蘇雪林引用秦少游的評論，指出「杜子美詩冠古今而無韻者乃不可讀」。〔註22〕

　　對於蘇雪林的《中國文學史略》，曹建國曾從多方面加以考察。就文學史的理念而言，蘇雪林認為文學史不能等同於詩文評，而是文化的雛形，民族的寫照，是一條剪不斷的河流。因此，在文學史章節的安排上，盡其可能不去「切斷文學史內在的邏輯環鏈」。為「彰顯其發展的脈絡」，蘇雪林放棄「以朝代為限的分法」，以便在較長的一個時間段內，可以清晰地考察某種文體的流變。在許多重要的文學史問題表述上，蘇雪林對胡適的《白話文學史》都有所吸收和借鑒，但也並非盲從。《中國文學史略》關於杜甫的論述，即體現出上述特點。此外，還表現出體驗的細膩，讀之便能產生「望表而知裏，捫毛而辨骨」的效驗；同時也表現出了中西比較的學術視野。〔註23〕

　　蘇雪林的上述觀點，在其《唐詩概論》中已見端倪。《唐詩概論》是現代意義上的第一本唐詩學專著，也是我國首部斷代詩歌史。論及唐詩變遷，該書將有唐一代詩歌，分為五個時期，第三期為「寫實文學誕生的時期」。杜甫開其端，元結、顧況「可算他的同志」。大曆後文學，時代色彩雖少，但「做詩的態度」卻很認真，應是受到「寫實主義洗禮的結果」。白居易、元稹「直繼杜甫衣缽，並變本加厲而為功利派」，且都有系統的理論「為寫實文學張目」。〔註24〕其影響後世，亦極偉大。宋江西詩派奉之為不祧之祖，明王世貞、李攀龍也以之為偶像，「餘波至錢謙益而未已」。千餘年來，杜甫「高坐黃金寶座，儼然南面而稱尊」，「李杜雖並稱，李實未嘗有此榮耀」。〔註25〕

　　至第十一章，則以「寫實主義開山大師杜甫」為題予以專論。蘇雪林認為，面對安史大亂，當時的詩人，「最初是不理會，最後是逃避」，如「李白逃到天上，王維、裴迪逃入山林」，「高適，岑參，則爽性逃歸靜默」，只有杜甫和「幾位同志」「迎上前去」，「細心觀察」，「解剖」，尋出時代的癥結，「開出

〔註21〕蘇雪林：《中國文學史略》，樂山：國立武漢大學，1938年印，第78a頁。

〔註22〕蘇雪林：《中國文學史略》，樂山：國立武漢大學，1938年印，第88a頁。

〔註23〕曹建國：《評蘇雪林〈中國文學史略〉》，陳國恩主編《蘇雪林面面觀——2010年海峽兩岸蘇雪林學術研討會論文集》，哈爾濱：黑龍江人民出版社，2011年12月版，第169～176頁。

〔註24〕蘇雪林：《唐詩概論》，上海：商務印書館，1933年12月版，第17頁。

〔註25〕蘇雪林：《唐詩概論》，上海：商務印書館，1933年12月版，第18～19頁。

脈案」，同時將其變化「一一銘刻在作品裏」，留下「大變動的真相」，從而「把
文學由天上提到人間，由夢想變成真實，而且代浪漫主義而興，成為唐詩一
大宗派」。〔註26〕

　　杜甫之所以成為「中國第一個寫實詩人」，蘇雪林以為，「環境固有關係，
天才更有關係」。〔註27〕而研究杜詩，則應從內容與形式兩方面來論。就內容
而言，杜詩一為「寫實天才的表現」，二是「偉大人格的映像」，三是「詼諧趣
味的流露」。形式方面，杜甫是「用氣力做詩的第一人」，開「中唐以後苦吟的
風氣」。對新詩體的創造，亦極其努力，主要體現於新樂府、雜體、句法三項。
同時，其「作品的體裁異常廣博」，「風格也極多變化」。〔註28〕

　　此間另有蘇雪林軼事一則。1944 年 2 月 8 日，農曆正月十五，蘇雪林在
凌叔華家的樂山新居，為其愛女陳小瀅的第二本紀念冊寫下勉言：「前人看見
杜工部兒子的詩，叫人送把斧頭要他砍斷手臂，免得天下詩名又歸杜家獨得。
我看見小瀅的作品，並不想送斧，只希望她能打破名父母之下難乎為子的成
例。」此語出自宋人周紫芝《竹坡詩話》：「杜少陵之子宗武，以詩示阮兵曹，
兵曹答以斧一具，而告之曰：『欲子砍斷其手，不然天下詩名，又在杜家矣。』」
蘇雪林借用這一典故，勉勵陳小瀅「時刻鞭策自己，不斷自我完善，不斷進
步」。〔註29〕

三、張雪蕾著：《中國文學史表解》

　　「中華民國二十七年七月初版」。發行人：王雲五（長沙南正路）；印刷
所：商務印書館（長沙南正路）；發行所：商務印書館（各埠）。1939 年 2 月
再版。

　　著者張雪蕾，名嘉明；父張俊賢，字治安，一生佃耕；婦名雪菀，識文斷
字，能繕寫。其餘不詳。本書是據漢壽曾毅所著《中國文學史》表解而成，同
時參考謝无量《中國大文學史》、鄭振鐸《文學大綱》、顧實《中國文學史大
綱》、孫俍工所譯鹽谷溫《中國文學概論講話》、陳鍾凡《中國文學批評史》諸
書，兼及張惠言（皋文）、張琦《詞選》，郭紹虞《詩話叢話》，及其他短篇文

〔註26〕蘇雪林：《唐詩概論》，上海：商務印書館，1933 年 12 月版，第 83 頁。
〔註27〕蘇雪林：《唐詩概論》，上海：商務印書館，1933 年 12 月版，第 84 頁。
〔註28〕蘇雪林：《唐詩概論》，上海：商務印書館，1933 年 12 月版，第 85～94 頁。
〔註29〕沈暉編著：《蘇雪林年譜長編》，合肥：安徽文藝出版社，2017 年 1 月版，第
　　　　85～86 頁。

學評論。分總論、上古、中古、近古、近世五篇，凡七十七章，一百四十八
表，附《讀後記》及參考書目。有《孫序》，「孫俍工於廿六年三月成都軍分
校」；《自序》，「一九三六年十二月三日，張嘉明雪蕾謹序」；《例言》，「一九三
六年十二月，著者於錦江客次」；《跋語》，「時一九三二，九，二九，夜。嘉明
於反省院三捨題志」。此係「狴室文稿之三」。狴室猶言牢獄。

何謂「表解」？即「將一些最重要的文學史料按表格的形式排列出來，
使讀者一目了然」，具有「綱目性的作用」。〔註 30〕列表介紹中國文學史，為
劉宇光首創。其《中國文學史表解》，上海光華書局 1933 年 6 月初版，約六
萬字。1935 年 9 月大光書局印行三版，略有增補。該書製表排述，分上下兩
篇。上篇為通論，起自上古，止於現代。下篇分論，自上古至清代。分變遷大
勢、特點、代表作家、作品幾個部分列表，並列舉各代人物傳略及其他紀事，
約 300 餘條。〔註 31〕張雪蕾亦云：「本編表解之法，原非獨創。惟見古今讀書
筆記，類多支蔓不經，或簡率無體系，必與原書參讀，始可洞見竅要」，故「立
意脫離原書之束縛，僅取其可徵信者，自為表解述評，而使另成一獨立之體
制」。〔註 32〕

至於本書的目的，著者亦有自陳。在他看來，「文學事業，原為吾族精神
所寄」，「古先民之所遺」，「宜繼續發揚而光大」，使之成為民族的精神甲胄。
「今綏戰已開」，故「舉此相勗」，希望國人「乘時奮起」，最終「能與世界各
民族並存而不替」。〔註 33〕

該書第四篇「近古文學」第六章為「李杜比較」〔註 34〕，具體從五個方
面展開：

（一）李、杜才兼古今，究其各體，與盛唐諸子比較，可得五點：A. 五

〔註 30〕 鄧敏文：《中國多民族文學史論》，北京：社會科學文獻出版社，1995 年 9 月
版，第 68、69 頁。

〔註 31〕 徐州師範學院中文系《中國古典文學辭典》編寫組編：《中國古典文學辭典》，
南昌：江西教育出版社，1997 年 6 月版，第 642 頁。筆者參照其他資料，略
有補充。

〔註 32〕 張雪蕾：《中國文學史表解》，長沙：商務印書館，1938 年 7 月版，《例言》
第 3 頁。

〔註 33〕 張雪蕾：《中國文學史表解》，長沙：商務印書館，1938 年 7 月版，《自序》
第 2 頁。

〔註 34〕 張雪蕾：《中國文學史表解》，長沙：商務印書館，1938 年 7 月版，第 118～
119 頁。

古——「王、孟、儲學陶，而供奉（李白）學阮，與財洪〔註35〕曲工同宗，而更出之以曠逸。少陵則才力飆舉，縱橫揮忽，不主一家。」B. 七古——「王、李、高、岑安詳合度，供奉加之以恣肆。少陵又濟之以沉雄。」C. 五律——「王、孟悠然自得，太白穠麗，復運以奇逸之思。少陵更於四十字中，包含萬象。」D. 七律——「右丞、東州安和俊爽，高、岑亦與比肩。太白好運古於律，時與少陵同，不拘於音律對偶，而一種英爽之氣，自凌厲無前。少陵尤五色藻繢，八音和鳴，故能前無古人，後無來者。所為長律，亦與供奉俱稱絕倫。」E. 絕句——「右丞、龍標，並皆佳妙。太白純以神行，獨多化工之筆。杜所不及者，惟此耳。」

（二）「李白詩，肖其為人，神氣高朗，軒然霞舉。性宏放，喜為大言。青年時，偉骨稜稜，不顧細行，不修小節，氣蓋一世。故其發於詩也，亦俠亦仙，飄然而來，倏然而往，不屑於雕章琢句，不勞勞於刻骨鏤心，而天馬行空，不可羈軛。」

（三）「杜甫詩純本學力，善自道其境遇，非若李之運以天才者比。其思力雄厚，篤於性情，而筆力豪健，律切精深。凡所作皆經千錘百鍊而後出，故其句法、字法、章法、篇法，無一不曲盡其妙。」

（四）「後代詩人，踵杜而深造者最多，故杜在文學上之影響及其位置，較李尤為極要。」

（五）「李、杜二人時同，境同。交情又篤。而其性行，其思想，其文章，則各擅其勝。李受南方感化，杜受北方感化。李品如仙，杜品如聖。李出世，杜入世。李為理想派，杜為實際派。李受道家之影響，杜本儒教之見地。李如李廣，杜如程不識。李以才勝，杜以學勝。李豪於情，杜篤於性。李斗酒百篇，有揮灑自如之概。杜讀書萬卷，極沉鬱頓挫之觀。彼海闊天空而樂自然，此每飯不忘而泣時事。彼為智者樂水，此為仁者樂山。要其潦倒頹放，而為浪漫之詩人，則一也。」

最後有「明按」：「李、杜之比較特精，雖今人不能易」。「明」即張嘉明。

四、劉大杰著：《中國文學發展史》上卷

「中華民國三十年一月初版」。上海中華書局印行。1947 年 2 月再版。另有下卷，1949 年 1 月初版。分 30 章，上、下卷各 15 章，「按朝代詳述中

〔註35〕「財洪」，疑是「射洪」之誤。陳子昂，梓州射洪人。

國文學的發展史」。首章為「殷商社會與巫術文學」，末章為「清代的小說」。
〔註 36〕有《自序》，末署「民國二十九年九月於上海」。

劉大杰（1904～1977），筆名修士、湘君，湖南岳陽人。1922 年考入武昌高等師範中文系，受教於黃侃、胡小石、郁達夫等名家。1925 年出版最初的短篇小說集《黃鶴樓頭》。同時，與胡雲翼等人在武昌組織藝林社，創辦文學刊物《藝林》。1926 年赴日本早稻田大學，學習和研究歐洲文學。1930 年回國，在上海大東書局任外國文學編輯。1931 年起，先後任教於復旦大學、安徽大學、上海大夏大學、上海聖約翰大學、廈門大學、四川大學及上海臨時大學等。抗日戰爭爆發，回滬探親，因交通阻斷，滯留上海，潛心著述，一度遭日軍拘禁。1948 年任暨南大學文學院院長。1938 年開始寫作《中國文學發展史》，1949 年完成兩卷。〔註 37〕

《中國文學發展史》「因其研究內容的系統全面，結構布局的科學嚴謹，學術質量的精準崇高」，為中華人民共和國成立後「中國文學史的建構奠定了基本範式」。〔註 38〕上卷出版後，《圖書月刊》第 1 卷第 6 期〔註 39〕的「新書介紹」曾作推薦，同時題下注明此為「大學用書」，指出：「治史不能無史識，否則非龐雜膚淺，即謬戾褊狹。本卷斷自殷商，下迄晚唐，凡十五章，不可謂非巨帙；而作者寫述所把握之中心意識，則殊簡當而扼要。」其「中心思想」，即「特別要注意到每一個時代文學思潮之特色，和造成這種思潮之政治狀態，社會生活，學術思想，以及其他種種環境與當代文學所發生的聯繫和影響。」「執此以研討，故舉凡代表作家與作品之介紹，大體均妥貼；而每一時代文學思潮之輪廓，亦殊明晰。」總之，「治文學史似易而實難；若比貫陳籍，細大不捐，便成蕪雜之史料。又若雌黃評騭，終無精意，則傳統式之文學評論，

〔註 36〕北京圖書館編：《民國時期總書目（1911～1949）：文學理論・世界文學・中國文學》上，北京：書目文獻出版社，1992 年 11 月版，第 202 頁。

〔註 37〕參見中國現代文學館編《中國現代作家大辭典》，北京：新世界出版社，1992 年 2 月版，第 300 頁，該詞條為孫金鑒撰；王友勝、李鴻淵、林彬暉、李躍忠《民國間古代文學研究名著導讀》，長沙：嶽麓書社，2010 年 1 月版，第 43～44 頁。

〔註 38〕王友勝、李鴻淵、林彬暉、李躍忠：《民國間古代文學研究名著導讀》，長沙：嶽麓書社，2010 年 1 月版，第 43 頁。

〔註 39〕該刊編纂者：國立中央圖書館（四川江津中白沙）；印行者：三民主義叢書編纂委員會（四川江津中白沙）；總經售：中國文化服務社（重慶磁器街四十七號）；印刷者：中央文化驛站總管理處印刷所（重慶磁器口大楊公橋）。

尤屬可厭。本書能力避此病，誠不失為後來居上，比較合理之作。舉述容有未周，亦瑕不掩瑜」。〔註40〕

1943年4月3日，余冠英於昆明蒜村，撰成《評劉大杰中國文學發展史上卷》，初發表於《人文科學學報》第2卷第1期〔註41〕，後又應浦江清之請，略加修訂〔註42〕，再次發表於《國文月刊》第25期。論者指出，「本書敘述範圍較一般中國文學史稍狹，在他書鄭重紀述的史實本書亦有刪略」，因其只注重每一時代主要文學潮流的敘述，而不在作家本身。這是其特色之一。同時也「津津於表揚本書的方法」。一方面，著者在「觀察及說明一個文學主潮的來由」和「文學某一體特異性的根源及其發達原因」時，除文學本身發展的通則外，還涉及下列因素：社會經濟，政治制度，風俗習慣，學術思想，自然環境與外來影響。另一方面，在說明「作家個人作品的特色」及其轉變的根由時，其所據因素則更為複雜，包括：時代精神，地方色彩，民族特性，階級背景，社會風氣，生活體驗，思想宗派，家庭環境，文學傳統，智識範圍，遺傳，個性。〔註43〕

由上可見，《中國文學發展史》雖成書於滬上，但在大後方亦曾引起極大關注。

本書「十二章至十五章論唐代文學，亦偏重詩歌，因取材之多，雖於全卷中為最繁富，而排比論斷尚整飭精當」。〔註44〕其「條理大體能將文學主潮明晰地表示」，段落的劃分，也「往往見出著者卓越的識見」，如「唐詩以陳子昂、杜甫、李賀各領一個時代」，便極為「自然合理」。〔註45〕至於其「解說唐詩興盛的原因」，除「詩歌本身進化的歷史」外，著者還提到：（1）「皇帝提

〔註40〕哈：《新書介紹：中國文學發展史上卷（劉大杰撰）》，《圖書月刊》第1卷第6期，1941年9月30日，第39～40頁。

〔註41〕該刊編者：人文科學學報編輯委員會；發行者：人文科學學報編輯委員會（昆明國立西南聯合大學收發室轉）；印刷者：中央文化驛站印刷廠；代售者：全國各大書局。

〔註42〕余冠英：《評劉大杰中國文學發展史上卷》，《國文月刊》第25期，1944年1月，第32頁。文後的附注，將「浦江清」錯排為「江浦清」。

〔註43〕余冠英：《評劉大杰中國文學發展史上卷》，《人文科學學報》第2卷第1期，1943年6月12日，第99～100頁。

〔註44〕哈：《新書介紹：中國文學發展史上卷（劉大杰撰）》，《圖書月刊》第1卷第6期，1941年9月30日，第40頁。

〔註45〕余冠英：《評劉大杰中國文學發展史上卷》，《人文科學學報》第2卷第1期，1943年6月12日，第103頁。

倡利祿勸誘的政治背景」；（2）詩人多出於民間，其較前代詩人「富於社會人士的實際體驗，豐富充實了詩的內容」；（3）「漢朝血統混流之後，民族產生新創造力」。〔註46〕

　　第十五章題名「社會詩的興衰與唯美詩的復活」，共分六節：緒說；杜甫的生平思想及其作品；杜詩的影響與張籍；元白的文學思想與作品；孟韓的詩風；唯美詩的復活與唐詩的結束。

　　第一節首先說明，文學思潮的起伏變動，重要的是受到「時代的影響」，而「作家的個性與思想」也不容忽視。如身處同樣的時代，李白寫出的是《清平調》，杜甫寫出來的是《麗人行》《兵車行》；又如同樣遭遇安祿山的大亂，王維寫的是輞川的山水，隱士的心情，而杜甫寫的是「三吏」「三別」。作品的內容與風格分別都極大。另外，文學思潮同樣有其興衰的自然律。王維、李白一派的浪漫詩發展到極度，便會有新的思潮起而代之，此即寫實主義的社會詩風，始於杜甫而完成於白居易。

　　至於杜甫的文學主張，大都「偏於詩歌藝術的批評」，對於文學思想方面，則未有「明目張膽」的宣傳。但他的詩歌卻是其文學思想的重要說明。一是「重視創作，遠過於宣傳」；二是用「詩歌來表現實際的社會人生」，其取材，是「政治的興亡，社會的雜亂，飢餓貧窮的苦痛，戰事徭役的罪惡」，都是「黑暗的暴露與同情的表現」，從而使其作品成為歷史與「時代生活的鏡子」，但又沒有「載道主義者的狹隘與頑固」。正因為如此，若專從藝術上講，杜甫是「近於藝術至上主義者」；若從文學思想上講，卻是「最真實的社會主義者」。杜甫以後，「寫實的社會主義成為詩壇的主潮」；到了白居易，才變成「有意識的運動」。〔註47〕

　　第二節首先介紹杜甫的生平，從中可以見出：杜甫的一生，「始終展轉於窮困的生活」。這種「寶貴的經驗，細密的觀察與豐富的同情」，成為其寫實主義社會詩的重要基礎。自魏晉南北朝以來，至開元時代，因老莊佛學的盛行，造成「浪漫的自然主義的人生觀」，「避世的隱逸風氣」以及「輕世務逃現實的潮流」，而杜甫卻能卓然自立，由家庭傳統與貧困境遇，養成「堅定的現

〔註46〕余冠英：《評劉大杰中國文學發展史上卷》，《人文科學學報》第 2 卷第 1 期，1943 年 6 月 12 日，第 100 頁。
〔註47〕劉大杰：《中國文學發展史》上卷，上海：中華書局，1941 年 1 月版，第 365～366 頁。

實主義的人生觀」，成為「全民眾全社會的代言人」，而其根底，正在於儒家思想。以之為基礎，杜甫源源不斷湧流出豐富的同情。其仁愛之心，遍及君國、家室兒女、朋友路人，以至於草木房屋和蟲鳥。因此，杜甫的態度，既不同於陶潛的「潔身自愛」，也有別於李白「縱慾的快樂生活」。不過，杜甫雖有「溫厚的同情心」，卻沒有「熱烈的情感」，所以不會成為「屈原式的殉情主義者」；又因為其思想是「現世的」，所以會運用理智，「去細細地觀察人生社會的實況」，從而既重視藝術「美的價值」，也重視藝術的「功用」。

　　杜甫時代，新文學運動正在醞釀。其主要目的，「一面是推倒六朝文學的華麗與浪漫文學的空虛，一面是社會文學的建立」。乾元三年（760 年），元結曾選集沈千運、孟雲卿、于逖、張彪、趙徵明、王季友、元季川七人詩 24 首，名《篋中集》。其序可視為「當日新文學運動的一篇宣言」。從中可以見出，彼時文學的風氣，確實呈現出「轉變的趨勢」。舊文學的改革和新文學的建立，已成為一種文學運動。與杜甫前後同時的沈千運、孟雲卿、元結、顧況，都是運動中的一員。

　　再看杜甫的作品。第一個時期是寄寓長安期間。代表作有《兵車行》《醉時歌》《麗人行》《秋雨歎》《自京赴奉先縣詠懷五百字》。其中《兵車行》描寫「民眾的苦於徭役」，《麗人行》描寫「貴妃姊妹的奢淫」；而五言長詩《詠懷》，對於「政治民生的黑幕」，「更是無情地加以宣布和描寫」，暗示危機的急迫。這些詩作，確立其「寫實主義的作風」，在「浪漫的個人主義的文學潮流」中，「開闢了社會文學的新大地」。

　　第二個時期是從安史之亂至其入蜀。這是杜甫生活史上「最苦痛的時期」。其最偉大的作品，大都產生於這一時代。代表作有《春望》《哀江頭》《哀王孫》《喜達行在所》《述懷》《北征》《羌村》、「三吏」「三別」、《秦州雜詩》《月夜憶舍弟》《空囊》《乾元中寓居同谷縣作歌七首》。上述諸篇，「全是以個人的實際經驗與民間的疾苦為題材」，充分發揮「寫實主義的特色」，「建立了穩固的社會文學的基礎」。其「最大的成就」，便是新樂府的創造。相較而言，「浪漫詩人，專取古樂府歌辭中的精神與語調，造成浪漫的形式與音律」，而杜甫則「採取古樂府描寫社會民生疾苦的態度」，完成「社會詩的功績」。

　　第三個時期是從入蜀入湘以至於死。其生活雖仍是流離轉徙，但「狀況已較為平定」，且隨著年齡的進展，「心境亦趨於淡漠」，「詩中雖仍多關懷時事之作，然其情感的表現，則頗含蓄悠遠」；同時「回憶懷古之篇特多」，詩

律上則「由內容而轉回於藝術美」，呈現出「更細密更老練的技巧」。其代表作有《蜀相》《為客》《狂夫》《野望》《江村》《野老》《南鄰》《出郭》《恨別》《客至》《江亭》《水檻遣心》《客夜》《九日登梓州城》《登牛頭山亭子》《登樓》《宿府》《閣夜》《詠懷古蹟》《旅夜書懷》《白帝》《秋興》《登高》《登岳陽樓》。

　　杜甫的代表作品，都是用「白話化的淺言語」，寫就「民歌式的樂府體」。「只有他才真是民眾的代言者，只有他才真是完成了平民詩人的使命。」後代的許多詩人，「掩住」其「社會文學的真精神真價值」，專從藝術技巧方面，學習取法，不免有些舍本逐末。〔註48〕

　　第三節首談杜詩的影響。杜甫以後，文學史上有「大曆十才子」之稱。他們的作品，雖沒有直接繼承杜甫文學的精神，但其詩風，「一反浪漫派的空虛放誕，而歸於平實的境地與嚴肅的態度」。〔註49〕而在思想上、作風上都能「直接繼承杜甫的系統」，成為杜、白之間的代表作家者，則是張籍，時人或稱張水部。其最大的成就，是「用樂府的體材，去開拓社會詩的生命」。張籍樂府詩的創作，手法同杜甫完全一致，態度更客觀，所取的社會題材，也更廣泛，實在是杜甫社會文學的「直接繼承人」。〔註50〕

　　第四節指出，從八世紀中葉到九世紀上半期，是唐代文學甚至中國文學史上的大變動時期。由六朝派以及浪漫派的詩風，變為杜甫、張籍、元稹、白居易的社會詩；由駢文變為韓愈、柳宗元的古文。詩與文的藝術形式雖有不同，但「運動的本質以及思想的根底」則完全一致，其根本主張，無非是要「排擊唯藝術的唯美的個人文學」，「建立為人生的功利的社會文學」。杜甫、張籍的詩歌，韓、柳的古文，兩者都是向著同一思潮前進。但詩歌方面的發展，到了元稹、白居易方才正式完成，並「正式建立有系統的文學主張」。〔註51〕

　　第五節指出，在社會詩運動的主潮之外，另有「奇險冷僻」的一派，「不

〔註48〕劉大杰：《中國文學發展史》上卷，上海：中華書局，1941 年 1 月版，第 371
　　　　～380 頁。

〔註49〕劉大杰：《中國文學發展史》上卷，上海：中華書局，1941 年 1 月版，第 380
　　　　頁。

〔註50〕劉大杰：《中國文學發展史》上卷，上海：中華書局，1941 年 1 月版，第 382
　　　　頁。

〔註51〕劉大杰：《中國文學發展史》上卷，上海：中華書局，1941 年 1 月版，第 386
　　　　～387 頁。

過於重視文學的社會使命與功用」，而較偏於藝術技巧，其代表人物是孟郊、韓愈，賈島、盧全、馬異、劉叉為同志。杜甫所謂「語不驚人死不休」，正是該派「努力的目標」。孟郊的造句用字，「並不在於深刻與細微，而在於奇險與錯亂」。韓愈則將孟郊的詩風「變本加厲而加以惡化」。〔註52〕孟韓一派詩風的特點，簡言之，即是「清奇僻苦」。

第六節關注的是唯美詩，認為晚唐的詩歌，「復活了梁陳的宮體色情，更加以冷豔化」；同時採取「孟韓的技巧主義」，「更加以細密化」，從而「披上唯美主義者的香豔衣裳」，塗滿「象徵神秘的情調」，「踏上了新興的大路」。此一運動，「開始於李賀，而完成於李商隱」。另一方面，從杜甫到白居易的「寫實主義的社會文學」，則「不得不趨於沒落之途」。〔註53〕

劉大杰的論述，從「發展」的角度，勾勒出有唐一代文學潮流演進的軌跡，使人一目了然。其中主線，大致而言，即是「從初唐的格律古典文學變為王維李白所代表的浪漫文學，再變為杜甫張籍白居易所代表的社會文學，最後由李賀李商隱所代表的唯美文學閉幕」〔註54〕，而杜甫則是這一發展線索中至關重要的節點。

《中國文學發展史》成書於抗戰時期，對於其論杜部分與抗戰的關聯，吳中勝主要拈取兩點：一是從思想內容而言，杜甫「能用他的理智，去細細地觀察人生社會的實況，從自己的生活經驗，去體會旁人的苦樂」，因而成為「全民眾全社會的代言人」；二是從語言風格來講，戰亂時期，尤其需要通俗淺易的白話詩，而杜甫就是平民詩人，杜詩則是「民歌式的樂府體」，其語言正具有戰時性特質。〔註55〕

五、陳遵統編：《中國民族文學講話》

「中華民國卅二年二月增訂再版」，發行：建國出版社（永安中正路）。據其內文，題下署「陳遵統編纂，門人梁孝瀚章句」。關於此書版本，《民國時

〔註52〕劉大杰：《中國文學發展史》上卷，上海：中華書局，1941年1月版，第393～395頁。

〔註53〕劉大杰：《中國文學發展史》上卷，上海：中華書局，1941年1月版，第400頁。

〔註54〕劉大杰：《中國文學發展史》上卷，上海：中華書局，1941年1月版，第408頁。

〔註55〕吳中勝：《抗戰時期的「杜甫熱」》，《光明日報》2015年11月30日第016版。

期總書目》有收錄：

　　1. 中國民族文學講話，陳易園編，福州，中國文化建設協會福
建省分會，1940 年 4 月初版，220 頁，32 開。

　　分緒論、本論、結論三部分。本論共分 5 章，選輯上古、中古、
近古、近世、現代詩文作品共 353 篇，並給予評述。有鄭貞文序和
編者自序。有梁孝瀚跋。

　　2. 中國民族文學講話，陳遵統編，福建永安，建國出版社，1943
年 2 月增訂再版，22 頁＋225 頁，32 開。

　　分上古、中古、近古、近世和現代五個時期講述中國民族文學
史。有鄭貞文序、作者自序及《本書選錄文學作品次第》。書末附《民
族文學之研究方法》。初版年月不詳。〔註 56〕

陳遵統（1878～1969），字易園。閩縣（今福州市）人。早年負笈東瀛，
1909 年以最優等第二名畢業於日本早稻田大學政治經濟系，同年應學部試，
取列優等法政科舉人。曾任全閩高等學堂教習。後任私立福建國學專修學
校校長。此後，歷任北京大學、福建學院、福建協和大學及福建音樂專科學
校教授。其知識淵博，治學嚴謹，對中國文學研究甚深。1953 年 2 月，受
聘為福建省文史研究館館員。著有《中國教育行政法》《國學概論》《國文
學》《中國文學史綱要》《中國民族文學講話》及《福建編年史》（合著）正、
續編等。〔註 57〕

　　其《序》，末署「民國二十九年四月鄭貞文序於永安吉山笠劍軒」。序者
認為，所謂「民間文學」，既有「時代性之背影」，又有「民族性之特質」，若
「潛蘊默化」，則「足以樹民族復興之基」，而「抗戰建國為全民之責」，故此
書輯「自周秦以迄近代有關民族精神之作」，「衍成系統，並加語文注解」，發
揚光大，以資策勵。

　　《自序》〔註 58〕末署「時中華民國二十七年，黃花崗七十二烈士殉國之
日，陳遵統，易園父識於福州魁岐私立協和學院中國文史學系之室」，是則該

〔註 56〕北京圖書館編：《民國時期總書目（1911～1949）：文學理論・世界文學・中
　　　　國文學》上，北京：書目文獻出版社，1992 年 11 月版，第 204 頁。
〔註 57〕盧美松編：《福建北大人》，北京：方志出版社，2002 年 9 月版，第 276 頁。
〔註 58〕《中國民族文學講話自序》，又見刊於《協大週刊》第 3 卷第 3 期，1938 年
　　　　12 月 5 日，第 3～4 頁。該刊編輯者：協大週刊社；顧問：林希謙；發行者：
　　　　私立福建協和大學學生自治會編輯股；通訊處：福建邵武協和大學。

序作於 1938 年 4 月 27 日。據此可知，該書「入錄之文學作品，凡三百七十一篇，略於古而詳於近，略於平世而詳於變時，以近視古」。

那麼，何謂民族文學？陳遵統認為，「一民族中，足以揭民族共通精神，覘民族共通意志之代表文學作品」〔註 59〕。

該書第三章為「近古民族文學」。所謂「近古」，編者以為，是指「由唐到明的各個時代」。而唐代的上半期，兵威四振，堪稱「民族全盛時期」。武功之外，文化也很發達。其古體、近體詩，常常表現出「民族的偉大精神」。「唐人最喜歡做征戰的詩」，這些慷慨雄壯的戰詩，更是「民族性格的反響」。〔註 60〕杜甫的戰詩，可分作兩種，即「贊成對於寇盜，夷狄以及叛徒的征戰，而不贊成窮兵黷武的不必戰而戰」；「一面主張正義，一面主張和平」，所以杜詩「最可以代表中國國民的性格，思想」。

基於此，編者所選錄的「贊成征戰」的杜詩，主要有：《冬狩行》，《聞官軍收河南河北》，《洗兵馬》，《諸將》五首之一、二、四。其中《冬狩行》是「責東川留後梓州刺史章彝，手總強兵，不肯北上勤王」；《聞官軍收河南河北》《洗兵馬》兩篇，都是「收京之後」，因「心中喜歡而作」；《諸將》五首，則是「指斥南北諸將不能征討蠻夷戎狄，保衛國家」。由此可知，杜甫對於「衛國的正當征戰」，「無限贊成」。

至於杜甫「愛國的詩歌」，則選錄有：《悲陳陶》，《哀江頭》，《登樓》，《春望》，《聞河北諸將入朝》，《秋興》八首之二、四、六、七。此外，尚有「三吏」「三別」、《北征》、「前後出塞」、《自京赴奉先縣詠懷》等，不能盡錄。由此可見，杜甫應是「唐代頭一個的愛國詩人」。

陳遵統認為，蘇軾謂杜甫「未嘗忘君」四字，「說得太窄」，而《奉贈韋左丞丈》的「自謂頗挺出，立登要路津。致君堯舜上，再使風俗淳」，才能更準確地體現杜甫的「見解」與「抱負」，並可作為「文學家的模範」。最後號召「個個文人學士」和「一切文學作品」，「全都充滿著愛國精神」，如此，「全國

〔註 59〕陳易園：《民族文學之研究方法》，《協大藝文》第 7 期，1937 年 12 月，第 1 頁。該刊編輯者：協大藝文社；發行者：福建協和大學中國文史學系。協大藝文社廿七年春季職員：社長：楊樹芳，文書：林世英、陳長城，編輯：梁孝瀚，校對：游叔有、林慶華，刊行：黃良瑜、陳鳴盛，顧問：陳易園、李兆民、林希謙、李冠芳。
〔註 60〕陳遵統編：《中國民族文學講話》，永安：建國出版社，1943 年 2 月版，第 54 頁。

國民」方才會「大受感動」而「興奮起來」。〔註61〕

對於此書，梁孝瀚在《跋》中如是評價說：茲編可為「民族救亡之針砭」，亦可為「民族解放之興奮劑」，其為「無形之堅強壁壘」，可以「砥礪民族氣節，奮發民族精神」。國民讀之，必將「投袂而起，劍及履及，共赴國難」。〔註62〕

六、吳烈著：《中國韻文演變史》

「中華民國二十九年十月初版」。發行人：陸高誼；出版者：世界書局；發行所：上海及各埠世界書局。內封為何炳松題署。需要指出的是，該書封面作「吳烈著」，版權頁中卻是「編著者：吳烈」。吳烈，生平及事蹟待考。

本書「約十萬字」，共39章，「起自『詩經的淵源』，以下依次分論楚辭、漢賦、樂府、唐詩以及宋元詞曲的起源盛衰，兼及詩歌的流派和作家作品，力圖勾勒出文體發展演變的概況。其下限止於宋元，未曾提及明清」〔註63〕。

第二十五章「詩的黃金時代」論及詩歌發展至盛唐，詩人「極強烈地」發揮出各自的創造精神，從而造成中國詩歌史上「從古未有的燦爛光華登峰造極的黃金時代」，〔註64〕篇什紛披，人才輩出，計之不盡。其中，岑參、高適、李白、杜甫、元稹、白居易等人，是這一時期的重要代表。吳烈借用胡適的觀點，指出：八世紀中葉以前的文學，是由李白結束，八世紀中葉以後的文學，則由杜甫開展；李白總結了以前的浪漫文學，杜甫則開展了以後的寫實文學。〔註65〕李杜以後，詩壇稍為沈寂，「無甚獨特的表現」。到了元和、長慶時，白居易、元稹「激動詩壇的狂濤」，回復到李杜時期。此兩位，「是繼社會詩人杜甫而發揚光大的作家」。〔註66〕

第二十六章，則以「詩聖杜甫」為題，專論杜甫。論者首言其生平。杜甫自少家貧，鬱鬱不能自振；又因「飽受輾轉流離之疾苦」，故對於社會的黑暗，

〔註61〕陳遵統編：《中國民族文學講話》，永安：建國出版社，1943年2月版，第58～62頁。

〔註62〕陳遵統編：《中國民族文學講話》，永安：建國出版社，1943年2月版，第224頁。跋文末署：「中華民國二十七年，全面抗戰之二載，門人閩侯梁孝瀚謹跋」。該文又以《陳易園夫子中國民族文學講話跋》之名，刊於《協大藝文》第8期，1938年6月，第151～153頁。

〔註63〕徐州師範學院中文系《中國古典文學辭典》編寫組編：《中國古典文學辭典》，南昌：江西教育出版社，1997年6月版，第652頁。

〔註64〕吳烈：《中國韻文演變史》，上海：世界書局，1940年10月版，第91頁。

〔註65〕吳烈：《中國韻文演變史》，上海：世界書局，1940年10月版，第92頁。

〔註66〕吳烈：《中國韻文演變史》，上海：世界書局，1940年10月版，第96頁。

認識甚為深刻，進而將「目擊身經的社會現實情狀，抒發於詩篇，替民眾共鳴悲苦」，「開發了中國後世社會問題詩人的宗派」。

吳烈依據胡適的分期略行論述。第一期是未經離亂以前。杜甫負有「讀書破萬卷，下筆如有神，賦料揚雄敵，詩看子建親」的雄偉壯志，《自京赴奉先縣詠懷五百字》等二百五十餘首是其「代表產物」。第二期是離亂中。此一時期的作品，計有三百四十餘首，大半描寫安史之亂的情形，尤以《石壕吏》更為膾炙人口。第三期為寄居成都以後。「滿目生悲事，因人作遠遊」，度著窮苦的平淡生活。其詩是「清江一曲抱村流，長夏江村事事幽」的閒適風格，較諸以前兩期的激昂沉痛，完全兩樣。其晚年詩作特多，或有八百餘首。

杜甫也是一位「關心國事的熱情詩人」。首先是描述個人的離亂。如《北征》歷述詩人路途所遇所感，以及到達目的地之後的情形。第一段從北征問家敘起，第二段述其「辭朝戀主離亂之情」。第三段敘其途中所遇，將種種可悲可泣的情景，描寫得活躍如畫。第四段寫其抵家後，乍見妻子悲喜交集的情況。第五段詳陳借兵回紇之害。第六段回影前段，說明專用官軍的利益。故東坡稱讚說：「《北征》詩，識君臣大體，忠義之氣，與秋色爭高，可貴也。」又如《述懷詩》，語雖平淡，卻將當時情景，寫得有聲有色。再如《得家書詩》。詩人因迫切眷念家室，一旦獲得佳音，並知熊兒無恙，不禁手舞足蹈。寥寥數言，便將詩人胸中苦悶，抒寫得淋漓盡致。四是《羌村三首》。其時社會混亂，人民生命各自為危。詩人經過「幾許的辛酸悲苦」，才得到還鄜州，和里人同謀一面。詩中述其抵家時的「悲歡交集，驚駭莫措」，鄰人相望而憐，幾至疑鬼疑人。

其次是描寫人民之苦及社會之亂，逼真無遺。「三吏」「三別」，也是「紀當時鄴師之敗，朝廷調兵之急，征戰不息，人民死亡之痛苦情景等」。《新安吏》反映出朝廷徵兵調將的忙急。國民不論老少肥瘦，都在被徵之列。從中可見社會的混擾，民生的痛苦。《潼關吏》也是描寫當時朝廷備戰築關之事。《石壕吏》則是「三吏」中「描寫當時社會混亂」「最真切」的一首。不獨驅盡壯丁，而且及於衰老瘦弱。其間，慘酷的情狀，民不聊生的情形，可謂「備矣極矣」。《新婚別》繼《石壕吏》之後，續寫安史之亂。詩人以新婦惜別的口吻，寫出人民的「懷怨之音」。《垂老別》歷述軍興的禍害，人民的哀怨。其「因傷亂而激發之詞」，何等慷慨。《無家別》則是描寫漂泊無家的淒慘情形，

隻身莫依,親亡不見,使人悲傷酸嘶,不忍卒讀。〔註67〕

　　本書雖題名「韻文演變史」,但在行文時,更多關注的還是作品的思想內容,對於文體內部的演進,則較少著墨。其另一特點,則是處處不忘與現實的勾連。論述杜詩時,尤重其現實性品格。如其所說:「值此國事紛紜之日,讀其詩,猶若為吾人寫照也。」〔註68〕讀《北征》,引古晞今,感慨兵燹之禍。讀《述懷詩》,則有感於時下「舉國烽煙,家人星散,生死莫卜」〔註69〕。讀《石壕吏》,以視今日人民所受荼毒,而歎兵連禍結之苦。讀《垂老別》,感其與今日的社會國情,實無軒輊;同時,也鼓吹「與其遭亂而死,不如討賊而亡」〔註70〕的精神。總之,在「國不成國,家不成家的時節」〔註71〕,翻讀杜詩,感覺彌深。

　　上引內容,著者亦曾以單篇發表。《詩的黃金時代》可見其《唐代詩歌的嬗變》。該文發表於《國民文學》〔註72〕第2卷第4期(第1～13頁),「民國廿四年七月十五日出版」。文章共分四部分:唐代詩歌發達的原因;初唐詩歌的趨勢;詩歌的黃金時代;詩歌的衰落時期。末署「一九三五,五,十五,脫稿於真如,圓廬」。《詩聖杜甫》則是源自《杜詩漫譚》。該文發表於《國民文學》第1卷第2期(第15～20頁),「中華民國二十三年十一月十五日出版」。

七、羅根澤編著:《隋唐文學批評史》

　　「中華民國三十二年十一月初版」。發行人:王雲五(重慶白象街);印刷所:商務印書館印刷廠;發行所:各埠商務印書館。本書為《中國文學批評史》第三分冊。「中央大學文學叢書」之一。1947年2月,上海商務印書館再版。

〔註67〕 吳烈:《中國韻文演變史》,上海:世界書局,1940 年 10 月版,第 98～106頁。

〔註68〕 吳烈:《中國韻文演變史》,上海:世界書局,1940 年 10 月版,第 103 頁。

〔註69〕 吳烈:《中國韻文演變史》,上海:世界書局,1940 年 10 月版,第 102 頁。

〔註70〕 吳烈:《中國韻文演變史》,上海:世界書局,1940 年 10 月版,第 105 頁。

〔註71〕 吳烈:《中國韻文演變史》,上海:世界書局,1940 年 10 月版,第 104 頁。

〔註72〕 《國民文學》,民國二十三年(1934)十月十五日創刊。國民文學月刊社編輯。汗血書店發行。出版地上海。終刊情況不詳。所謂「國民文學」,《發刊詞》云:「國民文學是廣義的文學,——以新文學的表現方法達成我國民在現階段所要求的種種文學。」該刊主要撰稿人有李冰若、張資平、王了一、吳烈、李向榮、汪馥泉、林微音、余慕陶等。參見陳建功主編《百年中文文學期刊圖典》上,北京:文化藝術出版社,2009 年 8 月版,第 105 頁。

　　羅根澤（1900～1960），號雨亭。河北深縣人。1925 年考入河北大學中國文學系。1927 年考取清華研究院國學門。1928 年考入燕京大學國學研究所續讀一年。1929 年任河南大學、天津女子師範學院教授，次年任河北大學中文系教授兼系主任。1932 年任北京中國大學、北京師範大學教授。1934 年至1935 年任安徽大學教授。〔註73〕「七七事變」後，「浮海南來，道出徐濟，南至京師，北返開封，然後西走長安。又隨西北聯合大學，播遷漢上」。「聞中央大學，自京移渝，載書頗富，遂於二十九年一月，由陝入川」，〔註74〕任重慶中央大學教授，並兼四川教育學院教授。1942 年 10 月 10 日，撰《中國文學批評史序》於渝郊。1943 年 8 月，出版《魏晉六朝文學批評史》；11 月，出版《隋唐文學批評史》。1944 年 1 月，出版《周秦兩漢文學批評史》。1945 年3 月，出版《墨子》（與康光鑒合著）；7 月，出版《晚唐五代文學批評史》。1946 年秋，隨中央大學復員南京。〔註75〕

　　本書共七章六十五節，分兩部分。「前四章論詩，後三章論文」，「第三四兩章論詩與社會政治，盛唐以前人對此尚無理論，至元白始提出詩之作用在補察時政與泄導人情」。〔註76〕羅根澤論杜，主要見於第三章第三節「杜甫的兼取古律及倡導社會詩」。此節緊承第二節「李白的提倡古風」，故開首便是李白與杜甫的比較。其相異處，主要有三：一是兩人活動的時代不一致。李白「大半當開元中興」，而杜甫「大半在天寶之亂」。二是生活境遇不同。李白是「翩翩公子」，杜甫則「少貧不自振」，且終生貧困潦倒。三是對詩各有主張。李白是「天才的作家」，而杜甫則「特別講求功力」；李白「衝出律詩，提倡古風」，杜甫對古律之爭，則主張「兼收並蓄，不可偏廢」。

　　杜甫論詩，主要見於《戲為六絕句》《解悶》之「沈范早知何水部」「李陵

〔註73〕任孚先、武鷹主編：《中外文學評論家辭典》，長春：吉林教育出版社，1991年 5 月版，第 326 頁。

〔註74〕羅根澤：《中國文學批評史自序》，《讀書通訊》第 68 期，1943 年 6 月 16 日，第 14 頁。

〔註75〕劉紹唐主編：《民國人物小傳》第 12 冊，上海：上海三聯書店，2016 年 7 月版，第 382～383 頁。

〔註76〕壹：《圖書介紹：魏晉六朝文學批評史，隋唐文學批評史（羅根澤著）》，《圖書季刊》新第 5 卷第 1 期，1944 年 3 月，第 66 頁。《圖書季刊》編輯者：國立北平圖書館圖書季刊編輯部；通訊處：重慶沙坪壩南開大學經濟研究所本館駐渝辦事處轉；發行者：五十年代出版社（重慶新生路四十號、成都陝西街一三八號附三號、西安北大街曹家巷十號）；印刷：軍政部陸軍經理雜誌社印刷所（磁器口小楊公橋）。

蘇武是吾師」「復憶襄陽孟浩然」「陶冶性靈在底物」「不見高人王右丞」、《偶題》等。具體而言，「人」的方面，主張「不薄今人愛古人」「轉益多師是汝師」；「時代」方面，主張挹取周秦漢魏，也不菲棄六朝隋唐；「詩」的方面，則主張古律並存。

杜甫的偉大成就，「尤在律詩」。一是技術方面，如元稹《唐故檢校工部員外郎杜君墓誌銘》所贊：「盡得古今之體勢，而兼昔人之所獨專」，特別是其「鋪陳終始，排比聲韻，大或千言，次猶數百，詞氣豪邁，而風調清深，屬對律切，而脫棄凡近」。二是實質方面，則見稱於白居易《與元九書》所舉其社會詩。前者基於其「天才與學力」及其「作詩方法」，後者則基於「環境使然」及其「詩學觀念」。

杜甫的作詩方法，可說是「詩神」，近於揚雄的「賦神」。但「神」從何來？「一由於素養，二由於感興，三由於陶冶，四由於研究。」素養、感興、陶冶三種方法，於古於律，均是一樣；研究則比較偏於律詩。

杜甫的詩學觀念，雖無明確言論，但在《求賢敷厥讜議》及《進雕賦表》中，卻隱約可見。前者主張「貴切時務」，後者則以「鼓吹六經」為重。詩人雖未「彰明較著」地提出「詩與社會政治的關係」，但其詩作多在「傷悼社會，諷詠政治」，由此可以推斷：杜之主張，乃在社會詩歌而非個人詩歌。〔註77〕

20世紀，最早將中國文學批評史帶入大學講臺者，當數胡小石、陳鍾凡；而為學界所公認的中國文學批評史學科最重要的奠基人，則是郭紹虞、羅根澤、朱東潤三人。羅著《中國文學批評史》，其體裁之長在於，「大體以問題為中心」，故「非一般撰文學史只知以時代為次者所企及」。〔註78〕關於本書第三、四章，時人曾將其與郭著有所比較：第三章論述詩「與社會及政治，謂由初唐『藝術文學的方法』轉變為中唐『人生文學的理論』，兩者絕對相反：除元結等繼盛唐的陳子昂再提倡風雅詩外，杜甫提倡社會詩，李白提倡自由抒寫法；且主『士先德行』與尚『君子之交』」；第四章論述「元白完成社會詩與詩論：元於樂府較有研究，自矜亦止於諷喻；白於詩論較為詳盡，自我批評兼重閒適」。「郭書第五篇第二章《復古運動的高潮時期》第一節《詩國的復

〔註77〕羅根澤：《隋唐文學批評史》，重慶：商務印書館，1943 年 11 月版，第 46～50 頁。

〔註78〕壹：《圖書介紹：魏晉六朝文學批評史，隋唐文學批評史（羅根澤著）》，《圖書季刊》新第 5 卷第 1 期，1944 年 3 月，第 66 頁。

古說》分目述李、杜、白、元,並著眼於復古;本書標出社會,則會心於順時,此亦進步之一端。」〔註79〕需要強調的是,羅根澤論杜,尤其是關於杜甫作詩方法即「詩神」的論述,頗受羅膺中《少陵詩論》的影響。此一點,著者本人已在文中說明。

八、方孝岳著:《中國文學批評》

「中華民國三十三年〔四〕月新一版」。發行人:陸高誼;出版者:世界書局;發行所:世界書局。原書由上海世界書局 1934 年 5 月初版。據該版劉麟生〔註80〕所作《跋》,此書約動筆於 1932 年,1934 年初完稿。新一版之《跋》,末署「二十三,一,二十七,宣閣跋於淞濱寓廬」,但字裏行間,卻無從見出這般信息。該書有「導言」一篇,正文凡三卷,四十五節。其中卷上自第一至六節,為先秦文論,論述自《尚書》到孔子的文學批評;卷中自第七至十八節,論述兩漢魏晉南北朝的文學批評;卷下自第十九至四十五節,論述唐宋元明清的文學批評。新一版則無卷上、卷中、卷下的劃分。「中國文學叢書」(後改名為「中國文學八論」)之一,叢書由劉麟生主編。〔註81〕

方孝岳(1897~1973),名時喬,又名乘,字孝岳。安徽桐城人。父方守敬(槃君),岳父馬其昶,方瑋德、方管(舒蕪)為其哲嗣。1911 年至 1918 年,先後就讀於上海聖約翰大學附中及大學文科。1919 年擔任北京大學預科國文講師,翌年任上海商務印書館編輯。不久赴日本東京大學,進修法律。1924 年回國,歷任華北大學、東北大學師範學院、廣州中山大學、上海聖約

〔註79〕南屏:《書評:中國文學批評史(羅根澤編著)》,《國立中央圖書館館刊》第1 卷第 4 號,1947 年 12 月 1 日,第 34 頁。該文末署「卅六,十,三,夜半脫稿」。南屏,或為胡雲翼。

〔註80〕劉麟生(1894~1980),字宣閣,筆名春痕、宣閣,齋名賓鴻館。安徽無為人。1916 年從虞山龐檗子學填詞。1921 年畢業於聖約翰大學政治系。曾任商務印書館、中華書局編輯。1927 年任南京金陵女子文理學院教授。1931 年任職於廣東。抗日戰爭爆發,以賣文為生,後輾轉入四川。1956 年,隨董顯光赴臺灣「駐美大使館」工作。1958 年離任,留居美國,從事教育、著述工作。參見李盛平主編《中國近現代人名大辭典》,北京:中國國際廣播出版社,1989 年 4 月版,第 185 頁;林煌天主編《中國翻譯詞典》,武漢:湖北教育出版社,1997 年 11 月版,第 427 頁。

〔註81〕關於《中國文學批評》初版本的介紹,參見王友勝、李鴻淵、林彬暉、李躍忠《民國間古代文學研究名著導讀》,長沙:嶽麓書社,2010 年 1 月版,第177 頁。

翰大學教職。1948 年重返中山大學任教，迄至逝世。主要從事文學、經學、佛學研究，在漢語音韻學方面，成績尤為突出。〔註82〕

本書論杜，集中見於三節。一是第 20 節「別裁偽體的杜甫」。論者認為，文章貴在有「氣勢和風骨」，梁、陳所缺，獨在此點。而徐庾實是開初唐門徑之人，杜甫贊其「清新庾開府」。初唐四傑，得此清俊之氣，加上盛世環境，故能振起一代。至於高古雄渾的境界，則由陳子昂、張說開其端。至李杜韓柳，便光焰萬丈。要瞭解杜甫之所以偉大及其「折衷八代之正法眼藏」，不可不讀其《戲為六絕句》。老杜之為詩聖，就在這幾首詩裏。

「別裁偽體親風雅，轉益多師是汝師」，此兩句是其「通身血脈所貫注的結晶點」。大凡論文，最難得的精神，就是「圓融廣大，知古知今」。六絕句的動機，是「針對當時一班時流而發」。杜甫以為文章之事，首先最要緊的是「要有真面目真才性之表現」。否則，附庸風雅，高攀屈宋，都是毫無道理。庾信和王楊盧駱，自有其「不朽的真價值」，但世人卻過於輕薄詆毀。目前一班文士，不過是「小草敷榮」，至於「山海大觀」，都不曾夢見。其次，愛古人，也不必薄今人。「古詩風雅之音，固然可貴，但今人的清詞麗句，也可以近取」。再次，文章之事，流別承傳，可以「遞相師法，多所取材」，但不可執末而忘本，也不可執本而廢末，要做到「多師而有真面目」，「以風雅為宗主，以裁別偽體為繩尺」。只要有真面目的文章，方不是偽體。最後，杜甫對《昭明文選》再三稱道。其「精熟文選理」（《示兒詩》）之句，尤為後人稱誦。其中，以「理」來論「文選」，實是老杜「心得的精言」。《文選》自出世以後，文人多取其辭豔，而略其理致。杜甫所以提出「理」字，其用意乃在於補救「辭勝於理的文敝」。〔註83〕

二是第 30 節「宋人眼中老杜的詩律和江西宗派圖」。「詩律」二字，本出於杜甫的「老去漸於詩律細」。宋朝自歐陽修開風氣而門庭較為廣大。王安石、蘇軾、黃庭堅以及陳師道，筆路雖各不同，卻無不奉杜甫為百世不祧之祖。如王安石有《四家詩選》，以杜為第一，而李白反在末四；又作《杜甫像贊》，推崇至於極點。自元稹作《李杜優劣論》，先杜而後李，韓愈不以為然。但後來宋祁《新唐書》之《杜甫傳贊》，及王安石《四家詩選》，又及秦觀《淮海

〔註82〕王友勝、李鴻淵、林彬暉、李躍忠：《民國間古代文學研究名著導讀》，長沙：嶽麓書社，2010 年 1 月版，第 176 頁。

〔註83〕方孝岳：《中國文學批評》，上海：世界書局，1944 年 4 月版，第 55～56 頁。

集》之《少游進論》，均推杜甫為詩中集大成者，實則都本於元稹之說。其原因，或在於杜甫「律深意切」，而李白則「不易揣摩」。又如黃山谷學杜，自負能去皮得骨，故有詩云：「天下幾人學杜甫，誰得其皮與其骨？」至呂居仁作《江西宗派圖》，再後來方回選《瀛奎律髓》，定「一祖三宗」之目，於是杜甫乃成為宋人家祖，且為黃山谷、陳師道等所獨有。〔註84〕江西派初期，諸人所愛賞者，是「精緻靈活」，決非「粗豪生硬」，因其「善於學杜，善於體會老杜的詩律，所以如此」。不過，方孝岳也指出，杜詩所以難學，且往往學出毛病，正是「拿粗豪的眼光來看杜的人所誤」。〔註85〕第33節「瀛奎律髓裏所說的『高格』」進一步比較了《瀛奎律髓》與《江西宗派圖》的不同。《宗派圖》似乎專以黃山谷為宗主，雖然呂居仁序中提到杜甫，但是和李白並提；《宗派圖》未提及黃山谷專學杜，也未提及「學杜必由黃山谷」。由此來看，江西派的末流，或者只知黃山谷而不知杜工部。〔註86〕方回正式提出杜甫為祖，陳與義（簡齋）、黃庭堅（山谷）、陳師道（後山）並為三宗，而非如呂居仁將後山以下，硬性定為山谷法嗣。這種手眼，較之《江西宗派圖》「更要妥當，更無流弊」。〔註87〕

　　三是第39節「錢謙益宗奉杜甫的『排比鋪陳』」。錢謙益論詩，差不多處處都以杜甫「別裁偽體」「不薄今人」為其唯一標準。其用功於杜詩甚深，所作《讀杜小箋》，詳考唐代史事，以求杜甫詩情的來由，同時也「隱然自命以杜甫之眼光為眼光」，明朝無論前後七子抑或鍾惺譚元春之流，都是「偽體」與「盲風澀雨」。其評論各家的詩，也是看各家得於杜甫的多少，來分別各家的高下。既然各家無不尊老杜為宗，錢謙益也就拿眾所膜拜的杜甫，反照眾人本身。這種以杜為宗主的批評，一者可見於《讀杜小箋序》，二者見於《曾仲房詩序》。〔註88〕總之，其文學批評，攻駁別人者多，自己建立者少，「比較不甚透徹」。其論杜詩，喜歡以元稹所贊的「排比鋪陳」作為幌子，故其「所認識的杜甫，雖不必就等於元稹之『識砥砆』，但也不見得能認識到很高的境界」。其所注杜詩，考論雖極詳盡，工夫亦極堅密，但卻失

〔註84〕方孝岳：《中國文學批評》，上海：世界書局，1944 年 4 月版，第 72～73 頁。
〔註85〕方孝岳：《中國文學批評》，上海：世界書局，1944 年 4 月版，第 77 頁。
〔註86〕方孝岳：《中國文學批評》，上海：世界書局，1944 年 4 月版，第 89 頁。
〔註87〕方孝岳：《中國文學批評》，上海：世界書局，1944 年 4 月版，第 90 頁。
〔註88〕方孝岳：《中國文學批評》，上海：世界書局，1944 年 4 月版，第 123～124頁。

之「煩雜蕪蔓」與「實在」。〔註89〕

其餘涉杜者，亦多可見。如第 21 節「蓄道德而後能文章是韓愈眼中的根本標準」，談到韓愈稱讚陳子昂，尤其推崇李杜。表面上，韓愈和李杜「沆瀣一氣」，其實韓愈的眼光「還略有不同」。具體而言，李杜「不廢六朝」，兩人的詩風，「總是從曹阮鮑謝之流變化而出」；而韓愈作文，卻是主張「嚴格的復古」，即首先要從道德學養上取法聖賢，然後再「發為聖賢的文章」。〔註90〕至於文章的「氣體」，韓愈比較喜歡「清奧」一路。而「清奧」的境界，和李白的「清發」、杜甫的「清新」又略有不同。〔註91〕

第 22 節「白居易的諷喻觀，和張為的詩人主客圖」指出，杜甫愛古人，同時也不薄今人。但大曆十才子接其後，「過於求工秀」，故又激出元和時代韓白的復古，而白居易「實在是專愛古人而薄今人」。兩人一主畏澀，一主平易，筆調不同，但篤古的眼光卻是一樣。韓愈是「文人心氣」上的復古，白居易則是「文學作用」上的復古。方孝岳認為，還是韓愈的復古主張，「最為徹底，最為可信」；但若就文論文，則是杜甫「別裁偽體親風雅」「轉益多師是汝師」的眼光，「最為通達」。唐末張為的《詩人主客圖》，首尊白居易，不過，在方孝岳看來，詩的「廣大教化主」，除了杜甫，尚無第二人可以當得。〔註92〕

第 23 節「可以略見晚唐人的才調觀的本事詩和才調集」，對於孟棨的《本事詩》，方孝岳認為其「太過於揚李而抑杜」，「不足為據」，因為「李杜並不曾互相排詆」。〔註93〕

第 25 節「西崑家所欣賞的是『寓意深妙清峭感愴』」指出，老杜的詩，在唐朝並無李白、白居易那般勢力。王安石即說，唐人只有李義山知學老杜而得其藩籬，但西崑家又是學李義山，故杜甫實是「西崑體和江西派的共同祖師」。〔註94〕

第 28 節「歐陽修和梅聖俞同心愛賞『深遠閒淡』的作風」中云，《後山詩話》言歐陽修不喜杜詩，但從《六一詩話》觀之，此說未必。歐陽修是「宋

〔註89〕方孝岳：《中國文學批評》，上海：世界書局，1944 年 4 月版，第 126 頁。
〔註90〕方孝岳：《中國文學批評》，上海：世界書局，1944 年 4 月版，第 56～57 頁。
〔註91〕方孝岳：《中國文學批評》，上海：世界書局，1944 年 4 月版，第 59 頁。
〔註92〕方孝岳：《中國文學批評》，上海：世界書局，1944 年 4 月版，第 60～61 頁。
〔註93〕方孝岳：《中國文學批評》，上海：世界書局，1944 年 4 月版，第 62 頁。
〔註94〕方孝岳：《中國文學批評》，上海：世界書局，1944 年 4 月版，第 65 頁。

朝一切詩文風氣的開道者」,「會通盛唐晚唐的詩」,其推崇李杜,在於「豪放」,但也「要求精意」。〔註95〕

第 34 節「元遺山以北人悲歌慷慨之風救南人之失」,曾論及元好問評杜。元之《論詩三十首》絕句,是自杜甫論詩六絕句以後「絕無僅有的佳作」。其十云:「排比鋪張特一途,藩籬如此亦區區。少陵自有連城璧,爭奈微之識碔砆。」元好問認為,老杜的精處,尚非元稹所能見到;對其根本要點,亦未曾說出。但在方孝岳看來,元稹是就「詩才與詩的技術」上來講,「未嘗不是確評」;況且老杜還有「轉益多師」「清詞麗句」之賞,足見其在「才術」上,也是有所講求。宋人對杜之崇拜,「暗中即本於元稹的觀念,涵泳於老杜的詩律甚深」,而元好問注意於「心聲」與「天然豪壯」,厭薄宋風,故有此批評。〔註96〕其論詩的宗旨,似在專取「大開大合的筆調」,以老杜「掣鯨魚於碧海」的雄壯境界為主,但不免因「雄」而至於「獷」,因「壯」而至於「粗野」。杜甫論詩,尚有「極細密的地方」,此為元好問所不及。〔註97〕對此三十首詩,翁方綱也曾有「詳細的討論」,認為「古雅難將子美親,精純全失義山真。論詩寧下涪翁拜,未作江西社里人」,正是元好問力尊山谷之處。但在方孝岳看來,翁之解法,是曲解元好問之言以牽就己意。如果將三十首前後通貫一看,就可以明白:「好問不但不屑意於山谷,似乎對於杜甫,也不必一定視為唯一的宗主。」〔註98〕

第 36 節「李東陽所談的『格調』和前後七子所醉心的『才』」指出,李東陽認為宋人之學杜,弊在「不善學」。宋人學杜甫,而所作終是宋人之詩而非唐詩,是因為「未曾先得唐調的緣故」,至於杜之「音響與格律相稱」一層,宋人也未曾理會。〔註99〕

第 42 節「清初『清真雅正』的標準和方望溪的『義法論』」,引用《四庫總目》對《唐宋詩醇》的介紹云:「凡唐詩四家,曰李白,杜甫,白居易,韓愈。宋詩二家,曰蘇軾,陸游。詩至唐而極其盛,至宋而極其變」,「惟兩代之詩最為總雜,於其中通評甲乙,要當以此六家為大宗。蓋李白源出《離騷》,

〔註95〕方孝岳:《中國文學批評》,上海:世界書局,1944 年 4 月版,第 70 頁。
〔註96〕方孝岳:《中國文學批評》,上海:世界書局,1944 年 4 月版,第 97 頁。
〔註97〕方孝岳:《中國文學批評》,上海:世界書局,1944 年 4 月版,第 99 頁。
〔註98〕方孝岳:《中國文學批評》,上海:世界書局,1944 年 4 月版,第 100～101 頁。
〔註99〕方孝岳:《中國文學批評》,上海:世界書局,1944 年 4 月版,第 110 頁。

而才華超妙，為唐人第一；杜甫源出於國風、二雅，而性情真摯，亦為唐人第一。自是而外，平易而最近乎情者，無過白居易；奇創而不詭乎理者，無過韓愈。錄此四家，已足包括眾長。至於北宋之詩，蘇黃並駕；南宋之詩，范陸齊名。然江西宗派，實變化於韓杜之間，既錄杜韓，可無庸復見。」〔註100〕從中可以見出，官修之書，總以「平正閎大」的態度為主，「對於特標一種面目的主張，極力避免，防有流弊」。其中「大宗」二字，似是將高棅所分的「正宗」和「大家」兩種名目和合起來，或是認為「大家」可以包含「正宗」，而「正宗」不能含納「大家」，故別立「大宗」名目。〔註101〕

最後，王船山曾在《詩廣傳》（卷一）中，評價杜甫的「殘杯與冷炙，到處潛悲辛」，「仍是關心自己的衣食，近於哀鳴遊乞之音，說不上稷契的志事」。方孝岳認為，船山此話本意固然不錯，但對於杜甫，則「未免過於苛刻」。究其原因，還是因為船山在明末的遺老中，「尤為韜光匿采」，「嫉惡最嚴」，所以本其「艱貞之性，濟物之懷」，覺得「凡是稍稍急功近利近於為私的話，都萬分可恥」。進而指出，各種批評的發生，各有其「所以發生的機緣」及其「針鋒所指的對象」，並且「各有個人學問遭際上的關係」。倘若執著於「片面之言」，視之為「一成不變的定論」，則會發生誤會。因此，「對於一切言論，都應當從四方八面來活看」，「對於各種批評的『旁因』」，則不可不究。此一意見，已非針對某一特例而言，實則已上升為文學批評的一般法則。〔註102〕方孝岳還認為杜詩「文章千古事，得失寸心知」，堪稱文學批評的「微言」。「文章的好壞」和「作者用心的曲折」，旁人的批評不一定都能得到。因此，凡是研究文學批評的人，應隨時不失「自己的批評本能」。〔註103〕

本書的特色，一是「作者的思想與鋪陳的方法」可謂「鞭闢入裏」。如對老杜的文學批評，注重別裁偽體；對元遺山的文學批評，注重悲歌慷慨等，都能「搔著癢處，發人深省」。二是材料方面，作者能從詩選、文選和論詩絕句的字裏行間，「抽出許多妙論」。〔註104〕除重視詩文評外，還首次將文

〔註100〕方孝岳：《中國文學批評》，上海：世界書局，1944 年 4 月版，第 139 頁。

〔註101〕方孝岳：《中國文學批評》，上海：世界書局，1944 年 4 月版，第 140 頁。

〔註102〕方孝岳：《中國文學批評》，上海：世界書局，1944 年 4 月版，《導言》第 3～4 頁。

〔註103〕方孝岳：《中國文學批評》，上海：世界書局，1944 年 4 月版，《導言》第 5 頁。

〔註104〕方孝岳：《中國文學批評》，上海：世界書局，1944 年 4 月版，第 160 頁。

學總集納入文學批評研究的範圍，視總集本身為文學批評著作。〔註 105〕三是「對於各人的批評」，能夠「舍短取長」，「一一從客觀方面著想」，「極其忠懇」。〔註 106〕

九、宋雲彬編著：《中國文學史簡編》

「民國三十四年五月初版」。發行者：文化供應社；印刷者：潤華印刷廠（重慶南岸馬鞍山）；總發行：文化供應社（重慶民權路新生市場）；分發行：重慶・成都・西安・蘭州聯營書店。〔註 107〕

宋雲彬（1897～1979），文學史家、編輯家。曾用筆名無我、宋佩韋。浙江海寧人。曾就讀於上海政法大學。1923 年前後，任《新浙江報》主筆。1924 年 8 月加入中國共產黨，後在廣州黃埔軍校編輯《黃埔日報》。1927 年春，廣州國民政府遷武漢，任《民國日報》編輯，兼武漢政府勞工部秘書。「四・一二」政變之後，潛居上海，充商務印書館館外編輯，曾點校《資治通鑒》。1928 年冬起，任開明書店編輯，整理《辭通》並題跋。後參加主編《國文講義》和《中學生》。抗戰初期，在武漢軍事委員會政治部第三廳從事抗日宣傳活動。武漢淪陷後，轉赴桂林，任中華全國文藝界抗敵協會桂林分會理事、常務理事，入文化供應社任編輯兼出版部主任，並任桂林師範學院教授。同時，與夏衍、秦似、孟超、聶紺弩等共同編輯《野草》。1945 年6 月，參加中國民主同盟。抗戰勝利後，任重慶進修出版社編輯。1946 年 1月，主編中國民主同盟機關刊物《民主生活》週刊。後去香港，任香港文化供應社總編輯。1948 年 8 月，《文匯報》在香港出刊，主編該報《青年週刊》，同時為上海書店編寫南洋華僑中學的語文教科書，並在達德學院任教授。〔註 108〕

〔註 105〕王友勝、李鴻淵、林彬暉、李躍忠：《民國間古代文學研究名著導讀》，長沙：嶽麓書社，2010 年 1 月版，第 179 頁。

〔註 106〕方孝岳：《中國文學批評》，上海：世界書局，1944 年 4 月版，第 160 頁。

〔註 107〕據北京圖書館編《民國時期總書目（1911～1949）：文學理論・世界文學・中國文學》上，該書另有 1947 年 3 月滬新 1 版，1948 年 10 月滬新 2 版，140 頁，32 開。「簡述中國文學的源流和演變。係據著者的《文學史話》一書修訂補充而成。」（第 202 頁）

〔註 108〕參見江流《宋雲彬》，海寧縣政協文史資料工作委員會、海寧縣文學藝術界聯合會合編《海寧人物資料》第一輯，內部本，1985 年，第 191～192 頁；重慶市新聞出版局編纂《重慶市志・出版志 1840～1987》，重慶：重慶出版社，2007 年 4 月版，第 596 頁。

　　該書有《序》，末署「雲彬一九四五年三月於昆明」。據此可知，1934 年，上海開明書店創辦開明函授學校，宋雲彬、夏丏尊、葉聖陶、陳望道曾合編《國文講義》，其中《文學史話》一門，由宋雲彬擔任撰寫。抗戰以來，因為種種關係，《國文講義》終未再版。1944 年冬，宋雲彬從桂林逃難到重慶，「旅況蕭瑟，意興闌珊」，文化供應社同人乃鼓勵其再寫中國文學史，一方面「藉此排遣」，一方面以「補助」生活費用。其對象，是「豫備給中學程度的青年們閱讀」。其目的，借用《文心》之說，是教他們「知道一點文學的源流和演變」，然後「依文學史的線索去選讀歷代的名作」。

　　全書共分十二章，第五章「唐代的律詩與古文」勾勒出「唐朝一代律詩的演進與遞嬗之跡」，其中談及杜甫的貢獻與地位。宋雲彬認為，「詩貴詠歌，本宜諧協」，但在晉宋以前，文字上的對偶之法未工，作詩者僅知協韻，無所謂「律」。「自沈約聲律之論起，於文字的對偶之外，更加上聲調的對偶」，便完成了唐以來的「律詩」。齊梁詩體，往往兩句一聯，四句一絕，已開律詩風氣。初唐四傑的作品，漸多五言律詩。其後沈佺期、宋之問出，更講究聲律對偶之法，遂定五七言八句的程式，號為「律詩」。故後人尊沈、宋為「律詩之祖」。因律詩之發達，更有所謂「絕句」與「排律」。或言絕句猶截句，「蓋截律詩之半而成」。排律也起於唐初，以五言為多。其貴在「排偶櫛比，聲和律整」。本只六韻而止，至杜甫始為長律。簡單地說，陳子昂、杜審言、沈佺期、宋之問開初唐氣象，李白、杜甫集諸家之大成，其餘各自成家，至晚唐，則唯獨李義山猶有杜甫遺風。

　　唐代律詩之盛，考其時代背景，一是「唐代諸帝，大都能詩」。「專制時代，君主的好尚，每足以造成風氣」。二是唐以詩賦取士，故有「大量的生產」。此外，因「時勢的不同」，詩風也會隨之變換。如開元、天寶之前的作品，「大都是歌舞升平，充滿一種愉快的情調」；開元、天寶之後，詩人飽經離亂，作品「遂多感慨」，如杜甫的《詠懷古蹟》，堪稱此一時期的代表作品。到晚唐，「猶有杜公遺響」的玉谿生，其詩作則更「悲感多端，近於亡國之音」。〔註 109〕

〔註 109〕宋雲彬編著：《中國文學史簡編》，重慶：文化供應社，1945 年 5 月版，第 52～57 頁。

第六章　選本、國文教材中的杜詩及其檢索工具書

　　所謂「選本」，實際上也是一種文學評論，去取之間，自有一種原則和標準。

　　題中的「選本」，當指兩類：一是關於杜詩的選本，大多是以《杜工部集》為底本所作的選編，也有在其他杜詩選本的基礎上的再度選輯。二是兼及杜詩的選本，即在某一主題之下所作的選輯，杜詩作為其中一部分，佔有或大或小、或輕或重的比例。至於國文教材，在某種意義上講，也是一種特殊的選本。本章論及的選本與國文教材，部分出版於抗戰之前，但抗戰期間仍在繼續印行；部分出版地未在大後方，但發行卻遍及全國，筆者均將其納入考察的範圍，並將分類以述。

　　而題中的「檢索工具書」，此處單指由洪業主編、哈佛燕京學社引得編纂處所編的《杜詩引得》。該書雖成於北平，但問世之後，影響甚大，並很快波及大後方地區。

　　這些選本、教材及工具書，推動和促進了抗戰時期杜詩在不同文化水平的知識分子中的普及和深入。

第一節　杜詩選本

　　抗戰時期，除杜詩全集及其注本，如仇兆鰲《杜少陵集詳注》之外，有關杜詩的選本，坊間市面，也並不少見，而較為流行的，有傅東華選注《杜甫詩》及沈歸愚選《音注杜少陵詩》。本節主要對此二書，略作介紹。

一、傅東華選注：《杜甫詩》

主編者：王雲五、朱經農；發行人：（重慶白象街）王雲五；印刷所：商務印書館印刷廠；發行所：各地商務印書館。「中華民國十九年十月初版，中華民國三十四年四月渝第一版」。渝版熟料紙，41＋170頁，36開。定價國幣三元。此係「學生國學叢書」之一。

傅東華（1893～1971），又名則黃，筆名伍實、郭定一、黃約齋等。浙江金華人。翻譯家、出版家。1912年畢業於上海南洋公學中學部，次年考入中華書局當練習生，不久即聘為編輯員。1924年，曾在商務印書館任編譯員。1936年春，在上海發起組織「文藝作家協會」，號召文藝家共赴國難。「八‧一三」上海抗戰開始後，參加上海市文化界救亡協會，任協會主辦的《救亡日報》主編。並應「復社」之請，與胡仲持等翻譯《西行漫記》，次年在上海出版。上海淪陷後，留守租界，翻譯《飄》《業障》等，同時編輯出版《孤島閒書》。1942年7月應暨南大學之聘，攜眷屬去福建建陽途中，在浙江金華為日軍所俘，被關押在杭州日偽敵工總部，9月由漢奸傅式說保釋出獄，曾短暫地為汪偽政府主編過《東南》月刊。1943年起隱居上海，從事翻譯與語言文字的研究。〔註1〕

渝版之前，該書另有兩種版本：

①上海，商務印書館，1930年10月初版，1934年7月再版，48＋246頁，36開（萬有文庫第1集：學生國學叢書，王雲五主編）

②上海，商務印書館，1934年3月初版，1934年6月再版，1947年1月4版，50＋246頁，36開（學生國學叢書，王雲五、朱經農編）

1947年版增列叢書名為「新中學文庫」。〔註2〕

該書所選杜詩，若以詩題計，有263首（《民國時期總書目》謂「300餘首」）。據《凡例》，其選編標準，約為兩點：因其「專供學生閱讀」，故所選皆取「典實不過濃重而詩意易於領悟者」；但杜集中最著名的作品，如《壯遊詩》，為「瞭解作者的人格及藝術」，雖「典實稍嫌濃重」，亦均入選。本編雖非全集，而排次仍依原集編年體例。杜詩箋解注釋，宋、元以來，不止千家，其

〔註1〕張玉春主編：《百年暨大人物志》，廣州：暨南大學出版社，2006年10月版，第80頁。
〔註2〕北京圖書館編：《民國時期總書目（1911～1949）：文學理論‧世界文學‧中國文學》上，北京：書目文獻出版社，1992年11月版，第331頁。

「詳略各殊，醇疵錯出」。近代流行，以朱鶴齡之輯注，仇兆鰲詳注為盛。錢謙益箋注，雖被公認為「威權的著作」，但其「詳於稍僻之典，而略於較熟之典」，不便初學。楊西河採集各家之長，著為《杜詩鏡銓》，「詳略得宜，釋義精當」，故本編注釋，大致從之。

又有《導言》，末署「一六、一、三，編者，於上海」。首先是關於杜甫生平事蹟的介紹。杜詩號稱「詩史」，既是其「一生的自述」，也是「時代的實錄」。其飄泊流轉的生涯，完全是時代造成；而其詩集，也堪稱「一部痛史」。因此，要瞭解杜甫生平，理解杜詩，首先要明白其時代背景。從其詩裏，可以感知當時政象的腐敗，一是君臣荒淫，二是窮兵黷武。安史之亂起，詩人的生活，便隨其「凶險的惡波」而上下。但杜甫並不汲汲以個人為念，凡送人赴官，均希其能為國家宣力，以助成中興之業。

其次是對杜甫思想的分析。杜甫是一個與政治及社會接觸極密的詩人。政治與社會上的種種現象，均可成為其詩的「動機和題材」。因此，杜甫既非「隱遁主義者」，也非「超世主義者」，而是一個「道地的儒教信徒」。他對儒家治國平天下的觀念，以及孔子畢生遑遑、席不暇暖的態度，有著「切實的體會、篤信，而實踐」；同時又具有一種「博大、深厚、普遍、充實的同情」，對君國，對朋友，對妻子，對兄弟，以至對路人，對一草一木，都有所流露。

正因為這種「博厚充實的同情」，杜甫便有著「毫無虛偽的真誠態度」。其寄贈朋友的詩作，隨處可見「忠實勤懇的語氣」；即便是敷陳時事之作，也「似乎只知直陳，不知忌諱」，「與其用峻刻的諷刺致傷忠厚，毋寧取戇直的指斥以全愚誠」。

以上杜甫人格上的兩大特點——同情和忠厚，差不多已經構成杜詩的「偉大的全部」。

再次是對杜詩藝術成就的評價。嚴滄浪（羽）、秦淮海（觀）、《新唐書》，均承認杜詩的集大成，同時又贊其詩才的「浩大宏富」。至趙翼，則進一步揭示其「真本領」之所在，即「思力沉厚」和「筆力豪勁」。杜詩為寫實派的藝術。寫實派的大本領，不但能夠觀察「物」的外象，還須能夠看進「物」的本真，這即是一種深刻的洞見（insight）；同時又必兼具強勁的表現力（power of expression）。

杜詩的特徵，若是徹底地「尋究」，可得三點。一是杜甫的詩境，「曾向政治、歷史、社會方面特別開拓」。以政治、歷史、社會為詩的題材，自《三

百篇》以後，大都只是作為小部分題材的泉源，而杜甫則是將其作為「一生著述的主要題目」。「將政治詩化，將歷史詩化，將經世的策論詩化，將人物的評論詩化」，就此點而論，「中國直到現在的詩人，未有如杜甫者」。二是杜甫對於詩的形式，「曾有一種新的工夫，新的試驗，新的發展」。其大部分詩作，雖仍採用「普通的格律」，但在「格律的束縛」之中，卻能「自由活動」。從題目格調，均不乏獨創。三是杜甫以詩為終身事業，「無論處怎樣的境遇，都無不努力作詩」。

《杜集書目提要》《杜集書錄》《杜集敍錄》收錄此書。「提要」云：「王雲五、朱經農主編。一九三四年，上海商務印書館出版。鉛印本，一冊。是書首載編者『導言』『凡例』。全書選杜詩近四百首，以編年為序，大致以楊倫《杜詩鏡銓》為底本，每首詩下有簡要注解。是書為商務印書館『學生國學叢書』之一。」〔註3〕「書錄」中的「板本」云：「一九三三上海商務印書館排印」；又有「編者按」：「此書收入『中學生叢書』，又收入『學生國學叢書』」。〔註4〕「敍錄」云：「該書上海商務印書館 1934 年出版，為王雲五、朱經農主編的《學生國學叢書》之一。此書共選杜詩約 400 首，大致以楊倫《杜詩鏡銓》為底本，有簡要注釋。1968 年，臺北商務印書館再版。1972 年，列入該館『人人文庫』，再行印刷。」〔註5〕「提要」和「敍錄」均採錄「1934 年」為初版年，似是未見該書 1930 年的版本。而「書錄」的「1933 年」則明顯有誤。另外，所謂「近400 首」「約 400 首」，或是同一詩題下，偶有多首，累加而成此數。

二、沈歸愚選：《音注杜少陵詩》

封面署「沈歸愚選本」。沈歸愚即沈德潛（1673～1769），歸愚是號。此係「中國文學精華」叢書之一〔註6〕。據其版權頁，輯注者：中華書局；發行者：中華書局有限公司（代表人：路錫三）；印刷者：（上海澳門路）美商永寧有限公司。「民國廿五年八月發行，民國三十年一月四版」。四版總發行處：

〔註3〕鄭慶篤、焦裕銀、張忠綱、馮建國編著：《杜集書目提要》，濟南：齊魯書社，1986 年 9 月版，第 280 頁。

〔註4〕周采泉：《杜集書錄》上，上海：上海古籍出版社，1986 年 12 月版，第 440 頁。

〔註5〕張忠綱、趙睿才、綦維、孫微編著：《杜集敍錄》，濟南：齊魯書社，2008 年 10 月版，第 509～510 頁。

〔註6〕據古籍網，該書是「中國文學精華」之 15，但四版未注明其序號。

（昆明）中華書局發行所；分發行所：各埠中華書局。實價國幣六角。自 1936 年 8 月〔註7〕至 1941 年 1 月，此書即已四版，可見其在抗戰時期之廣受歡迎。

　　此版應是在《音注杜少陵詩》（清沈德潛選本，張廷貴音注）基礎上改頭換面而成。馬同儼、姜炳炘《杜詩版本目錄》有「音注杜少陵詩　四卷」條目：「（清）沈德潛選，張廷貴音注，民國十八年（1929），上海文明書局，鉛印本，二冊（四川省圖書館藏）」；又一部：「民國二十五年（1936），上海中華書局，鉛印本，一冊」。〔註8〕《杜集書錄》列其條目：「廷貴，吳興人。字號履歷不詳。【板本】一九四二年，前上海中華書局排印。又有文明書局石印本。【編者按】此書無序，首列小傳，有編輯大意，有圈點、簡注。」〔註9〕《杜集書目提要》收「沈德潛選本」，但未錄「沈歸愚選本」。前者的相關介紹云：「一九二四年上海中華書局出版，鉛印一冊，是書首載『揭要』『杜甫小傳』。選詩二百餘首，不出沈德潛《杜詩偶評》之範圍。詩中難字加注同音字，並有簡要注解，以適合中學師範及家庭自修課本之用。此書為中華書局《中國文學精華叢書》之一。」〔註10〕或云該書「係就沈德潛《唐詩別裁集》所選杜詩音注而成」〔註11〕。此兩版，《杜集敘錄》均未見收。

　　書前有《揭要》云：「公詩探源於三百篇及楚騷漢魏樂府，包羅豐富，含蓄深遠。其文約，其詞微，稱名小而指極大，舉類邇而見義遠。於流離困頓之中，不忘愛君報國之志；忠義根於天性，才與識又足以濟之，故能成此空前絕後之作。後人尊之曰詩聖，目之曰詩史，良有以也。」

　　又有《小傳》：「先生名甫，字子美，本襄陽人。後徙河南鞏縣，天寶初舉進士不第，以獻三大禮賦待制集賢院，授京兆府兵曹參軍。肅宗立，走鳳翔謁上，拜右拾遺。房琯敗陳濤斜罷相，甫疏救，出為華州司功參軍。棄官客秦州，流落劍南，依嚴武。武表為檢校工部員外郎。大曆中游耒陽，一夕大醉

〔註7〕據該版版權頁，發行者：中華書局有限公司（代表人：陸費逵）。實價國幣二角五分。

〔註8〕中華書局編輯：《杜甫研究論文集》三輯，北京：中華書局，1963 年 9 月版，第 368 頁。

〔註9〕周采泉：《杜集書錄》上，上海：上海古籍出版社，1986 年 12 月版，第 440 頁。

〔註10〕鄭慶篤、焦裕銀、張忠綱、馮建國編著：《杜集書目提要》，濟南：齊魯書社，1986 年 9 月版，第 276 頁。

〔註11〕陳伯海、朱易安編撰：《唐詩書目總錄》上，上海：上海古籍出版社，2015 年 11 月版，第 466 頁。

卒，時年五十九。葬於偃師西北首陽山山前。」

該書共選詩 159 首（以詩題計），分別為：

五古（23 首）：《奉贈韋左丞丈二十二韻》《望嶽》《贈衛八處士》《同諸公登慈恩寺塔》《前出塞九首》《後出塞五首》《自京赴奉先縣詠懷五百字》《述懷》《玉華宮》《羌村三首》《示從孫濟》《新安吏》《石壕吏》《新婚別》《無家別》《佳人》《夢李白二首》《寒峽》《石龕》《水會渡》《劍門》《遭田父泥飲美嚴中丞》《送重表侄王砅評事使南海》。

七古（38 首）：《玄都壇歌》《兵車行》《高都護驄馬行》《醉時歌》《醉歌行》《送孔巢父謝病歸遊江東兼呈李白》《飲中八仙歌》《曲江》《貧交行》《麗人行》《渼陂行》《奉先劉少府新畫山水障歌》《悲陳陶》《哀江頭》《哀王孫》《蘇端薛復筵簡薛華醉歌》《洗兵馬》《乾元中寓居同谷縣作歌七首》《戲題畫山水圖》《戲為雙松圖歌》《茅屋為秋風所破歎〔註 12〕》《觀打魚歌》《又觀打魚》《短歌行》《韋諷錄事宅觀曹將軍畫馬圖》《丹青引》《戲作花卿歌》《閬山歌》《閬水歌》《折檻行》《古柏行》《縛雞行》《觀公孫大娘弟子舞劍器行》《憶昔》《陪王侍御同登東山最高頂宴姚通泉晚攜酒泛江》《白鳧行》《夜聞觱篥》《追酬故高蜀州人日見寄》。

五律（44 首）：《登兗州城樓》《房兵曹胡馬詩》《夜宴左氏莊》《春日憶李白》《對雪》《月夜》《春望》《收京三首》《天河》《春宿左省》《宋翰林張司馬南海勒碑》《秦州雜詩四首》《月夜憶舍弟》《搗衣》《送遠》《天末懷李白》《送人從軍》《野望》《春夜喜雨》《江亭》《後遊》《不見》《客亭》《江漢》《禹廟》《旅夜書懷》《落日》《刈稻了詠懷》《瞿塘兩崖》《洞房》《江上》《吾宗》《遣憂》《熟食日示宗文宗武》《又示兩兒》《孤雁》《促織》《蕃劍》《子規》《喜觀即到復題短篇》《第五弟豐獨在江左近三四載寂無消息覓使寄此》《公安縣懷古》《泊岳陽城下》《登岳陽樓》。

七律（36 首）：《題張氏隱居》《城西陂泛舟》《九日藍田崔氏莊》《崔氏東山草堂》《曲江對雨》《送鄭十八虔貶台州司戶傷其臨老陷賊之故闕為面別情見於詩》《五日遣興奉寄北省舊閣老兩院故人》《蜀相》《野老》《送韓十四江東覲省》《野人送朱櫻》《南鄰》《和裴迪登蜀州東亭送客逢早梅相憶見寄》《客至》《賓至》《恨別》《秋盡》《野望》《聞官軍收河南河北》《登高》《將赴荊南寄別李劍州》《將赴成都草堂途中有作先寄嚴鄭公五首》《登樓》《宿府》《閣

〔註 12〕原書目錄與正文均作「歎」，一般作「歌」。

夜》《白帝城最高樓》《秋興八首》《詠懷古蹟五首》《諸將五首》《夜》《返照》
《九日》《又呈吳郎》《吹笛》《冬至》《小寒食舟中作》。

　　五排（15 首）：《投贈哥舒開府翰二十韻》《敬贈鄭諫議十韻》《上韋左相
二十韻》《送蔡希魯都尉還隴右因寄高三十五書記》《遣興》《行次昭陵》《重
經昭陵》《寄李十二白二十韻》《奉送嚴公入朝十韻》《傷春》《王閬州筵奉酬
十一舅惜別之作》《春歸》《奉觀嚴鄭公廳事岷山沱江畫圖十韻》《謁先主廟》
《東屯月夜》《復愁》《歸雁》《八陣圖》。

　　七絕（3 首）：《贈花卿》《書堂飲既夜復邀李尚書下馬月下賦》《江南逢李
龜年》。

第二節　兼及杜詩的選本

　　20 世紀中國啟蒙運動的興起，其直接原因即在於「列強的窺伺和國家的
危難」，至三十年代，則為日本帝國主義的直接入侵所取代。時局的陡轉直下，
不僅「給文學創作以刺激」，而且給古典文學的研究，帶來「十分醒目的變化」，
即此一時期，「民族英雄詩話」「民族詩選」「愛國詩選」之類的選本與評注本，
不斷湧現。而杜甫作為「對後世影響最為深刻」的「愛國詩人」，更是這些選
本重點揀擇的對象。〔註 13〕今姑舉數例。

一、李宗鄴編：《注釋中國民族詩選》第一集

　　內封署「注釋中國民族詩選，不破樓闌終不還，第一集，愛國詩」，中華
書局「民國二十四年六月發行，民國三十六年九月四版」。

　　李宗鄴（1896～1993），又名李若梅、李譽三，化名楊海梅。安徽霍邱人。
1926 年畢業於國立東南大學歷史系。後任上海中華法政大學史學教授。1927 年
任國民革命軍第十軍政治部組織科長兼秘書。1928 年任安慶公安局政訓處主
任。1930 年任上海招商局航業專門學校教授兼秘書。1931 年赴廣州參加國民
大會非常會議，次年任中山大學教授。1933 年任上海中華書局、商務印書館特
約編輯。1935 年任南京社會局中等教育科科員。1940 年後，歷任安徽政治學
院教授，霍山師範學校國文歷史教員，黑龍江北安師範歷史教員，齊齊哈爾師

〔註 13〕王學泰：《20 世紀文化變遷中的杜甫研究》，董乃斌、薛天緯、石昌渝主編《中
　　　　國古典文學學術史研究》，烏魯木齊：新疆人民出版社，1997 年 11 月版，第
　　　　409 頁。

rt3="6">

範歷史講師，瀋陽師範學院歷史講師，遼寧大學歷史系講師。1983 年晉升為副研究員。論著有《孟子思想研究》《論唐代史官制度的建立》《中國歷史要籍介紹》《中國史料學概論》《中國史學史》《二十六史述略》等。〔註14〕

本集所選愛國詩，現以詩題略作統計。需要說明的是，同一詩題下，或有數首，此處不另計。其中包括：

唐：王昌齡（1），張仲素（1），王維（2），戴叔倫（1），嚴武（1），李益（3），馬戴（1），李白（3），杜甫（4），呂溫（2），岑參（2），戎昱（1），胡曾（1），杜牧（1），高適（1），李德裕（1），令狐楚（1），王涯（1），李涉（1），許渾（1），薛逢（1）

蜀：花蕊夫人（1）

宋：李師中（1），文天祥（8），鄭思肖（11），謝翱（1），林景熙（1），岳飛（1），劉子翬（1），汪元量（6），蘇軾（1），陸游（28），范成大（2），失名（2），王賓（1）

元：劉因（1），宋無（1）

明：陳佐才（1），屈大均（1），陳獻章（1），鍾羽正（1），乞丐（1），思宗（1），李騰蛟（1），黃淳耀（1），（女）鄭啟秀（1），張家玉（8），吳易（1），戚繼光（1），瞿式耜（1），戴重（1），閻應元（1），張國維（1），左懋第（1），孫承宗（19），汪澤民（1）

清：鄧漢儀（1），吳偉業（2），趙懷玉（1），陳文述（1）；（僧）敬安（1），石達開（4），康廣仁（1），楊深秀（1），林篤生（1），（女）柴靜儀（1），秋瑾（1），黃鐘傑（1），鄭霱光（2），趙聲（2）

民國：（女）吳芝瑛（2），邱逢甲（3），韓菁伯（6），張錫鑾（3），梁啟超（2）

由上觀之，該集所選杜詩，數量並不見多，遠遜於陸游、孫承宗、鄭思肖等諸家。所選詩作分別為：

1.《黃河》：黃河北岸海西軍，椎鼓鳴鐘天下聞。鐵馬長鳴不知數，胡人高鼻動成群。

注：椎鼓，擊鼓也。鐵馬，言士馬強壯，如鐵之堅。唐平突厥、鐵勒、回紇，大多西亞民族，故有高鼻深目之相。

〔註14〕王鴻賓、孫寶君、袁佔先、徐徹、曹夫興主編：《東北人物大辭典》第二卷上，瀋陽：遼寧古籍出版社，1996 年 12 月版，第 736～737 頁。

2.《聞河北諸道節度入朝》：社稷蒼生計必安，蠻夷雜種錯相干。周宣漢武今王是，孝子忠臣後代看。

注：干，侵犯也。周宣王、漢武帝對外武功極盛，詩意乃以捍禦外侮，勉勵跋扈藩鎮，作忠臣孝子，以為後世模範。

3.《喜聞盜賊總退》：蕭關隴水入官軍，青海黃河卷塞雲。北極轉愁龍虎氣，西戎休縱犬羊群。

注：蕭關，在甘肅固原縣東南。隴水，在甘肅境。群盜已潰。官軍氣若龍虎，西戎乃犬羊之患耳，不難一鼓蕩平。

其二：崆峒西極過崑崙，駝馬由來擁國門。逆氣數年吹路斷，蕃人聞道漸星奔。

注：崆峒山有三，俱在甘肅。崑崙山起自帕米爾，分為三支，為中國主幹山脈。蕃人，指西域吐蕃，唐時為患甚烈。

4.《聞河北諸將入朝》：十二年來多戰場，天威已息陣堂堂；神靈漢代中興主，功業汾陽異姓王。

注：中興，漢光武中興漢室。汾陽，郭子儀討安祿山、史思明有功，封汾陽郡王。唐代節度使素多驕恣，以河北為強；河北入朝，國家中興統一矣。〔註15〕

《（注釋）中國民族詩選》共6集，《民國時期總書目》有錄：

> 李宗鄴編，上海，中華書局，1935年6月～1947年9月，32
> 開，（初中學生文庫）
> 第1集，1935年6月初版，1947年9月4版，14＋144頁
> 第2集，1935年10月初版，1941年7月4版，14＋113頁
> 第3集，1936年2月初版，14＋106頁
> 第4集，1936年2月初版，14＋106頁
> 第5集，1936年6月初版，1936年11月再版，10＋110頁
> 第6集，1936年6月初版，12＋82＋52頁
> 分愛國詩、史地詩、勞動詩、雜詩4類，收400餘人的詩1300
> 餘首。書末附作者小傳。第3至6集由喻守真增補。〔註16〕

〔註15〕李宗鄴編：《注釋中國民族詩選》第一集，上海：中華書局，1947年9月，第11～13頁。
〔註16〕北京圖書館編：《民國時期總書目（1911～1949）：文學理論‧世界文學‧中國文學》上，北京：書目文獻出版社，1992年11月版，第312頁。

《黃河》一詩，同時選入第三集（第 5 頁）。內封署「注釋中國民族詩選
一樣江山兩樣才　第三集　史地詩」，編者：李宗鄴，增補者：喻守真。「民國
二十五年二月發行，民國三十年七月四版」。四版總發行處：（昆明）中華書
局發行所。

李宗鄴「廣稽史蹟，遍羅專刊」，「志欲排比探索，建立中國民族文學之
基礎」，進而「宣揚文化，喚醒國魂」，「激勵青年，發揚朝氣，以期復興我民
族，挽回劫運」。〔註17〕基於此，又在 1937 年，選編《滿江紅愛國詞百首》，
由商務印書館於 1938 年 3 月梓行。該書取材，「以忠義奮發，慷慨蒼涼，具
有爭赴國難，復興民族之熱情者為範」。同時，「以岳飛詞冠首，兼寓民族精
神，重禦外侮之意」。〔註18〕

二、章楨選注：《非常時期之詩歌》

發行者：中華書局有限公司（代表人：路錫三）；印刷者：（上海澳門路）
中華書局印刷所；總發行處：（上海福州路）中華書局發行所；分發行處：
各埠中華書局。「民國二十六年三月印刷，民國二十六年三月發行」。校對
者：萬迴儒〔註19〕、柳啟新。實價國幣三角。1937 年 8 月再版，1938 年 7
月 3 版。〔註20〕

章楨，江蘇人。生於 1908 年。能詩詞。據黃炎培 1931 年 7 月 8 日日記：
「午後至職社，馬宗榮偕大夏中華畢業生章楨、章柱姊弟二人來，為介紹於
滬江大學。」〔註21〕後與馬宗榮〔註22〕結為夫婦。曾任貴陽女中教師。1962

〔註17〕陶琴：《滿江紅考證代序》，李宗鄴編《滿江紅愛國詞百首》，長沙：商務印書
　　　館，1938 年 3 月版，第 8 頁。
〔註18〕李宗鄴編：《滿江紅愛國詞百首》，長沙：商務印書館，1938 年 3 月版，《本
　　　書編輯大意》第 1 頁。關於《滿江紅愛國詞百首》，馬興榮、吳熊和、曹濟平
　　　主編《中國詞學大辭典》（杭州：浙江教育出版社，1996 年 10 月）有詞條（第
　　　293 頁）。
〔註19〕萬迴儒，即萬維超。
〔註20〕中華書局編輯部編：《中華書局圖書總目（1912～1949）》，北京：中華書局，
　　　1987 年 3 月版，第 327 頁。
〔註21〕黃炎培著，中國社會科學院近代史研究所整理：《黃炎培日記》第 4 卷（1931.6
　　　～1934.11），北京：華文出版社，2008 年 9 月版，第 9 頁。
〔註22〕馬宗榮（1896～1944），貴州貴陽人，字繼華。1916 年畢業於省立模範中學，
　　　任息烽縣立兩級小學校長。1919 年留學日本，先後肄業於東京第一高等預科、
　　　名古屋第八高等本科、東京帝國大學教育學科，1927 年畢業獲文學士學位。
　　　1929 年歸國，任上海市教育局督學。1930 年任大夏大學圖書館長兼社會教育

年被聘為貴州省文史研究館館員。1983 年去世。〔註 23〕

　　本書是中國新論社「非常時期叢書」之一。叢書主編：雷震、馬宗榮、徐逸樵、羅鴻詔。中國新論社，係雷震、徐逸樵、羅鴻詔等於「九‧一八」事變之後發起成立，發行《中國新論》雜誌，宣傳抗日，影響頗大。其發行量僅次於《東方雜誌》和《新中華》，曾被上海《中國評論週報》評為「優良政治雜誌」。〔註 24〕

　　何謂「非常時期」？《總序》開篇即云：「我國自鴉片戰爭已還，國步艱難，日甚一日，九十餘年間所喪失之土地主權，已令人痛心疾首，而近年以來有更甚焉；四省淪亡，冀察危殆，華北風雲，變幻未已。此何時乎？非常時期耶！」「稍知國是者，咸覺國族滅亡之禍，迫於眉睫」。因此，「吾人不能坐而待斃，敵人以全力來侵，吾人當以全力抵抗；敵人為繁榮其生命而魚肉吾民，吾人必為生存而奮鬥；驅逐敵人於國境之外，俾吾國四千餘年光榮之歷史不自今日而絕」。「而欲達此目的，則必全國上下，共同努力，以赴國難。」本著「天下興亡匹夫有責之義」，中國新論社決定編纂這套叢書。《總序》進而申明編纂要旨：一是介紹古人處非常時期的「嘉言懿行」，以喚起民眾的「民族意識及抗戰精神」；二是闡明非常時期的農工商人、教師、學生、婦女等應盡的職責，使全國民眾知曉「所以救亡圖存之道」；三是發表對非常時期的政治、經濟、金融、食糧、實業、教育、民眾訓練、精神訓練、新聞事業、出版事業、文藝等方面的意見，「以供當局應付非常時期之參考」。〔註 25〕

　　至於詩歌一冊，其《自序》也有說明：因為「精神作興，風尚轉移，實有賴詩歌之力」，如日人鹽谷溫，曾有《興國詩選》之輯，為振俗移風，自勵勵人，乃有此書的選注。編選的原則在於：「選其沉雄豪放，激昂慷慨之作，足

　　　　系主任、江蘇省立民眾教育學院教授、中華學藝社常務秘書等職。1935 年改
　　　　教育部簡任秘書。1938 年回黔任大夏大學總務長。1939 年任貴州省臨時參議
　　　　會議員。1940 年選為國民參政會參政員。1942 年秋兼國立中央民眾教育館館
　　　　長。年餘，疾假歸療，1944 年 1 月 20 日卒於貴陽。參見唐承德《貴州近現
　　　　代人物資料》，中國近現代史料學會貴陽市會員聯絡處，1997 年 7 月版，第
　　　　5 頁。
〔註 23〕趙少伏主編：《貴州省文史研究館志》，貴陽：貴州人民出版社，2003 年 4 月
　　　　版，第 293 頁。
〔註 24〕張澤賢：《中國現代文學詩歌版本聞見錄續集（1923～1949）》，上海：上海遠
　　　　東出版社，2009 年 8 月版，第 591 頁。
〔註 25〕章楨選注：《非常時期之詩歌》，上海：中華書局，1937 年 3 月版，《總序》
　　　　第 1～2 頁。末署「中華民國二十五年十月十日中國新論社同人謹識」。

以激發讀者愛國之情者」;「並注意作者之品節,其人格功業不足與作品輝映千古者,概不選入」,「藉以養成國人愛國家愛民族之精神,成仁取義之意志,以為非常時期國民精神之一助」。〔註26〕

本書共選注漢至清末的詩歌 89 首〔註27〕,依時代先後編次,每首均附注釋及標韻。計有:

漢高帝(1),崔顥(1),阮籍(1),陶潛(1),鮑照(1),虞義(1),無名氏(1),吳均(1),魏徵(1),王維(1),李白(5),杜甫(3),祖詠(1),張籍(1),白居易(1),杜牧(1),令狐楚(1),陸龜蒙(1),齊己(1),王珪(1),王令(1),岳飛(3),陸游(5),鄭思肖(2),文天祥(4),李春叟(1),元好問(3),陳孚(1),傅若金(1),高啟(2),劉績(2),楊繼盛(2),戚繼光(1),李時行(1),明崇禎帝(1),艾穆(1),張家玉(4),商景蘭(1),傅作霖(1),張煌言(1),萬泰(1),林洊(1),袁繼咸(1),顧炎武(1),畢著(1),孟亮揆(1),朱彝尊(1),朱奕恂(1),蔣士銓(2),趙翼(1),石達開(2),李秀成(1),楊仲年(1),梁啟超(1),宋育仁(1),林紓(1),秋瑾(2),宋教仁(1),廖仲愷(1),陳去病(3)。

自上以觀,李白、陸游,選詩 5 首;文天祥、張家玉,選詩 4 首;杜甫、岳飛、元好問、陳去病,選詩 3 首;鄭思肖、高啟、劉績、楊繼盛、蔣士銓、石達開、秋瑾,選詩 2 首;餘者各一首。杜甫僅居中位而已。其所選三首為《後出塞》《諸將》《春望》。

三、徐天閔選編:《古今詩選》《歷代詩選》

徐天閔(1890～1957),原名傑,字漢三,別號信齋,安徽懷寧(今屬安慶)人。早年就讀於安徽高等學堂。學成後,始而執教小學、中學(安慶),繼則私塾(杭州、天津)。民國初年,任教於安徽省立第一師範學校。1927～1929 年任教於南京中央大學。1929 年秋,應王星拱校長之聘,任教於武漢大學文學院。抗戰時期,隨校流亡樂山。1939 年 3 月 3 日,國立武漢大學第 351

〔註26〕章槙選注:《非常時期之詩歌》,上海:中華書局,1937 年 3 月版,《自序》第 1 頁。末署「民國二十五年八月章槙自序於首都」。
〔註27〕據該書《自序》,所選詩歌「都一百首」,故《中華書局圖書總目(1912～1949)》亦作「100 首」(第 327 頁),北京圖書館編《民國時期總書目(1911～1949):文學理論・世界文學・中國文學:上》(北京:書目文獻出版社,1992 年 11 月)作「百餘首」(第 318 頁),均不確,實際只有 89 首。

次會議推定徐天閔、劉博平、朱光潛組成校歌撰擬委員會，由徐天閔召集。其所撰歌詞，具有鮮明的時代性和民族性。1948 年 7 月～1949 年 7 月，曾短暫任教於安徽大學。1956 年被國家教育部定為二級教授。與劉永濟（弘度）、劉賾（博平）、席啟炯（魯思）、黃焯（耀先）合稱武漢大學「五老」。其治學，主要集中在三個方面：一是中國古代詩歌的發展情況和源流派別，二是杜甫詩歌，三是探討如何使用舊體詩形式表達新思想、新感受。

　　徐天閔在中文系，主要講授中國古代詩歌，每學期的課程名目，大抵分為兩類，即古代斷代詩歌（如《漢魏晉宋詩選》《四唐詩選》《宋詩選》等）和名家詩歌研究（如《杜甫詩歌研究》《蘇軾詩歌研究》等）。但在抗戰時期，只開杜詩研究，原因是：抗戰時講杜詩最合適。關於徐天閔上課時的情景，吳魯芹有繪聲繪色、繪形繪影的描述：

　　　　這時我最高興上的一門課是選修中文系的「古今詩選」……教這門課的徐天閔先生是安徽人，嗓門特別大。他往往是唱著進教室唱著出教室的，他和古今詩真可以說是渾然一體。他很少講解，一大半時間是唱掉了的。他有時候幾乎是不能自己，在說話中引用了某首詩就高聲唱起來了，對歷代詩人如數家珍，就像是他同代的朋友。當然最有交情的是老杜，老杜這，老杜那，說得眉飛色舞唾沫橫飛。他大約是最不講究教學法的教授，他的治學方法恐怕也是最不科學的，但這都無礙於他的博雅精深。他唱詩的時候緩急頓挫都帶感情，尤其是嗓門兒大，感情的成分也就表現得鉅細無遺。這在珞珈山文學院大樓，只要關緊教室的門，並不至於驚動四鄰，後來搬到四川樂山文廟的破屋中，情形就大不一樣，他一聲「支離東北風塵際」，隔壁會計學戴銘巽教授的資產負債表就震得不平衡了。但是他唱詩唱了一輩子，改弦易轍，談何容易，而且對學生而言，唱的部分是這門課的靈魂，不能從缺的。至於鄰居的安寧，下一堂再說吧。〔註 28〕

　　其每門課程均編有講義。武漢大學檔案館所藏資料中，自 1930 年到 1940 年，由「皖江徐天閔編選」「國立武漢大學印」的各種古代詩歌講義，計有八種。講義一般包括三方面的內容：詩作原文，前人評語，徐之批評意見。後者

〔註 28〕吳魯芹：《我的「誤人」與「誤己」生活》，《師友‧文章》，上海：上海書店出版社，2009 年 1 月版，第 185～186 頁。

多表現為「天閱案」，或稱「信齋詩話」。

「古今詩選」是武漢大學中文系的「當家課」。徐天閱主講此課，所編講義七八種。其一生的學術研究、教學活動、社交往來、個人影響，都與這門課程的講授和講義的編寫大有關係。就課程而言，其所講詩選如《四唐詩選》《宋詩選》《杜甫詩選》《蘇軾詩選》，都屬於「古今詩選」課程，也有單獨稱為「古今詩選」的課程名稱。就講義而言，上述選本統統屬於「古今詩選」，也有直接稱為《古今詩選》的選本。目前可見的鉛印本講義有 1930 年版的《古今詩選》（卷一至卷三、卷四至卷五）、《宋詩選》（七至十），1931 年版的《四唐詩選》（卷四至卷五），1935 年版的《古今詩選》（卷一至卷八）。卷八以後的《古今詩選》則未見。因此，其所謂「古今詩選」，實則是「古代詩選」。八卷所選詩作，始於古逸詩中的《伊耆氏蠟辭》，終於晚唐韓偓的《避地寒食》，其中卷一選古逸詩，卷二選漢魏詩，卷三選六朝詩中的晉、宋詩，卷四選六朝詩中的齊、梁、陳詩，隋詩、北朝詩，卷五至卷八全是選唐詩。

《歷代詩選》的選編則始自 1939 年。該項工作啟動後，《古今詩選》的續編即告中止。熊禮匯認為，不排除徐天閱有意以《歷代詩選》取代《古今詩選》。〔註 29〕

（一）《古今詩選》

《古今詩選》卷六的杜詩部分，應即《杜甫詩選》。開首有杜甫簡介。其所選篇目最多，計有：

1.《自京赴奉先詠懷五百字》（原注：「天寶十四載十一月初作」）；2.《晦日尋崔戢、李封》；3.《送韋十六評事充同谷郡防禦判官》；4.《彭衙行》；5.《北征》（原注：「歸至鳳翔，墨制放往鄜州作」）；6.《羌村三首》；7.《新安吏》（原注：「收京後作，雖收南京，賊猶充斥」）；8.《潼關吏》；9.《石壕吏》；10.《新婚別》；11.《垂老別》；12.《無家別》；13.《夢李白二首》；14.《遣興五首》（「蟄龍三冬臥」「昔者龐德公」「陶潛避俗翁」「賀公雅吳語」「吾憐孟浩然」）；15.《遣興三首》（「我今日夜憂」「蓬生非無根」「昔在洛陽時」）；16.《遣興五首》（「朔風飄胡雁」「長陵銳頭兒」「漆有用而割」「猛虎憑其威」「朝逢富家葬」）；17.《遣興二首》（「天用莫如龍」「地用莫如馬」）；18.《前出塞九首》；19.《後

〔註 29〕以上介紹和說明，參見熊禮匯《徐天閱教授和他的〈古今詩選〉——〈古今詩選〉代前言》，載徐天閱選編、熊禮匯校訂《古今詩選》，武漢：武漢大學出版社，2013 年 11 月版。

出塞五首》；20.《鐵堂峽》；21.《青陽峽》；22.《石龕》；23.《五盤》；24.《龍門閣》；25.《劍門》；26.《鹿頭山》；27.《病柏》；28.《枯椶》；29.《草堂》；30.《四松》；31.《寫懷二首》；32.《往在》；33.《昔遊》；34.《遣懷》；35.《遣遇》；36.《次空靈岸》；37.《早發》；38.《兵車行》（舊注：「明皇用兵，吐蕃民苦行役而作」）；39.《醉時歌》（贈廣文館博士鄭虔）；40.《醉歌行》（則從姪勤落歸）；41.《麗人行》；42.《秦〔註30〕先劉少府新畫山水障歌》；43.《悲陳陶》；44.《悲青阪》；45.《哀江頭》；46.《哀王孫》；47.《蘇端、薛復筵簡薛華，醉歌》；48.《乾元中寓居同谷縣作歌七首》；49.《戲題畫山水圖歌》（王宰畫，丹青絕倫）；50.《觀打魚歌》；51.《又觀打魚》；52.《短歌行贈王郎司直》；53.《韋諷錄事宅觀曹將軍畫馬圖》；54.《丹青引（贈曹將軍霸）》；55.《憶惜〔註31〕》二首之「憶昔開元全盛日」；56.《冬狩行》；57.《古柏行》；58.《觀公孫大娘弟子舞劍器行（並序）》；59.《秋風》二首之「秋風淅淅吹我衣」；60.《君不見簡蘇徯》；61.《白鳧行》；62.《夜聞觱篥》；63.《發劉郎浦》；64.《追酬故高蜀州人日見寄（並序）》；65.《春日憶李白》；66.《杜位宅守歲》；67.《月夜》。

以下皆安史亂後之詩：68.《得舍弟消息二首》；69.《春望》；70.《喜達行在所三首》（原注：「自京竄至鳳翔」）；71.《收京三首》；72.《至德二載，甫自京金光門出，問道歸鳳翔。乾元初，從左拾遺，移華州掾。與親故別，因出此門，有悲往事》；73.《憶弟二首》；74.《擣衣》；75.《月夜憶舍弟》；76.《天末懷李白》；77.《送遠》；78.《奉簡高三十五使君》；79.《遣興》；80.《江亭》；81.《贈別何邕》；82.《不見》（自注：「近無李白消息」）；83.《贈別鄭煉赴襄陽》；84.《戲題寄上漢中王三首》（自注：「時王在梓州，初至斷酒不飲，篇中戲述」）；85.《春日梓州登樓二首》；86.《遠遊》；87.《陪江泛舟送韋班歸京得山字》；88.《上兜率寺》；89.《送韋郎司直歸成都》；90.《登牛頭山亭子》；91.《送元二適江左》；92.《對酒》；93.《春日江村五首》；94.《禹廟》；95.《旅夜書懷》；96.《懷錦水居止二首》；97.《上白帝城》；98.《中夜》；99.《江上》；100.《西閣夜》；101.《第五弟豐獨在江左，近三四載寂無消息，覓使寄此二首》；102.《歷歷》；103.《聞惠二過東溪，特一送》；104.《秋野五首》；105.《東屯北崦》；106.《江漢》；107.《移居公安山館》；108.《公安縣懷古》；109.

〔註30〕「秦」，「奉」之誤。
〔註31〕「惜」，「昔」之誤。

《登岳陽樓》；110.《宿白沙驛》（元《注》：「初過湖南五里」）；111.《祠南夕望》；112.《野望》；113.《發潭州》；114.《歸雁二首》；115.《贈田九判官梁丘》；116.《送鄭十八虔貶台州司戶，傷其臨老陷賊之故，闕為面別，情見於詩》；117.《因許八寄江寧旻上人》；118.《九日藍田崔氏莊》；119.《蜀相》；120.《有客》；121.《恨別》；122.《南鄰》；123.《和裴迪登蜀州東亭送客逢早梅相憶見寄》；124.《客至》（公自《注》：「喜崔明府相過」）；125.《所思》；126.《送韓十四江東省觀》；127.《野望》；128.《聞官軍收河南河北》；129.《送路六侍御入朝》；130.《將赴荊南寄別李劍州》；131.《將赴成都草堂途中有作，先寄嚴鄭公五首》；132.《宿府》（嚴武幕府）；133.《返照》；134.《諸將五首》；135.《秋興八首》；136.《詠懷古蹟》五首錄二（「支離東北風塵際」「搖落深知宋玉悲」）；137.《閣夜》；138.《九日》；139.《登高》；140.《暮歸》；141.《公安送韋二少府匡贊》；142.《小寒食舟中作》；143.《投贈哥舒開府翰二十韻》；144.《大曆三年春，白帝城放船出瞿塘峽，久居夔府，將適江陵漂泊，有詩凡四十韻》（詩凡四十二韻）；145.《武侯廟》；146.《八陣圖》；147.《憑何十一少府邕覓榿木栽〔註32〕》（一本「木」下有「數百」二字）；148.《江畔獨步尋花七絕句》選二首（「稠花亂蕊畏江濱」「江深竹靜兩三家」）；149.《戲為六絕句》；150.《戲作寄上漢中王二首》（原《注》：「王，新誕明珠」）；151.《存歿口號二首》；152.《解悶十二音〔註33〕》選七首（「商胡離別下揚州」「一辭故國十經秋」「沈范早知何水部」「李陵蘇武是吾師」「復憶襄陽孟浩然」「陶冶性靈存底物」「不見高人王右丞」）；153.《漫成一首》；154.《書堂飲既夜，復邀李尚書下馬，月下賦絕句》；155.《江南逢李龜年》。

選詩多引前人評語，如曾國藩、浦起龍、張裕釗、方東樹、王阮亭、姚惜抱、管世銘等，而以方東樹居多。其後有「天閱案」者，僅八例：

1.《遣興五首》（「朔風飄胡雁」「長陵銳頭兒」「漆有用而割」「猛虎憑其威」「朝逢富家葬」）：「此《遣興五首》，當是祿山未亂以前，天寶末年，公在長安時所作。觀『北里富薰天』等句，知在長安未破時也。舊編於乾元二年秦州詩內，恐非。」〔註34〕

〔註32〕「栽」，應作「栽」。
〔註33〕「音」，「首」之誤。
〔註34〕徐天閱選編：《古今詩選》，熊禮匯校訂，武漢：武漢大學出版社，2013 年 11 月版，第 286 頁。

2.《發劉郎浦》：「此與上薦，皆山谷規模，特無此雄渾耳。」〔註35〕

3.《追酬故高蜀州人日見寄（並序）》：「起四句，敘檢高所贈詩。『嗚呼』八句，慨歎高任蜀州時贈詩。高既北去而沒，己亦留滯瀟湘。『瀟湘』句引起下段，『東西』八句歎己北歸無期，卻就高詩結語推透而出。收四句，寄漢中王敬使君也，悲涼沉痛，不知所云。」〔註36〕

4.《九日藍田崔氏莊》：「此詩一波三折，極抑揚吞吐之妙。」〔註37〕

5.《秋興》：「《秋興》八章，乃七言轉韻之排律耳。排比鋪張，杜公本自擅長。沉著悲壯，亦是杜公本色，故此詩亦自足驚人。特杜公佳處，實不盡在此。明代作者專精務此，其不陷為膚闊庸濫不止，此終難為俗人道也。」〔註38〕

6.《投贈哥舒開府翰二十韻》《大曆三年春，白帝城放船出瞿塘峽，久居夔府，將適江陵漂泊，有詩凡四十韻》：「杜公長律，誠如惜抱所云『有千門萬戶、開合、陰陽之意』，然專事排比鋪張，於義較侈，故僅錄此二篇，略以知其梗概耳。」〔註39〕

7.《武侯廟》《八陣圖》：「杜公於五絕，似不經意，篇什甚少。茲特錄其膾炙人口者二首。」〔註40〕

8.《江南逢李龜年》：「杜公七絕，自有一種雋永趣味，與阮亭所標持神韻之說不同，不得謂杜公不善七絕也。山谷專摹杜。」〔註41〕

由此觀之，其「所作按語言簡意賅，或直述個人看法，或對前人看法加以辨析。所論問題具體單純，雖多從『微觀』中來，卻能見微知著、由近及

〔註35〕徐天閔選編：《古今詩選》，熊禮匯校訂，武漢：武漢大學出版社，2013 年 11 月版，第 306 頁。

〔註36〕徐天閔選編：《古今詩選》，熊禮匯校訂，武漢：武漢大學出版社，2013 年 11 月版，第 307 頁。

〔註37〕徐天閔選編：《古今詩選》，熊禮匯校訂，武漢：武漢大學出版社，2013 年 11 月版，第 320 頁。

〔註38〕徐天閔選編：《古今詩選》，熊禮匯校訂，武漢：武漢大學出版社，2013 年 11 月版，第 328 頁。

〔註39〕徐天閔選編：《古今詩選》，熊禮匯校訂，武漢：武漢大學出版社，2013 年 11 月版，第 332 頁。

〔註40〕徐天閔選編：《古今詩選》，熊禮匯校訂，武漢：武漢大學出版社，2013 年 11 月版，第 332 頁。

〔註41〕徐天閔選編：《古今詩選》，熊禮匯校訂，武漢：武漢大學出版社，2013 年 11 月版，第 335 頁。

遠」〔註42〕。之所以能夠如此，熊禮匯認為，是因為徐天閔「對古代詩歌作品，無論寫作背景、詩歌立意、興寄所在、結構層次、修辭藝術以及風格特徵、淵源所自、影響所及，無不洞徹其事，尤於詩情詩思、詩味詩境，別具會心」〔註43〕。

（二）《歷代詩選》

《歷代詩選》的選編，雖起自抗戰期中，目前可見者，則是《歷代詩選》第一期，「國立武漢大學講義一九四九年～9」。署「懷寧徐天閔」。講義分兩編。上編選錄漢詩、魏詩、晉詩、宋詩；下編選錄齊詩、梁詩、陳詩、北魏詩、北齊詩、北周詩、隋詩、初唐詩。後者包括魏徵、虞世南、王績、王勃、楊炯、盧〔註44〕照鄰、駱賓王、馬周、韋承慶、沈佺期、宋之問、劉希夷、于季子、杜審言、蘇味道、李嶠諸人，尚未及杜甫。有《歷代詩選第一期總論》，分述「五言詩之起原」「七言詩之起源」「律詩之進展」「樂府與古詩之異同及其源流」「作家及其作風之遞變」，最後以「信齋詩話曰」作出總結：「第一期作家，昔賢評論，極為精審，茲所論列，多沿用舊語，蓋不欲妄生是非，自矜創獲也。惟余所注意者，則在尋求遞變之消息。蓋此五七言各體詩新建立時代，其形勢之演進與作風之遞變，互為影響，亦互為因果也。故其形式由散而駢而律，則其文辭由古樸而華藻而綺豔，其組織由單純而複雜而雕琢，其氣骨由高古而平實而輕浮；然亦以華藻雕琢之結果，而律詩乃加速成立。總而言之，其體由純而漓，由厚而薄也。雖大家不為時代所限，而大體固如此也。然則此純而漓、厚而薄者，終不可以返乎？吾觀於唐之陳張、宋之歐梅兩期之復古運動，而風氣頓變，斷然有以知物極之必反也。特其反也必以漸，其消息亦可尋求而得也。故梁陳豔薄之極，子山已轉清新，處道風骨漸入遒勁〔註45〕，四傑沈宋雖尚律體，亦非齊梁舊染，是復古運動刻不容緩，亦以復古之趣勢相逼而來，不可阻遏者矣。」〔註46〕

〔註42〕徐天閔選編：《古今詩選》，熊禮匯校訂，武漢：武漢大學出版社，2013年11月版，封底。

〔註43〕徐天閔選編：《古今詩選》，熊禮匯校訂，武漢：武漢大學出版社，2013年11月版，「代前言」第13頁。

〔註44〕目次作「盧」，有誤。

〔註45〕子山，庾信字；處道，楊素字。「已」，應作「已」。

〔註46〕徐天閔編：《歷代詩選》第一期，武漢：國立武漢大學，1949年9月版，「總論」第19～20頁。原文無句讀。

講義有「序說」，曾以《詩歌分期之說明》為題，發表於《國立武漢大學文哲季刊》第 7 卷第 3 期（1943 年）〔註47〕。作者認為，自五七言既興以後，「吾國詩歌」可劃分為三大時期：「自古詩十九首至初唐之沈宋，為各體詩建立時期，謂之第一期；唐之陳子昂至宋末移民詩，為各體詩完成時期，謂之第二期；金之元遺山以至今日，謂之第三期」，「每期復分為前後期」，前期為各體詩之建立，後期為各體詩之完成。其「完成之工作」，多與杜甫有關。具體言之：

1. 五言古體：「杜韓巨製，雄奇萬變」，「已跨越六朝而軼漢魏」；「蘇黃短篇，排宕蟠屈，弔詭可觀」。

2. 七言歌行：「自柏梁以至四傑，略具端倪，王李高岑，流風始盛，太白之縱橫豪宕，直逼風騷，工部之頓挫沉雄，元氣結撰。元和長慶間，昌黎力追李杜而怪變奇險，妥帖排奡，香山務為平易，期於諭俗，然猶為未失古意」。「迨至有宋，六一半山，力圖復古，蓋杜韓之後勁，蘇黃之前茅」。東坡「雜糅眾體，蔚為新制」，「殆與莊子之文同工」。而「山谷清奇兀傲，迥不猶人，託徑少陵，自闢戶牖」。「歌行一體，得六七巨公以完成」，「可謂波瀾老成，毫髮無憾」。

3. 七言律體：「開寶諸公，雅稱正宗，而篇什未富。獨至工部，百五十篇，洵為開山之祖，孕育百世。然大曆諸公，崇尚王李，未知尊杜。晚唐惟義山得其體勢，牧之得其宏放，冬郎得其沈至。宋之作者，如半山之清空，東坡之疏宕，山谷之頓挫，放翁之悲壯，皆師杜之一體一境，深造而發揮之，便成大家，而七言律體遂臻絕境。」

整體來看，中國詩歌「至唐而後大，至宋而後極其絕。宋人效法唐賢，力破餘地，其尤致力者則在杜陵，師其神而襲其貌，一變三唐作風，故唐宋作風迥然不同」。〔註48〕

上引之文，則從「宏觀」入手，對杜甫在中國詩歌史上的關鍵樞紐地位，言之鑿鑿。其所作規律性的概括，既一目了然，也令人信服。

〔註47〕該刊創刊於 1930 年。自第 7 卷開始，在四川樂山出版，其中第 1 期出版於 1941 年 10 月，第 2 期出版於 1942 年 10 月。第 3 期筆者未見，據此推斷，或是出版於 1943 年 10 月。其編輯者：國立武漢大學文哲季刊委員會；發行者：國立武漢大學出版組；總發行所：國立武漢大學出版組。
〔註48〕徐天閔編：《歷代詩選》第一期，武漢：國立武漢大學，1949 年 9 月版，「序說及目次」第 2 頁。原文無句讀，亦多缺損。引文同時《古今詩選》熊禮匯校訂本之附錄。

四、祝嘉編〔註49〕：《軍國民詩話》

「中華民國三十二年七月初版」。發行人：王雲五（重慶白象街）；印刷所：商務印書館印刷廠；發行所：各地商務印書館。有《自序》，「中華民國三十二年一月九日」「序於四川璧山」；《跋》，「中華民國三十二年二月一日　王德亮〔註50〕識於陪都龍門浩塗山北麓蓮花山敬恕寄廬」。

祝嘉（1899～1995），原名朝會，字乙秋，或作燕秋，號愚庵。據其《書學史自序》，「予家粵之文昌」〔註51〕，文昌今屬海南。幼從其父寶齋公聲璞啟蒙。1916 年，入廣雅書院。其間，師從胡仁陔學習古文、詩詞與書法。1921 年，回家鄉從事中小學教育。1928 年，至南洋，曾在新加坡育嬰學校任教。1931 年，父病返故里。1932 年赴廣州，因「共黨嫌疑」入獄。次年，保釋出獄後赴南京，經介紹入首都新聞檢查所工作。1936 年參加中國文藝社。抗戰爆發，退出南京，輾轉到達湘潭，在步兵學校管理軍需。1939 年，轉調到四川璧山，在圖書館工作，直至抗戰結束。〔註52〕又兼職於國立社會教育學院，講授金石學、文字學、目錄學等課程。1947 年，隨社會教育學院遷蘇州。〔註53〕其著述甚富，多關書學。「二十四年春，而書學付梓，二十六年夏，而愚庵書話殺青」〔註54〕。1947 年 8 月，其《書學史》由上海教育書店出版，「三十一年八月」，于右任序「於山洞」〔註55〕。

〔註49〕版權頁為「著作者：祝嘉」。封面署「祝嘉編」。

〔註50〕王德亮，名重言，江蘇鹽城人。畢業於復旦大學新聞系，為程滄波羅致，任南京《中央日報》編輯。後歷任重慶《掃蕩報》編輯、《工商導報》主筆等。1938 年 12 月，當選為中國青年新聞記者重慶分會理事。其編著有：《中華民族禦侮自衛文獻》（貴陽：文通書局，1943 年 9 月初版），《曾國藩之民族思想》（重慶：商務印書館，1943 年 11 月初版），《文天祥》（上海：中華書局，1947 年 4 月初版）。

〔註51〕祝嘉：《書學史自序》，《書學》第 4 期，1945 年 2 月，第 6 頁。《書學》編輯者：中國書學研究會（北碚蔡鍔路五十一號）；主編者：商承祚、沈子善、朱錦江；發行人：王君一；發行所：文信書局（重慶保安路一七〇號）。該文單獨發表時未署寫作時間，但據《書學史》，其《自序》末署「民國三十年雙十節，文昌祝嘉」。

〔註52〕《書法史自序》亦云：「倭寇犯淞滬，予踉蹌出都，而鄂而湘，而桂而蜀，萬里萍蹤」。

〔註53〕關於祝嘉的生平事蹟，參見楊吉平《中國書法 100 年　1900～2000》，太原：山西人民出版社，2010 年 1 月版，第 319 頁。

〔註54〕祝嘉：《書學史自序》，《書學》第 4 期，1945 年 2 月，第 6 頁。

〔註55〕于右任：《祝嘉〈書學史〉序》，《文史雜誌》第 2 卷第 4 期，1942 年 4 月 15

　　《軍國民詩話》之作，始於民國二十四年夏天。彼時已在「一·二八」事變之後，敵人一再以武力侵陵，陸軍步兵學校《步兵雜誌》決意新增「詩歌」一欄，刊登能引發國人敵愾的作品，祝嘉遂應邀編撰軍國民詩話，其主要對象是沒有空閒讀詩的武裝同志。然戰時何以需要詩歌？作者引德國名將魯屯道夫《全體性戰爭》〔註 56〕所言，予以說明：「欲求民族的鞏固，不應採用機械方法，應順人情而振起之。如哥德的《浮士德》，非士兵所應帶之書；而席勒爾所著的威廉戴爾諸劇中的『自由熱望』，可以喚起各人的英雄氣概。從前斯巴達之作戰，有鐵而陶其人，讀詩歌以振奮兵士的勇氣；可惜大戰中的德國，沒有這等詩人！」

　　詩話編寫的體例是：首先敘述介紹該詩的緣由，其次是詩作，然後是白話解釋。作者在敘述及解釋的時候，常常加入「微弱的呼聲」。其發表約從第 23 期起，到 43 期止。及至結集出版，敵人已由「小規模的蠶食」，進為「大規模的鯨吞」；由「侵犯我藩籬」，進而「佔據我堂奧」，因此，選介「我國古來大詩人及奇男子的有刺激性的詩歌」，在「強寇深入，軍事第一」之際，更可發揮其力量，更能彰顯其意義。〔註 57〕

　　本書輯自春秋至太平天國的戰爭題材的詩歌 60 餘首，逐首加以簡要評述。其所選杜詩，為《前出塞》之六：「挽弓當挽強，用箭當用長；射人先射馬，擒賊先擒王。殺人亦有限，立國〔註 58〕自有疆。苟能制侵陵，豈在多殺傷！」

　　作者先言選詩理由。縱觀中國歷史，外患之迫，幾乎無代無之，如「處之有方，則化險為夷；處之失當，則禍至亡國」，而禍於今尤烈。「兵凶戰危，不得已而用之」，杜甫此詩，便是這一主張的「代表工作」。繼則白話釋義，強調「立國是各有各的疆界」，「不能恃強去侵佔他人的國土，殘殺他國的人民」。只要「能夠自救自守」「免於人家的侵陵」就好，「豈在多殺些敵人嗎？」

　　　　日，第 44 頁。《序》中云：「今春王君德亮函示祝君嘉所著此書，閱之甚為興奮。」山洞是重慶一鎮名。
〔註 56〕魯屯道夫（Erich Von Ludendorff，1865～1937），今譯作「魯登道夫」；《全體性戰爭》，今譯作《總體戰》。
〔註 57〕祝嘉編：《軍國民詩話》，重慶：商務印書館，1943 年 7 月版，《自序》第 1～2 頁。
〔註 58〕宋百家本、宋千家本、宋分門本、三蔡本、元千家本作「立」；而錢鈔本、宋九家本、三蔡本外，諸本引偽蘇注，又俱以「列國」為說。參見蕭滌非主編《杜甫全集校注》一，北京：人民文學出版社，2014 年 1 月版，第 261 頁。

最後引申其意義：該詩的主張，即墨子的「非攻尊守」。「人來攻我，為保守國土計」，自是「不得不抵抗到底」，倘若「無故興師」，雖是「得勝歸來」，也不免「殘民傷財」。〔註59〕

王德亮曾「重感於暴寇深入，河山破碎，非提倡尚武圖強，不能禦侮自衛，立國於世界；而振厲民氣，鼓舞軍心，尤以精神食糧，關係至巨」；而《軍國民詩話》一書，「激昂慷慨，充滿敵愾同仇思想」，因此一方面，期待作者「再有續編之問世，必為社會所需要」；另一方面，則更期望讀者能「涵濡吟詠，感發興起」，進而「謀民族之復興，綿華胄於萬年」。〔註60〕

最後補充說明的是，祝嘉論杜，據《書學史》所附《祝嘉著作一覽》，另有《杜詩醇》一書，不過未見出版。〔註61〕

第三節　國文教材中的杜詩

國文教材作為選本，有其特殊之處：既要系統反映學科內容，同時也要貫徹國家意志，通過二者有機、緊密的結合，實施教育功能，達到教育受眾的目的。其所選素材，必須兼顧思想性和藝術性兩個方面。而抗戰前後的國文教材，在培育國民精神、砥礪民族氣節方面，承擔著艱巨的任務，因此對所選篇目，既煞費苦心，又別具匠心，杜詩通常也就成為其中佔有特殊比例、據有突出地位的部分。

另一方面，杜甫及杜詩本身，事實上也極富教育意義。這與杜甫的高尚人格有關。抗戰時期，「知識階層的人們」，不僅「在顛沛流離中感到杜甫與自己在一起」，而且「在與現實的接觸中看到的社會的不公、人間的不平，在杜詩中皆有廣泛而深刻的揭露」。〔註62〕作為「我們當中的一員」，杜甫「理解我們，幫助我們去認識這個世界」，〔註63〕即如馮至所稱，杜甫不僅是我們

〔註59〕祝嘉編：《軍國民詩話》，重慶：商務印書館，1943 年 7 月版，第 16 頁。
〔註60〕祝嘉編：《軍國民詩話》，重慶：商務印書館，1943 年 7 月版，第 53 頁。
〔註61〕祝嘉：《書學史》，上海：上海教育書店，1947 年 8 月版，第 534 頁。
〔註62〕王學泰：《20 世紀文化變遷中的杜甫研究》，董乃斌、薛天緯、石昌渝主編《中國古典文學學術史研究》，烏魯木齊：新疆人民出版社，1997 年 11 月版，第 410 頁。
〔註63〕王學泰：《20 世紀文化變遷中的杜甫研究》，董乃斌、薛天緯、石昌渝主編《中國古典文學學術史研究》，烏魯木齊：新疆人民出版社，1997 年 11 月版，第 411 頁。

的代言人，而且往往站得高，可以做我們的老師。〔註64〕因此，「抗戰期間批評家們認為杜甫和人民一起承受人間的苦難，並以其真誠的同情把它淋漓盡致地描寫出來」，讓「讀者從中受到教育」。〔註65〕

　　本章涉及的國文教材，既有中學國文課本，也有師範學校教程，同時還包括大學國文教本。

一、宋文翰編：《國文讀本》第三冊

　　「新課程標準師範適用」。「民國三十四年十一月七版」。發行人：姚戟楣（中華書局有限公司代表）；發行處：各埠中華書局。

　　宋文翰（1893～1971），乳名兆彬，學名文翰，號伯韓。浙江金華人。宋濂之後。1917 年被任命為金華縣立乙種農校校長。1924 年畢業於北京高等師範學校，曾受教於魯迅。其後，任教於天津南開附中、福建廈門集美女子師範、上海勞動大學附中、滬江大學附中、中國公學附中、省立衢州中學、杭州私立兩浙鹽務中學、杭州市立第一初中、省立杭州師範、省立台州中學、省立金華師範、金華縣立簡師、杭州師專、浙江師範學院等校。1962～1965 年任浙江師範學院中文系主任。其間，曾任上海中華書局編輯部編輯。一生從教 50 年，頗有建樹。何炳松曾讚其為「教育界實幹家的代表人物」，施存統也曾題贈「東南師表賴我兄」。

　　著有語法修辭專著《文字學發凡》《國語文修辭法》《中國文法表解》《國字研究法》《虛字使用法》《文言虛字》《說文解字段注糾謬》等十餘種。其中《國語文修辭法》是 20 世紀 30 年代白話修辭學的代表作，建立了中國國語修辭學的理論。又曾負責主持舊《辭海》語詞的詮釋審定。並依據當時教育部《新學制部頒標準》，自行完成高中、初中、普師、簡師四套國文教科書，每套六冊，共二十四冊，送交中華書局呈教育部審定發行，為全國各中等學校歡迎並採用。〔註66〕

〔註64〕馮至：《杜甫與我們的時代》，《萌芽》第 1 卷第 1 期，1946 年 7 月 15 日，第 11 頁。

〔註65〕王學泰：《20 世紀文化變遷中的杜甫研究》，董乃斌、薛天緯、石昌渝主編《中國古典文學學術史研究》，烏魯木齊：新疆人民出版社，1997 年 11 月版，第 411 頁。

〔註66〕參見宋瑞楠、俞龍光《宋文翰先生事略》，政協浙江省金華縣委員會文史資料工作委員會編《金華縣文史資料》第 2 輯，1989 年 12 月版，第 125～133 頁；倪祥和《宋文翰和他的〈國語文修辭法〉》，倪祥和、樂玲華《漢語論集》，合

本冊所選詩人共五位，選文之後均有題解、作者略歷、文體及其特徵、注釋。所選作者及作品計有：

陶潛詩四首：《歸田園居》（五首選二），即「少無適俗韻」與「種豆南山下」；《飲酒詩》（二十首選二），即「結廬在人境」與「秋菊有佳色」。

王維詩六首：《鹿柴》《竹里館》《鳥鳴澗》《山居秋暝》《歸輞川作》《使至塞上》。其「題解」云：「王維，蘇東坡稱為『詩中有畫，畫中有詩』之藝術家。其詩清妙而有含蓄，為後世神韻派詩家之宗。後人以與李杜並稱，比之為詩人中之仙、聖、佛。」〔註67〕

李白詩四首：《下終南山過斛斯山人》；《將進酒》；《陪族叔刑部侍郎曄及中書賈舍人至遊洞庭》（五首選二），即「洞庭西望楚江分」與「南湖秋水夜無煙」。其「作者略歷」中云：「白詩高妙清逸，以才情勝，與杜甫齊名，號稱李杜。」〔註68〕

白居易詩四首：《重賦》《輕肥》《杜陵叟》《繚綾》及其《與元九書》。

杜甫則選詩六首：《羌村》（三首），即「崢嶸赤雲西」，「晚歲迫偷生」與「群雞正亂叫」；《兵車行》；《登高》；《聞官軍收河南河北》。

其【題解】云：「杜甫，世稱詩聖，亦稱詩史，是不特其詩如白居易所稱『貫穿今古，覼縷格律，盡工盡善』，堪推詩界之聖，亦以生當亂離，其傷時即事之感，一皆寄之於詩，剴切精深，至千言不少衰，後人讀之，頗可據以見當時之治亂及社會之背景。」故「選其五古三首，七古一首，七律二首」。

【作者略歷】云：「杜甫，字子美，唐襄陽人。居杜陵，自稱杜陵布衣，又稱少陵野老。少貧，舉進士不第。玄宗時，以獻詩賦待制集賢院。安祿山作亂，玄宗入蜀，肅宗立，甫走鳳翔上謁，拜右拾遺。後以疏救房琯，出為華州司功參軍。關輔饑，棄官客秦州。流落劍南，依嚴武，武表為檢校工部員外郎。大曆中，避亂荊楚，遊衡山，寓居耒陽。一夕大醉，年五十九。甫博極群書，善為詩歌，渾涵汪洋，千態萬狀，不拘一格。元積為作墓誌銘，稱『詩人以來，未有如子美者』，至今許為確評。著有《杜工部集》。」

【文體及其特徵】云：「五七言古詩體例，已詳第二冊。七言律，與五

肥：安徽大學出版社，2014 年 6 月版，第 168～172 頁。

〔註67〕 宋文翰編：《國文讀本》第三冊，上海：中華書局，1945 年 11 月版，第 117 頁。

〔註68〕 宋文翰編：《國文讀本》第三冊，上海：中華書局，1945 年 11 月版，第 121 頁。

言律同，亦為唐代新興詩體之一種，號為近體詩。其格律亦綦嚴：每篇八句（八句以上為排律），每句七字，字須叶平仄，句末須押腳韻。八句之中，中間四句亦須兩兩相對，構成二聯。其前後各二句，以不對為常，對者聽。例如《登高》八句皆對，即前後各兩句亦自成對；《聞官軍收河南河北》末二句亦對。惟七律押腳韻之法與五律稍有不同：七律以第一句起韻為通則，如《登高》；以第二句起韻為變例，如《聞官軍收河南河北》。五律反此。參閱前課。」〔註69〕

　　由此可見，《國文讀本》的功效在於，通過選例的學習，進而讓學者瞭解、掌握不同的文體，且同時兼顧正體與變體。關於「五七言古詩」，《國文讀本》第二冊所選五言古詩為黃遵憲《拜曾祖母李太夫人墓》，並有「文體及其特徵」說明：「五言古體詩，簡稱『五古』。古體詩與唐代新興之近體詩（即律詩與絕句）不同：古體詩篇無定句，句無定字，字不必講平仄與對仗，雖亦須押韻，但極自由。全篇一韻到底可，換用數韻亦可；全篇一韻到底而句句用韻可，一篇中二句或三句任用一韻亦無不可。總之，凡近體詩所講之一切外形律，在古體詩，絕無嚴格之限制。」〔註70〕所選七言古詩則為金和《蘭陵女兒行》，說明「本篇為七言古體詩。與上篇相較，前者全篇純為五言，此則七五言外，頗多長句，於此更知古體詩寫作之自由」〔註71〕。至於五律，「為唐代新興詩體，與五絕同稱為近體詩」〔註72〕。其體例及其特色的解說，見諸王維詩之後。「發端，其首二句也；頷聯，為三四兩句之成對者；頸聯，為五六兩句之成對者；落句，即其結末二句是。又押腳韻，以第二句起韻為通則，如《山居秋暝》與《歸輞川作》兩首是；以第一句起韻為變例，如《使至塞上》是。」〔註73〕

二、夏丏尊、葉紹鈞合編：《國文百八課》第四冊

　　「初中國文科教學自修用」。「民國二十七年九月初版發行」。發行者：章

〔註69〕宋文翰編：《國文讀本》第三冊，上海：中華書局，1945 年 11 月版，第 124 ～125 頁。

〔註70〕宋文翰編：《國文讀本》第二冊，上海：中華書局，1936 年 2 月版，第 68 頁。

〔註71〕宋文翰編：《國文讀本》第二冊，上海：中華書局，1936 年 2 月版，第 75 頁。

〔註72〕宋文翰編：《國文讀本》第三冊，上海：中華書局，1945 年 11 月版，第 117 頁。

〔註73〕宋文翰編：《國文讀本》第三冊，上海：中華書局，1945 年 11 月版，第 118 頁。

錫琛（上海福州路開明書店）；印刷者：開明書店；總發行所：開明書店（上海福州路二六八）；分發行所：開明書店分店（廣州惠愛東路、重慶西三街、桂林環湖西路、天津卅號路、漢口交通路、長沙南陽路）。

《國文百八課》，「專供初級中學國文科教學及有志自修者之用」，計劃出六冊，每冊 18 課，共 108 課，故得此名。每課成一單元，內含「文話」「文選」「文法或修辭」「習題」四項，各項連絡成片。文話以一般文章理法為題材，按程配置；次選列古今文法兩篇為範例；再次列文法或修辭，就選文中取例，仍舊保持其固有的系統；最後附列習問，提舉複習考驗的事項。六冊原擬供三年之用，即每學期一冊。〔註74〕1935～1938 年印行第一至第四冊，因抗戰爆發，第五、第六冊未能繼續編寫出版。第一冊重點是記敘文，第二冊由記敘文過渡到文學作品，第三冊逐步轉入應用文、說明文，第四冊重點講議論文。選文既保留傳統名編，又注意選入新文章。語體文與文言文比例大致為 3：2。教學偏重於對學生語文實用能力的培養。缺點是選文沒有注釋。〔註75〕此四冊，人民教育出版社曾重印出版。出版時間為 1985 年 11 月，印刷則在 1987 年 8 月。

第八課之「文話八」為「律詩」。其主要內容，一是律詩的生成。律詩由八句構成，分七言、五言兩種。七言律詩的平仄格式，完全是七言絕句的重複。七言絕句兩種格式的任何一種，反覆重疊，即成七言律詩的平仄。五言絕句的平仄排列，亦有兩式，重複起來，便可得五言律詩。五律、七律，第五句概不用韻。二是律詩的限制。律詩的限制較絕句更嚴，除平仄字數的限制之外，絕句可押仄聲韻，而律詩通常只押平聲韻。八句之中，第三第四和第五第六須講對仗。一首律詩，某句已用過的字，他句不准再用。三是律詩的發展。律詩累積至數十韻（兩句一韻）者，叫作排律，亦稱長律。律詩因其限制過嚴，故有新詩要衝破束縛，謀求解放。

其後的「文選十五」，選七律四首，俱為杜甫所作。四首分別是：《九日藍田崔氏莊》《蜀相》《登高》及《詠懷古蹟》五首之一「群山萬壑赴荊門」。「文選十六」則選五律四首，作者王維，包括：《山中即事》，《過香積寺》，

〔註74〕奇中：《介紹〈國文百八課〉》，《中學生》第 59 號，1935 年 11 月 1 日，第 191 頁。

〔註75〕顧明遠主編：《教育大辭典》第 10 卷「中國近現代教育史」，上海：上海教育出版社，1991 年 7 月版，第 383 頁。

《山居秋暝》,《晚春嚴少尹與諸公見過》。

其後「文法六」,為「副詞在句中的用途及位置」。講到副詞的位置時,即舉《九日藍田崔氏莊》的「醉把茱萸子細看」為例。

最後為「習問八」,共列五個問題,前二關於律詩,後三則關於副詞。〔註76〕

三、郭紹虞編:《學文示例》上冊

「大學國文教本」。「民國三十年八月初版,民國三十五年十二月四版」。發行者:開明書店（代表人范洗人）;印刷者:開明書店。《學文示例》另有下冊,「中華民國三十三年八月內一版」。所謂「內」,即內地。總發行所:（重慶保安路一三二號）開明書店;分發行所:（贛州西安路、桂林環湖路、成都陝西街、昆明武成路、衡陽陝西巷、貴陽醒獅路）開明書店分店。

郭紹虞（1893～1984）,原名郭希玢,江蘇蘇州人。中學未畢業。1919年到北京,為《晨報副刊》撰稿,同時在北大旁聽,並加入新潮社。1921年和茅盾、鄭振鐸、葉聖陶等共同發起成立文學研究會。1921年起,先後到濟南第一師範學校、福州協和大學、開封中州大學、武昌中山大學執教。1927年後任北平燕京大學國文系教授。1941年12月,「太平洋戰事」起,燕京大學停辦,曾一度到中國大學任教。1943年〔註77〕離平至滬,以鄭振鐸之介,任開明書店編輯。其間歷兼上海大夏大學、之江大學、光華大學中文系教授、系主任。1945年,任同濟大學中文系教授兼系主任。〔註78〕

本書原為燕京大學一年級國文教本。編纂時曾得董魯安、凌敬言、鄭因百、楊戮甫、黃如文之助,共商去取。其主旨,是欲使大學國文教學有異於中學之法,故「略本修辭條例,類聚性質相同之文」,同時並顧理論與實例。〔註79〕《語文通論》收錄《大一國文教材之編纂經過與其旨趣》一文,其二

〔註76〕夏丏尊、葉紹鈞合編:《國文百八課》第四冊,上海:開明書店,1938年9月版,第104～110頁。

〔註77〕據其《五四運動述感之二》,為1943年,其《自傳》則作1942年,兩說互歧。

〔註78〕參見中國現代文學館編《中國現代作家大辭典》,北京:新世界出版社,1992年2月版,第150頁,該詞條為陳維松撰;劉紹唐主編《民國人物小傳》第8冊,上海:上海三聯書店,2015年8月版,第331頁。

〔註79〕郭紹虞編:《學文示例》上冊,重慶:開明書店,1941年8月版,《編例》第1頁。

為《學文示例序》，說明該書「以技巧訓練為主而以思想訓練為輔」，「重在文學之訓練」，「其編制以例為綱而不以體分類」，「示人以行文之變化」。〔註 80〕論者曾將其與夏丏尊、葉聖陶合著的《文心》加以比較。《文心》「利用故事穿插，深入淺出，抽象的問題而能具體說明，可稱作文法中一部佳著」，而《學文示例》「以例示人，使人自生領悟，亦可說是作文法中生面別開之作」。〔註 81〕朱自清亦稱許其為「獨創」之作，可用於啟發對古文學的欣賞興趣，培養欣賞能力。〔註 82〕

　　全書共分五例，即評改例、擬襲例、變翻例、申駁例與熔裁例。上冊包含兩部分。一是評改例，二是擬襲例。「兩部分觸及寫作方面的兩件事情，一是成稿以後的斟酌修改，一是屬稿以前的定局取材。」〔註 83〕

　　擬襲的利弊，俱見於陸機的《文賦》。一方面，「謝朝華之已披，啟夕秀於未振」，是說為文不宜規摹因襲；另一方面，「或襲故而彌新，或沿濁而更清」，又說為文不妨規摹因襲。但二者實相反相成。黃季剛云：「妙得規摹變化之訣，自成化腐為新之功。」所謂奪胎換骨、點鐵成金，也即從摹擬因襲變化出來。其病乃在於「從摹擬因襲入，而仍從摹擬因襲出」，即袁子才「竟似古人，何處著我」之問。〔註 84〕

　　此一部分的「理論之部」，採選昔人談及規摹因襲的文字；「實例之部」則將「擬襲」分為兩類：規範體貌者為「摹擬」，點竄陳言者為「借襲」。摹擬又分二目，即法式之擬與體格之擬。前者是指形式的摹仿，後者是指風格的摹仿。借襲則又分為綴集與衍約二目。前者就是「集句」，「運用現成句子，極

〔註 80〕郭紹虞：《語文通論》，重慶：開明書店，1941 年 9 月版，第 139、140、142頁。

〔註 81〕《圖書介紹：081　學文示例上冊（郭紹虞編）》，《中法漢學研究所圖書館館刊》第 2 號，1946 年 10 月，第 160～161 頁。

〔註 82〕朱自清：《書評：語文通論，學文示例（郭紹虞著）》，《清華學報》第 14 卷第1 期，1947 年 10 月，第 173 頁。關於此書，另有張長弓《讀〈學文示例〉》（載《教育函授》第 1 卷第 1 期，1948 年 1 月 1 日），強調此編係「有組織有結構的著作，是以『比較』金線，貫穿各種文體，提起來成就一串珠練」（第 18 頁）。

〔註 83〕朱遜：《介紹〈學文示例上冊〉》，《國文雜誌》第 1 卷第 4、5 期合刊，1943 年3 月 10 日，第 38 頁。朱遜即葉聖陶。該文後收入劉國正主編《葉聖陶教育文集》第三卷（北京：人民教育出版社，1994 年 8 月），末署「1942 年 11 月1 日作」（第 390 頁）。

〔註 84〕郭紹虞編：《學文示例》上冊，重慶：開明書店，1941 年 8 月版，第 6 頁。

端的便通篇用成語，作者只下了聯綴的工夫」。後者是指「根據現成材料寫新作品」。〔註85〕

　　「實例之部」的「模擬類上—法式之擬」〔註86〕所收示例如：梁鴻有《五噫》，文天祥遂有《六噫》；陶潛有《形影神》（包括《形贈影》《影答形》《神釋》），梅聖俞乃有《擬陶體三首》，即《手問足》《足答手》《目釋》；杜甫《乾元中寓居同谷縣作七首》出，擬作者亦絡繹而出，如文天祥《六歌》、汪元量《浮丘道人招魂歌》、鄭變《七歌》。〔註87〕這些都是「形式的摹仿」，閱讀時，須認真體會，方可窺見「摹仿的要訣」，即「摹仿之作雖不免依傍」，但思想性情仍出於自己。因此，摹仿只是借徑，「目的在乎完成自己的技術」，只有摹仿時不忘我在，才能計日程功。〔註88〕不過，從擬杜者甚眾這點來看，也足見杜甫影響的廣大深遠。

第四節　杜詩的檢索工具：《杜詩引得》

　　首先需要說明的是，筆者將《杜詩引得》納入「抗戰大後方的杜甫研究」，並非無稽之談或無據之言。1941 年 12 月 7 日，珍珠港事件爆發，駐紮北平的日本憲兵，旋即佔領並封閉了燕京大學。1942 年 2 月 8 日，燕京大學臨時校董會在重慶召開，一致決議燕京大學在後方復校。後租用成都陝西街的華美女中和毗連的啟華小學作為校舍，並推舉梅貽寶為代理校長及代理教務長。同年 10 月 1 日，成都燕大正式開學。〔註89〕自此之後，燕京大學在成都歷時四個學年。燕京大學的復校，也為其圖書資料的流入後方並傳播開去創造了條件。

　　《杜詩引得》，英文書名「A Concordance to the Poems of Tu Fu」。哈佛燕京學社引得編纂處（北平，海淀，燕京大學貝公樓）編，燕京大學引得校印所

〔註85〕朱遞：《介紹〈學文示例上冊〉》，《國文雜誌》第 1 卷第 4、5 期合刊，1943 年 3 月 10 日，第 38 頁。
〔註86〕目錄則作「甲　模擬類」之「子　法式之擬」。
〔註87〕郭紹虞編：《學文示例》上冊，重慶：開明書店，1941 年 8 月版，第 166～172 頁。
〔註88〕朱遞：《介紹〈學文示例上冊〉》，《國文雜誌》第 1 卷第 4、5 期合刊，1943 年 3 月 10 日，第 39 頁。
〔註89〕陳遠：《燕京大學 1919～1952》，杭州：浙江人民出版社，2013 年 8 月版，第 168 頁。

印。「民國二十九年九月出版」，係特刊第十四號（Harvard-Yenching Institute Sinological Index Series Supplement No.14）。三冊。全書檢索採用「中國字庋擷法」。杜詩本文，據清嘉慶間（1796～1820）翻宋刻《九家集注杜詩》排印；《補遺》則據民國十年（1921）上海掃葉山房石印仇兆鰲《杜詩詳注》增入。

　　不過，關於三冊內容的介紹，卻說法各異。《杜集書目提要》云：第一冊，洪業序、敘例、筆劃檢字、音序檢字、中國字庋擷、杜詩各本編次表和杜詩各本逐卷章次起訖表。但據後來上海古籍出版社影印本，未見「音序檢字」。第二冊，《九家集注杜詩》和《補遺》。第三冊為引得和補遺引得。〔註90〕《杜集書錄》云：「第一冊為序及表，第二冊為引得，第三冊為九家集注。」〔註91〕其中第二冊與第三冊的內容似有混淆。《文史工具書詞典》云：第1冊為「序例」「筆劃檢字」和「杜詩各本逐卷章次起訖表」；第2冊杜詩原文；第3冊按「中國字庋擷」法排列。前附「筆劃檢字」。〔註92〕此說無「音序檢字」。

　　關於本書的重印與再版，《杜集書目提要》云：「一九六六年由臺灣省臺北市中文資料及研究工具圖書用書服務中心公司重印，精裝三冊。」〔註93〕《杜集敘錄》則云「兩冊」〔註94〕。不過，據其版權頁，「Taiwan Authorized Reprint」,「Printed by Ch'eng-wen Publishing Company」,「Distributed by Chinese Materials and Research Aids Service Centre, Inc.」，由此可知，其出版應為成文出版社，發行則是中文資料及研究工具圖書用書服務中心公司。此版應是三冊。至1985年3月，上海古籍出版社重印時，則分上下兩冊，上冊為敘例、九家集注杜詩等，下冊為引得，並另行編製「四角號碼檢字表」「漢語拼音檢字表」附於書後。

　　本書編者，多署「哈佛燕京學社引得編纂處」，具體而言，則是「洪業主

〔註90〕鄭慶篤、焦裕銀、張忠綱、馮建國編著：《杜集書目提要》，濟南：齊魯書社，1986年9月版，第281頁。

〔註91〕周采泉：《杜集書錄》下，上海：上海古籍出版社，1986年12月版，第683頁。

〔註92〕祝鴻熹、洪湛侯主編：《文史工具書詞典》，杭州：浙江古籍出版社，1990年12月版，第431頁。

〔註93〕鄭慶篤、焦裕銀、張忠綱、馮建國編著：《杜集書目提要》，濟南：齊魯書社，1986年9月版，第281頁。

〔註94〕張忠綱、趙睿才、綦維、孫微編著：《杜集敘錄》，濟南：齊魯書社，2008年10月版，第513頁。可同時參見張忠綱主編《全唐詩大辭典》，北京：語文出版社，2000年9月版，第1059頁。

編並序，聶崇岐、李書春、趙豐田、馬錫用同參訂」〔註95〕。所謂「哈佛燕京學社」，是指美國哈佛大學和中國燕京大學聯合組成的以研究中國文化為宗旨的學術機構。創始於 1928 年，經費來源於美國科學家霍爾（Charles Martin Hall，1863～1914）死後捐贈的鉅款。主管機構為託事部。學社總部設在哈佛大學，負責開辦東亞語文系。出版《哈佛東亞學誌》，並刊印專號和專著。附設哈佛燕京圖書館（原名漢和圖書館）。1949 年以前，學社在燕京大學設有北平辦事處，出版《燕京學報》（共四十一期）與若干特刊。另設引得編纂處，原與北平辦事處平行，1949 年以後合併，基本附屬於辦事處之下。編纂處採用洪業創製的中國字庋擷法，專印經過整理的中國古籍的「引得」。其大致可分為兩類，正刊四十一種，特刊二十三種，總計六十四種，共八十一冊，是國內較早運用科學方法整理出版中國古籍文獻的工具書。所出引得，各有一序，述其原書編撰始末及其版本源流，並評價得失，俾供讀者利用參考。洪業作序最多，共十餘篇，或長或短。其代表作有《禮記引得序》《春秋經傳引得序》《杜詩引得序》等，得到當時國內外學術界權威如法國伯希和和胡適等人的讚賞。〔註96〕

　　洪業（1893～1980），譜名正繼，字鹿芩，號煨蓮，英文學名威廉（William）。福建侯官人。1913～1920 年間留學美國。先後畢業於俄亥俄韋斯良大學、哥倫比亞大學和紐約協和神學院。1923～1946 年，執教於燕京大學歷史系。1924～1927 年兼任該校文理科科長。1928 年兼任大學圖書館館長。從 1924 年起，代表燕大與美國哈佛大學籌畫創立哈佛燕京學社，1928 年應聘赴哈佛講學兩年。1930 年返校任大學研究院文科主任和導師。1941 年 12 月，太平洋戰爭爆發，與陸志韋、趙紫宸、鄧之誠等教授被捕，初拘留於北平日本憲兵隊本部，後轉押日本陸軍監獄，將及半載。出獄後歷時四年，衣粗食糲，拒絕為日偽工作。1946 年再赴美國哈佛大學等校講學。1947～1948 年擔任哈佛大學東亞語文系客座教授。自 1948 年至 1963 年退休，一直擔任哈佛燕京學社研究員。一生從事著述，老而彌篤。其史論體大思精，多有創獲。短文佳什，推考正確，可訂補前人或史文闕失。門人翁獨健、王鍾翰曾輯《洪業論學集》，選

〔註95〕周采泉：《杜集書錄》下，上海：上海古籍出版社，1986 年 12 月版，第 683 頁。

〔註96〕中國大百科全書總編輯委員會《中國歷史》編輯委員會、中國大百科全書出版社編輯部編：《中國大百科・中國歷史》，北京：中國大百科全書出版社，1994 年 7 月版，第 190 頁。該詞條為王鍾翰所撰。

編其中文論著三十七篇，中華書局 1981 年 3 月出版。〔註97〕

洪業對杜甫的愛好，始於父親的啟導。少時，洪業喜讀李白、白居易。年方十三，其父即授以楊倫《杜詩鏡銓》，語之云：「杜子美志意宏遠，心性桀倔，且多諧趣」，〔註98〕囑其可向杜甫學習「作詩」與「做人」，並說：「讀李詩、白詩，好比吃荔枝、吃香蕉，誰都會馬上欣賞其香味。讀杜詩好像吃橄欖，嚼檳榔，時間愈長愈好，愈咀嚼愈有味。」隨著年齡的增長，洪業對杜詩體會日深，同時，也漸漸搜羅杜集，逐步發現其版本文字、編排先後、詩句注解各方面的問題。抗戰期間，內憂外患，老杜「國破山河在」的哀歎，更能引發其內心的無限隱憂。《杜詩引得》是哈佛燕京學社引得編纂處出版的「唯一純文藝」作品。〔註99〕其編纂，原本「只是為了覆核、校勘異文的便利，為最終全面整理杜詩、編就集大成性質的《杜詩校注》作工具性的準備」。在哈佛燕京學社編纂的諸種引得中，《杜詩引得》當是洪業「最具個人關切」的一種，寄託著其自身的「閱讀情感與撰述規劃」，是其「杜甫研究的真正學術起點」。〔註100〕該書之序作於「二十九年八月四日」，考證精詳，雖是序文，實同專著。論者認為，《杜詩引得序》「以富贍的資料，系統、全面考證了杜詩源流和歷代注本。對杜集由成書到注釋、評點、批選的發展過程及諸本間的源流關係，詳為辨析；對自宋到清的數十種杜詩注本作了言簡意賅的評介，幾成一部杜詩學簡史」〔註101〕。1946 年春，洪業應邀赴美講學，先後在耶魯大學、匹茲堡大學及哈佛大學，開設關於杜甫生平及其詩集的系統講座，藉此寄託眷戀祖國的情懷。在此基礎上，完成英文評傳《杜甫：中國最偉大的詩人》（*Tu Fu: China's Greatest Poet*）。〔註102〕本文、子注分訂二冊，1952 年由

〔註97〕《中國社會科學家辭典》（現代卷）編委會編：《中國社會科學家辭典》（現代卷），蘭州：甘肅人民出版社，1986 年 10 月版，第 569～570 頁。

〔註98〕洪業：《杜甫：中國最偉大的詩人》，曾祥波譯，上海：上海古籍出版社，2014 年 2 月版，第 423 頁。引文轉引自本書代譯後記《洪業及其〈杜甫：中國最偉大的詩人〉》，亦為曾祥波所譯。

〔註99〕〔美〕陳毓賢：《洪業傳》，北京：商務印書館，2013 年 2 月版，第 199 頁。據該書記述，其父授書時，洪業為十四歲。

〔註100〕洪業：《杜甫：中國最偉大的詩人》，曾祥波譯，上海：上海古籍出版社，2014 年 2 月版，第 425 頁。

〔註101〕胡大濬、王為群主編：《杜甫詩歌研讀》，蘭州：甘肅人民出版社，2011 年 8 月版，第 91 頁。

〔註102〕侯仁之：《我從燕京大學來》，北京：生活·讀書·新知三聯書店，2009 年 5 月版，第 14 頁。

哈佛大學出版部印行，士林推為權威之作。曾祥波認為，此書可與陳貽焮完成於 1988 年的三卷本《杜甫評傳》「並稱東、西方杜甫研究的傑構」〔註 103〕。其《我是怎樣寫杜甫的》則發表於《南洋商報》1962 年元旦特刊。1970 年秋，洪業又作《再說杜甫》，但遲至 1974 年 7 月，方見刊於《清華學報》新十卷第二期。1971 年 11 月，郭沫若《李白與杜甫》問世，書中認為杜甫不肯就任河西尉，有畏難不前之嫌。洪業憤而作詩《讀郭沫若〈李白與杜甫〉有感》，予以批評。

　　洪業曾把引得編纂處的成績，大半歸於兩位學生，《杜詩引得》的成功，也自不例外。「編纂方面由聶崇岐負責。聶為人耿直，博聞強識，辦事說一不二，有『鐵面御史』之稱；事務方面由李書春負責，李長袖善舞，很能開源節流」〔註 104〕。

　　《杜詩引得》可稱為「第一部隋唐五代文學文獻檢索的專書」〔註 105〕。所謂「引得」，譯自英文 Index，即索引。索引或稱通檢（《尚書通檢》），是將書中內容或報刊資料按一定方法排列，以供檢索，可分為篇目索引（《元人文集篇目分類索引》《全國報刊索引》）、主題索引（《馬克思恩格斯全集主題索引》）、古籍詞語索引（《十三經索引》）、人名索引（《二十四史紀傳人名索引》）。〔註 106〕洪業認為，整理中國古典文獻，必須有一套科學的工具書，乃創為「中國字庋擷法」，用以編纂各種引得，「以資學人快覽」。其法雖甚善，然「未習用者仍感不便」，故再作筆劃檢字及拼音檢字表，則中外學人均能利用。其中尤以「堪靠燈」（concordance）「最為簡便而不漏一字」，如《春秋經傳引得》《杜詩引得》，迄今仍為海內外學人所利賴。〔註 107〕周采泉在此書書目之下，曾有「編者按」云：「『引得』一詞為西文『堪靠燈』（concordance）轉譯而來，實即索引。其法將杜詩每句分割，按首一字排列，下注詩題以利查檢。唯字序之排列，不依筆劃或部首，而是用一種『庋擷法』，

〔註 103〕洪業：《杜甫：中國最偉大的詩人》，曾祥波譯，上海：上海古籍出版社，2014年 2 月版，第 426 頁。

〔註 104〕〔美〕陳毓賢：《洪業傳》，北京：商務印書館，2013 年 2 月版，第 194 頁。

〔註 105〕傅璇琮、蔣寅主編，蔣寅分卷主編：《中國古代文學通論・隋唐五代卷》，瀋陽：遼寧人民出版社，2005 年 5 月版，第 577 頁。

〔註 106〕朱天俊：《怎樣掌握和使用工具書》，《文史知識》1985 年第 1 期，第 47 頁。

〔註 107〕洪業：《洪業論學集》，北京：中華書局，1981 年 3 月版，《序》。《序》係其門人翁獨健、王鍾翰作於「一九八〇年一月」。

略似『四角號碼』，依字之結體編號，非經熟練，查檢亦感困難，因『庋擷法』除引得外其他索引中均未推行」，其「所收杜詩尚屬完整，較日本飯島、福田之《杜詩索引》更切實用，為一單純之工具書，不能視為著作」。〔註108〕

本書出版後，有兩則書訊先後得見，今錄之，可視作書評。

一

　　杜工部詩，氣魄沉雄，前無古人，後無來者，其價值之大，無待贅述。數年前，日本學者飯島忠夫及福田福一郎二氏曾合編《杜詩索引》〔註109〕，以每句末字為準，其用不宏。引得編纂處緣取清嘉慶間翻宋刻郭知達《九家集注杜詩》重為排印，並將民國十年上海掃葉山房石印仇兆鰲《杜詩詳注》中所有而為《九家集注》中所無者共二十二首附排於後，名曰「補遺」，然後即據此新印之杜詩，以一句為準，逐字或辭編為引得，其名雖為引得，實則一詳盡之「堪靠燈」Concordance也。引得前附洪煨蓮教授序並馮續昌先生《杜詩編次表》。《序》於杜詩版本源流考證綦詳，尤以揭破錢謙益偽造吳若本〔註110〕一節為發前人所未發。《表》以《九家集注》本編次為準，依次列其他十七家杜詩之篇第，可作一總目用，亦可作一對照推算表用。

　　此即《國內學術界消息：14.引得編纂處最近出版四種引得：一、杜詩引得》，見《燕京學報》第二十八期〔註111〕（第295頁），「中華民國二十九年十二月」出版。「四種引得」，除《杜詩引得》外，另有《六藝之一錄目錄附引得》《論語引得》《周禮引得》。

〔註108〕　周采泉：《杜集書錄》下，上海：上海古籍出版社，1986年12月版，第683頁。

〔註109〕　《杜詩索引》，日本昭和十年（1935）九月東京松雲堂書店出版。此書以仇兆鰲《杜詩詳注》為底本，將其目錄按卷逐題編號，然後將杜詩每句按末字依日語五十音順序編入索引，每句詩末尾注明見某卷第幾題，書後另附筆畫單字索引及韻部單字索引。書中有不少訛誤，洪業在《杜詩引得序》中已舉例指出。參見鄭慶篤、焦裕銀、張忠綱、馮建國編著《杜集書目提要》，濟南：齊魯書社，1986年9月版，第280～281頁。

〔註110〕　關於吳若本的真偽及洪業觀點的轉變，可參見孫微、王新芳《吳若本〈杜工部集〉研究》，《圖書情報知識》2010年第3期。

〔註111〕　其編輯者：燕京大學、哈佛燕京學社北京辦公處、燕京學報編輯委員會。

二

　　《杜詩引得》三冊，第一冊為洪業氏《杜詩引得序》及《杜詩各本編次表》《杜詩各本編次起迄表》。第二冊為杜詩原文，乃翻印宋郭知達編注《九家集注杜詩》三十六卷；又逸詩二十四首〔註112〕，乃從清仇兆鰲《杜詩詳注》本補錄者。第三冊為杜詩逐字引得。按宋時有孫覿《杜詩押韻》〔註113〕，元時有曾巽申《韻編杜詩》〔註114〕，似皆為學者尋檢杜詩之工具；二書俱佚，不知其詳。清康熙時，練江汪文柏編有《杜韓集韻》二卷〔註115〕，朝鮮摛文堂編有《杜律分韻》五卷〔註116〕，日本飯島中〔註117〕夫、福田福一郎合編有《杜詩索引》，均為便於檢索杜詩之書。汪氏之書，僅可檢杜詩曾否押此韻，是否有此句；《杜律分韻》僅錄律詩，以韻編次，非可以檢杜集某本中之某詩者；三家書中，當以《杜

〔註112〕　「杜詩補遺」應為22首。

〔註113〕　孫覿，字仲益，晉陵（今江蘇省常州市）人，宋大觀三年（1109）進士，累官侍御史，翰林學士，吏、戶二部尚書，有《鴻慶居士集》四十二卷。《杜詩押韻》今已不傳，公私書目亦未見著錄。不過此書在南宋初流佈頗廣。按此書與李師武《李杜韓柳押韻》可能是同一書。參見鄭慶篤、焦裕銀、張忠綱、馮建國編著《杜集書目提要》，濟南：齊魯書社，1986年9月版，第355頁。

〔註114〕　曾巽申，字巽初，永豐（今江西省永豐縣）人，生活於宋末元初，著有《志美集成》。倪燦《補遼金元藝文志》著錄：「曾巽申《韻編杜詩》十卷。」今已佚。參見鄭慶篤、焦裕銀、張忠綱、馮建國編著《杜集書目提要》，濟南：齊魯書社，1986年9月版，第370～371頁。

〔註115〕　汪文柏，字季青，號柯庭，浙江桐鄉人，生卒年不詳，約為清康熙間人。善畫工詩，官至北城兵馬指揮使。著有《柯亭餘唱》《古香樓吟稿》等。是書首頁刻「杜韓集韻，洞庭麟慶堂藏板」；次作者自序；次目錄；集韻兩卷，分上、下，卷上又有上、下之分，卷下有上、中、下之分。該書把杜甫、韓愈詩句按平水韻排列，其所收詩句雖不能說搜羅無遺，然所漏無幾，可視為杜韓詩句索引。參見鄭慶篤、焦裕銀、張忠綱、馮建國編著《杜集書目提要》，濟南：齊魯書社，1986年9月版，第174～175頁。

〔註116〕　《杜律分韻》，為朝鮮摛文院考文館奉敕彙編，署「內閣新編　杜律分韻　戊午活印」，係嘉慶三年（1798）朝鮮內閣生生銅活字刊印本。該書係白文本，半頁十行，行十八字。前四卷為五律，計分二十八韻部，收詩六百二十六首；第五卷為七律，計分二十六韻部，收詩一百五十一首。共收杜律七百七十七首。參見鄭慶篤、焦裕銀、張忠綱、馮建國編著《杜集書目提要》，濟南：齊魯書社，1986年9月版，第224～225頁。

〔註117〕　「中」，應作「忠」。

詩索引》為最佳。《杜詩索引》先以仇兆鰲《杜詩詳注》目錄，逐題編號，然後以杜句之首字，按五十音順，編入索引，下注見某卷第幾題，凡知全句者，用之甚便。唯學者之於杜詩，有僅知句中二三字，而欲檢其全詩者，或欲知其詩中之習用字眼，所曾道之名物者，《杜詩索引》仍不足應用也。西人每於其重要之詩人，輒為編一字不遺之 Concordance，極便檢尋，本書即師其意而作。凡知杜詩之一二字，即可檢得在某句某篇，實為研究杜詩者所必備之參考書也。本書雖以《九家集注》本為主，然杜詩圖本，皆可據此書檢得，因此書編有《杜詩各本編次表》《杜詩各本編次起迄表》故也。茲將所舉各本列後：

一、王狀元集百家注編年杜陵詩史三十二卷

二、分門集注杜工部詩二十五卷

三、黎刻蔡夢弼草堂詩箋十卷補遺十卷

四、黃鶴補千家注紀年杜工部詩史三十六卷

五、明易山人本集千家注杜工部詩集二十卷

六、邵寶分類集注杜詩二十三卷

七、胡震亨杜詩通四十卷

八、錢謙益箋注杜工部集之前十八卷

九、朱鶴齡集注杜工部詩集二十卷

十、吳見思杜詩論文五十六卷

十一、盧元昌杜詩闡三十三卷

十二、張遠杜詩薈萃之前二十三卷

十三、黃生杜詩說十二卷

十四、仇兆鰲杜詩詳注二十五卷

十五、浦起龍讀杜心解六卷

十六、江浩然杜詩集說二十卷

十七、楊倫杜詩鏡銓二十卷

有此表，則讀者可用引得於各種版本之杜詩。其不入表者，乃因其本之卷第篇次與表中已具之某種相同，故不再列入也。

此即《圖書介紹：杜詩引得》，見《圖書季刊》新第三卷第一、二期合

刊〔註118〕（第86～87頁），「中華民國三十年六月」出版。末署單字「珣」，
或指楊殿珣〔註119〕。

〔註118〕發行處：香港般含道九十四號；經售處：上海福州路開明書店。
〔註119〕楊殿珣（1910～1997），字珺飛。河北無極人。1929年考入北平師範大學預
　　　　科，半工半讀。1935年畢業。1931年12月至1984年11月，供職於北平圖
　　　　書館（今北京圖書館）。歷任北平圖書館編輯、中文采訪股長，北京圖書館
　　　　採訪部主任、參考部主任、研究館員。長期主持北京圖書館的圖書收集工作，
　　　　並從事古典目錄學的研究。其編著主要有《清代文集篇目分類索引》（與王
　　　　重民合編，國立北平圖書館，1935年11月）、《石刻題跋索引》（上海：商務
　　　　印書館，1940年11月）、《中國歷代年譜總錄》（北京：書目文獻出版社，
　　　　1980年11月）。參見圖書館學百科全書編委會編《圖書館百科全書》，北京：
　　　　中國大百科全書出版社，1993年8月版，第611頁。

第七章 杜甫草堂——抗戰國人的精神聖殿

　　杜甫草堂作為著名的人文地標，既表徵著中國文學的一種歷史高度，同時也是中國文人的一座精神殿堂。抗戰時期，來此瞻拜參觀的各界人士絡繹不絕，留下大量的文字，或紀行，或考證，或有感而發，或兼而有之。現拈取其中較具代表性的個例，略述大概，藉以窺見當時的一般景況。

一、吳鼎南：《工部浣花草堂考》

　　「中華民國三十二年六月」出版。著作者：吳鼎南；發行者：成都新新新聞報館；印刷者：成都新新新聞報館印刷部；經售處：成都新新新聞文化服務部。

　　著者生平，多有不詳，現略作考證。吳鼎南（1902～1989），字克成〔註1〕，四川溫江人。1936 年秋，國立四川大學第五屆中文系畢業，曾師從李澄波（天根）〔註2〕等人。其人「天資穎慧，學問湛深，求學時代，即為師長器重」；畢業後，「聘留中文系服務，旋調圖書館工作」；任職兩年後，於 1939年，被川康綏靖主任公署委充秘書，深為主任鄧錫侯倚畀。〔註3〕其間，據《國立四川大學抗敵後援會各組人員表（1937 年 12 月 31 日）》，曾任該會

〔註1〕 《工部浣花草堂考》官維賢《題辭》有「翠樓吟一闋奉題克成先生浣花草堂考」一語，據此乃得。另據 1936 年《國立四川大學一覽》之《職員名錄》，吳鼎南，別號：克成，職別：中國文學系助理，性別：男，年齡：二九，籍貫：四川溫江，經歷：本校中文系畢業，通訊處：本校。

〔註2〕 可參見李天根《工部浣花草堂考序》中所記。

〔註3〕 《吳鼎南任綏署秘書》，《國立四川大學校刊》1939 年 6 月 11 日，第 11 頁。

宣傳組幹事。〔註4〕又曾任《成都快報》主筆〔註5〕,《成都市》〔註6〕編輯,《正論週報》〔註7〕發行人。1964 年入四川省文史研究館。

　　吳鼎南著作,除《工部浣花草堂考》之外,另有「成都勝蹟考」,係其任國立四川大學圖書館典藏之時,曾擬將成都市區古蹟全考,但因故廢輟,「僅成昭烈忠武陵廟考一章」。其以單篇行世且可查考者計有:《荀學體系與孔孟一致全不相背說》(《國立四川大學週刊》第 1 卷第 19 期,1933 年 5 月 22 日,第 5～6 頁);《荀卿政治論與孔孟一貫說——荀卿是儒非儒辨中論上之二》(《國立四川大學週刊》第 1 卷第 21 期,1933 年 6 月 5 日,第 6～9 頁);《荀卿政治論與孔孟一貫說——荀卿是儒非儒辨中論上之四》(《國立四川大學週刊》第 1 卷第 23 期,1933 年 6 月 19 日,第 6～9 頁);《對陳汝夑君「荀卿不入於儒家說」之商討——荀卿是儒非儒辨後論》(《國立四川大學週刊》第 2 卷第 1 期,1933 年 9 月 11 日,第 6～9 頁。末署「二二,六,九,於川大文學院」);《切韻考訂正》(《國立四川大學季刊》第 1 期〔註8〕,1935 年 7 月 1 日,第 27～55 頁。該期為「文學院專刊」,作者名前冠有「中國文學系三年級學生」,據此可以推知:吳鼎南是在 1932 年考入國立四川大學,就讀於文學院中國文學系);《成都浣花溪的今昔》(《談風》第 10 期〔註9〕,1937 年 3 月 10 日,總第 452～457 頁,末署「二十六年元日於摩訶湼池畔」);《成都惠陵·昭烈廟·武侯祠考(上)》(《風土什誌》第 1 卷第 4 期〔註10〕,1944 年 7 月,第 54～68、74 頁);《昭烈武侯兩祠分合考——

〔註4〕四川省檔案局(館)編:《抗戰時期的四川——檔案史料彙編》上,重慶:重慶出版社,2014 年 7 月版,第 335 頁。該會組織組組長為冀曼華,宣傳組組長呂平章,總務組組長熊子俊,調查組組長黃學慎,出版委員會主任為文學院院長朱光潛。

〔註5〕《工部浣花草堂考》之《自序》曾云:「時兼主成都快報筆政」。「時」,是指其任職於四川大學圖書館之時。

〔註6〕1945 年 3 月創刊,同年 8 月出第 4 期,以後未見出版。

〔註7〕1948 年 3 月批准出版,社址在成都正通順街 62 號。

〔註8〕編輯者:國立四川大學季刊編輯委員會;發行者:國立四川大學秘書處出版課;印刷社:成都彬明印刷社代印;經售者:東御街國立四川大學經售處。

〔註9〕主編:海戈、周黎庵;發行:談風社;總經售、總代定:宇宙風社(上海愚園路愚谷村二十號)。

〔註10〕發行人:樊鳳林;編輯人:謝揚青、雷肇唐、蕭遠煌、裴君牧、楊正苾、董品瑄;發行所:風土什誌社(社址:成都東門紅石柱正街五六號);總經售:東方書社(成都祠堂街)。

森森寺柏今非舊，丞相祠堂不可尋》（《成都市》創刊號〔註 11〕，1945 年 3
月，第 26～27 頁）；《成都惠陵‧昭烈廟‧武侯祠考（下）》（《風土什誌》第
1 卷第 5 期，1945 年 4 月，第 114～127 頁）；《惠陵武侯祠古路（柏）考》
（《成都市》第 2 期〔註 12〕，1945 年 4 月，第 18～19 頁）；《武侯宅考》（《成
都市》第 3 期〔註 13〕，1945 年 6 月，第 20～21 頁）；《昭烈廟亭院考》（《成
都市》第 4 期，1945 年 8 月，第 26 頁）；《略談古草堂、梵安兩寺及杜甫草
堂的位置》（《草堂》1981 年第 2 期）；《青羊宮雜記》（《文史雜誌》1985 年
第 1 期，第 62～63 頁）；《諸葛亮與武侯祠》（《文史雜誌》1992 年第 S1 期）。

　　未刊稿有：《吳越興亡論》，《村校寫生詞》〔註 14〕，《成都皇城與金河的
今昔》等。

　　本書是一部「研究杜甫在四川成都西郊草堂有關資料的著述」〔註 15〕。
封面題簽：李橒〔註 16〕；內封題簽：向楚。有《題辭》〔註 17〕，「癸未上巳官
維賢〔註 18〕錄似」；《工部浣花草堂考序》，「大中華民國三十二年春友生雙流
李天根澄波序於蓉城」；《自序》，「中華民國三十二年癸未人日，溫江吳鼎南

〔註 11〕同期刊有王楷元《唐時的工部草堂》，末署「三月十三日〔午〕夜」。
〔註 12〕編輯者：成都市政府編輯委員會；編輯：吳鼎南、盧崇禮、王楷元、莫鍾馘；
　　　　發行者：成都市政府；印刷者：成都快報印刷廠（廠址：正通順街六十二號，
　　　　營業部：北新街五十九號）。
〔註 13〕印刷者：成都鴻文印刷紙社（廠址：新西門外羅家碾側，營業部：東御街二
　　　　百零三號）。其餘信息與第 2 期同。
〔註 14〕冉雲飛：《我們的第一課》，http://tufeiwangshanmao.blog.tianya.cn，2006-06-10。
〔註 15〕張忠綱主編：《全唐詩大辭典》，北京：語文出版社，2000 年 9 月版，第 1065
　　　　頁。
〔註 16〕李橒，號鐵橒，四川營山人。原為鄧錫侯塾師。曾任四川省政府實業科科長
　　　　（1916.12～1918.3）、眉山縣縣長，後任川康綏靖公署秘書長、四川省政府高
　　　　等顧問等。其「案牘之暇，喜作山水畫，宗董北苑及太命四王，高逸深厚，
　　　　晚年常作小幅，自謂袖珍山水，見者有方寸千里之感」。參見向楚《空石居詩
　　　　存》，黃稚荃輯解，成都：四川大學出版社，1988 年 12 月版，第 149～150
　　　　頁。
〔註 17〕題辭為《翠樓吟》一闋：「翠竹生寒，圓沙暈碧，花溪記曾遊處。梵安蕭寺畔，
　　　　尚留有杜陵祠宇。風流如許，任聲影鞭絲，嬉春來去。渾無據，只傳人日，
　　　　草堂詩句。學富，季重翩翩，陋晉陽原敘，僅語箋注。異書搜採遍，一編出
　　　　筆疑神助。藥欄檀樹，看考證精詳，都成掌故。三都賦，洛陽鈔寫，價增縑
　　　　素。」
〔註 18〕官維賢，四川人。曾任西充縣知事（1915～1920），其間曾兼任雅安縣知事
　　　　（1918）；又曾任川康綏靖公署主任秘書，當與吳鼎南共事；後被鄧錫侯保舉
　　　　為南川縣長（1935.10～1937.03）。

謹識」。正論分前考、中考、後考三部分，中考又分上、下兩部，前考、中考上、中考下、後考又各有四節。其目次如下：前考一「工部前各草堂及浣花外兩草堂」；前考二「工部草堂與草堂寺」；前考三「百花潭與浣花溪」；前考四「草堂與杜公之身世」；中考上一「杜公營草堂」；中考上二「杜公居草堂」；中考上三「杜公居草堂之遊蹤」；中考上四「杜公再居草堂」；中考下一「宋以前之工部草堂」；中考下二「元明之工部草堂」；中考下三「清代之工部草堂」；中考下四「今日之工部草堂」；後考一「黃陸之配饗」；後考二「任薛之居浣花」；後考三「浣花日遊浣花」；後考四「人日遊草堂」。另附錄有四：草堂碑碣存目；草堂記序存目；考竟辯餘；擬修工部浣花草堂志目。《杜集書錄》有錄，云：「吳鼎南編」，「一九四三年成都新報館排印本」。〔註19〕其誤有二：一是本書係吳鼎南著而非「編」；二是出版機構為成都新新新聞報館而非成都新報館。而《杜集書目提要》云：「吳鼎南編」，「一九四二年成都新新新聞報館印刷部排印本，一冊」，〔註20〕其出版時間明顯有誤。《杜集敘錄》則未見收錄。

關於成書經過，《自序》曾道其原委。「民國二十三年甲戌人日」，從遊草堂，乃生疑問：一是「人日草堂故事」，二是「寺與草堂孰先」，故「及大學開學，入圖書館檢讀諸記載」，至暑假中方確定全文體例，總計「十六篇」，「分載是年秋冬之大學週刊各期」。〔註21〕經檢索，可得下述篇目：

《工部浣花草堂考（前考一，工部前之草堂及浣花外之草堂）》，《國立四川大學週刊》第3卷第4期，1934年10月1日，第6～7頁。

《工部浣花草堂考（前考二，工部草堂與草堂寺）》，《國立四川大學週刊》第3卷第5期，1934年10月8日，第4～5頁。

《工部浣花草堂考（前考三，百花潭與浣花溪）》，《國立四川大學週刊》第3卷第6期，1934年10月15日，第4～5頁。

《工部浣花草堂考（前考四，草堂與杜公之身世）》，《國立四川大學週刊》第3卷第7期，1934年10月22日，第4～5頁。

〔註19〕周采泉：《杜集書錄》下，上海：上海古籍出版社，1986年12月版，第841頁。

〔註20〕鄭慶篤、焦裕銀、張忠綱、馮建國編著：《杜集書目提要》，濟南：齊魯書社，1986年9月版，第282頁。

〔註21〕吳鼎南：《工部浣花草堂考》，成都：成都新新新聞報館，1943年6月版，《自序》第1頁。

《工部浣花草堂考（中考上一，杜公營草堂）》，《國立四川大學週刊》第3卷第8期，1934年10月29日，第6～8頁。

《工部浣花草堂考（中考上二，杜公居草堂）》，《國立四川大學週刊》第3卷第9期，1934年11月5日，第3～5頁。

《工部浣花草堂考（中考上三，杜公居草堂之遊蹤）》，《國立四川大學週刊》第3卷第10期，1934年11月12日，第4～5頁。

《工部浣花草堂考（中考上四，杜公再居草堂）》，《國立四川大學週刊》第3卷第11期，1934年11月19日，第6～7頁。

《工部浣花草堂考（中考下一，宋以前之工部草堂）》，《國立四川大學週刊》第3卷第12期，1934年11月26日，第5～6頁。

《工部浣花草堂考（中考下二，元明之工部草堂）》，《國立四川大學週刊》第3卷第13期，1934年12月3日，第4～6頁。

《工部浣花草堂考（中考下三，清代之工部草堂）》，《國立四川大學週刊》第3卷第14期，1934年12月10日，第3～5頁。

《工部浣花草堂考（中考下四，今日之工部草堂）》，《國立四川大學週刊》第3卷第15期，1934年12月17日，第7～9頁。

《工部浣花草堂考（後考一，黃陸兩公之配饗）》，《國立四川大學週刊》第3卷第16期，1934年12月24日，第8～10頁。

《工部浣花草堂考（後考二，任薛二氏之居浣花）》，《國立四川大學週刊》第3卷第17期，1934年12月31日，第4～6頁。

《工部浣花草堂考（後考三，浣花日遊浣花）》，《國立四川大學週刊》第3卷第18期，1935年1月7日，第2～3頁。

《工部浣花草堂考附錄》，《國立四川大學週刊》第3卷第20期，1935年1月21日，第1～2頁。

以上諸篇，因其「首尾完具，自為體例，可以單行」，著者遂於1943年春，重加刪定，其相關改動，主要有：一是據新發現的材料，「將前考二全改寫之」。二是附錄中的《擬修工部浣花草堂志目》，「作於九年前」，應即1934年，其餘三篇，「皆付印前補作」。其中《草堂碑碣》，原記於中考下四；《考竟辯餘》，則「就昔日筆記刪潤而成」。而中考下四之「今日」，姑以「民國二十三年」觀之。書成之時，「抗日戰爭已作，以軍事故，勝蹟多成禁地」，著者亦

「不勝滄桑之感」。〔註22〕

對於此書，李天根在《工部浣花草堂考序》中有所評說：「吳生鼎南，對於工部浣花草堂，詳為稽考，苦心孤詣，歷時甚久。曾訪尋往跡於各方，復細研正確於文字，若稍滋疑惑，必盡力參稽，至信而有徵，乃援筆以識，真積力久，成前中後三考」，其為此，「以史事言則史書相信，以名勝言則名實相符」，「舉凡好古而鉤深致遠，好遊而覽勝登臨者，對此勝境，懷想名人，則此編斷不可少」，故可謂「既有功於古人，復有裨於今人」。〔註23〕

吳鼎南後又有《杜甫草堂與草堂寺》一文，當是衍自本書前考二「工部草堂與草堂寺」，曾深獲李劼人稱賞。1953 年 9 月 11 日，李劼人在致趙知聞的信中說：「吳鼎南君所作《杜甫草堂與草堂寺》已細細看了一遍，並為之點竄若干字。」「吳君此作，確是用了工夫，欲為刪節，殊不可能，且許多獨到處，皆可卓爾而立，優於馮至之《杜甫傳》，並可補其不足。」同時建議「攝其大意，另寫一簡單說明，為一般人作導遊之用，吳君原作亦可印出，介紹與專研杜甫草堂者」。〔註24〕

二、賀昌群再訪杜甫草堂

因為對杜詩的愛好與關注，賀昌群 1938 年回成都後，曾抽暇再遊草堂寺：

> ……攜了二兒齡川出通惠門，經百花潭、青羊宮，行二里許，古道西風，小橋流水，遙見茂林深處的工部祠堂，幼時所見寺院圍牆上的古色紅泥，今已剝落淨盡，曼殊「春風細雨紅泥寺，不見僧歸見燕歸」之詩境，不復再可追尋！寺內有駐軍，禁人遊覽，交涉後，由兵衛領導經浣花祠而入草堂。重門深巷，但見竹樹參天，蒼苔露冷。我記得昔年入草堂二門，有「花徑不曾緣客掃，蓬門今始為君開」集工部詩一聯，今已不見。雖三徑依然，屋舍

〔註22〕吳鼎南：《工部浣花草堂考》，成都：成都新新新聞報館，1943 年 6 月版，《自序》第 2～4 頁。

〔註23〕吳鼎南：《工部浣花草堂考》，成都：成都新新新聞報館，1943 年 6 月版，《序》第 1～2 頁。

〔註24〕李劼人：《李劼人全集》第 10 卷「書信」，成都：四川文藝出版社，2011 年 9 月版，第 135 頁。信中提到「吳君通訊處為重慶張家花園一九○號」，可知吳鼎南此時當在重慶任職。

多已敗圮〔註25〕。入祠堂正門，原有何子貞一聯「錦水春風公占
卻，草堂人日我歸來」，幼時極喜誦讀，聽說久已不存，後在市中
購得一拓片，聊以慰情。祠堂正中為工部神位，道光間楊芳傑、
譚光祐等以陸放翁、黃山谷配饗。日色漸西，涼風起於天末，乃
攜兒返城中。〔註26〕

上述描寫，充滿了今昔之感。不過，也為戰時的杜甫草堂立此存照，具
有一定的史料價值。關於草堂駐軍一事，亦見記於陳樹人〔註27〕《浣花溪謁
杜公祠以駐兵未入》：「詩人千古一祠堂，兵滿依然慨萬方。也算得酬私淑願，
瞻依仍許立門牆。」〔註28〕

三、易君左與杜甫草堂

易君左不但對杜甫及其詩歌，有著獨到而深刻的研究，也曾遊歷杜甫草
堂，形諸筆墨，既有風神逼肖的繪寫，也有絲絲入扣的考辨，更有發自肺腑
的吟唱，且無不具有卓絕的眼光和獨特的韻味。

（一）對杜甫草堂的描述

1939 年 1 月，易君左自重慶出發赴成都，28 日下午四時半左右抵達，住
南城中蓮池。〔註29〕2 月 2 日，微雨，兼因友人孫俍工無暇，故未謁草堂。次
日，終放晴光，即與三位朋友，借一汽車，從城內出西門，直趨草堂寺。寺中

〔註25〕原文作「圯」，有誤，逕改。

〔註26〕賀昌群：《歸蜀行紀》，《賀昌群文集》第三卷，北京：商務印書館，2003 年
12 月版，第 570～571 頁。《歸蜀行紀》末署「民國廿八年一月八日記於宜山
望雨樓」，原載浙江大學《國命旬刊》第 15 號，1939 年 3 月出版。

〔註27〕陳樹人（1884～1948），又名澍人、樹仁、韶、哲，號葭外漁子、二山山樵、
得安老人，別署猛進、訒生，廣東番禺人。早年曾從居廉學畫。1907 年東渡
日本，次年入京都市立美術工藝學校學習美術。1923 年任國民黨黨務部長。
後曾兩度代理廣東省長之職。1932 年，被任命為國民政府僑務委員會委員長，
至 1947 年 4 月。「嶺南畫派」的創始人及主要代表之一，與高劍父、高奇峰
並稱「二高一陳」，又稱「嶺南三傑」。抗戰爆發後，絕少作畫，但常賦詩以
示心中憤懣。1938 年曾親赴菲律賓等地，向當地華僑勸銷愛國公債，集款達
數百萬美元。著有《寒綠吟草》《自然美謳歌集》《戰塵集》《陳樹人中國畫選
集》等。

〔註28〕陳樹人：《浣花溪謁杜公祠以駐兵未入》，《民族詩壇》第 2 卷第 3 期，1939 年
1 月，第 16 頁。

〔註29〕易君左：《錦城七日記》（上），《旅行雜誌》第 14 卷第 5 期，1940 年 5 月 1
日，第 3 頁。

古木參天，濃蔭覆池，竹林遍地，梅花盛開，氣象不凡。據《高僧傳》，「唐僧旭上居草堂寺，惟以禪誦為業。蜀土尚二月八日及四月八日，每至二時，四方大集，馳騁遊遨，旭公獨端坐竹林，泊然寂想，四眾睹之，如朝日初出，因目之為旭上雲」。〔註30〕

　　草堂寺後面，有浣花夫人即冀國夫人神像。其與浣花溪、百花潭、草堂寺，都有「神話似的關係」。按南宋任正一〔註31〕《遊浣花記》，「百花潭見於杜詩，非由冀國而得名也」。易君左以為此說最為精確。

　　緊接草堂寺，即杜工部草堂舊址。「結構嚴整，亭宇參差，花木籠蔥，境界清邃，遠在草堂寺之上」。何子貞有一聯云：「錦里春風公占卻，草堂人日〔註32〕我歸來」。「少陵先生的塑像居中，繫五柳長鬚，面圓圓，便帽，左放翁（陸游）塑像，右山谷（黃庭堅）塑像」。〔註33〕杜、陸二像帶俗氣，山谷一尊則道貌岸然。訪察四周，「一千餘年來的陵谷滄桑，雖已大改舊觀，但神情還可彷彿。以花木一項而論，梅花很多，有兩株古梅，紅艷如畫。竹林叢生，苔蘚繡碧。最值得注意的是一株松樹，挺秀干霄，姿態奇美，應是少陵先生手植而心愛的草堂四松之一。屋宇構造，盡是平房，疏落有致。茅亭幾座，點綴春風，清水一池，曲通幽徑」。〔註34〕

　　此番拜謁，易君左和孫俍工、常燕生（乃惠）在草堂留下合影，其中對聯「萬里橋西宅，百花潭北莊」，亦清晰可見。

（二）對杜甫草堂的考辨

　　關於草堂寺，考楊慎引《文選注》：「蕭齊周顒昔經在蜀，以蜀草堂林壑可懷，乃於鍾山雷次宗學館立寺，因名『草堂寺』」；又云：「蜀人語草為茨〔註35〕，成都令周顒既歸金陵，乃仿蜀草堂寺遺意，於鍾山之麓築草堂，亦曰『山茨』，不忘〔註36〕蜀也」，易君左認為《北山移文》中的「鍾山之英，

〔註30〕易君左：《錦城七日記》（下），《旅行雜誌》第 14 卷第 6 期，1940 年 6 月 1 日，第 21 頁。

〔註31〕任正一，偶作任政一。其人生平不詳。

〔註32〕「日」，原引文作「曰」，有誤，徑改。

〔註33〕易君左：《錦城七日記》（下），《旅行雜誌》第 14 卷第 6 期，1940 年 6 月 1 日，第 21 頁。

〔註34〕易君左：《錦城七日記》（下），《旅行雜誌》第 14 卷第 6 期，1940 年 6 月 1 日，第 21～22 頁。

〔註35〕「茨」，原引文作「談」，有誤，徑改。

〔註36〕「忘」，原引文作「妄」，有誤，徑改。

草堂之靈」即指此，進而推知蜀之草堂寺著名已久。子美依其地而卜築，題詠日多。然則草堂寺至少是六朝以前的古寺。一說建於梁時，至宋則改為梵安寺。《方輿勝覽》云：「梵安寺在成都縣南，與杜甫草堂相接。」何宇度《益部談〔註37〕資》云：「武侯工部二祠之中，有寺一名草堂，一名中寺。前代為尼姑，名桃花寺，隋文帝時始易以僧。唐大曆中，崔寧鎮蜀，以冀國夫人任氏，本浣花女，遂重修之，繪夫人像於其中，會昌中欲〔註38〕焚寺，夜聞〔註39〕女子啼泣之聲而止。宋朝禱雨有驗，乃賜名梵安寺。」明末毀於「獻賊」，清康熙中，巡撫張德地重修，至今尚存舊觀。〔註40〕

關於草堂的四至及其環境，《杜甫居蜀》中有「草堂總檢閱」加以考證。〔註41〕《韻語陽秋》（按：原引文多誤，今據該書上海古籍出版社1984年10月影印版〔註42〕改）云：

> 老杜當干戈騷屑之際，間〔註43〕關秦隴，負薪採〔註44〕梠，餔糒不給，困躓極矣！自入〔註45〕蜀依嚴武〔註46〕，始有草堂之居。觀其經營往來之勞，備載於詩，皆可考也。其曰「萬里橋西宅，百花潭北莊」者，言其地也；「經營上元始，斷手寶應年」者〔註47〕，言其時也；「雪裏江舡渡，風前〔註48〕逕竹斜，寒魚依密藻，宿鷺起圓沙」者〔註49〕，言其景物也；至於「草堂塹西無樹林，非子誰復見幽

〔註37〕 「談」，原文作「說」，有誤，徑改。
〔註38〕 「欲」，原引文作「額」，有誤，徑改。
〔註39〕 「聞」，原引文作「聲」，有誤，徑改。
〔註40〕 易君左：《錦城七日記》（下），《旅行雜誌》第14卷第6期，1940年6月1日，第20頁。
〔註41〕 易君左在其回憶錄中也有所提示：「關於草堂的四至及其環境等小考據，在我的那篇《杜甫居蜀》中有大段『草堂總檢閱』的專文，可以參考，而這篇文章曾刊於抗戰時期重慶出版的文藝月刊，已佚。」參見易君左《蘆溝橋號角》，臺北：三民書局股份有限公司，1973年1月版，第144頁。
〔註42〕 此版據上海圖書館藏宋刻本影印，係上海古籍出版社「善本叢書」之一。引文自88頁至89頁。需說明的是，宋刻《韻語陽秋》傳世僅見此本。
〔註43〕 原引文作「閒」，徑改。
〔註44〕 原引文作「拾」。
〔註45〕 原引文作「至」。
〔註46〕 原引文作「裴晃」。
〔註47〕 「者」，原引文脫落。
〔註48〕 原引文作「書」，徑改。
〔註49〕 「者」，原引文脫落。

深？」，則乞檀本〔註50〕於何少府之詩也；「草堂少花今欲栽，不問綠
李與黃梅」，則乞果栽〔註51〕於徐少卿之詩也；王侍御攜酒草堂，則
喜而為詩曰：「故人能領客，攜酒重相看」；王錄事許草堂貲〔註52〕不
到，則戲而為詩曰：「為嗔王錄事，不寄草堂貲」。蓋其流離貧窶之餘，
不能以自給，皆因人而成也。其經營之勤如此，然未及黔突，避成都
之亂，入梓居閬，其心則未嘗一日不在草堂也。遣弟檢校草堂，則曰：
「鵝鴨宜長數，柴荊莫浪開！」寄題草堂，則曰：「尚念四松小〔註53〕，
蔓草易拘纏」；送韋郎歸成都，則曰：「為問南溪竹，抽梢合過牆？」
途中寄嚴武，則曰：「常苦沙崩損藥欄，也從江檻落風端〔註54〕」：每
致意如此。及成都亂定，再依嚴武〔註55〕，為節度參謀，復歸草堂，
則曰：「不忍〔註56〕竟捨此，復來薙榛蕪，入門四松在，步堞萬竹疏」，
則其喜可知矣。未幾，嚴武卒，彷徨無依，復捨之而去。以史〔註57〕
及公詩考之，草堂斷手於寶應之初，而永泰元年四月，嚴武卒。是年
〔註58〕秋，公寓夔州雲安縣，有此草堂者，終始只得四載，而其間居
梓閬三年，公詩所謂「三年奔走空皮骨」是也，則安居草堂者〔註59〕，
僅閱歲而已！〔註60〕

　　葛常之（立方）雖考據周詳，不過易君左亦有補充。

　　先言草堂的地址。《本傳》云：「於成都浣花裏，種竹植樹，結廬枕江」。
《卜居》詩：「浣花流水水西頭，主人為卜林塘幽。」《狂夫》詩：「萬里橋
西一草堂，百花潭水即滄浪。」《堂成》詩：「背郭堂成蔭白茅，緣江路熟俯
青郊。」《西郊》詩：「時出碧雞坊，西郊向草堂。」《懷錦水居止》詩：「萬
里橋西宅，百花潭北莊。」可見草堂背成都郭，在西郊碧雞坊外，萬里橋西，

〔註50〕原引文作「木」。

〔註51〕「栽」，原引文無。

〔註52〕原引文作「資」。下同。

〔註53〕原引文作「小松」。

〔註54〕原引文作「湍」。

〔註55〕「武」，原引文脫落。

〔註56〕原引文作「思」。

〔註57〕原引文作「唐史」。

〔註58〕「年」，原引文無。

〔註59〕「者」，原引文無。

〔註60〕易君左：《杜甫居蜀・草堂總檢閱》，《文藝月刊》第 3 卷第 3、4 期合刊，1939
　　　　年 4 月 16 日，第 63 頁。

百花潭北，浣花水西，歷歷可考。陸游說：「少陵有二草堂，一在萬里橋西，一在浣花，萬里橋縱跡不可見」。此說實有誤。萬里橋在成都少城西南，其歷史也可考。《華陽國志》：「郡治少城，西南兩江有七橋……南渡流曰萬里橋。」〔註61〕《元和郡國志》：「萬里橋架大江水，在縣南八里。蜀使費禕聘吳，諸葛亮祖〔註62〕之。禕歎曰：『萬里之路，始於此橋』，因以為名。」至於浣花溪，是崔寧妾任氏的故鄉，薛濤亦家於百花潭旁。故李商隱有「浣花箋紙桃花色」。

再言居草堂的時間。上元元年歲初，即開始築草堂，故曰：「經營上元始，落成是三月。」又曰：「頻來語燕定新巢。」而離開草堂是在寶應元年秋，故曰：「斷手寶應年。」然則杜甫住成都草堂的期間，是自上元元年春三月至寶應元年秋七月送嚴武還朝，共計兩年又三個月。《韻語陽秋》謂「安居草堂僅閱歲」，欠妥。

再言草堂的景物。如：「無數蜻蜓齊上下，一雙鸂鶒對沉浮」（《卜居》）；「錦里煙塵外，江村八九家。圓荷浮小葉，細麥落輕花」（《為農》）；「風含翠筿娟娟靜，雨裏紅蕖冉冉香」（《狂夫》）；「橖林礙日吟風葉，籠竹和煙滴露梢」（《堂成》）；「欂柳枝枝弱，枇杷樹樹香」（《田舍》）。尤其可稱述的，是草堂附近的景物。如《江村》：「清江一曲抱村流，長夏江村事事幽。自去自來梁上燕，相親相近水中鷗。老妻畫紙為棋局，稚子敲針作釣鉤。但有故人供祿米，微軀此外更何求？」

鄰居也很好。屋北一位卸任的縣長，「時來訪老疾，步屧到蓬蒿」（《北鄰》）；屋南的鄰居更如圖畫：「錦里先生烏角巾，園收芋粟不全貧。慣看賓客兒童喜，得食階除鳥雀馴。秋水才深四五尺，野航恰受兩三人。白沙翠竹江村暮，相對柴門月色新」（《南鄰》）。亦常過南鄰朱山人的水亭，叨擾他的飯菜，大有「從此數追隨」（《過南鄰朱山人水亭》）之勢。

至於經營草堂，仰人幫助，確是真情。乞橖木，乞花果，還是小事；王錄事不踐約，自是遺憾，倘無表弟王十五司馬贈送建房的費用，草堂也絕不會成功（《王十五司馬弟出郭相訪，兼遺營茅屋資》）。〔註63〕

〔註61〕原引文作：「郡治少城西南有七橋，直西門埤江南渡流，曰：萬里橋。」徑改。
〔註62〕祖，祖餞。出行時祭路神，引申為送行，如李白《留別金陵諸公》：「五月金陵西，祖余白下亭。」
〔註63〕易君左：《杜甫居蜀‧草堂總檢閱》，《文藝月刊》第3卷第3、4期合刊，1939年4月16日，第63～64頁。

至於草堂別館，錦江野亭，係明巡撫劉東皋建，清總督蔡毓榮重修，建小亭，立石勒像於中，知府曹補修之。〔註64〕

（三）對杜甫草堂的吟唱

出草堂寺，易君左即口占一詩，亦名《草堂寺》：「我來錦里正春風，萬木參天古寺空。壁白茅黃支柱黑，松青竹翠映梅紅。故人祿米曾分杜，大令遺徽尚念鍾。今日分庭皆國士，草堂千載慰衰翁」。〔註65〕

又沿浣花溪行，賞玩風景，再占詩數首，總題《浣花溪雜詩》：

> 風流千古浣花溪，一碧澄清望欲癡，竹潤梅香梅木美，草堂寺接杜陵祠。花蹊難覓〔註66〕四娘黃，蛺蝶嬌鶯盡隱藏，未伴山妻遊此地，春來孤負好風光！〔註67〕江煙籠碧暮雲遮，翠蓋亭亭越歲華。〔註68〕今日高梅千萬樹，未知誰是「老夫」家？如何子稚〔註69〕色恒饑？尚是平瀾止水時。臭盡朱門和酒肉，但留千古杜陵詩！秋風茅屋最堪悲！廣廈千間願尚微。〔註70〕安得黃金三百萬，漫天冰雪送寒衣。〔註71〕清江萬里碧如油，海內風塵涕未收，我亦有兄成久隔，楚天遼闊寄孤愁。草堂樽酒聽清歌，三月桃花春雨多。樹影江聲心意亂，何時收取舊山河？市橋柳細野梅香，猶剩沙邊鷺一行。
>
> 省識蒼生黃屋意，人間萬事付滄桑！〔註72〕

易君左「徘徊瞻仰，想見杜老當年以此為生命寄託之所，而驚天動地的詩句，可歌可泣的精神，都由這一座草堂而發軔。身當離亂之世，不以個人家庭的窮愁為窮愁，而以國家民族的淒苦為淒苦，流風遺韻，震爍千秋」〔註73〕，

〔註64〕易君左：《錦城七日記》（下），《旅行雜誌》第 14 卷第 6 期，1940 年 6 月 1 日，第 23 頁。

〔註65〕易君左：《錦城七日記》（下），《旅行雜誌》第 14 卷第 6 期，1940 年 6 月 1 日，第 21 頁。

〔註66〕「覓」，原文作「覺」，據《中興集》改。

〔註67〕「孤負」，《中興集》作「辜負」，句末用句號。

〔註68〕「越」，《中興集》作「閱」，句末用逗號。

〔註69〕「子稚」，《中興集》作「稚子」。

〔註70〕「微」，《中興集》作「違」，句末用逗號。

〔註71〕「寒衣」，《中興集》作「征衣」。

〔註72〕易君左：《錦城七日記》（下），《旅行雜誌》第 14 卷第 6 期，1940 年 6 月 1 日，第 23 頁。

〔註73〕易君左：《錦城七日記》（下），《旅行雜誌》第 14 卷第 6 期，1940 年 6 月 1 日，第 22 頁。

乃敬賦長歌一章，以致景仰。該詩初以《謁杜工部草堂》為題，與《四十生日過巫峽放歌》《青城山歌》一道，合成《入蜀三歌》，刊《新四川月刊》〔註74〕第1卷第1期。再以《謁杜子美草堂》為題，植入《錦城七日記》，載《旅行雜誌》第14卷第6期。全詩如下：

　　　　學詩三十年，不值一文錢。十歲客南天，二十上（返）〔註75〕
　　幽燕。我父筆如椽，縱橫才氣懸，不飲亦萬篇，愧煞李謫仙。垂
　　髫我成《猛虎行》，能使我父瞿然驚！羊城鳥名「天弔水」，一歌
　　眾客肅然起。寒山〔註76〕鐘聲鬢獨青，鳳棲修梧鯉趨庭。彈指數
　　十年間事，人才寥落如晨星。平生心折唯杜陵，其餘紛紛無足稱。
　　有如汪洋大海破浪長風乘，又如摩空嵯峨巨嶽誰能登？學詩一百
　　歲，以視少陵如屣敝；學詩一千載，以視少陵如尸解。笑爾區區
　　三十年，再三十年何有焉？生（身）〔註77〕當國家正多難，流離
　　轉徙苦顛連，詩須徑向窮時煉，一字一句皆桑田，苟能鼓吹中興
　　氣，再窮不過賣春聯。況有升粟可（足）資貧（食）〔註78〕，飯
　　蔬飲水樂陶然。來渝二三月，成書十萬言：一寫少陵先生居蜀之
　　梗概，再寫少陵先生思想之根原（源）〔註79〕。中朝一老長譽美，
　　見此新書忽狂喜！叮嚀期望豹窺全，周詳指示馬可倚。少陵先生
　　知我心，情比桃花潭更深！密遣草堂寺之神，一千四十里，引我
　　入幽林，讓我貢微忱，命我作長吟。草堂地接草堂寺，梅花爭紅
　　竹交翠，楠木高參入碧雲，茅草掩映停朱轡。因念先生四小松，
　　亂後歸來喜相逢，只今階前存其一，蒼雲漠漠蟠（盤）〔註80〕蛟

〔註74〕《新四川》，1939年5月25日在成都出版，月刊，16開本，四川省政府主席
　　　　王纘緒撰發刊辭。該刊由新四川月刊社編輯發行，實為四川省政府主辦的刊物。
　　　　主編易君左，副主編穆濟波，編委王錦華、邱挺生、蔣成坤、李劼人、甘明蜀，
　　　　後又增加高欽岳、趙君楷。常任編輯沈天澤、游永康。主張「學術、政治打成
　　　　一片」，意在仰仗專家學者，用學術的力量推動政治的進展，建設一個新的四
　　　　川。出至1940年10月停刊。參見王綠萍編著《四川報刊五十年集成（1897～
　　　　1949）》，成都：四川大學出版社，2011年11月版，第508～509頁。
〔註75〕《中興集》又作「客」。
〔註76〕《中興集》有書名號。
〔註77〕《中興集》作「生」。
〔註78〕《中興集》作「況有升粟可資食」。
〔註79〕《中興集》作「原」。
〔註80〕《中興集》作「盤」。

龍。舍南舍北水何在？群鷗不來鄰翁改，澄清一碧浣花溪，留得
乾坤春似海。何如（處）〔註81〕風前徑竹斜？何時宿鷺起圓沙？
何人攜錢野橋過（邊）〔註82〕？何地江村八九家？亂後歸來感寥
廓，常苦沙崩損欄藥。白頭深覺負平生，飄然遠去嚴公幕。先生
萬古一完人，先生九天一尊神，但有丹心照日月，長留浩氣領群
倫。國家民族高一切，豈止忠君肝膽熱？能以萬眾之聲為其聲，
能以舉國之轍為其轍。反抗割據尊中央，抵抗侵略制胡羌。戰鬥
意志最堅強，垂死宗邦永不忘！使先生而生〔註83〕於今耶？則必
將怒吼而為吾華！佐先生之餐者，不為西川魚，而為東夷〔註84〕
蝦！使先生而生於今耶？則必將奮起而為吾華！慰先生之心者，
不為草堂松，而為主義花，吁嗟乎！四顧蒼茫，百感叢集，鼠因社
自奔，豕學人而立。烽火高，悲笳急；天地號，鬼神泣；再不戰，
嗟何及？興或滅，懸呼吸！學詩三十年，雖無先生之才，竊有先生
之志；雖非先生之時，卻同先生之地。錦里春風公吟哦，成都西郭
我垂淚。既念我父復自媿，作此詩如醉中醉。夫子門前賣孝經，易
牙廚下操中饋。笙簫響徹九雲端，他年杖履長追侍！〔註85〕

　　正文為《謁杜工部草堂》，括號內則為《謁杜子美草堂》。標點的歧異從
略。

　　最後，有感於如此「一位關係民族靈魂國家命脈的世界偉大詩人」，易君
左建議，其所遺留的「珍貴痕跡」，「應由政府特別重視，鄭重保管，並發揚光
大其精神，研究其思想創作」；同時「最好將草堂寺及草堂原址，闢為『杜甫
學院』以紀念這一位不朽的詩聖」。〔註86〕

〔註81〕《中興集》作「處」。
〔註82〕《中興集》作「過」。
〔註83〕《中興集》作「生而」。
〔註84〕《中興集》作「東海」。
〔註85〕易君左：《入蜀三歌・謁杜工部草堂》，《新四川月刊》第1卷第1期，1939年
　　　　5月31日，第127～128頁。同時參見易君左《錦城七日記》（下），《旅行雜
　　　　誌》第14卷第6期，1940年6月1日，第22頁。
〔註86〕易君左：《蘆溝橋號角》，臺北：三民書局股份有限公司，1973年1月版，第
　　　　144頁。該書第42節為「杜甫的遺址」，內容即是抗戰時期所發有關文章的
　　　　整合。

四、作家戰地訪問團筆下的杜甫草堂

　　1939 年，為促進抗戰文藝進一步繁榮發展，發揮文藝在抗戰中的戰鬥作用，中華全國文藝界抗敵協會在重慶組織部分文藝工作者，分赴西北戰場和中原戰場進行戰地訪問，稱為作家戰地訪問團。赴西北戰場的一行 13 人，由周恩來建議，王禮錫被選為團長，宋之的為副團長，團員葉以群、葛一虹、羅烽、白朗、楊朔、袁勃、方殷、楊騷、李輝英、張周、陳曉南。6 月 14 日，訪問團舉行出發儀式，周恩來、邵力子、郭沫若等參加，並致詞勉勵。18 日，訪問團從重慶出發，過成都北入漢中，經寶雞、西安、洛陽，由風陵渡跨黃河進入中條山區和晉東南抗日根據地，深入黨政軍民，做了大量訪問工作，歷時 5 個多月，年底返重慶。〔註87〕

　　王禮錫（1901～1939），字庶三，筆名王搏今。江西安福人。早年就讀於南昌心遠大學。1929 年任教於上海暨南大學。1930 年赴日本。1931 年夏回滬，正式成立神州國光社編輯部，主編《讀書雜志》，倡導展開中國社會史的討論，轟動一時。1933 年去倫敦、巴黎等地考察、學習。抗戰爆發後，參加組織全英援華會，任副主席；並任英國中國人民之友社名譽秘書，世界和平會中國分會歐洲局主任等職。1938 年 12 月回國。翌年 1 月抵達重慶，參加中華全國文藝界抗敵協會，負責文協國際宣傳委員會工作，並被選為文協第二屆理事。與此同時，國民政府委其任立法委員、戰地黨政委員會委員，擔任國民外交協會常務理事。1939 年 6 月，領導作家戰地訪問團，兼任戰地委員會冀察綏晉指導員〔註88〕。因長途跋涉，積勞成疾，8 月 26 日晨於洛陽天主教堂醫院去世。〔註89〕

　　六月十九日傍晚，作家戰地訪問團一行到達成都，住四川旅行社招待所。晚會上決定次日午後，訪武侯祠堂和工部草堂。「武侯是中國民間故事中最主要的角色，而杜工部則是萬古常新的詩聖。」二十日一早出發，先看被轟炸

〔註87〕范泉主編：《中國現代文學社團流派辭典》，上海：上海書店，1993 年 6 月版，第 292 頁。

〔註88〕文天行：《作家戰地訪問團始末》，《王禮錫文集》，北京：新華出版社，1989 年 4 月版，第 299 頁。1946 年 7 月 1 日，葛一虹在上海作《悼念王禮錫先生——兼記作家戰地訪問團》，發表於《文藝復興》1946 年 7 月號，其中言及王禮錫的兼職為「軍委會戰地黨政委員會的指導員」。

〔註89〕王士志、衛元理編：《王禮錫文集》，北京：新華出版社，1989 年 4 月版，《王禮錫傳略》第 1～6 頁。

區，又「從災區，順道由北門出城赴丞相祠堂」。在武侯祠飯後，即赴草杜工部堂寺：

> 草堂寺做了中央軍校校舍，可是我們在草堂所得的印象還不錯，第一是軍校紀律很好，一班有精神的青年使人看了痛快。同時他們派了一位年紀極輕而彬彬有禮的青年來招待去各處參觀，第二是草堂供的像很不錯，一排有三個像：中間杜甫，左黃山谷，右陸游。我對於這三〔註90〕個像非常感到親切，杜是「不廢江河萬古流」的詩聖，黃是江西詩派始祖，我曾用苦功學他的詩，而陸則是愛國詩人，對於文藝戰地訪問團更是精神契合，同是以文學為崗位，感情同是愛國的。〔註91〕

是日，王禮錫作詩三首。其三為《遊杜甫草堂寺》：「要憑時地繼風騷，千古杜陸風骨高，容向草堂立一誓，『畢生不再負吟毫』。」進而表示：「杜陵之高，在能接受遺產，獨創新局，我屢次學詩，今過草堂，殊覺自愧。我決不作放棄詩歌崗位之想，同時更進於為此時此地之詩，文言詩不再為我主要體裁，至多將偶一為之矣。假使杜甫在今日，亦必寫白話詩。」〔註92〕

日記主要表達了兩點感觸和意願：一是文藝戰地訪問團與杜甫、陸游精神的契合，即以文學為崗位，抒寫愛國之熱情；二是要筆耕不輟，努力創作白話詩。

楊朔曾認為，作為詩人，王禮錫的成就在舊詩〔註93〕，風格「流利，明

〔註90〕「三」，原文作「二」，有誤，徑改。
〔註91〕王禮錫：《筆征：從重慶到成都》，《社會日報》（*The Social Daily News*）1939年7月30日，第1版。該報館址：上海愛多亞路一六〇號。此係「文藝戰地訪問團報告書」之一。當時曾以《筆征》為總題，發表於香港《星島日報》。後以「王禮錫日記──記『作家戰地訪問團』1939年6月18日～8月12日」為題，發表於《新文學史料》1982年第2期，有方殷《寫在〈王禮錫日記〉前面》。收入《王禮錫文集》（王士志、衛元理編，北京：新華出版社，1989年4月版）和《王禮錫文集》（《王禮錫詩文集》編委會編，上海：上海文藝出版社，1993年7月版）時，均作《記「作家戰地訪問團」》。值得注意的是：後之所謂「作家戰地訪問團」，彼時則稱「文藝戰地訪問團」。
〔註92〕王禮錫：《筆征：從重慶到成都》，《社會日報》（*The Social Daily News*）1939年7月30日，第1版。引文的文字與標點，與兩版《王禮錫文集》所錄均多有不同。
〔註93〕王禮錫短暫一生，曾創作詩歌一百二十多首，主要見於詩集《市聲草》和《去國草》。

快，彷彿是石澗的清泉」。在王禮錫看來，宋詩「才達到最高的頂點」，故愛宋詩，尤愛蘇軾。因此，其詩「缺少唐詩所具有的高亢的風骨，更缺少像李杜那樣奔流而沉雄的感情」，「所擅有的」「是宋代詩家的細緻的情緒，以及文字上特別微細而深刻的描寫」。〔註94〕雖如此，熊式一在悼念王禮錫時，仍以「天下幾人學杜甫，誰得其皮與其骨？」為副題〔註95〕，言下之意，即王禮錫舊體詩的精神與形式，更近於杜甫。

這裡還涉及舊形式的利用問題。王禮錫認為，「舊詩已經有了偉大的開始，但還沒有偉大的結束」，並表示願意擔負這一職責。楊朔則認為，「舊詩到現在」，「完全走上沒落的地步，無論就格律，形式或者文字來說，都嫌跼促，模稜，不能好好地來表現出現社會的複雜的生活。舊瓶裝新酒雖然是創作方法之一，然而始終不是文學應走的正規路線。我們應該不停地創造新的形式，來描寫現社會的飛躍的動態」。而王禮錫對於舊詩，「僅僅在戰後」，「才感悟到，如果要把詩歌當成武器來打擊敵人，武裝民族的思想，舊詩的力量太渺少，渺少得像是一片凋謝的花瓣，即使投進群眾的海裏，也不能激起一絲波動」，所以主張「他日若更為詩，必為今人之言，使今人能歌之呼之」。〔註96〕

五、邵祖平與杜甫草堂

（一）邵祖平對草堂的尋訪與考辨

1940 年 4 月 1 日，《旅行雜誌》第 14 卷第 4 號發表邵祖平的《成都名勝訪問記》（第 27～35 頁）。對此文的寫作緣由，作者亦有所說明：「因本志編者來函，督作文字，貢旅行雜誌四川專號採擇，勉將所歷，勒成此稿，暫以四

〔註94〕楊朔：《詩人王禮錫》，《文學月報》第 1 卷第 2 期，1940 年 2 月 15 日，第 102
　　　　頁。《文學月報》編輯者：文學月報社（重慶郵箱三二九號）；發行人：黃洛
　　　　峰；發行所：讀書生活出版社（重慶：武庫街一百號，成都：祠堂街七二號，
　　　　昆明：華山南路九十號，桂林：桂西路十七號，貴陽：中華南路五七號，香
　　　　港：擺花街三三號，上海：靜安寺路斜橋弄）。
〔註95〕熊式一：《懷念王禮錫——天下幾人學杜甫，誰得其皮與其骨？》，《宇宙風》
　　　　百期紀念號，1940 年 6 月，第 135～136 頁。《宇宙風》編輯者：林語堂、陶
　　　　亢德、林憾廬；發行者：宇宙風社（桂林：桂西路廿四號，香港：擺花街三
　　　　十三號三樓）。
〔註96〕楊朔：《詩人王禮錫》，《文學月報》第 1 卷第 2 期，1940 年 2 月 15 日，第 102
　　　　頁。「渺少」，原文如此。

門為標，分疏其下，而於訪尋不得者，則闕如焉！」〔註97〕其所「訪問」者，計有：1. 東門：回瀾塔（俗名白塔寺），崇麗閣（俗名望江亭），薛濤井，吟詩樓，大慈寺；2. 南門：文翁石室，萬里橋，昭烈廟，惠陵，武侯祠；3. 西門：青羊宮，寶雲庵，浣花夫人祠（即俗稱草堂寺），草堂祠；北門：子雲宅，洗墨池，武擔山，駟馬橋，文殊院。

草堂祠緊鄰浣花夫人祠，杜甫卜築幽棲之處。且看邵祖平的尋訪和考辨。其一，「入祠門向左趨入，亭院灑落，有堂一所，中祀詩聖杜甫，左右陸游、黃庭堅配饗。放翁來蜀依范石湖，身世略同杜子美，但世代在山谷後。曾茶山私淑山谷詩，學而傳授於放翁」，放翁詩名雖在茶山上，但「師承次第，不容凌躐，何以配饗詩聖，陸翁反在山谷之上」？此邵之所未解。其二，考「草堂」一名，未至成都者，皆以萬里橋西一草堂，即杜詩《堂成》一首之「堂」，「純為杜公自築以幽棲者」，「而不知浣花溪先已有草堂」。楊慎引《文選》注云：「蕭齊周顒，昔經為成都令在蜀，至金陵時，以蜀草堂林壑可懷，乃於鍾山雷次宗學館立寺，因名草堂寺。」可知「蜀之草堂，原為一寺，子美不過依其地曲折而卜築」。陸游《老學庵筆記》云：「杜少陵在成都有兩草堂，一在萬里橋之西，一在浣花，皆見於詩中。萬里橋故跡，湮沒不可見，或云房季可園是也」。綜觀各家記載，邵祖平認為，「草堂寺最古，聞名於齊梁時。草堂自草堂，浣花夫人祠自浣花夫人祠」，二者應「各不相涉」。〔註98〕

（二）邵祖平對杜甫草堂的吟唱

上文末附攬勝詩十一首，其中《謁浣花草堂》四首，後收入《培風樓詩》（商務印書館，1943 年 12 月，第 93～94 頁）。現錄之於後：

> 天地陰霾久不開，賢人削跡共蒿萊。沉吟詩卷窺王化，跌宕溪光有霸才。耳聽杜鵑常下拜，眼驚病柏已飛灰。草堂顏色今猶壯，北望關山涕泗來。

> 梁益偏安尊正統，大唐詩史落成都。風塵道氣因年長，天地吟篇以日娛。春水群鷗來狎蕩，香醪野老任追呼。中原無主關心事，

〔註97〕邵祖平：《成都名勝訪問記》，《旅行雜誌》第 14 卷第 4 號，1940 年 4 月 1 日，第 27 頁。

〔註98〕邵祖平：《成都名勝訪問記》，《旅行雜誌》第 14 卷第 4 號，1940 年 4 月 1 日，第 31～32 頁。

萬里麻鞋一蹇驢〔註99〕。

　　花潭日浣芳英嫩，草閣長懸白水明。山果墜階疑雨至，幽禽窺
夢破煙鳴。膩香粉脫琅玕竹，匙滑冷淘槐葉羹。作尹故人寬禮數，
有時載酒傍林行。

　　適野曾迷七聖輪，峨嵋〔註100〕有叟識公真。花卿仙樂來天上，
嚴武雄心問水濱。不耐衣冠從僻壤，每嗟寇盜對佳辰。四松寂寞幽
棲後，予亦羈憂避地人。〔註101〕

六、朱偰與杜甫草堂

　　朱偰曾兩度旅川，並親謁杜甫草堂。1940年10月，「復有成都之行。前
後凡十有六日，弔丞相祠，拜工部草堂，瞻子雲亭，覽相如琴臺，復得北登玉
壘，西揖青城」。〔註102〕「十一月一日，秋高氣清，出碧雞坊，訪工部草堂」。
〔註103〕「沿浣花溪西上，水色愈澄，溪流轉碧，潺湲之聲，不絕於耳。遙望一
帶長林，翳雲蔽日，蓋即工部草堂矣」。嘗讀少陵詩：「竹寒沙碧浣花溪，橘刺
藤梢咫尺迷，過客逡須愁出入，居人不自解東西」〔註104〕，躬臨其境，始知描
摹入神。因占一絕云：翠柏叢篁綠影稠，閒雲野水亦千秋。清江一曲幽棲處，
終古潺湲繞戶流。折而西，為草堂寺，「實則在工部草堂之前」。「寺今駐軍官學
校分隊，與舊日風光不侔。入其中，古柏參天，濃陰匝地。西折為浣花祠，祀
冀國夫人，有塑像在焉。再西為草堂，過小橋曲水，即少陵先生祠，以放翁及
山谷配享，庭前四松亭亭，楠栴依然，而翠竹吟風，檟林礙日，一草一木，各
有千秋」。「瞻仰遺風，低徊無已；緬懷天寶末事，不禁感慨繫之」，作古風一首：

〔註99〕「驢」，《培風樓詩》作「趨」。
〔註100〕「峨嵋」，《培風樓詩》作「峨眉」。
〔註101〕邵祖平：《成都名勝訪問記》，《旅行雜誌》第14卷第4號，1940年4月1
　　　　日，第34頁。
〔註102〕朱偰：《錦城小記》，《東方雜誌》第38卷第1號，1941年1月1日，第86
　　　　頁。其編輯人兼發行人：鄭允恭；印刷所：商務印書館香港分廠（香港英皇
　　　　道）；發行所：商務印書館香港分館（香港皇后大道中）；分發行所：商務印
　　　　書館分支館。該刊「每半月一冊，全年二十四冊；每月一日十六日發行」。
〔註103〕朱偰：《錦城小記》，《東方雜誌》第38卷第1號，1941年1月1日，第89
　　　　頁。
〔註104〕語出杜甫《將赴成都草堂，途中有作，先寄嚴鄭公五首》之三。顧宸曰：「廣
　　　　德二年自閬赴成都，在途中作。」嚴鄭公，即嚴武。寶應元年，嚴武由劍南
　　　　節度使入朝後，封鄭國公。「橘刺藤梢」，或作「菱刺藤梢」。

西風吹縹緲，送我濯滄浪。言尋草堂寺，遂出碧雞坊。長松迴曲徑，秋水滿林塘。此中有茆屋，蕭蕭鎮日涼。讀詩三十載，始上先生堂。低佪瞻遺像，再拜薦馨香。大雅何寥寂，正聲久微茫。中原方板蕩，戎馬正倉皇。亦如天寶末，胡騎恣猖狂。感懷撫往事，遺跡半淪亡。惟餘詩卷在，千古有光芒。〔註105〕

該詩又以《謁少陵先生草堂》為題，發表於《文史雜誌》第三卷第九、十期合刊〔註106〕（第82～83頁），1944年5月出版。後又發表於《改造》第3期〔註107〕（第9頁），1947年2月15日出版。《杜少陵在蜀之流寓》〔註108〕和《成都百花潭》〔註109〕亦錄此段文字。

其餘對杜甫草堂的歌詠，亦俯拾皆是。舉如馮國瑞〔註110〕《浣花溪謁杜公祠》：

重到錦城恰上巳，草堂如約千里至。浣花溪畔春正濃，戎兵能許

〔註105〕朱偰：《錦城小記》，《東方雜誌》第38卷第1號，1941年1月1日，第90頁。

〔註106〕編輯者：文史雜誌社（北碚黑龍江路八號）；社長：葉楚傖；主編：顧頡剛；發行者：中華書局（重慶民權路，代表人：姚戟楣）；印刷者：中華書局印刷廠（重慶李子壩）；發行所：各埠中華書局。

〔註107〕編輯者：改造出版社編輯部；發行者：改造出版社（上海吳淞路哈爾濱路一號）。

〔註108〕朱偰：《杜少陵在蜀之流寓》，《東方雜誌》第40卷第8號，1944年4月30日，第32頁。

〔註109〕朱偰：《成都百花潭》，《旅行雜誌》第20卷第12號，1946年12月15日，第33頁。

〔註110〕馮國瑞（1901～1963），字仲翔，別號麥積山樵，晚年自號石蓮谷人。書齋名「絳華樓」。甘肅天水人。早年就讀於天水甘肅省立第三中學，同時在存古學堂從哈銳（退庵）、任承允（文卿）習國學。1922年秋，考入南京東南大學，1926年夏畢業。復考入北平清華學校國學研究所（院），次年夏畢業。1928年被聘為甘谷縣立中學教員。其後至1936年，先後受聘為甘肅省通志局分纂、蘭州中山大學教師、青海省通志館館長、西寧縣長、青海省政府秘書長等。1937年，於西安晤張學良，被委以西北問題研究會委員。邵力子聘其為陝西省政府顧問。1938年至1948年，曾任教於蜀中三臺東北大學歷史系、西北師院國文系，籌建西北圖書館於蘭州。1950年任蘭州大學中文系主任，後又任甘肅文物管理委員會主任，1962年受聘為甘肅省文史館館員。著述有《秦州記》《天水出土秦器匯考》《張介侯先生年譜》《守雅堂（稿）輯存》《麥積山石窟志》《炳靈寺石窟勘察記》《壯遊草》《絳華樓詩集》。參見孫士智《馮國瑞先生的生平簡介、學術成就及歷史貢獻》，夏曉虹、吳令華編《清華同學與學術薪傳》，北京：生活‧讀書‧新知三聯書店，2009年7月版，第281～284頁。

修褉事。一徑曲回導寺僧，萬木縱橫挐蒼翠。堂前溪橋桂井香。良辰
瞻拜依門牆。公有精靈彌天地，千載旦暮吞八荒。異代私淑不寂寞，
皤涪劍南並祀旁。公昔度隴艱入蜀，百花潭北一茅屋。行歌不堪憶同
谷，雞犬何從問杜曲。當時豺虎塞中原，攢愁枯望兩京復。嚴高過從
慰唱酬，故人情話忘漁鷗。萬卷蟠胸亦何益，一身詩外安所謀。忍見
飄零歎風雨，卜築棲遲林塘幽。只今草堂處處新，我曾遍歷隴與秦。
浣花鵝鴨來夢寐，頗亦念爾南北鄰。春水野航應如昔，手植松在老龍
鱗。風雲澒洞甚天寶，神州陸沉憂心搗。跋扈島夷肆焰凶，同仇勠力
望再造。匹夫寧忘濟時心，幾年奔走邊荒道。今日蜀道非大難，四海
一身天地寬。慕公平生唯忠義，奇恥未雪愧朝饔。何時大舉收冀北，
頓使流亡淚痕乾。倚欄凝神望畫圖，欲去徘徊立斯須。〔註111〕

　　又如 1944 年 1 月 31 日，即春節後大年初七的人日，陳寅恪全家與友朋
結伴同遊杜甫草堂，並賦詩記遊，〔註112〕題作「甲申春日謁杜工部祠」：「少
陵祠宇未全傾，流落能來奠此觥。一樹枯枏吹欲倒，千竿惡竹斬還生。人心
已漸忘離亂，天意真難見太平。歸倚小車渾似醉，暮鴉哀角滿江城。」〔註113〕

　　陳寅恪另有《甲戌人日謁杜工部祠》：「新祠故宅總傷情，滄海能來奠一
觥。千古文章孤憤在，初春節物萬愁生。風騷薄命呼真宰，離亂餘年望太平。
歸倚小車心似醉，晚煙哀角滿江城。」此詩收入《陳寅恪集·詩集》時，有編
者注：「此詩錄自作者初失明時手跡。與前詩甲申春日謁杜工部祠題文有差異。
本題『甲戌』疑為『甲申』之誤。」〔註114〕

　　再如李根源《入川雜詠錄四》之一：「詩集大成杜陵叟，浣花溪水共流香。
蜀中遷客知多少？總讓高名一草堂。」其後且有作者注：「杜甫字子美，襄陽
人，居四川前後共十年。」〔註115〕

〔註111〕馮國瑞：《浣花溪謁杜公祠》，《民族詩壇》第 3 卷第 2 輯，1939 年 6 月，第
　　　　48～49 頁。

〔註112〕陳流求、陳小彭、陳美延：《也同歡樂也同愁：憶父親陳寅恪母親唐篔》，北
　　　　京：生活·讀書·新知三聯書店，2010 年 4 月版，第 178 頁。

〔註113〕陳寅恪：《陳寅恪集·詩集》，北京：生活·讀書·新知三聯書店，2001 年 5
　　　　月版，第 36 頁。

〔註114〕陳寅恪：《陳寅恪集·詩集》，北京：生活·讀書·新知三聯書店，2001 年 5
　　　　月版，第 37 頁。

〔註115〕李根源：《入川雜詠錄四》，《文史雜誌》第 3 卷第 9、10 期，1944 年 5 月，
　　　　第 78 頁。

　　此外，盧冀野還曾用「北雙調·沉醉東風」度曲一闋《草堂》:「依舊是四松萬竹，問誰來攜酒牽裾？腐儒愧健兒，此恨常千古，滿榛蕪故園何處？我也奔走三年苦望吳，早自悔黃庚字煮。」〔註116〕

　　由上可以見出，杜甫草堂的憑弔之作，就作者群體而言，橫跨學界、政界、軍界等，且不論僧俗，十分廣泛；而作品的體裁，也是形式多樣，詩、詞、曲、文，異彩紛呈。

〔註116〕盧前:《盧前詩詞曲選》，北京:中華書局，2006 年 4 月版，第 221 頁。

第八章　對杜甫遺跡與遊蹤的憑弔和歌吟

　　除成都浣花草堂之外，杜甫寓居生活過的其他地方，包括其行蹤所及與歸葬之所，以及後人因崇祀杜公所建祠廟等，都曾引發抗戰時期遷客們的追慕與憶念，書之筆下，大多弔古傷今、感懷時事之作。

第一節　長安地區的杜甫遺跡與遊蹤

　　天寶十載（751），杜甫「在長安，因去歲獻《雕賦》不報，貧無以為活，乃賣藥於市，不足，則時寄食於朋友以度日。值玄宗舉行郊廟之禮，故仍投延恩櫃獻三大禮賦」。「賦上，玄宗奇之，命待制集賢院。至正月晦日，受賀蘭楊長史之邀，遊宴於樂遊園，因作樂遊園歌。其地在長安城東霸陵南五里。霸陵為漢文帝所葬。樂遊園，亦曰樂遊原，為漢宣帝所築陵，曰杜陵。杜陵東南十餘里又有一陵，差小，許後所葬，曰少陵，其東即杜曲，亦名南杜；南杜之北即北杜，亦名杜囿。遊樂園漢神爵三年（前59）所築，地濱秦川，亦曰樊川，居京師最高處，四望寬敞。遊樂園之西有芙蓉園，即唐之南苑，內有芙蓉池。苑有夾城可通興慶宮，更經複道可通大明宮，乃開元二十年所築。芙蓉園之北即曲江，亦名曲江池，本秦之陿州，漢武帝因秦宜春苑故址鑿而廣之，其水曲折故名。唐開元中更為疏鑿，周七里，花木環列，煙水明媚，入夏，則菰蒲蔥翠，柳陰四合，綠波紅蕖，湛然可愛。至於四周遠景，則北有渭

水，南有終南山，東有驪山，下有溫泉，為玄宗常幸之華清宮所在。」〔註1〕

　　長安縣韋曲鎮東南少陵原西，有杜公祠。明嘉靖五年（1526）為紀念杜甫而建。萬曆五年（1577）和清康熙四十一年（1702）曾兩度重修。嘉慶九年（1804）又重建，嗣後又多次修葺。〔註2〕抗戰時期，對杜公祠的歌詠，多見諸報刊。

一、李根源：《遊杜曲謁杜工部祠題壁》

　　李根源（1879～1965），字雪生，又字印泉、養溪，別署高黎貢山人，雲南騰沖人。1903年入昆明高等學堂。翌年留學日本，先後畢業於振武學校與士官學校。1905年加入中國同盟會。1911年辛亥武昌起義後，與蔡鍔等發動新軍響應，成立大漢軍政府。「二次革命」失敗後，避往日本，入早稻田大學研習政治經濟。1916年7月，任陝西省省長；10月北上，倡組政學會。1917年參加護法運動。1923年因反對曹錕賄選，去職隱居吳中。抗戰爆發後，與張仲仁等倡議組織老子軍。日軍迫近蘇州時，離蘇由湘鄂入川。1939年11月至1945年9月，任監察院監察委員兼雲貴監察區監察使。於金石收藏和研究方面，造詣極深。其曲石精廬與于右任的鴛鴦七志齋、張伯英的千唐誌齋齊名。著有《軍務院考實》《曲石文錄》《曲石詩錄》《曲石廬藏書目》《中華民國憲法文案》《騰沖戰役記事詩》等。〔註3〕

　　該詩發表於《民族詩壇》第四輯（第32頁），1938年8月出版。詩云：

　　　　終南雲物美，工部有祠堂。身後何曾寂，溪流文字香。

　　後又以《杜曲謁杜工部祠》為題，發表於《文史雜誌》第三卷第九、十期合刊（第78頁），1944年5月出版。

二、盧冀野：《杜公祠》

　　盧冀野（1905～1951），原名正坤，後改為前，字冀野，號飲虹等。江蘇南京人。1922年考入東南大學國文系，師從吳梅。1926年畢業後，先後任教於鍾英中學、金陵大學、中山大學、光華大學。1930年8月，至國立成都大

〔註1〕《杜甫年譜》，臺北：學海出版社，1981年9月版，第49～50頁。
〔註2〕張忠綱主編：《全唐詩大辭典》，北京：語文出版社，2000年9月版，第985頁。
〔註3〕江蘇省檔案館編：《韓國鈞朋僚函札名人墨蹟》，南京：東南大學出版社，2006年9月版，第161頁。

學任教。1931 年冬，任教於河南大學。自 1933 年，任教於暨南大學、中國公
學、南京中學。1937 年，復歸暨南大學。1938 年 2 月，至武漢，供職於國民
政府教育部；5 月，主編《民族詩壇》，陸續刊行；7 月，任國民參政會參政
員。1939 年至 1941 年，在中央大學任教。其間，1940 年 1～3 月，參加華北
慰勞視察團，至西北地區視察。1942 年 9 月，任職於國立編譯館；10 月，至
福建出任國立音樂專科學校校長。1943 年 3 月，從福建回重慶；10 月，任國
立禮樂館禮制組主任。1946 年，任《中央日報》主筆、《泱泱》副刊主編，在
中央大學任教；6～8 月，隨于右任到新疆考察；11 月，任南京通志館館長。
1949 年 4 月，南京解放，中央大學改名南京大學，未獲聘用。〔註4〕

　　此係「北征續曲」之一，發表於《黃河月刊》第 3 期〔註5〕（第 105～106
頁），1940 年 4 月 25 日出版。詩云：

　　　（正宮白鶴子）祠堂動蔭上，客自草堂來。忠愛久江湖，詩在
　　公常在。

三、段天烱（熙仲）:《杜公祠》

　　段熙仲（1897～1987），名天烱，以字行。安徽蕪湖人。十歲入蕪關小學，
後就學於安徽公學農科。1915 年考入武昌中華大學預科，後又考取上海大同
大學。1923 年考入金陵大學文科，從胡小石鑽研小學、經學。1926 年轉學東
南大學中文系，曾師從吳梅、柳詒徵。畢業後，先後任教於安徽民生、廣益、
二女師（中）、四中等校，後至安慶安徽大學任教。抗戰軍興，學校內遷湖北
荊州江陵，次年停辦。舉家入重慶，任教於中央大學及四川教育學院。1944
年，復受聘於中央大學師範學院國文系。1956 年，任南京師範學院中文系教
授。著有《禮經十論》《公羊春秋三世說探源》《鮑照五題》等，尤以《春秋公
羊學講疏》與《水經注疏》名世，曾點校《水經注疏證》《儀禮正義》。另有
《禮經句讀》《楚辭箚記》《禮經釋名》等。〔註6〕

〔註4〕苗懷明：《盧前先生學術年表》，《盧前曲學論著三種》，北京：商務印書館，
　　　2014 年 5 月版，第 528～534 頁。
〔註5〕主編者：謝冰瑩；出版者兼發行者：新中國文化服務社（西安香米園德化里）；
　　　代售處：新中國文化出版社業務部。
〔註6〕參見《段熙仲自述》，北京圖書館《文獻》叢刊編輯部、吉林省圖書館學會會
　　　刊編輯部編《中國當代社會科學家》第六輯，北京：書目文獻出版社，1984
　　　年 6 月版，第 262～266 頁。

該詩發表於《斯文》半月刊第 1 卷第 14 期（第 18 頁），1941 年 4 月 16 日出版。詩云：

> 王楊盧駱當時體，稷契皋夔一輩人。獨掣鯨鯢來碧海，少陵野老世無倫。

單就此詩而言，似難以判斷「杜公祠」究竟何指。不過，此係組詩之一，依序分別是：《新都桂湖公園》《張飛柏外見榴花》《灞橋》《杜公祠》《涇川道上左公柳》《蘭州省府望河樓》《寧夏省府聞歌》《西寧觀劇》《夜雨入劍門關》，據此推知，本詩所題詠的「杜公祠」應是長安杜公祠。

第二節　綿梓地區的杜甫遺跡與遊蹤

首先來看杜甫流離於綿、梓之間的概況。代宗寶應元年（762）秋，杜甫從綿州至梓州（今四川三臺）。秋盡時，往成都迎其家人，到梓時已孟冬。〔註7〕安置家小後，即往射洪、通泉，旅行後復回梓州。代宗廣德元年（763）春，則由梓州間往涪城縣一遊；回梓後不久，往鹽亭縣一遊；又經回梓之後不久，往漢州一遊，至夏始回梓；秋（九月）又由梓往閬州，直至冬晚（臘月）始回梓。〔註8〕廣德二年（764）春初，挈眷往閬州，以便沿閬水入嘉陵江至渝州東下。至閬州後，復擬盤桓多少時然後首途。〔註9〕同時，得間周流於閬中山水之窟。〔註10〕二月，嚴武復為成都尹兼劍南東西川節度使。杜甫乃在暮春三月，挈其妻子再歸成都。〔註11〕

一、賀昌群與綿梓地區的杜甫遺跡、遊蹤

《賀昌群（藏雲）生平及著述年表》云：1941 年「2 月，與蒙文通、周謙沖由成都赴三臺東北大學，為蒙文通代課」；「是月 20 日，與金毓黻、周謙

〔註7〕四川省文史研究館編：《杜甫年譜》，成都：四川人民出版社，1981 年 5 月版，第 71b 頁。

〔註8〕四川省文史研究館編：《杜甫年譜》，成都：四川人民出版社，1981 年 5 月版，第 75a～75b 頁。

〔註9〕四川省文史研究館編：《杜甫年譜》，成都：四川人民出版社，1981 年 5 月版，第 81a～81b 頁。

〔註10〕四川省文史研究館編：《杜甫年譜》，成都：四川人民出版社，1981 年 5 月版，第 82a～82b 頁。

〔註11〕四川省文史研究館編：《杜甫年譜》，成都：四川人民出版社，1981 年 5 月版，第 83a 頁。

沖、臧哲先、左潞生、高亨、姜亮夫、楊威伯等共遊杜甫客梓州時登臨吟詩之地——東山寺，並賦詩紀遊。有《東山寺小集・用靜庵韻》。27 日，與周謙沖、高亨訪金毓黻於長平草堂。作詩紀遊，有《辛巳孟春・偕晉生、謙沖訪靜庵於長平草堂，辱以詩紀，率爾奉和》。」〔註12〕

　　《賀昌群文集》第三卷錄此兩詩，一是《梓州東山寺小集和靜庵前韻》：梓北彥流拜草堂，雨餘天氣潤麻桑。清江暖眼開春寺，高閣傾懷醉野廊。周顗新亭驚色變，庾郎故國引愁長。風塵荏苒相看晚，且共天涯作故鄉。所署時間為「1941 年 2 月」。詩後有補記：「宋李燾云，潼川繞郭多名勝，都在少陵詩句中。今三臺城內有草堂寺，對江有東山寺。辛巳孟春與金靜庵諸大學講友遊東山寺，此詩則和靜庵前韻而作。追思前事，忽忽已二十五年，而靜庵去世又五年矣。」「己巳中秋病中偶檢得詩。」〔註13〕金毓黻逝世於 1962 年8 月 3 日，故此附注當是作於 1967 年。「己巳」或指 1989 年，而賀昌群已在1973 年 10 月 1 日病逝，此時如何「檢得」？

　　二是《訪靜庵千華山館奉酬》，題下有小序：「辛巳孟春，偕晉生、謙沖訪靜庵於長平草堂，辱以詩記，率爾奉和」，其詩曰：風乎點爾起吾徒，為愛高齋罷碧鱸。茅舍閒窗攤萬卷，兵戈鼓角老江湖。殘唐妙墨供餘賞，古寺鐘聲空畫圖。指點溪山歸路里，百年心事恕狂夫。但所署寫作時間，卻是「1941年 3 月」。

　　碧鱸，即鱸魚，因背部青灰色，故稱。宋張耒《和晁應之大暑書事》云：「忍待西風一蕭颯，碧鱸東繪意何如。」作者有注：「予初來此，輒動歸思。」「殘唐妙墨供餘賞」句，作者亦有注：「君近得前蜀王楷書《妙法蓮華經》墨蹟百餘字，蓋彗義寺塔圮而出者。」「君」指靜庵，即金毓黻。「古寺鐘聲空畫圖」，亦有作者注：「草堂傍長平山下，有唐慧義寺在焉，少陵《慧義寺送王少尹赴成都》詩云：『騎馬行春逕，衣冠起暮鐘。』義山《題慧義寺僧壁》云：『若信貝多真實語，三生同聽一樓鐘。』」〔註14〕今慧義寺之名已不復存而鐘

〔註12〕賀昌群：《賀昌群文集》第三卷，北京：商務印書館，2003 年 12 月版，第 660頁。

〔註13〕賀昌群：《賀昌群文集》第三卷，北京：商務印書館，2003 年 12 月版，第 619頁。

〔註14〕《題慧義寺僧壁》，一般作《題僧壁》。「義山好佛，在東川時於常平山慧義精舍經藏院創石壁五間，金字勒《妙法蓮華經》七卷」，「詩為是時所作。玩結語，蓋久不得志，因悟一切皆空矣」。參見（唐）李商隱著、（清）馮浩箋注《玉谿生詩集箋注》上，蔣凡標點，上海：上海古籍出版社，1998 年 2 月版，

聲更杳然矣。」〔註15〕

　　注中或言「彗義寺」，或言「慧義寺」，似有誤，當作「惠義寺」。《杜甫全集校注》有注云：「唐侯圭《東山觀音院記》：『廣明初，梓州浮圖祠大小共十二。惠義居其北……。』楊炯《梓州惠義寺重閣銘》：『長平山兮建重閣。』蔡夢弼曰：『《地志》：惠義寺長平山，郪縣北。』按今四川三臺縣北二里許，山腰之琴泉寺，傳說即昔之惠義寺。」〔註16〕其所引「騎馬行春徑，衣冠起暮鐘」，上句「言與王少尹騎馬赴惠義寺餞別」，下句「謂預筵者整衣冠與少尹作別時，暮鐘已鳴」，「見與王留連之久」，〔註17〕不過，其中「經」應作「徑」。

　　兩詩既然一在二月，一在三月，則《梓州東山寺小集和靜庵前韻》應編排在前，《訪靜庵千華山館奉酬》應編排在後，但文集卻前後倒置，其編排失次，隨處可見。

二、金毓黻與綿梓地區的杜甫遺跡、遊蹤

　　與賀昌群此番遊歷密切相關的是金毓黻。

　　金毓黻（1887～1962），原名毓璽，一名玉甫，字謹庵，又字靜庵，別號千華山民，書室號靜晤。遼寧遼陽人。1936 年秋，由上海轉赴南京，經蔡元培、傅斯年介紹，受聘為中央大學歷史系教授，兼任國民政府行政院參議。1937 年 5 月，離校遷往安慶，任安徽省政府委員兼秘書長。同年底，安徽省政府改組，遂溯江而上，轉赴重慶。1938 年春，回中央大學擔任教授兼歷史系主任。1941 年秋，轉至四川三臺東北大學任教，兼任東北史地經濟研究室

　　　第 503 頁。何謂「貝多」？《酉陽雜俎》：「貝多出摩伽陀國，西土用以寫經。長六七丈，經冬不凋。」《齊民要術》：「《嵩山記》云：嵩高寺中忽有思維樹，即貝多也。一年三花。」《翻譯名義集》：「貝多形如北方棕櫚，直而且高，長八九十尺，花如黃米子。」《西域記》云：「南印建那補羅國北不遠，有多羅樹林三十餘里，其葉長廣，其色光潤。諸國書寫，無不採用。」又何謂「真實語」？《般若經》：「如來是真語者，實語者。」又何謂「三生」？道源注：「過、未、現為三生。」參見（唐）李商隱著、（清）朱鶴齡箋注《李商隱詩集》，田松青點校，上海：上海古籍出版社，2015 年 6 月版，第 6 頁。

〔註15〕賀昌群：《賀昌群文集》第三卷，北京：商務印書館，2003 年 12 月版，第 616 頁。

〔註16〕蕭滌非主編：《杜甫全集校注》五，北京：人民文學出版社，2014 年 1 月版，第 2800～2801 頁。

〔註17〕蕭滌非主編：《杜甫全集校注》五，北京：人民文學出版社，2014 年 1 月版，第 2818 頁。

（後改為文科研究所）主任。1943 年春，與李濟、傅斯年發起組織中國史學會。秋，兼三民主義青年團中央幹部學校教授。1944 年 4 月，又回中央大學任教，擔任文學院院長。1945 年 9 月，任國民政府監察院監察委員，仍任中央大學教職。翌年夏，重返東北。〔註18〕

檢《靜晤室日記》，民國三十年二月二十三日（星期日）載：「午前，同陳玉書入城，偕校中同人渡江至東山寺野餐。與會者二十七人、童子三人，午後盡興而歸。」附《東山寺野餐會紀詩事》，其序云：「出潼川城東門，不半里，踰涪江，有山障之，其上有蘭若，是為東山寺。唐賢杜甫客梓州時登臨吟嘯之地也。中構傑閣，軒其西面，俯瞰江流，如布几席。雖在辛巳孟陬。校長臧君約大學群彥，適野傳餐，挈榼渡江，遂造於是」，其詩末六句云：「江左夷吾是何人，杜老詩外大有事。歸來風月費平章，渾忘身尚滯他鄉。卻因懷古臨江渚，不敢題詩到草堂。」其後即附賀昌群、潘石禪、臧哲先、高晉生、楊威伯、霍純璞六人和詩。〔註19〕由此亦可見《賀昌群（藏雲）生平及著述年表》之誤，非 2 月 20 日，應是 2 月 23 日。

二月二十七日，作《周謙沖、賀昌群、高晉生三君過訪草堂賦贈》。二十八日，「寫所贈高、賀、周三君詩，送陳家巷。午後入城。宿陳家巷。」〔註20〕三月一日，「晨間，賀君以和作見示，氣韻極佳，頗似老杜」。此和作，即《辛巳孟春，偕晉生、謙沖訪靜庵於長平草堂，辱以詩記，率爾奉和》，首句云「沂風點爾起吾徒」，〔註21〕有別於《賀昌群文集》所錄。

第三節　三峽地區的杜甫遺跡與遊蹤

首先來看杜甫播遷於三峽一帶的情況。代宗永泰元年（765）正月三日，嚴武允准杜甫解除幕府職務，歸草堂。五月，攜家離成都，乘舟東下。舟行至忠州（忠縣），留龍興寺內若干時日。約在中秋後，復買舟東下。舟至雲安（雲陽），因一路感受風濕，多年肺病復劇，加以風痺發作，亟需休養，不能繼進，

〔註18〕金毓黻：《靜晤室日記》一，瀋陽：遼瀋書社，1993 年 10 月版，《前言》第 1、3～4 頁。

〔註19〕金毓黻：《靜晤室日記》六，瀋陽：遼瀋書社，1993 年 10 月版，第 4657～4660 頁。

〔註20〕金毓黻：《靜晤室日記》六，瀋陽：遼瀋書社，1993 年 10 月版，第 4661 頁。

〔註21〕金毓黻：《靜晤室日記》六，瀋陽：遼瀋書社，1993 年 10 月版，第 4662 頁。

遂登岸寓居於雲安縣嚴明府水閣。自 765 年 9 月至 766 年（大曆元年）春末夏初，達半年之久。夏初，從雲安遷往夔州（奉節）。居於山腰，前臨大江，白帝城在其東。是秋，移寓夔州西閣。大曆二年（767），於暮春之初，由西閣遷居赤甲。後柏茂琳以瀼西四十畝柑林見贈，並貰得漕廨所屬草堂，故又遷瀼西，同時租得東屯部分公田耕種。未久，自瀼西移居東屯。東屯為農莊所在，距白帝城四五里。蓋因收穫已近，便於督理。是時高秋，病復發。至九月初，肺病稍輕。杜甫既已移東屯，即決計以瀼西草堂借司法參軍吳郎寓居。其羈夔漸久，交朋日少，除偶然高會與別筵之外，處東屯時日較多。大曆三年（768）正月中旬，離夔州，出峽赴江陵，並將瀼西果園贈與吳南卿（即吳郎司法）。抵江陵時，已近三月上巳。〔註 22〕

一、賀昌群與三峽地區的杜甫遺跡、遊蹤

1938 年 6 月 29 日，浙江大學自江西泰和內遷廣西宜山。賀昌群攜家眷登贛江帆船至樟樹鎮，又在火車上站乘二十五小時抵長沙，再乘輪船輾轉八天至宜昌，購高價船票到達重慶。其間，途經三峽時，屢屢聯想到杜詩。出米倉峽，至香溪，又二十里至秭歸，而王昭君即產於香溪與歸州間，於是想到「群山萬壑赴荊門，生長明妃尚有村」。進入瞿塘峽，至夔門，又想到「眾水會涪萬，瞿塘爭一門」，以及「三峽傳何處，雙崖壯此門」。夔門之東有白鹽赤甲諸峰，又想到「奔峭背赤甲，斷崖當白鹽」，「白鹽危嶠北，赤甲古城東」。賀昌群認為，「這一帶山川靈秀，已挹攬於杜詩中」，而「少陵客居夔府二載，天下干戈雲擾，羈旅之情，日久而思故土」，其所謂「日日江樓坐翠微」，「每依北斗望京華」，「正是孤燈零亂，去國懷鄉之思」，因此，「今日我們重讀杜詩，處處可以為自己寫照」。〔註 23〕

二、江絜生與三峽地區的杜甫遺跡、遊蹤

江絜生曾有《看山入蜀記》，載《民族詩壇》第五輯〔註 24〕（第 60～61頁），1938 年 9 月出版。該文述其入峽經過，其中與杜甫多有勾連，現摘錄其中部分日記，既可見其行跡，亦可明其心跡。

〔註 22〕參見《杜甫年譜》，臺北：學海出版社，1981 年 9 月版，第 173～254 頁。
〔註 23〕賀昌群：《歸蜀行紀》，《賀昌群文集》第三卷，北京：商務印書館，2003 年12 月版，第 568 頁。
〔註 24〕值得注意的是，此輯《民族詩壇》的通信處，已變為重慶米花街二十號。

1938 年 7 月 28 日，江絜生「始別夏口為看山入蜀之遠行。頗憶友人張目寒〔註 25〕君方寓於夷陵張善子畫師家，當便索一手軸，歷寫三峽之幽深絕險，以志此行之艱難。同行者監察院諸從事，及友人寶子進〔註 26〕蔣光堂〔註 27〕等」。二十九日晨四時啟椗。八月二日，抵夷陵。五日夜，改乘民權輪入蜀。六日晴，亢熱無風。「本舟經理鄭君以張善子之虎畫乞題。並告以明晨五時放纜，薄暮可泊夔府，三峽全景，一日畢經」。「七日晨晴熱，午後驟雨旋止，晚晴有月。以客貨辭卸未淨，午後三時余始啟椗」。「逮舟入西陵峽後，水勢陡急，初有蜀道難之意」。四時半出峽。「過徐達洞後，崆嶺峽已悠然在念，遙見一短屏橫障其前，其後則雙岸對峙，中留一線之深峽。兩壁作赭色，水如蜂窩，色尤濁紫。旁有大礁淹沒於水中，奇絕亦險絕也！舟行至此，以晚色蒼茫，莫辨航路，遂泊於江心。」「八日亢熱無風。五時即解纜」，「逮八時後與善子目寒亟登舵樓，已輕舟駛近香溪之明妃村矣」。「明妃村得名於工部詠懷古蹟一章，千載以還，當非舊識；然過者猶低徊不置，江燕荊門，苦賺後人之遐慕，足見詩人詞客筆力之不凡也。」七時過洩灘。十時鳴笛入巫峽。「須臾見兩側紅岩，中留陰影，俗所謂棺材峽也。更前名布袋口，為川鄂分界處。至此鄂山向鄂，蜀山向蜀。芳林叢草，亦各向其故土。」傍午抵巫山縣。午後二時許入夔峽。更進為瞿塘峽。「對岩曰鐵柱機。岩上最高峰為白帝城故址。綠陰環覆，微露層簷。地勢高迥絕倫。秋氣蕭森，哀猿急杵；遊子登臨，自多淒淚。有此絕境，然後有絕筆，此即古今傑作秋興八首所成之處也。工部居此甚久，詩境益奇。於此試取秋興展誦數過，真覺字字有據，千古常新。前山尚餘一城門。旁有觀音廟，梵宇瑤窗，頗饒仙意。下臨灩澦堆，驚湍急瀉，至今舟人猶視為畏途。鄰峰有

〔註 25〕張目寒（1900～1980），安徽霍邱人。魯迅在世界語專門學校任教時的學生。曾向《莽原》週刊投稿。1924 年至 1925 年間經常拜訪魯迅，並將李霽野等介紹與魯迅認識。後被于右任提拔為國民黨中央執行委員、監察院議事科長。參見蕭振鳴《魯迅與他的北京》，北京：北京燕山出版社，2015 年 4 月版，第 293～294 頁。

〔註 26〕寶子進（1900～1968），雲南羅平人。畢業於北平中國大學、法國巴黎大學。歷任國民革命軍第三十九軍政治部主任、中國國民黨雲南黨政軍特派員。1945 年 9 月 29 日，任第四屆立法院立法委員。1948 年當選為「行憲」第一屆立法院立法委員，並兼任立法院財政金融委員會委員。後去臺灣，繼續擔任「立法院」立法委員。參見劉國銘主編《中國國民黨百年人物全書》下，北京：團結出版社，2005 年 12 月版，第 2313 頁。

〔註 27〕蔣光堂，又名裕泉、子正。新聞傳媒界人士。曾任《神州日報》《庸報》《中南晚報》《導報》等報社經理。

紫陽城故址，丹壁僅存，古懷萬疊。山徑刁樓林立，背有八陣圖，號曰旱八陣。遺於江心者曰水八陣，杜詩所謂江流石不轉者也。至此夔府孤城，徐徐在望。粉堞悲笳，漁人燕子；頓覺少陵猶在人間，倘能得之於酒家茗座邊也。」九日仍晴熱少風。「三峽已過，晨起遂晏。傍午過桓侯廟，俗呼張爹廟。」「午後，過石寶寨，韓夫人秦良玉故里也。」「是夕泊忠縣。」十日晴熱益甚。「三峽倍遙，囂塵漸近。聞舟人言是夕將抵重慶」。

三、易君左與三峽地區的杜甫遺跡、遊蹤

　　1938 年秋，易君左應時任國民黨中央宣傳部代理部務的副部長周佛海電邀，攜眷從故鄉漢壽出發，前往四川。其入川及居川的情形，大致如下：

> 過漢口，長江一帶的形勢已漸漸緊迫起來，住在親戚家裏幾天，等候已經開始乘客擁擠的輪船，匆匆就道西上，一路上，我開始驚賞三峽的奇景，也開始看到這滾滾大江裏有多少避難的人們一齊向西奔，劃時代的大亂業已展開眼前，水水山山都帶著無邊悲憤，而峽裏猿啼更哀，鷹飛更急，一派蕭瑟氣象，秋色蒼茫，斜陽黯淡，過夔門時，更想到唐代詩聖杜甫悲涼的詩句和羈旅的心情。但我萬想不到一入四川，也正和杜甫流亡時期那樣的長久，一樣是八九年，等到杜甫出蜀時，杜甫已老了，等到我出川時，我也老了。我是三十九歲入川，在四川，居成都兩年，居重慶六七年，出川是四十八歲的半百老人了。〔註28〕

　　其一路行來，多以詩紀行。後匯為《入川吟》，又收入《中興集》，作為第一部。自宜昌至重慶，此間詩作計有：《泊宜昌》《夾岸》《一奇峰》《過新灘》《兵書寶劍峽》《入峽》《望巫山十二峰》《宿巫山縣》《四十生日過巫峽放歌》《過白帝城》《白帝城弔古》《過夔府懷少陵先生》《過雲安》《忠州》《宿萬縣》《二十一夜泊荒山麓》《酆都》《抵重慶》《赴菜園壩所見》。其中有三首，需特別說明：

（一）《入峽》

　　此詩曾發表於《斯文》半月刊〔註29〕第 2 卷第 19、20 期合刊（第 26 頁），

〔註28〕易君左：《蘆溝橋號角》，臺北：三民書局股份有限公司，1973 年 1 月版，第 56 頁。

〔註29〕編輯者：金陵大學文學院（成都華西壩）；發行者：金陵大學文學院。

1942 年 9 月 1 日出版。詩云：「壯歲精強始入川，森嚴萬象總惶然。半江霧似
盜蒙面，兩岸山如鬼聳肩。峽號鐵棺槌石葬，峰名神女抱雲眠。懸崖削壁疑
無路，數十人拉一小船。」該詩既名「入峽」，應是易君左此行進入三峽的開
篇之作。于右任曾稱讚其「末句好，尤妙在一拉字」。馮飛（若飛）也激賞「拉」
字。〔註 30〕

（二）《四十生日過巫峽放歌》

　　此詩曾作為《入蜀三歌》之一，發表於《新四川月刊》第 1 卷第 1 期（第
126～127 頁），1939 年 5 月 31 日出版。收入《中興集》時，詩末有自注「此
詩後段為抵渝後續成者」。所謂「後段」，或即：「吁嗟乎，豪遊至此欲〔註 31〕
觀止，水有山兮山有水：山是天下之精華，水是天下之精髓；山是天下之至
文，水是天下之至美。人言入蜀難，難於上青天；我言入蜀〔註 32〕易，易如
履平地。平生大願今日償，得此不欲〔註 33〕跨重洋，更上青城峨眉之絕頂，
要與李杜元白爭芬芳！吁嗟乎，此何時兮國步艱，豈容看水復看山？狼煙九
道犯天關，斯世已復非人間。男兒不向沙場死，攜家遠徙愧無顏，但希山川
有神助，使我奮筆誅夷蠻。人生七十古來稀，八十過半鬢漸斑。正當生日過
巫峽，亦欲奔騰非等閒。此心堅毅如鐵石，炸平三島化彈丸！」

　　詩中可見作者一家「流離入川的心影」。前半段繪寫峽中景物的奇壯，後
半段抒寫抗戰意志的堅強。曾深得葉楚傖的賞識，「逢人便大加推贊」。〔註 34〕

（三）《過夔府懷少陵先生》

　　詩云：「八年居蜀此三年，遂覺江山分外妍。赤岬之西遺虎跡，黃河以北
尚狼煙。精忠報國身當粉，垂老投荒血欲燃。終古猿聲巫峽內，高風駭浪阻
巴船。」〔註 35〕

　　此詩亦得于右任推賞，被譽為「杜殼」。〔註 36〕

〔註 30〕易君左：《蘆溝橋號角》，臺北：三民書局股份有限公司，1973 年 1 月版，第
　　　　79 頁。
〔註 31〕《中興集》作「歎」。
〔註 32〕《中興集》作「川」。
〔註 33〕《中興集》作「願」。
〔註 34〕易君左：《蘆溝橋號角》，臺北：三民書局股份有限公司，1973 年 1 月版，第
　　　　80 頁。
〔註 35〕易君左：《中興集》，重慶：個人刊，〔1945 年 8 月〕版，第 7 頁。
〔註 36〕易君左：《蘆溝橋號角》，臺北：三民書局股份有限公司，1973 年 1 月版，第

　　抗戰勝利後，易君左出川時，途經夔府，不免再次感由心生。其回憶錄中亦有記載。1946 年 4 月 7 日，「黎明開船。六時前十八分過雲陽。」「八時二十分鐘過夔門，仰觀這一座峭立江心的雄塹。其時江上大風」，詩人「獨立船頭」，「頭髮和衣衫都被吹得飛舞，成《大風過夔門》一歌」。「十一時頃，抵奉節，即夔府。每過此處，即懷少陵先生。八年前入川時，夔府正值秋深，因高吟杜詩秋興八首，尤其強調『夔府孤城落日斜，每依南斗望京華』二句，並成一詩以志懷仰。」〔註37〕此即上錄之詩。

四、朱偰與三峽地區的杜甫遺跡、遊蹤

　　1936 年夏，「自金陵入蜀，西極岷峨，欲從嘉州北上成都，因山洪暴發，阻雨而罷」〔註38〕。此行「至夔府，弔瀼西草堂，想像當年，夔府孤城，秋高氣肅，先生心依北斗，身羈瞿塘」〔註39〕，乃作《白帝城弔少陵瀼西宅》，即《西蜀遊草》之七：

> 白帝城高曉角哀，夔門雄勝自天開。瀼西不見先生宅，遺碣空
> 留萬古苔。巫峽蒼茫雲外去，蜀江宛轉雨中來。劇憐劍外行吟日，
> 千古猶懷屈宋才。〔註40〕

　　該詩亦附於《杜少陵評傳》自序之後，題作《訪瀼西少陵先生宅》〔註41〕；後又以《瀼西訪杜少陵先生宅》為題，發表於《文史雜誌》第三卷第九、十期合刊（第83頁），1944 年 5 月出版。兩者末句均作「千載長懷屈宋才」。

　　此外，如盧冀野也曾用「北雙調・沉醉東風」度曲一闋《夔門雨望》：「正

---

　　　　80 頁。杜殼，易順鼎《山門峽》首句云「春遊豈不佳，雨望易為昏」，「王秋丈云：杜殼。節庵云：春遊十字似二陳學杜。」參見易順鼎《琴志樓詩集》二，王飆校點，上海：上海古籍出版社，2012 年 12 月版，第 658 頁。又趙熙《鄉情》有句云「苦吟嗤杜殼，先睹訪農科」。參見趙熙《趙熙集》中，王仲鏞主編，杭州：浙江古籍出版社，2014 年 4 月版，第 397 頁。

〔註37〕易君左：《勝利與還都》，臺北：三民書局股份有限公司，1993 年 1 月版，第 95～96 頁。

〔註38〕朱偰：《錦城小記》，《東方雜誌》第 38 卷第 1 號，1941 年 1 月 1 日，第 86 頁。

〔註39〕朱偰：《杜少陵在蜀之流寓》，《東方雜誌》第 40 卷第 8 號，1944 年 4 月 30 日，第 36 頁。

〔註40〕朱偰：《西蜀遊草》（一），《國聞週報》第 13 卷第 37 期，1936 年 9 月 21 日，第 28 頁。

〔註41〕朱偰：《杜少陵評傳》，重慶：青年書店，1941 年 6 月版，《自序》第 4 頁。

夔巫好春氣象，望瞿塘細雨微茫。花隨峽路生，眼滿流波漲，肯扁舟久臥滄江。白帝城高杜老鄉隱，粉堞笳聲更壯。」〔註42〕

第四節　湖湘地區的杜甫遺跡與遊蹤

首先來看杜甫轉徙湖湘的情況。大曆三年（768），「子美正月去夔出峽，三月至江陵，秋移居公安，冬晚之岳州」。〔註43〕大曆四年（769），「正月自岳州之潭州，未幾入衡州，夏復回潭州」。〔註44〕大曆五年（770），「春在潭州，四月避亂往衡，將如郴州依崔偉，至耒陽返棹，舟下荊楚以寓卒」。〔註45〕

一、邵祖平：《耒陽遙祭杜工部墓》

發表於《衛星》第一卷第七號〔註46〕（第41頁），1937年7月31日出版。此係其「湘桂紀遊詩」之一。其詩云：

> 有唐杜子美，製作比一經。許國志未達，在野身彌勤。晚歲落湘中，傳聞此避兵。江漲不得食，吟詩動高旻。挐舟來轟令，牛酒致殷勤。荒江縱一唉，飛旐令人驚。今觀臨終篇，感激猶有神。傷哉稷契懷，旅餓纏悲辛。豈天嗇其遇，使垂萬年名。江天隱少徵，仙樂滿洞庭。藐此耒陽邑，片石埋奇精。巡狩聖者舜，葬亦在零陵（九嶷山在零陵縣境）。天欲冥南楚，再駐詩哲魂。班瑞儼詩國，王纛擬九軍。鬱鬱墓門望，草木含威聲。賤子學公篇，窮海躡蛟鯨。角鬣才一捫，怛絕心怔營。才薄懼苟作，操存敢弗貞。夢寐數見公，禮數稽謁墳。至誠限修途，飆輪遂前征。紙素貢遠奠，歘起萬古情。

該詩後收入《培風樓詩》（商務印書館，1943年12月，第62～63頁），但字句多異，且無作者自注。今再錄：

> 有唐杜子美，製作比一經。許國志未達，在野身彌貞。晚歲落湘中，傳聞此避兵。江漲不得渡，蒼天無鴻鵬。挐舟來轟令，牛炙

〔註42〕盧前：《盧前詩詞曲選》，北京：中華書局，2006年4月版，第221頁。

〔註43〕李書萍編著：《杜甫年譜新編》，臺北：西南書局，1975年6月版，第120頁。

〔註44〕李書萍編著：《杜甫年譜新編》，臺北：西南書局，1975年6月版，第125頁。

〔註45〕李書萍編著：《杜甫年譜新編》，臺北：西南書局，1975年6月版，第130頁。

〔註46〕編輯者：董家麟、范煙橋，發行者：李鍾承，發行所：國學會（蘇州公園內吳縣圖書館），印刷者：利蘇印書社（蘇州景德路五十五號）。

羅瓶罌。荒江縱一啖，飛旟令人驚。今觀臨終篇，感激猶有奔。傷
哉稷契懷，旅餓困榛荊。豈天齧其遇，使垂萬年名。江天隱少微，
仙樂滿洞庭。藐此耒陽邑，片石埋奇精。巡狩聖者舜，厥葬在零陵。
天欲異南楚，公復遺佳城。班瑞儼詩國，王纛恍翻騰。鬱鬱墓門望，
草木含威聲。賤子學公篇，窮海驪蛟鯨。角鬣才一捫，怛絕心怔營。
才薄懼苟作，立身敢弗爭。夢寐數見公，堂封闕拜登。至誠限修途，
飆輪遂前征。紙素貢遠奠，欻起萬古情。

二、熊理：《耒陽謁杜工部墓》

　　熊理（1890～1953），字衡三，號恒心（有《恒心詩文鈔》）。廣東梅縣人。
初隨父習醫。畢業於兩廣方言學堂，任「視學」，被派往南洋。後赴日本，加
入同盟會，追隨孫中山參加革命。因為同盟會籌措經費，曾在東南亞創辦銀
行，被荷蘭政府拘留並驅逐。回國後，任華僑聯合會常董、僑務委員會秘書
等。1921年，當選為梅縣第一任民選縣長。1927年「廣州公社起義」時，任
教導團秘書。1929年5月，曾參加孫中山南京奉安大典，負責撰寫悼詞。又
曾任廣東省財政廳主任秘書、廣東經濟設計委員會委員、學海書院導師等職。
抗戰時期，曾養甫、宋子良先後主持西南運輸處，獲充貴陽分處處長，後調
任公路總局東南辦事處（設湖南衡陽）處長。抗戰勝利後，任廣東省參議顧
問，與葉劍英及各民主黨派人士交往甚密。1951年去香港。著有《華僑教育
鑒》《廣東財政紀實》《尚書的政治學說》〔註47〕《論語管窺》〔註48〕。又曾
編輯《教育報》〔註49〕《自強雜誌》《泗濱日報》《僑務月刊》及《嘉應鄉土
歷史地理教科書》等。〔註50〕

〔註47〕著作者：梅縣熊理；發行者：學術研究會；發行所：學術研究會總會（上海
　　　法租界貝勒路同益里三弄四號）。「中華民國十七年五月三十日出版」。2015年
　　　3月，山西人民出版社曾影印出版此書，收入「近代名家散佚學術著作叢刊‧
　　　政治與法律」，但關於作者，則言生平不詳。
〔註48〕該書末署「十五年十月二日起十月廿三日脫稿」；有序，「民國二十二年十一
　　　月楊壽昌」，廣州西湖路大中印。
〔註49〕即《南洋荷屬華僑教育報》，或稱《華僑教育報》，1918年10月創刊，爪哇
　　　泗水出版。熊理任該報總編輯。
〔註50〕參見陳玉堂編著《中國近現代人物名號大辭典》，杭州：浙江古籍出版社，1993
　　　年5月版，第949頁；中國人民政治協商會議廣東省梅州市委員會學習文史
　　　委員會編《孫中山與梅山：梅州文史（第15輯）》，2001年9月版，第139
　　　頁。

發表於《文史雜誌》第三卷第九、十期合刊（第 83 頁），1944 年 5 月出版。題下有「五月三日」，當是此詩的寫作時間，不過年份不確，或在 1944 年。詩云：

> 耒陽城外杜陵墳，真偽爭傳莫解紛。潦倒苦吟成絕律，奔波勞役認忠勤。生前志行誰能識，死後聲名各欲分。弔古獨尋芳草際，不勝惆悵對斜曛。

對於詩中所謂「真偽爭傳莫解紛」，此處聊引一說。1943 年 5 月，易君左參加政治部編審室第二次學術研究會，在講演《杜甫及其詩》之後，杜裔曾問及杜甫歸葬何處，其答覆是「由杜甫之孫移厝鞏縣原籍，耒陽和襄陽的墳墓全是衣冠冢」。〔註 51〕實際上，現存杜甫墓至少有五。其一在河南省偃師市西首陽山下杜樓村。墓門書「唐工部拾遺少陵杜文貞公之墓」。其二在河南省鞏義市西北康店鎮康店村邙山嶺上。冢前立有兩石碑，一通為清康熙十九年（1680）河南參政杜漺立，有碑文，題曰「鞏縣杜少陵先生墓碑記」；一通為清乾隆四十四年（1779）鞏縣知事陳龍章立，正中童鈺楷書「唐杜少陵先生之墓」。其三在湖南省耒陽城北原杜陵書院內（今耒陽第一中學）。墓前立石碑，刻有「唐工部杜公之墓」，為衣冠冢。其四在今湖南省平江縣（唐時為昌江縣治）城南三十里之小田村。墓碑上題「唐左拾遺工部員外郎杜文貞公之墓」。其五在今湖北省襄樊市襄陽城南三公里之峴山腳下。杜甫祖籍襄陽，後遷河南鞏縣。大曆五年（770）客死湖南潭州往岳陽的船上，後其孫嗣業運送遺骸至河南安葬，途經襄陽時留下衣冠，起冢葬於此地。〔註 52〕

此外，尚有彭梅岩〔註 53〕《耒陽謁杜工部墓》，發表於《莫江吟社辛巳春夏季合刊》〔註 54〕（第 20 頁），辛巳即 1941 年。詩云：「臨江荒冢俯寒流，淪落天涯萬古愁。忠愛不忘憂社稷，飄零長是客諸侯（杜詩：甫也諸侯老賓客）。獨留詩卷千秋業，老泛江湖一葉舟。沿泝南來快牛酒，後人憑弔說靳州。」

〔註 51〕杜裔：《易君左先生論杜甫及其詩》（下），《政工週報》第 10 卷第 11 期，1943 年 6 月 16 日，第 19 頁。

〔註 52〕張忠綱主編：《全唐詩大辭典》，北京：語文出版社，2000 年 9 月版，第 985 頁。

〔註 53〕彭梅岩，湖南湘鄉人。曾任浙江仙居、淳安縣長。

〔註 54〕編輯者：莫江吟社（新化縣南正街）；印刷者：晚民書局（新化縣南正街）；代售處：晚民書局。該社社長：宗子威（新化陳家坪澹園）。

吳德潤〔註55〕曾作和詩《謁杜工部次彭梅岩韻》云：「盛唐詩句仰風流，廊廟江湖無盡愁。才與謫仙稱並世，窮如飛將不封侯。誰教牛酒成嘗鳩，莫遂尊鱸感繫舟。今日沖寒一憑弔，千秋衣冢剩荒洲。」〔註56〕該詩題下署「一九四〇年」，由此亦可推知彭梅岩一詩雖發表於 1941 年，但寫作時間卻肯定較此為早。

另有周伯頤〔註57〕「闓行雜詩」之《耒陽謁杜工部祠》，發表於《國立湖南大學期刊》新一號（第 65 頁），1941 年 6 月出版。詩云：「垂老無歸計，飄蓬尚遠行。詩人杜工部，斜日楚孤城。憶舊山河迥，傷春涕淚橫。年年芳草發，憑弔有餘情。」

〔註55〕吳德潤（1887～1975），字曉芝，筆名覺廬，湖南岳陽人。清末畢業於湖南高等實業學堂土木系。1913 年獲選公費留學法國巴黎大學法學系。1916 年歸國，任湖南商業專門學校法文教員，短期代理校長。曾在京師大學、北平大學第二師範學院、北平師範大學、北平大學法商學院、華北大學任教。後歷任《太原日報》《河東日刊》《國民日報》總編輯。1963 年 1 月被聘為中央文史研究館館員。參見啟功、袁行霈主編《綴英集——中央文史研究館館員詩選》，北京：線裝書局，2008 年 1 月版，第 288 頁。

〔註56〕啟功、袁行霈主編：《綴英集——中央文史研究館館員詩選》，北京：線裝書局，2008 年 1 月版，第 289 頁。

〔註57〕周伯頤，生卒年不詳。曾任湖南湘鄉縣府秘書。

第九章　抗戰文學作品中的杜甫形象

　　抗戰時期，杜甫曾以其憂國憂民的形象，頻繁走進當時的文學作品中，但大多只見身影閃動，並未留下清晰的面影。以杜甫為主人公的作品，主要有兩類：一是人物傳記，二是新詩。前者是客觀的敘述，後者則是藝術的創造。現分類以觀。

第一節　人物傳記中的杜甫

　　抗戰前後，為賡續中華民族的精神命脈，弘揚中國文化的優秀傳統，出版界多選擇中國歷史各個階段的代表人物，對其生平事蹟加以介紹和表彰，杜甫亦多出現於此類傳記之中。需要說明的是，因為替杜甫單獨立傳的專書，已在書稿前後他處專題論述，本節所討論的傳記，僅僅是各種集體傳記中獨立成篇的一部分，甚或是在他人傳記中作為比較的對象而存在，如有關李白的傳記等。最後則是從魏洛克（Wheelock）逝世的一則短訊，引發出對英語世界第一部《杜甫傳》的介紹。

一、何子恒編著：《中國歷代名人傳略》第四集

　　其英文譯名「*Lives of Chinese Great Men Volume IV*」「民國二十四年五月初版，民國三十年四月再版」，民國三十八年二月三版。校閱者、出版者、發行者：青年協會書局（上海博物院路三一號〔註1〕，Association Press of China）。

〔註1〕「三一」之前，或有「一」字脫落。據該書「青年叢書」廣告，函購地址為「上海博物院路一三一號」。

此係「青年叢書第廿三種（Youth Library No.23）」。

青年協會書局，隸屬於中國基督教青年會。1902 年成立青年協會書報部，1924 年發展成為青年協會書局，初址上海博物院路 20 號。20 世紀二十年代，書局倡導並發展全國的平民教育、公民教育運動。三十年代，則關注於基督教的本土化問題。1941 年珍珠港事件後，青年協會總部遷重慶。1942 年春，青年協會書局在成都設置辦公室，吳耀宗擔任出版部主任，文字幹事張仕章。1942 年 9 月，青年協會書局與華英書局、廣學會等成立基督教聯合出版社。1946 年 5 月，青年協會書局在川結束工作。1947 年 11 月，又與廣學會、美華浸信會書局、宣道書局、中國主日學會等，聯合組織中華基督教出版協會，至 1953 年自行結束。之後，與廣學會、浸會書局等成立聯合編輯委員會。1956 年 12 月又聯合成立「中國基督教聯合書局」，1966 年宣告結束。從 1933 年 12 月至 1951 年 1 月，青年協會書局曾出版大型的「青年叢書」〔註2〕，主編徐寶謙。〔註3〕《中國歷代名人傳略》共六集。第一集，余牧人編著，「中華民國十六年八月初版」；第二集，余牧人編，「中華民國十八年七月刊行」；第三集，何子恒編，「中華民國廿三年五月刊行」、「中華民國廿八年正月再版」；第五集，王治心、李次九編著，「中華民國三十年三月初版」；第六集，王治心、李次九編著，「民國三十七年一月初版」。

何子恒（1898～2007），又名思恒。浙江杭縣人。長兄何思敬。曾在上海張靜江家店當學徒，業餘到上海環球中國學生會中學和創勝明智大學參加學習。1923 年，進入上海時事新報社任要聞版編輯和《學燈》副刊撰稿員。1925 年，張東蓀調任吳淞中國公學大學部校長後，任該校圖書館主任，其間翻譯出版中國第一部《希臘哲學史》。1927 年春，受商務印書館編輯董亦湘委託，翻譯英譯本列寧的《國家與革命》。後任中山大學校哲學系助教。1928 年任廣州《民國日報》副刊《現代青年》主編。1930 年冬返滬，先後翻譯羅素的《我的信仰》、拉斯基的《現代國家中的自由》、盎傑爾爵士的《貨幣的故事》等著作，主編《現代歐洲各國侵略史》《法國現代政治》等。其間曾任《申報》國際評論員、《華年週刊》特約撰稿員。1937 年淞滬抗戰爆發後，先後任《大美

〔註2〕據該書「青年叢書」廣告，叢書共分四類：青年與性生活；青年與修養；青年與社會改進；青年與宗教。「每類暫定十二種，共四十八種」。

〔註3〕參見張澤賢《民國出版標記大觀續集》，上海：上海遠東出版社，2012 年 5 月，第 347～350 頁；陳建明《近代基督教在華西地區文字事工研究》，成都：巴蜀書社，2013 年 11 月版，第 308～312 頁。

晚報》和英商上海《泰晤士報》翻譯、《中華日報》《國際週刊》撰稿員等職。1944年秋，創辦英文研究社，首次採用國際音標和錄音的教學方法。〔註4〕

　　第四集所收名人傳略，計有李世民（唐史附）、房玄齡（杜如晦附）、魏徵、李靖（李世勣侯君集郭孝恪蘇定方薛仁貴附）、劉仁軌（斐〔註5〕行儉附）、玄奘、褚遂良（狄仁傑張柬之桓彥範宋璟張九齡等附）、姚崇、郭子儀、歐陽詢（顏真卿柳公權附）、劉知幾、陸贄、王勃、駱賓王（盧照鄰楊炯附）、李白、杜甫、王維（孟浩然附）、韓愈（柳宗元附）、白居易。

　　傳略開首便是李杜比較。李白是「為藝術而藝術」，杜甫則似乎是「為人生而藝術」，李白的詩，是「純粹的詩」，而杜甫的詩，則是用來「敘述當代的歷史，民間的苦況」，表示「對於現實生活的意見」。詩在杜甫而言，只是一種工具而非目的。此即是李白和杜甫「一個極大的不同」。因為「方向既不同，成就自各異」，所以不能揚杜抑李，也不能揚李抑杜。韓愈所謂「李杜文章在，光焰萬丈長，不知群兒愚，那用故謗傷」，方是「最正確而健全的見解」。

　　杜甫在詩上的成就，雖和李白大不相同，但兩人的性格，卻很相同。具體而言，一是「性格豪放，自命不凡」，二是「喜歡喝酒」，三是「喜歡遊歷」。不過相較而言，杜甫沒有李白那般「放縱和極端」。

　　關於杜甫生平的介紹，此處不再轉述。但傳中的分析，仍不乏亮點。如杜甫官運蹇澀，傳者以為，最根本的原因，一則是沒有權貴引進；次則其「作風」較李白「樸質寡文」，故未獲得玄宗賞識；再則是「自許過高，恥於干謁」。

　　杜詩的特色，在於詩人既是「用詩來描寫當時的社會狀況」，也是用詩來發表「對於政治的意見」。「在循環不息的戰爭狀態中」，杜甫不僅自己「家破人亡，東西流離」，同時目擊「戰爭的悲慘」和「民間的苦況」，故其詩也就成為「當時的政治史和社會史」。杜詩描寫最為動人者，是「戰爭對於人民所加的痛苦」。首先是「人民的兵役之苦」，如《兵車行》《石壕吏》等。此種詩在李白集中無一可見，但在杜甫集裏卻「多不勝收」。其次是「民間受戰禍影響的凋零淒苦」。再次是「人民流離散失的苦況」。對於「統治階級的奢侈生活」和「對於人民的橫征暴斂」，杜甫「也竭力抨擊」。對於「社會上政治上的種種失當」，同樣直言不諱。

〔註4〕　何勤功：《77健康人生——我的個人實踐》，成都：四川大學出版社，2013年12月版，第104～105頁。何子恒為著者何勤功二伯父。
〔註5〕　「斐」，「裴」之誤。

總之，杜甫的詩，盡是「事實的描寫」與「議論的發揮」，至於風花雪月的「高人逸士的感傷」，則不占重要的成分。故其詩，「悲苦沉鬱」者居多，既無李白「飄飄欲仙的逸氣」，詞采也無李白的豔麗。李杜雖無從比較，但李白的天才高於杜甫，則是「任何人都不容否認的事實」。

值得注意的是，傳略正文之外，尚有注釋，並在文末附有問題，引人深思。此處問題有四：一、試言杜甫和李白的不同點。二、杜甫的詩側重在哪一方面？三、杜甫何以為人生而藝術的詩人？四、你以為他能和李白相比嗎？〔註6〕

二、陳翊林編：《中國百名人傳》

「民國二十六年六月發行，民國二十八年八月再版」。發行者：中華書局有限公司（代表人路錫三）。有《例言》，作於「民國二十五年十一月」。

陳翊林，即陳啟天（1893～1984），又名聲翊，字修平，別號寄園，筆名明志、致遠，湖北黃陂人。1919年加入少年中國學會。1924年畢業於國立東南大學，任中華書局編輯，主編《中華教育界》，參與創辦《醒獅週報》，提倡國家主義教育，參與發起收回教育權運動。1926年任中國青年黨中央執行委員會兼訓練部主任。1927年任教金陵軍官學校。1928年任國立成都大學教授，講授社會學、中國近代教育史、教育社會學等課程。1929年任上海知行學院院長，創辦《民聲週報》《國論》月刊等。1938年任教育部戰時教育問題研究委員會委員、國民參政會參議員。1944年任教於中華大學文學系，講授韓非子研究。1947年任國民政府委員兼經濟部長。1949年去臺灣。〔註7〕其署名「陳翊林」的編著另有：《社會學概論》（中華書局，1930年11月）；《最近三十年中國教育史》（上海太平洋書店，1930年11月）；《胡曾左平亂要旨》（大陸書局，1932年9月）；《教育社會學概論》（中華書局，1933年5月）；《張居正評傳》（中華書局，1934年10月）等。

本書的編著，是有感於中學歷史教科書對各時代重要人物的嘉言懿行及其事業楷模，多闕焉不備，為補救此一缺憾，提高中學生對歷史的興趣，故選取足以代表時代精神者，共得百餘人。所選名人，除在政治文化方面影響

〔註6〕何子恒編著：《中國歷代名人傳略》第四集，上海：青年協會書局，1941年4月版，第221～238頁。
〔註7〕周川主編：《中國近現代高等教育人物辭典》，福州：福建教育出版社，2012年1月版，第358頁。

極大者之外，「又特注重於民族精神的培養」，對「製作實藝」方面，亦加注意。〔註8〕

　　所謂「百名人」，是指黃帝，大禹，周公，管仲，子產，孔子，越王句踐，扁鵲，墨子（附公輸般），孫子、吳起，商鞅，蘇秦、張儀，趙武靈王，老子、莊子，孟子（附孟母），屈原，廉頗、藺相如，荀子，韓非，荊軻，秦始皇，項羽，劉邦，張良，漢武帝，張騫，桑弘羊，蘇武，司馬遷，班固，班超，張衡，許慎，鄭玄，張仲景、華佗，曹操，曹植，諸葛亮，祖逖，謝安、謝玄，王羲之，王猛，陶潛，釋道安（附鳩摩羅什），李世民，武后，玄奘，郭子儀，吳道子，王維，李白，杜甫，陸贄，韓愈，柳宗元，白居易，李後主，韓琦，歐陽修，司馬光，王安石，程顥、程頤，蘇軾，周邦彥，李清照，岳飛，朱熹，陸九淵，文天祥，忽必烈，王實甫，施耐庵，朱元璋，鄭和，王守仁，張居正，戚繼光，湯顯祖，徐光啟，熊廷弼，秦良玉，史可法，鄭成功，清聖祖，黃宗羲，顧炎武，王夫之，顏元、李塨，曹雪芹，戴震，章學誠，王念孫父子，林則徐，曾國藩，左宗棠，李鴻章，康有為，梁啟超，嚴復，張謇。每傳之後，均有注釋。

　　杜甫為第五十二位。小傳分兩部分。第一部分言其生平。杜甫曾在《奉贈韋左丞丈二十二韻》自敘云：「騎驢三十載，旅食京華春。朝扣富兒門，暮隨肥馬塵。殘杯與冷炙，到處潛悲辛。主上頃見徵，欻然欲求伸。青冥卻垂翅，蹭蹬無縱鱗。」詩中寫出其早年到處漂泊的不幸及後來入居長安的困窘。種種痛苦的經驗，使其立下文學的根基，成為一個寫實的詩人。

　　杜甫奔走四十年，功名仍不稱意。這和李白的一朝貴顯大不相同。其《麗人行》《兵車行》《奉贈韋左丞丈》及《自京赴奉先縣詠懷》等詩，多為「感時及自傷」之作，同時也在「國家隆盛歌舞升平的景象」之下，敏銳地觀察到「政治的不安」和「社會的動搖」。安史之亂爆發，杜甫多有詩「紀兵禍」，如「三吏」「三別」等。乾元二年，寓居秦州。兵亂年荒，杜甫家用無著，至於親自「負薪採橡栗自給」。其初到成都，結草堂於浣花溪畔，種竹植樹，縱酒嘯歌，和一般農夫往來，不拘於階級形式。永泰元年，嚴武卒，杜甫南下，最後寄居耒陽。一日啖牛肉白酒，大醉而卒。其客死的奇特，和李白也正相似。

　　第二部分論其詩歌。首先是李杜之比較。李白的詩「蕭灑飄逸」，杜甫的

〔註8〕陳翊林編：《中國百名人傳》，上海：中華書局，1939年8月版，《例言》第1頁。

詩則「頓挫沉鬱」。李詩多為「求個人享樂超脫現實」,是出世之作;杜詩則多描寫政治社會問題,是入世之作。李詩「重冥想,顯出天才」,杜詩則「注重觀察,卻見功力」,無論字法、句法、章法,都經千錘百鍊而成。杜甫是詩歌史上一位「劃時代的作家」。李杜二人,誠不可妄分軒輊,但杜甫的影響實比李白為大。因為杜詩重功力,李詩重天才,所以李詩不易尋求其跡象,而杜詩則有法則可遵循。

其次是分期論述杜詩。第一期為大亂以前。此時杜甫正當盛年,「頗懷濟世安民之志」。一方面是貧窮潦倒,好作詼諧風趣之詩,以自排遣;一方面也「注意社會,多諷刺時政之作」,如《麗人行》《兵車行》等。如此明白地「攻擊政府,彈劾時政」,可說是杜甫的創體。而《自京赴奉先縣詠懷五百字》則是其「最偉大的傑作」,其沉痛為以前詩人所未有。第二期為安史亂中。此期的作品,「愈更真實,更細密,更深沉」,開以後白居易一派社會問題詩的風氣。如《哀王孫》《哀江頭》描寫「亂後都城殘破的景象」;《北征》和《羌村》敘寫己身亂離中的遭逢;《悲陳陶》狀寫當時的戰跡;而最感人的是「三吏」「三別」,則是記錄詩人所親歷的兵禍的慘痛。第三期是入居成都以後。因為年紀漸老,壯志消磨,生活趨於平淡,對國家的政治已經絕望,只得安貧守分,所作詠物寫景的小詩,大都風趣自然,不加雕飾,如《絕句》《漫興》《漫成》等。這種意境平淡之作,發展到兩宋,遂成為詩歌史上一種重要的風格。〔註9〕

陳翊林的李杜比較,雖是取自汪靜之等人成說,但主張不妄加軒輊,持論較為公允。對杜詩的分期,則是明顯受到胡適的影響。

三、李長之:《道教徒的詩人李白及其痛苦》

「中華民國二十九年八月初版,中華民國三十二年七月渝第一版」,發行人:王雲五(重慶白象街),印刷所:商務印書館印刷廠,發行所:各地商務印書館。全書共六章:導論;李白求仙學道的生活之輪廓;道教思想之體系與李白;失敗了的魯仲連──李白的從政;李白的文藝造詣與謝朓;李白:寂寞的超人。有《序》,「二十八年十一月十九日,渝州」;《懷李太白──為本書渝版題》,「二十九年八月三十日作」。「中法文化叢書」之一。

〔註9〕陳翊林編:《中國百名人傳》,上海:中華書局,1939 年 8 月版,第 264～268 頁。

　　李長之（1910～1978），原名李長治、李長植，山東利津人。1929 年入北京大學預科學習。1931 年考入清華大學生物系，兩年後轉哲學系，同時參加《文學季刊》編委會。1934 年後曾主編或創辦《清華週刊》文藝欄、《文學評論》雙月刊和《益世報》副刊。1936 年出版《魯迅批判》，同年自清華大學畢業，留校任教。以後又歷任京華美術學院、雲南大學、重慶中央大學教職。1940 年任教育部研究員。1944 年主編《時與潮》副刊。1945 年任國立編譯館編審。抗戰勝利後，隨編譯館由重慶北碚遷南京，主編《和平日報》副刊。1946 年 10 月，赴北京師範大學任副教授，並參與《時報》《世界日報》的編務。〔註 10〕

　　關於本書，原是作者準備合寫的中國五個大詩人（屈原、陶潛、李白、杜甫〔註 11〕、李商隱）的一部分，書中也「時時以他們五個人作為對照」。其目標，是為了活現李白「活潑潑的清楚的影子」，〔註 12〕更是向「廣大的人群」「深厚的民族」以及「覺醒的，獨立的，活活的生物——人」，呼籲「『原始的生命力』歸來」。〔註 13〕至於本書的寫法，則是考證與同情並重。「考證是瞭解的基礎」，但作者反對因為考證「而把一個大詩人的生命活活地分割於餖飣之中，像饅頭餡兒」。「與考證同樣重要的」，「更或者是同情」，即「深入於詩人世界中的吟味」。〔註 14〕

　　本書多處涉及杜甫與李白的比較，茲摘錄如下：

（一）詩歌的本質

　　屈原的詩表現為「埋想」而奮鬥，陶潛的詩表現為「自由」而奮鬥，杜甫的詩表現為「人性」而奮鬥，李商隱的詩表現為「愛」與「美」而奮鬥，李白

〔註 10〕中國現代文學館編：《中國現代作家大辭典》，北京：新世界出版社，1992 年 2 月版，第 241～242 頁，該詞條為吳福輝撰。

〔註 11〕對於杜甫研究，李長之一直未曾忘懷。1958 年 12 月 27 日，曾訂有《關於杜甫資料整理計劃》，包括內容、做法、時間三項。就內容而言，則分五個方面：一、傳記、工具書；二、注本、選本；三、評論；四、影響；五、研究。參見《李長之文集》第七卷，石家莊：河北教育出版社，2006 年 12 月版，第 678～679 頁。

〔註 12〕李長之：《道教徒的詩人李白及其痛苦》，重慶：商務印書館，1943 年 7 月版，《序》第 1 頁。

〔註 13〕李長之：《道教徒的詩人李白及其痛苦》，重慶：商務印書館，1943 年 7 月版，《懷李太白》第 2 頁。

〔註 14〕李長之：《道教徒的詩人李白及其痛苦》，重慶：商務印書館，1943 年 7 月版，《序》第 2 頁。

的詩，則表現為「生命和生活」而奮鬥。

從表面看，「似乎李白所表現的不是人間的」，而杜甫才是；倘更進一步看，才會驚訝地發現：「李白詩的人間味之濃乃是在杜甫之上」，杜甫只是「客觀的」「被動的」反映「生命上的一切」。當然，「杜甫的成功不為不偉大」，不過，「李白卻同樣偉大，只是被鑄造於不同的典型而已」。李白「決不是客觀地反映生活，而是他自己便是生活本身，更根本地說，就是生命本身」。〔註15〕

（二）思想特徵

1. 儒家：「儒教色彩曾經籠罩了陶潛，曾經遮掩了杜甫，但是卻把李白幾乎整個漏掉了。」「李白對於儒家，處處持著一種反抗的，譏諷的態度，也不止儒家，甚而連儒家所維繫，所操持的傳統，李白也總時時想沖決而出。」〔註16〕

2. 遊俠：「在遊俠思想之中，充滿了活力，朝氣，流動著青年人的活潑潑的情感和新鮮的血液。」不止李白，就是杜甫、王維，「也有時偶而在詩篇中流露關於這方面的嚮往和憧憬」，只是沒有李白那樣「當真」「實行」「發揮盡致」。〔註17〕李白看杜甫，並不如杜甫看重李白，究其原因，就在於李白有其遊俠思想，對於「儒冠多誤身」的人物，「很有點唾棄」之故。〔註18〕

3. 崇慕的對象：杜甫一生，一心一意要成為的人物，是諸葛亮；而李白，既不贊成屈原，也不贊成陶潛，最佩服的乃是魯仲連。〔註19〕

（三）李杜的交誼

杜甫有致李白詩多首。《與李十二白同尋范十隱居》一詩，其中「醉眠秋共被，攜手日同行」，可見二人的親密。又有《春日憶李白》，一方面是賞識李白的文學天才，一方面是羨慕李白的性格。又有《寄李十二白二十韻》，對李

〔註15〕李長之：《道教徒的詩人李白及其痛苦》，重慶：商務印書館，1943 年 7 月版，第 5～6 頁。

〔註16〕李長之：《道教徒的詩人李白及其痛苦》，重慶：商務印書館，1943 年 7 月版，第 10 頁。

〔註17〕李長之：《道教徒的詩人李白及其痛苦》，重慶：商務印書館，1943 年 7 月版，第 15 頁。

〔註18〕李長之：《道教徒的詩人李白及其痛苦》，重慶：商務印書館，1943 年 7 月版，第 16 頁。

〔註19〕李長之：《道教徒的詩人李白及其痛苦》，重慶：商務印書館，1943 年 7 月版，第 50 頁。

白的失意，表達「同情」。

又有《贈李白》。嚮往神仙的李白，經政治上的失敗以後，更加熱心起來；同時其豪氣不惟不減，反而更加肆無忌憚，但內心卻是「焦急著，苦悶著，有一縷苦無主宰的悲感」。這時瞭解他的，也唯有杜甫。「在別人以為李白『痛飲狂歌』為熱鬧者，獨獨杜甫明白這是『空度日』，在別人所只見李白之亂蹦亂跳，自負自贊者，杜甫卻獨獨明白李白內心的深處卻是空虛」。其「未就丹砂愧葛洪」之歎，是有感於李白「政治上的失敗之外，再加上神仙也沒有成功」，由此而帶來的「雙重的幻滅」。〔註20〕

又有《不見》。別人以李白的佯狂「不近人情」，「可以取笑」，杜甫卻感觸到那是「很深的悲哀」。當「一群愚妄者」「必得李白而後甘心」時，只有杜甫「知道愛惜這一位天才」。〔註21〕

又有《天末懷李白》。杜甫對李白「時時不放心」，此詩是其深摯友情的表露，亦有「哀憤」之語。〔註22〕

又有《夢李白》，「直然是兩首輓歌」，「悽愴欲絕」，「情感上的震悼」，讓人難以承受。這種珍貴的友情，或者多少可以補償詩人所受的轗軻。「冠蓋滿京華，斯人獨憔悴，孰云網恢恢，將老身反累」，可謂李白一生的縮影。杜甫早已感覺到李白在文藝上「亙古不朽的成績」，但熱鬧只在身後，眼前所有的唯有「寂寞」和「蕭條」。〔註23〕

（四）李杜的情性

李白和杜甫的交情雖深，但「並不來回相等」，具體而言，杜甫很「瞭解李白」，「擔心李白」，「雖不能如李白那樣做法，但是很能同情李白，欣賞李白，又能深深地跳入李白的世界之中，而吟味李白，觀照李白」。反之，李白看杜甫「很泛泛」，「他不甘於作杜甫，也不熱心杜甫那樣的性格和生活」。以今人眼光來看，「杜甫的精神可以包容李白，而李白不能包容杜甫」。不過，

〔註20〕李長之：《道教徒的詩人李白及其痛苦》，重慶：商務印書館，1943年7月版，第91頁。
〔註21〕李長之：《道教徒的詩人李白及其痛苦》，重慶：商務印書館，1943年7月版，第91～92頁。
〔註22〕李長之：《道教徒的詩人李白及其痛苦》，重慶：商務印書館，1943年7月版，第92頁。
〔註23〕李長之：《道教徒的詩人李白及其痛苦》，重慶：商務印書館，1943年7月版，第92～93頁。

並不能因此而斷言李白比杜甫「淺薄」，因為「他們的精神形式實在不同」。「在杜甫，深而廣，所以能包容一切；在李白，濃而烈，所以能超越所有」。二者都「達於極致」，「同是文藝的極峰，同是人類的光輝」。「在孔子和屈原，我們不能軒輊於其間」，「在杜甫與李白，我們也不能有所抑揚」。〔註24〕

對於此書，梁實秋曾將其與朱偰的《杜少陵評傳》合併論列。值得肯定的是，兩位作者都採用「概括敘述」的方法，「從大處著眼，不局囿於考據的藩籬以內」。「批評家因同情，故能親切；因深入，故能鋒利。」在這一點上，李長之有其「特別的成就」。李著特別強調李白篤信道教、嚮往魯仲連，「從而說明其痛苦所在，一氣呵成，可謂搔著癢處」。該書「透澈的發揮了杜甫贈李白的一首小詩——秋來相顧尚飄蓬，未就丹砂愧葛洪；痛飲狂歌空度日，飛揚跋扈為誰雄！」書中對此詩的闡發，「恰好成為全書最好的提要」。

關於本書的不足，一是李長之的李杜比較論，很值得商榷。在梁實秋看來，李白的性格，確有不能令人「敬服」的地方，即如著者在該書九十一頁所活畫的李白，也只是一個「頹廢者」形象，「分明是逃避現實」。二是李長之雖然「很確實的指陳『道教的精神最合乎國人』，『無疑的是有一種本位文化的意味在內』」，梁實秋則明確表示「我們現在甚不想要這種適合國情的精神」。三是「作為正式評論看，李著的分量尚嫌不足」與「輕率」。〔註25〕

四、魏洛克（Wheelock）及其杜甫傳

1942 年 6 月 23 日《中央日報・掃蕩報》聯合版第 2 版，有消息《杜甫傳作者魏洛克病逝：氏曾漫遊我國各地，對我文學極有心得》云：

> 【中央社本市訊】據此間接獲由美國傳來消息、美國名教授麥尼爾傳士之夫人魏洛克女士（Florence Wheelock Ayscough）已於四月二十四日病逝於支加哥寓所，此間文化教育兩界人士及女士生前各友好聞訊均表悼惜。女士生於上海，研究我國文學，頗有心得，

〔註24〕李長之：《道教徒的詩人李白及其痛苦》，重慶：商務印書館，1943 年 7 月版，第 15～16 頁。

〔註25〕梁實秋：《關於李杜的兩本新書》，《星期評論》第 36 期，1941 年 10 月 30 日，第 13～14 頁。《星期評論》由劉英士主幹，高良佐編輯，星期評論社（重慶小龍坎戴家院）出版，中國文化服務社經售。《讀書通訊》第 35 期（1942 年 2 月 1 日出版）「新書目提要」中也曾摘引梁實秋的評論文字以為介紹（第 15～16 頁）。該刊編輯兼發行：中國文化服務社讀書會（重慶磁器街三十九號）。

著有杜甫傳，及有關我國文化書籍多種，曾來華各地漫遊，於一九
三四年並至重慶及成都一行，此為最後來華之一次。其夫為美國名
教授，曾任聖約翰大學歷史教授，現任支加哥大學遠東歷史教授。

弗勞倫斯·魏洛克·艾斯庫（Florence Wheelock Ayscough，1878～1942），
或譯作「艾思柯」「愛詩客」〔註26〕。美國漢學家。著有《杜甫：詩人的自
傳》（*Tu Fu: the Autobiography of a Chinese Poet, Vol. I, A.D. 712-749.* London:
J. Cape; Boston and New York: Houghton Mifflin, 1929）及其續篇《江湖客杜
甫》（*The Travels of a Chinese Poet: Tu Fu, Guest of Rivers and Lakes, Vol. II,
A.D. 759-770.* London: J. Cape; Boston and New York: Houghton Mifflin, 1934）。
兩卷書據楊倫《杜詩鏡銓》，共譯有杜詩 530 首。「這是 20 世紀 20 至 30 年
代西方除馮·察赫的德譯文外，譯杜甫詩較多的譯著」。〔註27〕此外還有：
《松花箋》（*Fir-flower Tablets*, Boston: Houghton Mifflin, 1921); *A Chinese
Mirror*〔註28〕;*The Autobiography of a Chinese Dog*; *Chinese Women Yesterday
and Today* (Boston: Houghton Mifflin Co., 1934）等。

弗勞倫斯·艾斯庫有關杜甫的著述，一是《松花箋》。該書是弗勞倫斯·
艾斯庫與美國意象派女詩人艾米·洛厄爾（Amy Lowell，1874～1925）合譯
的中國古詩選集，大部分為唐代詩人的作品。全書譯唐詩 119 首，其中李白
詩 83 首，杜甫詩 14 首。作者在引言中，簡要介紹了李白與杜甫的生平，並
對兩人的詩歌風格有所評價和比較，是為弗勞倫斯·艾斯庫對杜甫及其詩歌
的最早研究。

二是《杜甫：詩人的自傳》及其續編。兩書共精心選譯具有「代表性和
轉折性」的詩歌，用於講述杜甫的生平和思想。作者首先提取詩中的敘事信

〔註26〕 或云：因艾斯庫青年時代即隨父來華，久居中國，通曉中文，酷愛中國古詩，
故有「愛詩客」之稱。參見張忠綱、趙睿才、綦維、孫微編著《杜集敍錄》，
濟南：齊魯書社，2008 年 10 月版，第 728 頁。

〔註27〕 張忠綱、趙睿才、綦維、孫微編著《杜集敍錄》，濟南：齊魯書社，2008 年 10
月版，第 729 頁。關於兩卷書的介紹，可同時參見鄭慶篤、焦裕銀、張忠綱、
馮建國編著《杜集書目提要》，濟南：齊魯書社，1986 年 9 月版，第 433 頁。
據此兩書，其出版社可譯作「英國倫敦喬納森·凱普出版社與美國波士頓及
紐約休頓·米弗林公司聯合出版」。

〔註28〕 《中國的一面鏡子：現實的反映》，1925 年於倫敦出版，464 頁。書中對杜甫
生平及其詩歌的現實性進行探索和評介，譯有杜詩十餘首。參見張忠綱、趙
睿才、綦維、孫微編著《杜集敍錄》，濟南：齊魯書社，2008 年 10 月版，第
729 頁。

息，按照居住地的變遷，對詩人的生活劃分片段，包括《童年時代》《少年時代》《輕狂時代》和《中年時代》。其中《輕狂時代》分三章：「在齊的歲月」（A.D.739～741）；「在東都的歲月」（A.D.741～746）；「與李邕和李白的友誼」。《中年時代》分十六章：回到京都；與韋濟的交往；旅於東都；旅居長安；邊事；三大禮賦；歸杜陵；楊氏家族的興起；京城之遊；東北邊境的殺氣；奉先縣；從白水到三川；奔靈武；圍於長安；任左拾遺時期；任華州司功參軍。

　　弗勞倫斯‧艾斯庫杜甫研究的啟導和影響，主要見諸兩大領域。首先，《杜甫：詩人的自傳》及其續編《江湖客杜甫》是英語世界中的第一部杜甫傳記，此後便有更多的杜甫傳記問世，如洪業（William Hung）的《中國最偉大的詩人──杜甫》（*Tu Fu: China's Greatest Poet. With a Supplementary Volume of Notes*. Cambridge, Harvard University Press, 1952）〔註29〕，戴維斯（A. R. Davis）的《杜甫傳》（*Tu Fu*, New York: Twayne Publishers, 1971）〔註30〕等。

　　其次，弗勞倫斯‧艾斯庫確立了「以杜解杜」的獨特的寫作體例和風格，即把杜甫的詩歌按照時間、地點有序地排列起來，使其成為一部自傳作品。作者所選揀的詩歌，既要顯示杜甫的形象，還能反映杜甫的生活經歷和性格特徵，它們的聚合與疊加，構成了詩人完整的生命展示和性格呈現。此一體例，多為後來的杜甫傳記所採用，典型的如馮至的《杜甫傳》、陳貽焮的《杜甫評傳》等。但馮至的重點不在於介紹作品，而是將其「作為獲取信息的史料」。「全書的重點始終是人，而不是詩。」〔註31〕此外，如金啟華、金小平

〔註29〕是書上卷論述杜甫生平，分導言、正文和結語，共十二章，包括374首杜詩的散文英譯在內。下卷《附錄》則注明各詩文的出處，兼討論歷代注杜詩諸家的異同及中外翻譯者的錯誤。這是西方學界公認的研究杜甫生平及詩作的一部重要論著。參見張忠綱、趙睿才、綦維、孫微編著《杜集敘錄》，濟南：齊魯書社，2008年10月版，第730頁；鄭慶篤、焦裕銀、張忠綱、馮建國編著《杜集書目提要》，濟南：齊魯書社，1986年9月版，第434頁。

〔註30〕阿爾伯特‧R.戴維斯（？～1983），澳大利亞漢學家。是書為美國「特懷恩世界作家叢書」第110種，分兩部分：上部分述杜甫生平；下部分論杜詩的藝術特點，各種體裁及主要主題內容。參見張忠綱、趙睿才、綦維、孫微編著《杜集敘錄》，濟南：齊魯書社，2008年10月版，第732頁；鄭慶篤、焦裕銀、張忠綱、馮建國編著《杜集書目提要》，濟南：齊魯書社，1986年9月版，第434頁。

〔註31〕上述關於弗勞倫斯‧艾斯庫的有關介紹，參見李芳《英語世界中的第一部杜甫傳記──弗勞倫斯‧艾斯庫的〈杜甫：詩人的自傳〉》，《新世紀圖書館》2007

選評的《杜甫詩史》（上海：上海教育出版社，1989 年 4 月）也頗受其影響。
該書將杜甫一生的創作分五個時期，即少壯遊學時期、長安十年時期、天寶
之亂時期、成都夔府寓居時期、荊湘漂泊時期，選評主要依據三項標準：一
是從它反映當時現實生活的角度來選，二是從杜甫一生中各個階段的詩作來
選，三是從杜甫詩歌本身的發展情況來選。所選詩歌，合而觀之，則是一部
「杜甫詩史」。

第二節　新詩中的杜甫形象

　　作為詩人的杜甫，在抗戰時期的詩人群體中，得到更大的共鳴和更多的
同情。他們也同樣採用詩歌形式，運用不同的新詩體裁，塑造杜甫的聖潔形
象，謳歌杜甫的高尚人格，激勵讀者共赴國難；與此同時，杜甫形象也作為
一種載體，寄託著詩人們自身的情懷和主張。本節主要以馮至的十四行詩
《杜甫》和王亞平的《哭杜甫——獻給今日的詩人》為例，分別加以解說和
探討。

一、馮至：《十四行詩：杜甫》

　　該詩發表於《文藝月刊》第十一年六月號〔註32〕（第 20 頁），「中華民國
三十年六月十六日出版」。該期所刊馮至十四行詩共六首，即《舊夢》《郊外》
《杜甫》《歌德》《夢》《別》。《杜甫》全詩如下：

　　　　你在荒村裏忍受饑腸，
　　　　你時時想到死填溝壑，
　　　　你卻不斷地唱著哀歌，
　　　　為了人間壯美的淪亡：
　　　　戰場上健兒的死傷，
　　　　天邊望著將星隕落，
　　　　萬匹馬隨著浮雲消沒……
　　　　你一身是他們的祭享！

　　　　年第 3 期，第 81～84 頁。
〔註32〕編輯者、出版者：中國文藝社（重慶中一路二八六號）；總經售處：中國文化
　　　　服務社（重慶磁器街四十四號）；分銷處：中國文化服務社各地分支社、全國
　　　　各大書店。

你的貧窮在閃鑠﹝註33﹞發光，

像一件聖者的爛衣裳，

就是一絲一縷在人間，

也有無窮的神的力量；

一切冠蓋在它的光前，

只照出來可憐的形相。

該詩後收入馮至《十四行集》（第 31～32 頁），「民國三十一年五月明日社發行」，﹝註 34﹞序號「十二」，不過既無標題，也未見附注。兩版相校，首先是文字的改動，主要有三，即「天邊望著將星隕落」，集中作「天邊有明星的隕落」；「一身」，集中作「一生」；「形相」，集中作「形象」。其次，標點符號亦有改動，如第三行，集中無標點；第八行，集中為句號；第九行，集中無標點；第十一行，集中無標點；第十二行，集中為句號；第十三行，集中無標點。

《十四行集》後又由文化生活出版社（上海鉅鹿路一弄八號、重慶民國路一四五號）印行，發行人：吳文林，「初版：中華民國卅八年一月」。就詩集而言，兩版的不同，著者已有說明：「一本詩本來應該和一座雕刻或一幅畫一樣，除卻它本身外不需要其他的說明，所以這個集子於一九四二年在桂林明日社初版時，集前集後並沒有序或跋一類的文字，如今再版，我感到有略加說明的必要。」﹝註 35﹞選詩亦有不同，如「﹝雜詩﹞明日社版中有《等待》《歌》《給秋心》數首。現在把《歌》和《給秋心》刪去，添上《歧路》《我們的時代》《招魂》三首。」﹝註 36﹞其餘不同，此處不贅。不過，該詩仍為第十二首（第 25～26 頁），附注有說明：「﹝十四行第十二首﹞杜甫。」﹝註 37﹞文字、標點均與明日社版相同。

﹝註 33﹞ 原文如此。
﹝註 34﹞ 此版印數 3100 冊，桂林紹榮印刷廠承印，且有說明云：「本書初版用上等重紙印三十冊，號碼由一至三十，為非賣品；用瀏陽紙印二百冊，號碼由一至二百。」
﹝註 35﹞ 馮至：《十四行集》，上海：文化生活出版社，1949 年 1 月版，《序》第 iii～iv 頁。《序》末署「一九四八年二月五日北平」。
﹝註 36﹞ 馮至：《十四行集》，上海：文化生活出版社，1949 年 1 月版，《附注》第 ii 頁。
﹝註 37﹞ 馮至：《十四行集》，上海：文化生活出版社，1949 年 1 月版，《附注》第 ii 頁。

集中的第九、十、十一、十二、十三、十四首，分別獻給「一個在前線作戰經年的友人」、蔡元培、魯迅、杜甫、歌德、梵訶（Van Gogh），表達「對於仁人，志士，英傑，痛苦而崇高的靈魂的嚮往，禮敬」，「不甘庸俗，混濁，腐爛，黑暗」而給人「投一片光，一片警鐘」。〔註38〕馮至後來回憶說：「《十四行集》裏有三首詩分別呈現給魯迅、杜甫和歌德，現在看來，這三首詩未能較好地體現出他們的偉大精神，我只是在當時認識的水平上向他們表達了崇敬的心情。」〔註39〕

本詩一開篇，杜甫的形象便迎面走來：「你在荒村裏忍受饑腸，／你時時想到死填溝壑」。有感於此，李廣田發出追問：杜甫的志願何在？進而作答：那就是「杜陵有布衣，老大意轉拙，許身一何愚，自比稷與契」，就是「致君堯舜上，再使風俗淳」，就是「終年憂黎元，歎息腸內熱」。杜甫把「他的理想，他的憂愁」，「都寄之於藝術，於詩」，如其所說：「為人性僻耽佳句，語不驚人死不休」，「但覺高歌如有神，焉知餓死填溝壑」。這種「忠於人生，忠於藝術」的態度，即是魯迅筆下的「傻子」，對中國而言，但覺其少，不嫌其多。〔註40〕

如上所述，第一節為讀者勾勒出一位憂國憂民的詩人形象：寧願「死填溝壑」，也不願停止「高歌」，而杜甫的大部分詩作，都是「為了人間壯美的淪亡」所奏的「哀歌」。第二節描述了杜甫所生活的戰亂年代，以及詩人有意識背負的時代使命，其最好的論證，便是「你一身是他們的祭享」。第三節展現的則是穿著「爛衣裳」卻渾身閃爍發光的「聖者」杜甫。需要說明的是，佛教傳說認為，誰得到宗教最高領袖的一絲一縷衣裳，神就會降福此人。詩句的意思是，「杜甫的貧窮，讓同情和仁愛之光普照人間」，如同神賜福於人，「隱喻杜甫對窮苦人的深深同情，澤被廣大百姓」。〔註41〕最後一節總結強調杜甫「可憐的形象」中，有著「無窮的神的力量」，看似矛盾的描述，卻是寓偉大於平凡，寓褒獎於平實。通過杜甫中老年時期的生活剪影，可以窺見馮至對詩人的崇敬與仰慕。〔註42〕

〔註38〕楊番：《讀〈十四行集〉》，《詩》第3卷第4期，1942年11月，第40頁。
〔註39〕馮至：《昆明往事》，《新文學史料》1986年第1期，第77頁
〔註40〕李廣田：《沉思的詩——論馮至的〈十四行集〉》，《明日文藝》第1期，1943年5月，第66頁。該刊主編人、發行人：陳占元，發行者：明日社。
〔註41〕陸耀東：《馮至傳》，北京：北京十月文藝出版社，2003年9月版，第183頁。
〔註42〕戴佳圓：《試論馮至和他的杜甫研究》，《巢湖學院學報》（人文社會科學版）2002年第4期，第63～64頁。

對於此詩，吳向廷有更深入的解讀。在他看來，馮至對於自我的堅持，是「對於混亂時代的一種典型的回應方式」。其自我保持的方式，在精神氣質上，與古代傳統中的士大夫有著某種類似，而詩人杜甫就是其典型代表。在《杜甫》一詩中，馮至面對的現實，轉化為杜甫所遭遇的境況，其中含義，「不僅包括唐代戰亂時期的杜甫的精神狀態，也可以對應抗戰時期的馮至的體驗」。〔註43〕

二、王亞平：《哭杜甫──獻給今日的詩人》

該詩發表於「（第一張）中華民國三十年十二月二十七日，大公報（星期六）（第四版）重慶」「戰線」第八六○號。後收入《中國，母親的土地呵！》（長詩），末署「一九四一，十二，廿七」，此一時間實應為該詩的發表時間，其寫作時間當在更前。《中國，母親的土地呵！》係「新豐文叢」之10。據其版權頁，著作者：王亞平〔註44〕，發行者：韋秋聲；發行所：新豐出版公司；總經售處：新豐出版公司（上海北京西路二三九弄六號、重慶中央公園西三街特十號）；「中華民國三十六年十一月滬版」。有《序》，末署「一九四五，四，二，渝」。詩集共分三部，即「人民與土地」，「人的歌唱」和「詩人的復仇」。

《序》中表達了作者對新詩和詩人的期許。王亞平認為，「今日的新詩」，「應該是人民的心聲，激昂，慘烈，鬥爭的心聲；應該是土地上的花朵，血與淚，憤恨與希望結成的花朵」。而所謂「詩人」，則應該是「廣大人民中的一員戰士，一個嚴肅做人，認真創造的人」。作為詩人，應該「生活得英勇而快活」。

既然詩人要在「歷史上，在人類中發掘他要歌唱的人」，「頌讚英雄的人性」，而杜甫，便是王亞平「發掘」和「頌讚」的對象。

首先來看詩中杜甫的形象：「天下人苦，／莫如杜甫苦，／他變賣詩文／奔波渭河的兩岸，／他赤著腳，提著一柄長劍／尋找草根／在那風雪的嚴寒天。」〔註45〕當杜甫吃「草根」充饑的時候，他的詩便「寫得最好」，也「愈益接近」「勞苦的人民」。〔註46〕

〔註43〕吳向廷：《「詩歌的中年」》，《讀書》2019 年第 7 期，第 144～145 頁。

〔註44〕該書封面作「王亞平等」，但集中並無其他作者，故「等」或是「著」之誤。

〔註45〕王亞平：《中國，母親的土地呵！》，上海：新豐出版公司，1947 年 11 月版，第 36 頁。

〔註46〕王亞平：《中國，母親的土地呵！》，上海：新豐出版公司，1947 年 11 月版，《序》第 1 頁。

　　杜甫是一個浪遊詩人。「『餓走遍九州』／你是第一個／走進草原的詩人。／你嚥著不敢哭不敢笑的淚水／把足跡寄託給大地。」〔註47〕「沿著嘉陵江，走秦嶺，／越劍門，通過天險的蜀道。／『即從巴峽穿巫峽／便下襄陽下〔註48〕洛陽』」〔註49〕，「走吧！走吧！／楊〔註50〕子江的大浪／洞庭的清波／都從你足下流淌，／最後你止息在／曾吞沒了屈子的湘江。」〔註51〕作者通過這些典型的地名，勾勒出杜甫一生的行跡。關於杜甫「走進草原」，王亞平在《杜甫論》中有過論析，是指開元二十三年，杜甫自吳越歸來，赴京兆應試，落選後即開始其「流浪漢的生活」，走遍豫魯燕趙，「深深地欣賞」「草原的風光」，受到「北方人思想的薰染」，從而使其作品具有「沉鬱悲壯的北方情調」。〔註52〕

　　杜甫是一個「為祖國，為民眾，為人生」的「忠實莊嚴的歌手」，其中尤以「大眾」為重。「在大眾的心間／留下你莊嚴的歌音，／『富家廚肉臭／戰地寒骨白』／你憤激的吶喊／面對著黑暗的時代。／你飲著自己的血汁／寫下輝煌燦朗永遠不朽的詩篇。／你的詩是火箭，／你的詩是鋼鞭，／你射穿骯髒的社會！／你鞭打人間的蠹蟲，／與朱門的官宦！」〔註53〕「抗議專制！／反對內戰！／大眾的病痛／就是你的憂患，／你不忍聽——／『處處鬻男女』的餓號，／你不忍看——／四方卷來的戰煙。」〔註54〕「你以不息的歌唱／灌溉起自己的生命，／灌溉起群眾的生命。」〔註55〕而「抗議專制」，「反對內戰」，以及對「民族的統一」的「渴望」，不僅是杜詩的主題，更多的還應該是「今日的詩人」的呼聲。

〔註47〕王亞平：《中國，母親的土地呵！》，上海：新豐出版公司，1947 年 11 月版，第 34 頁。

〔註48〕「下」，「向」之誤。

〔註49〕王亞平：《中國，母親的土地呵！》，上海：新豐出版公司，1947 年 11 月版，第 36 頁。

〔註50〕「楊」，「揚」之誤。

〔註51〕王亞平：《中國，母親的土地呵！》，上海：新豐出版公司，1947 年 11 月版，第 37 頁。

〔註52〕王亞平：《杜甫論》，重慶：商務印書館，1944 年 9 月版，第 3 頁。

〔註53〕王亞平：《中國，母親的土地呵！》，上海：新豐出版公司，1947 年 11 月版，第 34～35 頁。

〔註54〕王亞平：《中國，母親的土地呵！》，上海：新豐出版公司，1947 年 11 月版，第 35 頁。

〔註55〕王亞平：《中國，母親的土地呵！》，上海：新豐出版公司，1947 年 11 月版，第 35～36 頁。

第十章　杜詩對抗戰文學創作的影響

　　抗戰時期，舊體詩詞再度迎來創作的高潮。而杜詩的影響，一方面見於風格的摹擬與陶鑄，如陳寅恪〔註1〕、老舍〔註2〕等人，都不乏沉鬱悲慨之作；另一方面，在作詩的技巧上，也多有所取法。至於對杜詩的引用和點化，在此一時期不同的創作領域，均較為普遍、常見。杜甫和杜詩，不僅是戰時文學的重要源頭，而且在一定範圍內，也成為作者自我比況的參照與對象。

第一節　仿杜、和杜之作——以《秋興》為例

　　抗戰時期內遷的文人學士，一方面身受顛沛流離之苦，一方面目睹兵戈擾攘、生靈塗炭的慘況，感由心生，常通過仿杜、和杜的形式，寄託自己的家國之痛，其中尤以《秋興八首》的和詩為多。

　　大曆元年（766）秋，杜甫移寓於夔州西閣。此間其「主導思想」，仍是追懷過去經歷，追懷已往所處的時代及其所經歷的變亂，「對於當時君臣將帥，念念不忘規勸之意」。「以此種態度所作之詩」，有著名的《秋興八首》《諸將五首》《詠懷古蹟五首》。〔註3〕《秋興八首》是一組七言律詩〔註4〕。詩人「值

〔註1〕 參見李誼《「挺身艱難際　張目視寇讎」——試談杜甫及其詩歌在抗日戰爭中的影響》，《抗戰文藝研究》1982年第4期，第75～76頁。
〔註2〕 參見廖仲安《記抗戰時期三位熱愛杜詩的現代作家和學者》，《杜甫研究學刊》1997年第1期，第49～50頁。
〔註3〕 四川省文史研究館編：《杜甫年譜》，成都：四川人民出版社，1981年5月版，第102a頁。
〔註4〕 自律詩的寫作而言，杜甫的創制在於：一是排律，二是以律詩寫組詩，尤其

秋風蕭瑟之際，處荒僻困躓之境，觸景生情，感興無窮，歎身世之飄零，悲故國之喪亂，既懷鄉而戀闕，復慨昔而傷今」，「遂成此雄渾高華、沉著痛快之連章傑構，允為詩壇冠冕，千秋絕唱」。「組詩謀篇布局十分縝密，前三首由夔州念及長安，後五首由長安歸結到夔州。第四首是過渡。各首之間，亦多首尾銜接，先後呼應」，有著「不能移易的次序」。〔註5〕對此一組詩，葉嘉瑩有《杜甫秋興八首集說》，闡發其奧義與妙用，可供參考。

一、和李證剛《秋思》諸詩

　　1939 年秋，流亡重慶的部分學人，尤其是中央大學教授，如李證剛、方東美、朱希祖、盧冀野、汪辟疆等，紛紛步杜少陵原韻作《秋興八首》或曰《秋思八首》，一吐思鄉報國之情。〔註6〕

　　此次步韻和詩熱潮，自詩題以觀，其發端似在李證剛。李證剛（1881～1952），近現代佛教居士。名翊灼。江西臨川人。曾由桂伯華引見，入南京金陵刻經處楊仁山門下。內外學兼通，與歐陽竟無、桂伯華有「江西三傑」之稱。一度與歐陽竟無經營農業於九峰山。後歷任瀋陽東北大學、北平清華大學、南京中央大學教授。早年修習密宗，後則以善法相唯識學著稱，代表作《西藏佛教史》，為最早介紹西藏佛教的著作。另有《勸發菩提心論》《心經密義述》《金剛經義疏輯要》《印度佛教史》等。〔註7〕其任教中央大學的時間，起自 1933 年，終至 1948 年。〔註8〕

　　李詩雖寫作在先，發表卻晚，刊於《民族詩壇》第四卷第四輯（第 36～38 頁），1941 年 7 月出版，題作「秋思八首（用杜少陵秋興詩均〔註9〕）」。詩云：

是後者，可謂空前。律詩本易造成嚴整的意味，但組詩卻使之疏暢和流動。
參見羅宗強《隋唐五代文學思想史》，北京：中華書局，2003 年 10 月版，第83 頁。

〔註5〕陶道恕主編：《杜甫詩歌賞析集》，成都：巴蜀書社，1993 年 10 月版，第 437 頁。《秋興八首》的賞析為劉友竹撰稿。

〔註6〕徐建榮主編、海鹽縣政協文教衛與文史資料委員會編：《孤雲汗漫——朱偰紀念文集》，上海：學林出版社，2007 年 2 月版，第 584 頁注釋②。

〔註7〕杜繼文、黃明信主編：《佛教小辭典》，上海：上海辭書出版社，2001 年 12 月版，第 195 頁。

〔註8〕高振農、劉新美：《中國近現代高僧與佛學名人小傳》，上海：華東師範大學出版社，1990 年 5 月版，第 105 頁。

〔註9〕「均」，古同「韻」。

　　昨晚西風振竹林，荒江氣象頓清森。千山離樹有飛葉，萬里浮雲作積陰。歸燕來鴻紛變態，離人羈旅警秋心。最憐寇盜相侵劇，誰為征夫急夜碪。

　　流風零雨入窗斜，驟覺輕霜上鬢華。三歲索居成繫遯，大川何處有靈槎。巴歌唱罷〔叫〔註10〕〕秋□〔註11〕，羌笛聲中亂莫笳。且借山林引清興，會招陶令醉黃花。

　　殘年無計惜春暉，獨對秋花較著微。靈雨敢蘄星鳳駕，培風肯笑鶯低飛。真成茹匯隨茅拔，寧有華胥與世違。試問桃源何事樂？人人安分稻粱肥。

　　世事渾如一局棋，勝家歡笑敗家悲。鬥爭為國寧長策，鈎距生涯能幾時？亞霧歐雲籠世界，火鯨鐵隼駿奔馳。可憐曾警秋〔薴〔註19〕〕否？贏得詞人劫後思。

　　偶來拄杖對江山，恍置身於濠濮間。數點征驅雲漠漠，幾叢野樹鳥關關。但求即景添佳興，何用靈丹駐昔顏。寄語秋飆勤振拂，當教明宇淨班班。

　　颯颯西風古渡頭，一年容易又中秋，那堪明月含神霧，引起離懷萬斛愁。靈窟豈能藏冥兔，清江終許泛閒鷗。佇看東海陰霾淨，心鑒舒光照九州。

　　既同納稼執宮功，嗟我農夫此歲中。萬里黃雲征義實，九秋甘雨賴仁風。可堪滾滾江波白，剩得年年霜葉紅。劫轉太平寧異事，會教大酺樂田翁。

　　澄澄秋宇淨靡迤，湛湛人心萬頃陂。底事紛爭一蝸角，允宜共住上林枝。盈虛消息相依起，日月光華故不移。旋斡乾坤在吾手，昆盧正有五雲垂。

此詩一出，和者甚眾。現將部分和詩，臚述於下。

（一）方東美：《秋思八首次韻酬證剛教授》

方東美（1899～1977），原名珣，後以字行。安徽桐城人。明末四公子之

〔註10〕「叫」，古同「喧」，大聲呼叫。
〔註11〕此字為「蟲」旁加一「天」。
〔註12〕「薴」，古通「零」。

一方以智的後代。1929年8月起，專任國立中央大學（前身為東南大學）哲學系教授，以迄1948年7月止，前後共歷二十年。中大時期，曾於1938年8月兼任系主任一年，又於1941年8月至1948年7月兼系主任及文科研究所哲學部主任七年，另曾加入「中國哲學會」及「易學研究會」等學術團體。與李證剛等合著《易學討論集》（商務印書館，1941年7月）。〔註13〕

千山明月一空林，繪影杈枒氣象森。寂寞猶留花葉想，繁華不減竹庭陰。乾坤曠望萌新意，海嶽懸遲有赤心。百折柔腸寸寸斷，何堪急節亂秋碪。

蜀道邅迴赦復斜，江山嶮介鬱才華。猨抛斷岸千層淚，客擁商飆萬里槎。絕崿飛湠彈逸響，遙空奔晷落清笳。蘭橈長繞迷津轉，心繫桃源一簇花。

青山雲臥傲秋暉，去洛三年意眇微。泉壑藏舟深處覓，鄉關離恨遠天飛。故園嘉卉嗟零落，新國雄圖在塞違。隱遁未能忘魏闕，忍看侯貴自乘肥。

人生到處似彈棋，風雨縱橫劇可悲。勝負推遷靡定局，恩仇反覆未移時。危棧道路豺狼臥，險惡心情猰貐馳。末世悠悠傷萬事，愁腸消酒起秋思。

堅貞長自倚天山，獨立蒼茫雲霧間。漢月羞窺胡地舞，胡兵敢叩漢時關。元戎正有安邦策，諸將能舒破虜顏。秋草為肥汗血馬，踏平塞外捷師班。

一片腥膻滿石頭，昏狂玷辱海風秋。夢魂忍踐傷心地，時菊紛披逐客愁。北極閣懸顛倒想，後湖瀾狎等閒鷗。會當乘勝收京國，遍植梅花豔五州。

大化神奇不計功，森羅萬象一心中。陰陽帥雪元無氣，卉木調刁詎有風？朅來時序寒兼暑，消息花容白間紅。漫作春秋齊物論，難能哲匠亦詩翁。

川嶽逍遙自委迤，無心更問路平陂。青鳥能傳雲外信，黃花傲寄桂林枝。平生芳潔嗤真隱，一向孤高喜曠移。矯首層霄思藐藐，

〔註13〕劉紹唐主編：《民國人物小傳》第五冊，上海：上海三聯書店，2015年5月版，第33～34頁。

迷離秋月共星垂。〔註14〕

　　對方東美詩，朱希祖曾評價說：「主空靈，無長篇大作。方君本學哲學，又琢句欲脫俗立異，故偏嗜孟東野、李長吉等詩，以不可解之句說不可解之理，又時參佛學，更令人難解，此實非詩之正宗，然頗善於造句，亦為不可多得之才。」〔註15〕

　　面對「山河破碎，生民塗炭，親人流離」，詩人雖然倍感「悲涼和憤怒」，但並不「一味悲傷」，而是堅信正義定能戰勝邪惡，華夏子孫「終當報仇雪恥」，因此在組詩中奏出「秋草為肥汗血馬，踏平塞外捷師班」與「會當乘勝收京國，遍植梅花豔五州」的「時代強音」，「顯示華夏浩然之氣」，足以「震撼人心」。〔註16〕

（二）朱希祖：《秋思詩》

　　見朱希祖日記。1939 年 10 月 23 日，「賦《秋思詩》八首，步杜工部《秋興詩》韻和李證剛、方東美兩教授」。

　　　　煙靄迷離秋樹林，巴山巴峽郁森森。鯨鯢橫海風雲急，雕鶚盤空氣象陰。兩載繁霜侵鬢影，一鉤涼月動鄉心。徂東零雨思皇駁，處處聲愁少婦砧。

　　　　大將旌旗落日斜，兩京迢遞失繁華。聞雞每作燈前舞，擊楫虛期漢上槎。夢斷遼陽鳴戍鼓，心驚塞北起胡笳。曉星明滅愁千點，忍看秋江瑟瑟花。

　　　　江天如畫靜斜暉，斗大巴城暮色微。食肉虎兒爭大嚼，依人燕子競暇飛。傳家經術風流渺，華國文章志意違。投筆肯隨班定遠，翩翩裘馬耀輕肥。

　　　　勝負由來似弈棋，未臻結局莫欣悲。長沙旗幟驚三戶，夏口雷霆震一時。鯨海樓船金鼓逼，龍庭鳴鏑羽書馳。會看綠鴨江頭路，掃盡夷氛慰我思。

〔註14〕方東美：《堅白精舍詩集》，汪茂榮點校，劉夢芙審訂，合肥：黃山書社，2011年 12 月版，第 65～66 頁。

〔註15〕朱希祖：《朱希祖日記》下冊，朱元曙、朱樂川整理，北京：中華書局，2012年 8 月版，第 1123～1124 頁。

〔註16〕方東美：《堅白精舍詩集》，汪茂榮點校，劉夢芙審訂，合肥：黃山書社，2011年 12 月版，《前言》第 28～29 頁。

魏巍宮闕鎮燕山，睥睨龍城雁塞間。一任國門摧渤海，遂教虜騎入榆關。蘆溝戰釁無窮恨，塘沽盟書有靦顏。四省版圖齊變主，典司尚自列朝班。

羞見降帆出石頭，行都遙建蜀江秋。金山間道潛師恨，鐵鎖沉江去國仇。三月守城刑白馬，一宵棄甲逐閒鷗。秦淮歌舞依然在，浪說金陵冠九州。

書生奇想冊元功，追跡平南史冊中。僭偽爭矜齊楚國，讓王誰繼許巢風？秋雲變幻連天黑，戰血模糊遍地紅。海外亦傳烽火起，紛紛鷸蚌樂漁翁。

西南沃壤尚逶迤，山谷梯田水滿陂。澤涸不妨魚有疾，月明何患鵲無枝。麗人舞袖終須斂，丞相胸襟定不移。史事休提天寶末，但期光復舊疆陲。〔註17〕

上引諸詩，後又有所修改，如 10 月 25 日，「午後修改《秋興詩》」。〔註18〕

又 1939 年 12 月 30 日，「李證剛以《渝州長至〔註19〕雜感》五律二十首用杜工部《秦州雜詩》二十韻索和，方東美以《堅白精舍花木十詠》七律十首索和」〔註20〕，但朱希祖認為，「用古人韻及次韻、疊韻詩不免有削足適履之病」，故於 1940 年 1 月 2 日，「和李證剛《渝州雜感二十首》用杜《秦州雜詩》韻，特改為五言長律四十韻；和東美僅《拈柳》一題改為六絕句，皆不次其韻」。〔註21〕1 月 5 日，「閱東美和證剛詩二十首，造句用字皆避熟，自造而運以哲學及釋老意義，在詩中獨樹奇幟」，與己作之詩「適相反」，認為己詩「多寫實，近於杜；彼多凌虛，近於孫、許」。〔註22〕其中所謂「東美和證剛詩二十首」，據汪茂榮《方東美先生行年簡譜》，一九四〇年元旦，方東美曾「用少

〔註17〕朱希祖：《朱希祖日記》下冊，朱元曙、朱樂川整理，北京：中華書局，2012年 8 月版，第 1107～1108 頁。

〔註18〕朱希祖：《朱希祖日記》下冊，朱元曙、朱樂川整理，北京：中華書局，2012年 8 月版，第 1109 頁。

〔註19〕長至，指夏至。夏至白晝最長，故稱。

〔註20〕朱希祖：《朱希祖日記》下冊，朱元曙、朱樂川整理，北京：中華書局，2012年 8 月版，第 1135 頁。

〔註21〕朱希祖：《朱希祖日記》下冊，朱元曙、朱樂川整理，北京：中華書局，2012年 8 月版，第 1138 頁。

〔註22〕朱希祖：《朱希祖日記》下冊，朱元曙、朱樂川整理，北京：中華書局，2012年 8 月版，第 1138 頁。

陵《秦州雜詩》詩韻，作《渝州雜詩二十首》」〔註23〕。

　　朱偰亦有《渝州雜詩》，不過僅十二首，發表於《民族詩壇》第三卷第六輯（第60~62頁），1939年10月出版。其中第一首「總說形勝」；第二首「紀風土」；第三首「紀人文」；第四首紀「塗山禹後祠」；第五首紀「蔓子墓」；第六首紀縉雲山，「縉嶺雲霞為巴渝十二景之一」；第七首紀海棠溪，「海棠煙雨為巴渝十二景之一」；第八首「紀城郭」，「字水霄燈為巴渝十二景之一」；第九首紀佛圖關，「佛圖夜雨為巴渝十二景之一」；第十首紀沙坪壩，「中央大學遷此，學子三千，半為無家之客」；第十一首紀石門；第十二首紀「渝郊寄寓並總結全篇」。

（三）盧前：《秋思八首和李證剛教授》

　　發表於《時代精神》第2卷第5期〔註24〕（第112頁），1940年6月20日出版。

　　　　倦鳥歸飛失故林，江東雲樹日森森。端居未覺花如錦，凋落裁憐葉滿陰。鴆毒只存梁宋證，凱歌惟誓弭儀心。流人一往嘉陵道，夜雨扁舟處處砧。

　　　　參差百雉寺樓斜，露井寒螢泣麗華。已負鳴雞三尺劍，未妨聞鷺五洲楂。胭脂淘洗終〔註25〕薪膽，絃管銷沉換鼓笳。悵望臺城一片月，照誰收採米囊花。

　　　　此地清涼送夕暉，望中王謝亦浸微。猶憐籠裏雞為侶，卻歎磯邊燕不飛。風景無殊花自媚，園林裁畢〔註26〕世相違。勞勞笑爾西亭主，新柳新蒲兩未肥。

　　　　西北高樓指勝棋，殘荷依檻若為悲。空梁燕子銜泥跡，小閣人豪駐節時。曠代風流爭想像，中興事業久欽遲。湖山自具英雄氣，攖甲彭郎語可思。

〔註23〕方東美：《堅白精舍詩集》，汪茂榮點校，劉夢芙審訂，合肥：黃山書社，2011年12月版，第266頁。

〔註24〕主編者：周憲文；編輯委員：王沿津、王覺源、毛起鵁、段麟郊、胡秋原、陳豹隱、陳鍾浩、楊公達、梅冀彬、劉百閔、劉檀貴、薛農山；印行者：獨立出版社；總經售：正中書局服務部（重慶中一路二八〇號），中國文化服務社（重慶磁器街二十二號），拔提書店（重慶武庫街八十三號）。

〔註25〕《盧前詩詞曲選》作「餘」。

〔註26〕《盧前詩詞曲選》作「半」。

蔥龍佳氣郁鍾山，開國威儀咫尺間。榭倚流徽靈谷寺，門通神策秣陵關。十年戰伐頻翻手，百萬生黎幾笑顏。隔海妖氛飛羽至，一時奮迅出朝班。

擬絕天驕古石頭，驚濤掠岸大江秋。誰沉鐵鎖降王濬，忍惜風花向莫愁。故國周遭空踞虎，荒洲平闊好棲鷗。吳中父老長相憶，何日樓船下益州？

走馬城南問大功，一坊矗立棘駝中。雨花臺上尋遺跡，正學祠前唱大風。斷碣千年凝血碧，殘楓一夜帶霜紅。修門文獻都零落，收拾何人繼可翁？

東關流水更西迤，歷歷南山與北陂。星月爭隨三峽水，袈裟曾上萬年枝。若窺天道通窮變，事在人為自轉移。詞客哀時歸不得，未成詩賦淚先垂。

　　組詩收入《盧前詩詞曲選》詩，題作「秋思八首，同李證剛、方東美作」。〔註27〕

　　盧冀野對於杜詩，素有研讀，曾用「北越調・天淨沙」度曲一闋，題曰《讀杜》：「低頭淚滿衣裳，撥燈還對歌章，只為身經板蕩。北征諸將，幾篇才不能忘。」〔註28〕詩人緣何「低頭淚滿衣裳」？「只為身經板蕩」。讀杜之所以引發身世之感，正在於兩個時代的高度相似。

（四）汪辟疆：《秋思和證剛用杜公秋興韻》

　　汪辟疆（1887～1966），原名國垣，字辟疆，號方湖，別號展庵，江西彭澤人。宣統元年（1909）入京師大學堂，為陳寶琛所賞識，攻中國文史。1912年畢業，至上海，陳三立對其獎掖備至。結識邵力子、于右任、葉楚傖、張繼等。1915年父病返里，守喪三年。1919年在江西實業廳任職。1922年任教於江西心遠大學。1925年任江西通志纂修。1927年執教於南京第四中山大學（後更名為國立中央大學）。1937年遷校入渝。1942～1945年間，主編《中國文學月刊》與《中國學報》。1946年隨校返回南京，應聘兼任國史館纂修。1947年又兼任《國史館館刊》主編。1950年以後，在南京大學中文系任教，直至病逝。其治學嚴謹，既博且精，擅長經學、史學、目錄學，主要致力於唐代傳

〔註27〕盧前：《盧前詩詞曲選》，北京：中華書局，2006年4月版，第74～75頁。
〔註28〕盧前：《盧前詩詞曲選》，北京：中華書局，2006年4月版，第200頁。

奇、中國詩歌史的研究。〔註29〕

　　組詩發表於《沙磁文化》月刊第2卷第1、2期合刊（第2頁），1942年3月出版。署名「汪辟疆」。歐陽裕《抗日時期鄉賢詩詞選》（載江西省彭澤縣政協文史資料研究委員會編《彭澤縣文史資料選輯》第三輯，1993年12月）曾選其一、其三、其四、其八四首加以注釋（第104～107頁），現擇其部分條目，一併納入注釋。

　　　　霜葉吹紅滿故林，夢中風物亦蕭森〔註30〕，豈知二載無家別

　　　〔註31〕，不息千尋惡木陰，睇〔註32〕笑難傾江海淚，艱危不拔卷

　　　菔心〔註33〕，把君秋思吟千遍，起我悲懷抵暮砧。

　　歐陽裕《抗日時期鄉賢詩詞選》選注此詩，認為「睇笑」一聯乃《秋思》全詩主旨，語極沉痛。

　　　　涪水中分一道斜，恭州竹石湛清華，南來不見珠崖困，東去難

　　　尋漢水槎，縱有清秋好風日，豈無流夢驚簫笳，縣知瘦裏敷腴在，

　　　來朝春前躑躅花。

　　對於此詩，李惟苓箋曰：「此就重慶之秋而思及抗戰方殷，無心留連風景也。首兩句即重慶之秋，風景固佳，然南望則失珠崖，東歸不至漢水；卜言雖有風物，而鼙鼓聲中，豈復有意流連乎？故以風日句承涪水恭川，以簫笳句承珠崖漢水，全篇精緊矣。結則謂勝利之期不遠，只待來春看躑躅花耳。宋唐子西詩云：『但覺秋來更韶潤，卻從瘦裏帶敷腴。』暗用秋字，尤不覺。」胡迎建認為其分析「入情入理」。所引此詩，異文較多，如「珠崖困」作「珠崖口」，「縣知」作「從知」，「來朝春前」作「來看春羊」。〔註34〕

　　　　海門寒日澹無暉〔註35〕，論判荊凡早見微〔註36〕，力已難勝穿

〔註29〕南京市檔案館編：《民國珍檔：民國名人戶籍》，南京：南京出版社，2013年1月版，第311頁。

〔註30〕蕭森，蕭條衰颯。

〔註31〕無家別，杜甫有《無家別》篇，此指離開淪陷區。

〔註32〕睇，斜視、流盼。《楚辭·九歌·山鬼》：「既含睇兮又宜笑。」

〔註33〕卷菔，拔心不死之草。

〔註34〕胡迎建：《民國舊體詩史稿》，南昌：江西人民出版社，2005年11月版，第348頁。

〔註35〕海門，小孤山位於長江下游彭澤縣城北五里江中，與澎浪磯隔江對峙，兩山夾江，水流湍急，有「海門第一關」之稱。此即指故鄉彭澤。首句意指暴寇已陷泥淖之中。

〔註36〕荊凡，用《莊子》「凡未必亡，楚未必存」句意。凡，國名；荊，楚國名。

魯縞〔註37〕，人皆可用盡佽飛〔註38〕，不辭菇〔註39〕苦隨年換，莫

歎佳期與願違〔註40〕，它日神弦崇報祀，蕨芽春筍薦初肥。〔註41〕

《中國抗日戰爭詩詞曲選》選錄此詩，其下有注，闡明其題旨在於「言中國必勝」。其中「菇苦」改作「茹苦」；「它日」作「他日」。〔註42〕歐陽裕《抗日時期鄉賢詩詞選》亦選注，其中「佽飛」作「次飛」，「隨年換」作「隨年兌」。

　　　勝負從來似角碁〔註43〕，湘東一目已堪悲〔註44〕，即朝海水群

飛日，便是神山欲引時〔註45〕，絳幘貔豼方左顧〔註46〕，赤亭火艦

報東馳〔註47〕，禍胎早蘊窮兵後〔註48〕，天意冥冥抑可思。

《中國抗日戰爭詩詞曲選》選錄此詩，其下有注，闡明其題旨在於「言日本必敗」。其中「勝負」作「勝敗」，「已」作「已」，「即朝」作「即看」，「神山」作「神仙」，「火艦」作「拍艦」。〔註49〕歐陽裕《抗日時期鄉賢詩詞選》

東坡詩「未識荊凡定孰存」，意與此同。早見微，意指在細微中已料定日本必敗。

〔註37〕此言日寇已呈疲困狀。

〔註38〕佽飛，又作佽非。歐陽裕《抗日時期鄉賢詩詞選》作「次飛」。相傳為春秋時楚國勇士。有「佽飛斬蛟」，典出《淮南子‧道應訓》。漢時以為武士之稱。此指當時中國尚有眾多勇士慷慨從戎，請纓殺敵。佽飛亦為官職名。漢時少府屬官有左弋十二官令、丞。武帝太初元年（前104年），改左弋為佽飛。職掌弋射，有九丞、兩尉。參見楊金鼎主編、上海師範大學古籍整理研究所編《中國文化史詞典》，杭州：浙江古籍出版社，1987年8月版，第437頁。

〔註39〕「菇」，「茹」之誤。

〔註40〕此二句，言近雖困苦，而勝利之期已不遠。

〔註41〕神弦，《神絃歌》，古代祀神所用的樂曲，此二句指擊退強敵之後，他日為國殤薦新致祭。

〔註42〕重慶文史研究館編：《中國抗日戰爭詩詞曲選》，重慶：重慶出版社，1997年12月版，第288頁。

〔註43〕此句以棋喻時局，言日本滿盤皆輸，呈必敗之勢。

〔註44〕此句用黃山谷奕棋詩「湘東一目誠甘死」句，湘東一目，南朝宋明帝劉彧，獨眼，封湘東王。湘東，即今之衡陽。《南史‧王偉傳》：「項羽重瞳，尚有烏江之敗；湘東一目，寧為四海所歸？」

〔註45〕此二句指歐戰已引起，暴日必崩潰。「神山欲引」，用《史記‧封禪書》神山為風引去事。

〔註46〕絳幘，漢宿衛士所穿的紅色服裝。此句指蘇聯增兵東方。

〔註47〕此句指美艦增防菲律賓。

〔註48〕李義山詩：「自古窮兵是禍胎。」

〔註49〕重慶文史研究館編：《中國抗日戰爭詩詞曲選》，重慶：重慶出版社，1997年12月版，第288頁。

與《中國抗日戰爭詩詞曲選》同。

> 吟望無勞憶故山，此邦風節尚人間，提三尺劍能摧楚，得一丸
> 泥可塞關，守土至今多蔓子，不降從古有嚴顏，寶歌〔飲〕舞吾能
> 說，七姓多居執戟班。

《中國抗日戰爭詩詞曲選》選錄此詩，其下有注，闡明其題旨在於「言
巴蜀為復興之基地」。其中「摧楚」作「摧楚」，「寶歌〔飲〕舞」作「寶歌歛
舞」。〔註50〕

> 拄杖經過古渡頭，殊鄉今夜作中秋，豈同桑下戀三宿，欲把瓊
> 枝詠四愁，西北雲浮歲月免，東南天遠穩沙鷗，清光萬里明朝近，
> 準擬摩崖頌道州。

> 弱志深慚翰墨功，亦嘗相詡在莤中，方期岱嶽能為雨，不信〔爰〕
> 居是避風。歸夢似窺江月白，秋花猶傍戰場紅，醉中忽向居延
> 夫，好句時時誦放翁。

> 蜀山蜀水路逶迤，望斷江南卅六陂〔註51〕，倦眼何堪在雲物，
> 清歌豈暇為花枝〔註52〕，沉沉哀歌情難已，湛湛江流志不移〔註53〕，
> 我欲與君賡飯顆〔註54〕，真成頭白苦低垂。

歐陽裕《抗日時期鄉賢詩詞選》選注此詩，其中「哀歌」作「哀樂」，「白
頭」作「吟望」。

此係「方湖編年詩」之一。《中國抗日戰爭詩詞曲選》選錄其三，題作「秋
思和證剛」，題下有寫作時間「四○秋」。歐陽裕《抗日時期鄉賢詩詞選》則題
作「秋思八首和證剛」。

（五）朱偰：《秋興八首步少陵原韻》

題下署「作於歌樂山秋闈」。發表於《中國青年月刊》第一卷第五、六號

〔註50〕重慶文史研究館編：《中國抗日戰爭詩詞曲選》，重慶：重慶出版社，1997 年
　　　　12 月版，第 289 頁。
〔註51〕卅六陂，即三十六陂，地名。在今之揚州。宋王安石詩：「三十六陂流水，白
　　　　頭想見江南。」此借指故鄉彭澤，並非實指。兩句是從蜀山蜀水而望江南。
〔註52〕此二句申言不僅為雲物花枝，而更念人民之流離轉徙。
〔註53〕江流句，語出《左傳》：「晉文公曰：『所不與舅氏同心者，有如此水。』」此
　　　　指敵愾同仇，驅逐難虜、還我河山之壯志。
〔註54〕賡飯顆，意指寫作拘謹吃力。

合刊〔註55〕（第112～114頁），1939年12月1日出版。

何謂「秋闈」？又稱秋試。《說文》：「闈，宮中之門也。」又《爾雅・釋宮》：「宮中之門謂之闈。」邢昺疏：「宮中相通小門名闈。」科舉試院內分若干小房間供舉子答卷，門戶眾多，故稱考場為闈，又引申指科舉考試。明、清兩代的鄉試例於秋八月舉行，故稱秋闈。〔註56〕此處借指公務員的考選和銓敘。1939年夏，為防避日機大轟炸，國民政府考試院自重慶城內遷至歌樂山靜石灣，考選委員會、銓敘部即佔地於此。

據朱希祖1939年10月30日日記，朱偰時為「襄試委員，閱財政試卷」〔註57〕，同時據朱偰自編《天風海濤樓詩鈔》，組詩作於1939年11月2日〔註58〕。朱希祖、朱偰父子常在一起談詩、品詩，此詩題中雖未明標「和李」，但自其寫作的時間和地點來看，應是通過朱希祖間接以和李證剛。

> 一夜霜風掃舊林，巴山巴峽氣蕭森。濛濛細雨連天墨，漠漠窮雲接地陰。兵火蒼涼家國恨，蕁鑪寂寞故園心。寒衣未寄前軍苦，處處荒江急暮砧。

> 歌樂〔註59〕寒山落日斜，平川浩蕩望京華。攘夷已見摧強虜，奉使何人乘漢槎。殘月露中多血淚，霜林深處隱悲笳。劇憐蘆荻翻翻白，猶似金陵劫後花。

> 嘉陵江水隱朝暉，煙〔註60〕靄迷離掩翠微。客子流亡還北走，孤鴻嘹唳獨南飛。山河破碎雄圖隘〔註61〕，簪舍沉淪心事違。袞袞諸公臺省滿，行都衣馬仍〔註62〕輕肥。

> 世事蒼涼似弈棋，興亡反掌亦堪悲。山河氣色隨新主，局勢縱

〔註55〕編輯者：中國青年月刊社（重慶中一路二〇八號）；發行者：青年書店（重慶售珠市）；印刷所：掃蕩報總社（重慶李子壩）。

〔註56〕許嘉璐主編，陳啟英、陳榴、陳高春著：《中國古代禮俗辭典》，北京：中國友誼出版公司，1991年6月版，第812頁。

〔註57〕朱希祖：《朱希祖日記》下冊，朱元曙、朱樂川整理，北京：中華書局，2012年8月版，第1109頁。

〔註58〕徐建榮主編、海鹽縣政協文教衛與文史資料委員會編：《孤雲汗漫——朱偰紀念文集》，上海：學林出版社，2007年2月版，第584頁。

〔註59〕原文作「業」，與「樂」形近而誤，徑改。《時事月報》作「樂」。

〔註60〕「煙」，《時事月報》和《天風海濤樓詩鈔》作「曉」。

〔註61〕「隘」，《時事月報》和《天風海濤樓詩鈔》作「抑」。

〔註62〕「仍」，《時事月報》作「尚」，《天風海濤樓詩鈔》作「自」。

橫異昔時。瀚海羽書方絡繹，〔註63〕中原鐵騎復驅馳。擒胡歲月終當屆，回首金陵有所思。

　　二陵風雨自鍾山，佳氣龍蔥天地間。六代豪華桃葉渡，千年征戰秣陵關。前朝陳跡供憑弔，開國新規只汗顏。淒絕百官辭廟日，潛潛〔註64〕清淚滿朝班。

　　寧見降帆〔註65〕出石頭，行都遙建蜀江秋〔註66〕。中興將帥皆徐達，南國佳人豈莫愁。成敗還須依眾力，興亡何事感沙鷗。會看直搗黃龍府，薄海歡騰慶九州。

　　臺城開創晉時功，虎踞龍蟠在眼中。淮上女牆盧〔註67〕夜月，石頭城郭又秋風。三山碧草傷心綠，二水蒼波〔註68〕浴日紅。最是南朝興廢地，夷歌幾度泣漁翁。

　　澄潭千頃自逶迤，玄武秋深月滿陂。池館空餘王謝里，榮華徒〔註69〕剩上林枝。干戈兵火雖多劫，文物江山豈可移。北望中原多〔註70〕慷慨，天涯涕淚盡低垂。

　　組詩又曾發表於《時事月報》第 21 卷第 6 期〔註71〕（總第 125 號，第 177～178 頁）的「新詩偶拾」，署名「伯商」，1939 年 12 月 15 日出版。二者之間的異文，已通過注釋說明。同時發表的還有其《諸將六首》〔註72〕（第 178 頁），亦是仿杜之作。

〔註63〕《天風海濤樓詩鈔》有作者自注：「諾蒙坎戰事。」（《孤雲汗漫──朱偰紀念文集》，第 585 頁）。

〔註64〕「潛潛」，水流貌，亦指淚下貌。《時事月報》作「潜潜」，《天風海濤樓詩鈔》作「潸潸」。

〔註65〕「帆」，《時事月報》作「幡」。

〔註66〕「行都遙建蜀江秋」，《時事月報》和《天風海濤樓詩鈔》作「整軍經武值高秋」。

〔註67〕「盧」，原文作「虘」。《時事月報》作「盧」。

〔註68〕「波」，《天風海濤樓詩鈔》作「涼」。

〔註69〕「徒」，《時事月報》和《天風海濤樓詩鈔》作「惟」。

〔註70〕「多」，《時事月報》和《天風海濤樓詩鈔》作「增」。

〔註71〕編輯兼出版者：時事月報社（重慶中一路二百八十號）；發行者：正中書局；總經售處：正中書局服務部（重慶中一路二百八十號）

〔註72〕組詩作於 1939 年 12 月。參見徐建榮主編、海鹽縣政協文教衛與文史資料委員會編《孤雲汗漫──朱偰紀念文集》，上海：學林出版社，2007 年 2 月版，第 586 頁。

二、其餘步韻之作

（一）曾昭承：《戊寅秋興八育〔註73〕》（用杜工部秋興原韻）

曾昭承（1897～1979），字邵恂，號振撰，別號仲威。曾廣祚次子，曾昭掄的胞兄，曾國潢的曾孫。美國威斯康新大學經濟科學士，哈佛大學經濟科碩士。歸國後曾任國民政府主計處科長。抗戰時期，任國民政府資源委員會昆明煉錫廠廠長。1946 年，去臺灣接收，任臺灣糖業公司協理，後任臺灣工礦公司總經理。去逝後葬臺北陽明山。〔註74〕

組詩發表於《民族詩壇》第 2 卷第 1 輯（第 48～50 頁），1938 年 11 月出版。題中的「戊寅」，即 1938 年。詩云：

> 霜緊風淒撼樹林，蜀山無語氣森森。際天烽火連吳楚，匝地旌旗接漢陰。歧路倉皇揮別淚，異鄉寥落剩歸心。芙蓉江上驚秋早，惟〔註75〕悴閨人憶搗砧。

> 怊悵西風燕子斜，偶臨流水感年華。憂時易見繁霜鬢，遯世難逢貫月槎。漁曲江鄉思楚澤，軍歌塞上咽胡笳。劫餘剩有殘廬在，深鎖籬門任落花。

> 風潭百頃映霞暉，碧葉田田倒影微。爭艷芙蕖低欲舞，忘機鷗鷺倦還飛。隄邊垂柳春常住，湖上扁舟願總違。六代江山興廢感，橫行又值蟹初肥。

> 小閣江天說勝棋，兩朝舊事有餘悲。元戎籌策開明社，儒將勤王翊盛時。宗廟已成狐兔窟，名都更見虎狼馳。柳煙澹宕湖雲薄，鼕鼓聲聲繫我思。

> 孝陵孫墓傍鍾山，遙睇秦淮隱約間。野戌角聲風入殿，寒林塔影月臨關。休看明鏡傷華髮，且近金尊慰笑顏。疏雨梧桐秋露冷，翻憐翁仲日趨班。

> 曾住瓜洲古渡頭，江潮遙接石城秋。淡妝濃抹疑西子，雨笠煙蓑憶莫愁。風動兼葭驚宿雁，月明蘆荻穩沙鷗。平生不作歸田夢，浩劫紅羊半九州。

〔註73〕「育」，「首」之誤。
〔註74〕參見成曉軍《曾國藩家族》，瀋陽：遼寧古籍出版社，1997 年 2 月版，第 264 頁。
〔註75〕「惟」，「憔」之誤。

長江天塹易為功，固守重關百戰中。蒙甲雷車金作雨，乘濤鐵艦火嘶風。行行雁陣遮雲黑，片片熊旗染血紅。寶劍寒霜髀肉感，涼颷入幕起衰翁。

巴山兀突水逶迤，暝色蒼茫到錦陂。秋老後凋零露草，菊殘誰惜傲霜枝。賡歌漏永星河動，簪筆郎潛歲月移。飄泊西南憐飯顆，敢同詩史汗青垂！

（二）江絜生：《秋興和杜》

發表於《民族詩壇》第 4 卷第 4 輯〔註76〕（第 50～52 頁），「中華民國三十年七月出版」。

江山萬綠起霜林，井鉞參旗武衛森。鈿轂逶迤珠市雨，勞歌熙攘霧都陰。安民已著三年政，決勝常懸萬里心。沸血軍民同挾纊，漫勞女手促寒砧。

依山飛閣整還斜，散彩雲霓浸日華。旗幟一天開史乘，晃旈萬族進星槎。中書彩筆明明詔，特起蒼頭處處笳。復國開疆欣共命，恥拋邊笛怨梅花。

金陵殿闕隱殘暉，秋老江湖雁訊微。雲裏鳳城應不改，堂前燕子傍誰飛？執鞭翠被歸相約，遺老胡塵望勿違。喚起渡江新子弟，秋高霜勁馬群肥。

輕覆邦家賭勝棋，侏儒心力盡堪悲。無多海市輸冰繭，幾對櫻花怨歲時。直北狐群歸一哄（寇經營華北，殊無一成），圖南盜艘又交馳（寇日內復倡言南進）。迷陽卻曲終創足，遍起艱辛劫後思。

陣雲環海焰焦山，交斫滄溟宇宙間。浴血英倫工背水，休兵法族獻重關。三年苦戰殲公敵，往事和番洗汗顏。省識東西共榮悴，要憑忠義立朝班。

神武元戎未白頭，安排露布及高秋。漸懷旗鼓還京樂，豈有蛟龍失水愁。哀詔憂沖如奉手，恩波浩蕩與馴鷗。即看鳥道蠶叢裏，已建東南七寶州（總裁詔設川康經濟建設委員會，促進西南

〔註76〕主編者：盧冀野；印行者：獨立出版社；總經售：正中書局（重慶中一路二八〇號）、中國文化服務社（重慶磁器街二十三號）。

之繁榮)。

　　艱難護法有豐功，檢點螘頭豹尾中。白簡褒箴原一念，烏臺咳
唾自春風。興邦髣影存天眷，餘事書名壓紙紅（謂於監察院長）。一
代相逢期不負，漫勞點畫乞山翁。

　　江南歲月望中迤，柳老能留綠滿陂。姜被殘溫傷獨客（家兄留
合肥未出），鶯簫良會眷同枝（行嚴丈介紹吳梅魂女士，今春結褵渝
中）。運回華夏詩堪紀，天假文章志不移。又是一年喧好景，頌時橘
柚正黃垂。

（三）王用賓：《渝州秋感》（依少陵秋興韻）

　　王用賓（1881～1944），字刊臣，號太蕤，山西臨猗人。1904 年赴日本留
學，入法政大學，翌年加入中國同盟會，與景梅九等在東京創辦《晉話報》。
回國後又創《晉陽公報》於太原。1912 年選為山西臨時省議會議長。1913 年
當選為國會參議院議員。1917 年任護法國會參議院議員。1924 年任河南省長
公署秘書長，代行省長職務。1928 年，任立法院立法委員。1932 年 12 月，
任考試院考選委員會委員長。1934 年 12 月，任司法行政部部長。1935 年當
選為國民黨候補中央執行委員。1937 年 8 月，任中央公務員懲戒委員會委員
長，遷渝就職後，歷年積案，督令全部清結。〔註77〕1941 年冬，被推為前線
將士慰勞團第一團團長，赴陝、豫、鄂各省慰勞前方將士。四月，完成任務。
1943 年夏，患腦充血症。1944 年 2 月初觸發心臟病，卒致不起。其人「博聞
強記，古今載籍，靡不研討，而於文字學造詣獨深。性豪邁，尤健談，喜吟
詠，抗戰以來，成詩詞千餘首，皆鼓勵士氣、謳歌勝利之作，有《半隱園詩
草》四輯行世」。〔註78〕

　　組詩發表於《民族詩壇》第 4 卷第 6 輯（第 28～30 頁），1942 年 3 月
出版。

　　翠華西上駐山林，水暈嵐蒸氣鬱森，繞郭涪汶雙震瀶，漫天雲
雨半晴陰，羈愁不斷成千日，勠力中原剩一心，征戍猶繁歸未得，
寒江又拭搗衣碪。

〔註77〕丁天順、許冰編著：《山西近現代人物辭典》，太原：山西古籍出版社，1999
　　　年 11 月版，第 50 頁。
〔註78〕鄒魯：《中國國民黨史稿》下，上海：東方出版中心，2012 年 1 月版，第 1662
　　　頁。

　　金碧臺荒落照斜，西風吹拂鬢星華，泥關可恃攔江鎖，釣漢惜無斷水槎，萬里歸〔註79〕思邊塞月，兩行清〔註80〕淚暮天笳，杜陵衰颯摧顏甚，卜宅真將臥浣花。

　　沉沉雲漢澹凝暉，誰奏客星犯紫微，夏主受降名馬至，楚師疑遁夜鳥飛，涓埃莫報吾何執，去住全非願已違，聞道征東三百萬，將軍披策尚堅肥。

　　邊患危於急劫棋，從旁縮手可勝悲，兩般功罪懸千古，孤注興亡擲一時，鱗甲橫飛隨地落，檣烽交起萬山馳，座中爛額今皆是，薪突何人〔註81〕早夢思。

　　鐵桅峰頂冠南山，城闕蒼茫一葦間，浩劫已臨巴子國，潛師誰掌百牢關，江河有異難收泣，文罔〔註82〕雖疏不犯顏，非是煙霞成痼癖，久虛傳點召清班。

　　黃葛南坪古渡頭，海棠煙雨又深秋，金陵望斷銷王氣，宕〔註83〕水截留洗客愁。荊棘幾回埋石馬，網羅何計玩沙鷗，可憐六代繁華地，僑置於今到楚州。

　　民族復興開濟功，孫陵華表入雲中，鑿山立廟垂千祀，置酒還鄉歌大風，收取薊遼刑馬白，劫連吳蜀慘羊紅，陸沉無地非江海，未著蓑笠亦釣翁。

　　渝州地勢向東迤，大澤中分各半陂，深入孤軍同掛褡，按行高壘盡駢枝，擁兵固守仍無濟，飛寇環次〔註84〕累自移，但使盤空鷹隼在，管教鷙百〔註85〕翅低垂。

　　組詩後收入《二十世紀詩詞名家別集叢書：王用賓詩詞輯》（太原：北嶽文藝出版社，2011年4月，第184～185頁）。兩者之間的異文，已通過注釋說明。

〔註79〕「歸」，「歸」之誤。《王用賓詩詞輯》作「歸」。
〔註80〕「清」，《王用賓詩詞輯》作「情」。
〔註81〕「薪突何人」，《王用賓詩詞輯》作「新賈向人」。
〔註82〕「罔」，「網」之誤。《王用賓詩詞輯》作「網」。
〔註83〕「宕」，《王用賓詩詞輯》作「岩」。
〔註84〕「次」，《王用賓詩詞輯》作「攻」。
〔註85〕「鷙百」，《王用賓詩詞輯》作「百鷙」。

（四）易君左：《秋興八首》（步工部原韻）

末署「民國三十四年十月」。發表於《文選》第二輯〔註86〕（第52頁），「中華民國三十五年四月一日出版」。

倦鳥孤飛宿暮林，西風蕭瑟意森森。連天火烈埋紅焰，覆地蕉殘黯綠陰。秋至已無商婦淚，詩成空有杜陵心。巴山夜靜蟲聲寂，冷月寒江聽斷砧。

盤馬彎弓射日斜，殷勤珍護此年華。九州浩瀚浮金爵，萬里窮荒接玉槎。古訓昭垂邊共齒，唇聲斷續角和笳。凱旋門外秋光好，盡是征兒血濺花。

殘闕荒陵弟落暉，烏衣巷冷燕兒微。白頭壓雪垂垂老，黃葉飄金泛泛飛。樂極每忘憂漸逼，清多轉與願相違。南朝一片笙歌起，北塞連營戰馬肥。

世界悠悠一局棋，如何零落雜歡悲？休言猿臂難封事，怕見羊頭欲爛時。赫赫神龍原聖武，棲棲野馬競奔馳。怡情自採東籬菊，留得淵明慰所思。

西連大漠望陰山，漢將旌旗咫尺間。燕飲正謀消宿怨，浪煙忽報破重關。遂教鄰里譏騰舌，忍令黎兀笑斂顏。十萬弓刀冰雪冷，王師遠戍幾時班？

行盡清溪溪盡頭，丹楓紫蟹各隨秋。夢於初寤知回味，酒到微酣湧亂愁。花月有情終負雁，海天無際好盟鷗。竿漁莫繫垂楊岸，且任煙簑釣五州。

翻江倒海建奇功，盡在男耕女織中，拆戟沉沙餘廢鐵，鼓琴擊壤望薰風。一生事業肝腸赤，千古文章血淚紅。極目歸帆天際遠，趁場沽酒約鄰翁。

檬杖探幽徑邐迤，芙蓉搖曳傍霜陂。梅含仙苑無雙萼，桂發蟻宮第一枝。別其心香求祚水，靜觀物理自神移。蕭蕭老驥嘶聲壯，猶是鹽車兩耳垂。

《秋興八首》後又刊於《錫報》1947年10月7日第四版〔註87〕，詩前

〔註86〕編輯人：陳滌夷、文宗山；發行人：馮葆善；出版者：文選月刊社（上海南京路慈淑大樓五二八號室）；總經銷處：文匯書報社（上海青海路七號）。
〔註87〕據該報報頭，《錫報》創刊於中華民國元年。發行人：徐赤子；館址：無錫中

有序：

> 情之感物而發者謂之興。杜公秋興八首，千古絕唱。秋為寓變
> 所值，興自望京發慨。八詩總以「望京華」為主，愛國家，重統一
> 也。首章為八詩之綱領：明寫秋景，虛含興意；實拈夔府，暗提京
> 華。二章乃八詩提掇處，提望京華本旨，以申明淚之所由。三章申
> 明望京華之故。四章正寫望京華，又是總領，為前後大關鍵。五章
> 以後，分寫望京華：五章思帝居，六章思池苑，七章思武功。八章
> 歸到本身，為全詩大結局。八章雖皆以望京華為主，然首首不脫夔
> 秋，此為古人作詩之章法及技巧，而必牢握一主題以發明之。先言
> 他物以引起所詠之事者。□興，詩六義之一也。余自倡臂社體詩以
> 來，戒作律詩，近以從余遊者漸眾，常就古人名作，示以規範：必
> 須苦錘精練，切忌粗製濫造。抗戰勝利，薄海騰歡，而國際猶伏禍
> 機，國內紛紜未已。羈棲巴蜀，艱苦八年，無以自慰，近數日風雨
> 頻加，秋容愈老，感物而發，因步少陵先生秋興原韻：一章述情懷，
> 二章珍抗戰，三章念江南，四章傷名器，五章痛匪患，六章慎外交，
> 七章感民心，八章隆國運，總期符契原詩之旨，而出以此時此地之
> 心情。古今和此詩者多矣，而無逾於少陵者，然豈無逾於餘者乎？
> 民國三十四年十月。

小序對杜甫《秋興八首》的題旨與章法，多有發現與闡釋，且要言不煩。同時，對己作和詩，也逐章提點主旨，使人讀之了然。

其後有「東序按」云：「此詩乃晉吉先生處得來，蓋兩年前君左先生持倩吟正者。雖係舊作，但未經刊過，君左先生詩，意境高超，清麗可愛，時值秋令，詩壇正多秋興之士，特移刊小□，以供同好云爾。」

「東序」即盧東序，《錫報》副刊編輯。武進人，筆名白居、孤帆、洛陽女，曾兼職崇安寺小學教師。〔註88〕「晉吉先生」是指華晉吉，號萼，曾任

　　山路二九一號。又據《民國時期無錫年鑑資料選編》（揚州：廣陵書社，2009
　　年8月），「錫報，地址城中中山路。董事長朱楞，號光華，新穀布廠副經理。」
　　「總編輯諸大覺，楊亭人，筆名關金法，曾服務永安運輸公司。」「戰前是吳
　　觀蠡主辦，敵偽時停刊」，「敵偽投降後吳妻出盤」。「分社設上海四馬路圓工
　　布廠，負責人邱文傑。」（第738頁）

〔註88〕陳文源、郭明主編，無錫市史志辦公室、無錫市圖書館編：《民國時期無錫年
　　鑑資料選編》，揚州：廣陵書社，2009年8月版，第738頁。

無錫民教館長、教育局社會教育科長、建設局總務科長，省民教館指導員及教育通訊社社長。戰時主要從事新聞工作，並在桂林任政訓工作，抗戰勝利後任工業通訊社編輯。〔註89〕所謂「未經刊過」，其說不確；但詩與序一併刊出，卻是首次。

不過，《文選》所刊《秋興八首》，錯字極多。今與《錫報》比勘，疏列如下：

1.《文選》：「古訓昭垂邊共齒，唇聲斷續角和笳」，《錫報》：「古訓昭垂唇共齒，邊聲斷續角和笳」。《文選》係誤排。

2.《文選》：「殘闕荒陵弟落暉」，《錫報》：「殘闕荒陵弔落暉」。「弟」應是「弔」的形近而誤。

3.《文選》：「清多轉與願相違」，《錫報》：「情多轉與願相違」。「清」有誤。

4.《文選》：「世界悠悠一局棋」，《錫報》：「世事悠悠一局棋」。「世事」較妥。

5.《文選》：「浪煙忽報破重關」，《錫報》：「狼煙忽報破重關」。「浪」顯係錯字。

6.《文選》：「忍令黎兀笑斂顏」，《錫報》：「忍令黎元笑斂顏」。「兀」明顯有誤。

7.《文選》：「王師遠成幾時班」，《錫報》：「王師遠戍幾時班」。以「戍」為準。

8.《文選》：「竿漁莫繫垂楊岸」，《錫報》：「漁竿莫繫垂楊岸」。「竿漁」應是「漁竿」錯排。

9.《文選》：「拆戟沉沙餘廢鐵」，《錫報》：「折戟沉沙餘廢鐵」。「拆」為「折」之誤。

10.《文選》：「趕場估酒約鄰翁」，《錫報》：「趕場沽酒約鄰翁」。以「沽」為宜。

11.《文選》：「柱發蟻（蟻）宮第一枝」，《錫報》：「桂發蟾宮第一枝」。前者有誤。

12.《文選》：「別其心香求祚水」，《錫報》：「別其心香求祚永」。「水」為「永」之誤。

〔註89〕陳文源、郭明主編，無錫市史志辦公室、無錫市圖書館編：《民國時期無錫年鑑資料選編》，揚州：廣陵書社，2009年8月版，第748頁。

（五）空也：《日本投降》（用杜甫秋興八首韻）

空也法師（1885～1946），湖南省衡山縣人。俗家姓向。1918 年，應請到長沙講經於麓山古寺。1919 年，在長沙開福寺創辦佛學講習所。1922 年，太虛大師創辦武昌佛學院，聘其為都講。1924 年至北平，任弘慈佛學院主講。1926 年回湖南。1927 年湘省主席唐生智推行佛化運動，為擺脫糾纏，遠巡北平。曾任法源寺住持。1933 年應長沙居士林之請，講《楞嚴經》。1934 年移居湘潭。1935 年弘戒法於衡山清涼寺。1936 年任祝聖寺住持。1944 年，湖南省政府委其為南嶽忠烈祠保管。其間，日寇多次趨訪查問，均沉著應對，最終不辱使命。工書法，善詩文，作品多刊於《海潮音》。其疏經之作有《首楞嚴經講義》《金剛般若波羅蜜經講義》和《盂蘭盆經講義》等。〔註90〕

組詩發表於《海潮音》第 27 卷第 5 期〔註91〕（第 20～21 頁），1946 年 5 月 1 日出版。

> 自性菩提覺樹林，有情本具陰〔註92〕清森，同根連氣誰凡聖，越古超今絕曉陰，欲向真空融幻色，當知萬物盡唯心，無明一曲忽然奏，寂滅聲中何處砧。

> 執興法我見偏斜，無位真人著粉華，隨遂五塵增染業，輪迴六道亂浮槎，人天上往非安宅，鬼獄下沉足怨笳，死死生生成底事，那知翳眼舞空花。

> 背覺合塵晦本暉，人心危處道心微，六根幻泡頻生滅，八識浮雲不斷飛，帝國圖謀空自誤，維新政策與時違（謂日本明治維新），滿期武力雄東亞，任意衣輕並駕肥。

> 好戰修羅一局棋，彼欺我詐不勝悲，揚威臺島稱心日（謂日本佔據臺灣青島），耀武韓俄得意時（謂日本併吞朝鮮，戰勝俄國），少壯專權何忌憚（謂日本少壯軍人），老成被殺為稽遲（謂日本犬養毅等各大臣被刺），最憐欲壑填難滿，虎視全球有所思。

> 滿州東北好河山，日閥垂涎念念間，戲把溥儀為傀儡，擅將遼瀋作機關（謂日本占奪東北四省），古今文化成陳跡，百萬生民帶戚

〔註90〕鄭立新：《一代名僧空也法師》，淨慧主編《佛教人物古今談》下，北京：中國佛教協會，1996 年 10 月版，第 481 頁。
〔註91〕社址：南京莫愁路普照寺。
〔註92〕「陰（陰）」，原文隱隱似「蔭（蔭）」。

顏，漢代衣冠不復見，舉朝都是五胡班。

追隨德意軸心頭，叱吒一聲天地秋，毒計欲亡吾國種，孤軍已伏自家愁，盧居都會變焦土，彈雨槍林驚白鷗，無限貪瞋胡底止，戰雲靉靆遍神州（謂日本宣戰中國內地）。

抗戰軍興不朽功，光榮勝利在其中，同盟策定摧強暴，希特心寒拜下風，島國版圖歸異主，俘囚面貌滿羞紅，投降最苦無條件，愧殺九泉明治翁。

坦然妙道任逶迤，心地不平見險陂，世界塵沙原一體，人倫黃白本連枝，東夷覆轍書紳戒，漢族重光國恥移，物質精神斯並進，文明郅治萬年垂。

原詩發表時，每首之前，依序標有「其一」，直至「其八」，移錄時略之。

第二節　杜甫詩文的引用和點化

抗戰文學作品，無論詩歌、散文、小說、報告文學，抑或戲劇的對白等，對杜詩句的引用，都是一種較為普遍的現象。其有關文本，不勝枚舉。本節僅以《盛成臺兒莊紀事》為例，詳加闡發。此外，在書畫藝術領域，拈取杜詩進行再度創作的作品，也不止一二，此處亦有舉例說明。

盛成（1899～1996），江蘇儀徵人。早年秘密加入同盟會，參加辛亥革命，並從歐陽漸、章炳麟、黃宗仰治漢學與佛學。1917年於上海震旦大學預科畢業。1919年做過工運領袖，參加五四運動。同年，赴法國勤工儉學，在蒙白里大學畢業獲碩士學位。曾擔任中國學生工人聯合會主席。1928年在法國巴黎大學任主講，同年用法文寫成長篇小說《我的母親》，飲譽法國文壇。1930年回國，先後執教於北京大學、廣西大學、中山大學和蘭州大學。抗戰期間，一度投筆從戎，擔任過上海十九路軍政治部主任和武漢中華全國文藝界抗敵協會常務理事等職。抗戰勝利後，任臺灣中國文化大學法文系主任，臺灣國立中央圖書館編纂。後再度赴法國任教。1978年復歸大陸，任北京語言學院一級教授。〔註93〕

臺兒莊戰役，是1938年3月23日至4月7日，中國軍隊在山東省南部臺

〔註93〕中國現代文學館編：《中國現代作家大辭典》，北京：新世界出版社，1992年2月版，第422～423頁，該詞條為劉屏撰。

兒莊地區，擊敗侵華日軍進攻的一次較大規模的戰役。是年 3、4 月間，侵華日軍急欲打通津浦線，奪取徐州，然後沿隴海線西進，取道鄭州南下，進攻武漢。臺兒莊位於山東嶧縣，是臺棗（莊）公路及臺濰（坊）公路的交會點，扼運河的咽喉，是進攻徐州的必經之道，故國民政府軍事當局決定在此會戰。

1938 年 3 月 14 日，津浦線北路日軍磯谷廉介第十師團南下猛攻滕縣，同川軍王銘章第一二二師血戰三晝夜，17 日滕縣失守，師長王銘章殉國。20 日，日軍第十師團佔領嶧縣，旋即向臺兒莊突進。在津浦線右翼，日軍板垣征四郎第五師團於 1938 年 2 月上旬自濰坊向臨沂進攻第五戰區司令長官李宗仁急調張自忠第五十九軍同龐炳勳第四十軍協同作戰，於 3 月 12 日取得臨沂大捷。嗣後，張龐兩軍在臨沂一帶同日軍多次激戰，牽制第五師團達十餘日。

3 月 23 日，日軍第十師團一部同臺兒莊守軍孫連仲第二集團軍池峰城第三十一師騎兵連在臺兒莊以北康莊附近接戰，臺兒莊戰役開始。次日，日軍兩千人在飛機大炮配合下猛攻臺兒莊，突破北牆，有兩百人衝入莊內，被中國守軍全殲。25 日，中日兩軍在臺兒莊北的劉家湖血戰。27 日晨，日軍攻破臺兒莊北門，開始了犬牙交錯的拉鋸戰，持續多日。28 日夜晚，日軍猛攻臺兒莊西北角，西門告急，三十一師副師長康法如率隊反擊，同日軍巷戰。30 日，第二十七師派出敢死隊增援西北角，同日軍展開肉搏戰，打退了日軍的進攻。4 月 3 日，日軍佔領臺兒莊東南門，全莊四分之三陷入敵手。在此危急關頭，在臺兒莊中央防線北面作戰的湯恩伯第二十軍團從棗莊南下，4 月 6 日，在臺兒莊東北的底閣、楊樓大敗來自臨沂的阪本支隊，並與孫連仲集團軍會師。6 日下午，日軍從臺兒莊北撤，中國軍隊全線反擊。當晚肅清莊內全部殘敵。7 日凌晨，中國軍隊發起追擊，歷時半月的臺兒莊戰役取得勝利，消滅日軍一萬餘人。此役的勝利，振奮起全國軍民的抗戰精神，提高了中國的國際威望。〔註 94〕

臺兒莊大捷之後，中華全國文藝界抗敵協會、上海文化界救亡協會〔註 95〕

〔註 94〕 中國大百科全書出版社編：《中國大百科全書・中國歷史》（縮印本），北京：中國大百科全書出版社，1994 年 7 月版，第 678 頁。該詞條為韓信夫所撰。

〔註 95〕 文藝界抗日統一戰線組織。1937 年 7 月 28 日成立於上海。蔡元培、潘公展、葉靈鳳、趙景深、鄭振鐸、茅盾、錢俊瑞、謝六逸、宋之的、沈起予、張天翼、巴金、歐陽予倩、胡愈之、張志讓等 83 人為理事。團體會員有上海戲劇界救亡協會、上海戰時文藝協會、上海漫畫界救亡協會等 23 個，個人會員有251 人。該會辦事機構設有組織、宣傳、總務、經濟四個部門。總務長吳漢、經濟部長周喜梅、組織部長錢俊瑞、宣傳部長張志讓。部下設藝術、青年、

國際宣傳委員會委派盛成為代表，國民政府軍事委員會政治部亦派郁達夫為特使，由武漢赴前線勞軍。4 月 17 日早晨 7 時許，從漢口大智門火車站出發。夜 11 時，到達鄭州。18 日上午，前往第一戰區程潛軍營，獻旗致敬。4 月 20 日早晨，乘「藍鋼皮」特快車向徐州進發，21 日早晨到達夾河寨，在此下車騎驢走公路抵達徐州。當日下午，前往第五戰區司令部拜見李宗仁將軍。4 月 23 日晚 9 時，在徐州火車站乘車開赴臺兒莊。24 日傍晚時分，踏進臺兒莊城池。4 月 26 日清晨，從臺兒莊回到徐州，入住花園飯店。5 月 4 日早晨，離開徐州回到武漢。

《盛成臺兒莊紀事》，如閻純德所說，「是一部關於臺兒莊戰役的原始記錄，是一部牽繫中國人民感情的歷史記載。盛成從『微觀』視角描繪了豐富的細節，講述了這場戰役的真相，以及中國官兵為國捐軀的偉大精神」。〔註 96〕而杜甫和杜詩，也正是以一種細節的方式，在這部戰爭紀實文學中，意外而又恰切地多次得到呈現。

（一）《隆隆炮聲中走馬訪孫總司令及黃張兩師長》

　　1. 孫總司令睡了，張師長也睡了（卅師），他們夜晚守著電話，地圖，發命令，聽取報告，寢食俱廢地把整個靈魂交給了國家。

　　我被引到另一個小草房裏去，一位副官陪我說話。地上鋪一把草，這就是他們的安身處。破箱上放一部杜詩（好久我心下就在強憶一些記不大清楚的老杜的詩句）。順手取過來亂翻了一氣，他看我很親近這部詩便慷慨地送給了我。

　　「我也看不大懂，戰地生活太匆忙也無時間讀它。」他怕我不肯收受，又多破費了這一番唇舌。〔註 97〕

孫總司令，即孫連仲。黃師長，指第二十七師師長黃樵松；張師長，指

婦女等組。同年 8 月 24 日創辦機關報《救亡日報》，社長郭沫若，主筆夏衍，主編阿英，主要編輯汪馥泉、葉靈鳳，編委會由巴金、王任叔、阿英、茅盾、郭沫若、夏衍、張天翼、鄒韜奮、鄭振鐸等組成。該會開展支持前線、救濟難民的募捐活動，並組織戰地服務團，慰勞前線抗敵將士。參見馬學新、曹均偉、薛理勇、胡小靜主編《上海文化源流辭典》，上海：上海社會科學院出版社，1992 年 7 月版，第 72 頁。

〔註 96〕閻純德：《盛成及〈盛成臺兒莊紀事〉》（代序一），《盛成臺兒莊紀事》，北京：北京語言大學出版社，2007 年 10 月版，第 13 頁。

〔註 97〕盛成：《盛成臺兒莊紀事》，北京：北京語言大學出版社，2007 年 10 月版，第 204～205 頁。

第三十師師長張金照〔註98〕。「好久我心下就在強憶一些記不大清楚的老杜的詩句」，說明戰爭的慘況，早已使盛成聯想到杜詩。然而出人意表的是，作者竟在在炮火紛飛的前線，在孫連仲將軍的行轅，與杜詩集不期然而遇。看似偶然的邂逅，實際上反映的卻是杜詩與戰爭之間如影隨形的緊密關聯。

　　2. 入城後，東行而南折，想沿所謂「大街」到東城去看看。「宿鳥戀本枝」，這天已經有零落落的人影點綴這火燒場了。道北一間破房裏，守著兩個半老的女人。〔註99〕

　　「宿鳥戀本枝」，語出杜甫《無家別》：「四鄰何所有？一二老寡妻。宿鳥戀本枝，安辭且窮棲？」《九家注》云：「人情之戀故鄉，如宿鳥之戀本枝也，雖窮棲且安敢辭？言人情之安土也。唐太宗謂太原父老曰：『飛鳥過故鄉猶踟躕，況少小所遊之鄉里乎？』」〔註100〕去而復返的零落人影，橫遭兵燹的城市，道北的破屋，兩個老婦，對這四句詩構成一種怵目驚心的詮釋。

　　3. 石頭，木塊，滿孕著泥土的麻袋，把一條平坦的大道斬成若干段，上踏土龍，下穿洞穴，叫人怎樣不歎「行路難」呢。兩邊房屋的焦土上，有炸了的石磨，殘破或完整的鐵鍋，泥缸，瓦罐⋯⋯。時有一二破爛老嫗在上面翻揚著尋出什麼。

　　「久行見空巷，⋯⋯但對狼與狸。」但在這裡我卻連隻狗的影子也見不到。

　　「生者無消息，死者為塵泥。」這兩個句子倒有點意思。〔註101〕

　　上引詩句，亦出自《無家別》：「我里百餘家，世亂各東西。存者無消息，死者為塵泥。」「久行見空巷，日瘦氣慘凄。但對狐與狸，豎毛怒我啼。」引

〔註98〕 張金照（1902～1970），字輝亭，河南省鄢城縣人。1918 年投效西北軍同鄉吉鴻昌部。1936 年 2 月 21 日任少將軍銜。同年 4 月，升任第三十師副師長。抗戰爆發後，任第三十師師長，參加著名的臺兒莊會戰。1939 年 3 月，調任第五戰區司令部少將高參。1941 年初，擔任冀察戰區游擊總指揮部特務旅旅長。同年 12 月，因母親病重，請假回到鄢城原籍，從此脫離部隊。抗戰勝利後，赴北平任傅作義部少將高參。全國解放後，回河南在鄭州第五木器廠當工人。

〔註99〕 盛成：《盛成臺兒莊紀事》，北京：北京語言大學出版社，2007 年 10 月版，第 222 頁。

〔註100〕 蕭滌非主編：《杜甫全集校注》三，北京：人民文學出版社，2014 年 1 月版，第 1317 頁。

〔註101〕 盛成：《盛成臺兒莊紀事》，北京：北京語言大學出版社，2007 年 10 月版，第 225 頁。

文中的「狼與狸」，應作「狐與狸」。王嗣奭《杜臆》卷三評曰：「『空巷』而曰『久行見』，觸處蕭條。日安有肥瘦？創云『日瘦』，而慘淒宛然在目。狐啼而加一『豎毛怒我』，形狀逼真，似虎頭作畫。」進而指出「二吏（引者注：《新安吏》《石壕吏》）三別」，「此五首非親見不能作，他人雖親見亦不能作。公以事至東都，目擊成詩，若有神使之，遂下千秋之淚。」〔註102〕杜詩正是對戰時滿目凋殘景象的真實寫照。

（二）《三弔臺兒莊》

> 十三日，夜宿陳莊，與閻站長對燈談詩，不覺夜已深，讀《無家別》與前後《出塞》，我們當前的戰爭和劫後的戰場恰可以給他的詩做例證，然而意義卻正相反。〔註103〕

杜甫《無家別》，主要描寫「一位從軍歸來，又再度被迫入伍的士兵無家可別的悲慘遭遇」。詩人通過士兵的所見與所思，展現出「安史之亂」以後民生凋敝、滿目瘡痍的社會圖景。〔註104〕而其前後《出塞》曲，「非為作軍歌，而是借古題寫時事，意在諷刺當時進行的不義戰爭」。〔註105〕由此可見，兩者俱為控訴戰爭、反對戰爭而作。之所以意義相反，是因為戰爭的性質不同使然。

除對杜詩的直接引用外，暗用、化用者也多可見，或不露痕跡，或有跡可循，皆是運用有關杜甫的事或詩，抒發感情，諷喻時政，如柳亞子《元旦試筆》（1943 年 1 月 1 日），陳寅恪《癸未春日感賦（時居桂林雁山別墅）》（1943 年春）、《目疾未愈擬先事休養再求良醫以五十六字述意不是詩也》（1945 年 4 月 28 日）、《乙酉八月十一日晨起聞日本乞降喜賦》（1945 年 8 月 1 日），郁達夫《馮煥章先生今年六十萬里來書乞詩為壽戲效先生詩體》等。而風格上的相近之作，同樣不鮮其例，如陳寅恪《予挈家由香港抵桂林已逾兩月尚困居旅舍感而賦此》（1942 年 7 月）等。

此外，亦有不少畫家，運用杜詩的寓意或意境繪製詩意畫，藉以表達自

〔註102〕（明）王嗣奭：《杜臆》，上海：上海古籍出版社，1983 年 8 月版，第 83 頁。

〔註103〕盛成：《盛成臺兒莊紀事》，北京：北京語言大學出版社，2007 年 10 月版，第 229 頁。

〔註104〕陶道恕主編：《杜甫詩歌賞析集》，成都：巴蜀書社，1993 年 10 月版，第 172 頁。賞析文字出自王運熙、鄔國平。

〔註105〕陶道恕主編：《杜甫詩歌賞析集》，成都：巴蜀書社，1993 年 10 月版，第 42 頁。吳明賢賞析。

己的愛國思想感情。如徐悲鴻於 1936 年，以杜甫的詩句「哀鳴思戰鬥，迴立向蒼蒼」（《秦州雜詩》）為題，繪製國畫《駿馬》；又於 1944 年，以杜甫《佳人》詩為題，繪製國畫《佳人》，「充分表達了作者力圖喚起民眾，振興中華和國破家亡，感時傷亂的感情」。張大千則有感於「祖國大好河山淪於日寇的現實」，也於 1940 年根據杜詩《丈人山》繪製同名國畫一幅，「對激發人們熱愛錦繡河山，保衛祖國領土均有一定影響」。〔註 106〕

第三節　與杜甫的比較和比況

抗戰時期的作家文人，為避倭寇之亂而留滯後方，如同當年杜甫避亂蜀中，對著殘山剩水，也是「亂離心不展，衰謝日蕭然」，也是「天下兵戈滿，江邊歲月長」（《送韋司直歸成都》）。〔註 107〕家國之感，妻室兒女之累，一有感觸，便兜上心來，總不免「情傷意動」。〔註 108〕因此，一方面通過對杜詩的心摹手追，形成風格上的關聯；另一方面，也將自己在戰亂中的經歷和遭遇與杜甫進行比較，或潛或顯地化身杜甫，去記錄、書寫這一特殊的時代。若單從其中某一方面而言，其例固不在少，但將二者糅合起來並取得較高成就者，則當首推易君左的《中興集》。

《中興集》，發行者：易繼之；印刷者：中央印刷所。全書共收 979 首，作於 1938 年秋至 1945 年春之間。分六部：

1.「入川吟」（民國二十七年秋—二十八年春），題下有注：「民國二十七年秋，余奉母攜眷，由湘入川，抵重慶，寓吳師爺巷，翌春遂赴蓉。是年底，曾自刊《入川吟》小冊，今仍其名，而詩略加刪補，自入川至疏散青城山前為止，存詩一百二十三首。」〔註 109〕

2.「青城集」（民國二十八年春—二十八年秋），題下注云：「民國二十八年春，余奉母攜眷抵蓉，寓少城東勝街；旋省府因空襲疏散，一家遷往青城

〔註 106〕李誼：《「挺身艱難際　張目視寇讎」——試談杜甫及其詩歌在抗日戰爭中的影響》，《抗戰文藝研究》1982 年第 4 期，第 76 頁。

〔註 107〕賀昌群：《記杜少陵浪跡西川》，《說文月刊》第四卷合刊，1944 年 5 月，第 270～271 頁。

〔註 108〕賀昌群：《讀杜詩（二）》，《中國青年》第 7 卷第 4、5 期合刊，1942 年 11 月 1 日，第 37 頁。

〔註 109〕易君左：《中興集》，重慶：個人刊，〔1945 年 8 月〕版，第 1 頁。

山上清宮，轉寓灌縣中興場，存詩一百十首。」〔註110〕

3.「峨眉集」，題下注云：「民國二十八年春抵蓉後，是年初秋，曾奉母回鄉赴嘉定，著有《奉母〔還鄉〕記》，余偕星橋秋慧由峨眉山。存詩一百三十首。」〔註111〕

4.「蓉郊集」（民國二十八年秋—二十九年冬），題下注云：「民國二十八年秋，全家復由中興場遷回蓉郊，母等寓犀浦藍家院，余與秋慧及姪濟之寓營門口互利村。二十九年春，余建草堂於犀角河紅簽欄子，顏曰意園，家復相合，直至三十年春離蓉止。存詩一百十二首。」〔註112〕

5.「黃桷集」（民國三十年春—三十一年春），題下注云：「民國三十年初春，余離蓉返渝，嗣寓南岸新市場，全家自蓉來，轉寓黃桷埡峰頭鎮上，存詩一百九十七首。」〔註113〕

6.「渝郊集」（民國三十一年春—三十四年春），題下注云：「民國三十一年春，因就食，又由黃桷埡遷至巴縣西永鄉之老鸛窩，轉居現寓之冉家灣，截至三十三年春止，存詩二百五十七首。」〔註114〕後又補入「三十三年春至三十年春」的詩作 50 首，共計 307 首。

書前有梁寒操《序——狂熱地大膽地去創造》，「三十三年十月二十八日」；《自序——我學詩的經過並展望詩的前途》，「中華民國三十二年十月二十六日於渝郊燈下」；《續自序》，「民國三十三年初夏於巴縣西永鄉冉家灣」。書末附作者的《最後一頁》，「三四、四、廿七」；易聲伯的《一盞小路燈——寫在君左自序後的幾句話》；《中興集校正表》。封面書名則乃「右任為君左弟題」。

關於本書的印行時間，版權頁未具署，《民國時期總書目》初步判斷為1944 年 8 月。〔註115〕但從上引信息來看，除「渝郊集」的時間下限為「三十四年春」外，其他如梁寒操之序、《續自序》《最後一頁》的寫作，都晚於

〔註110〕易君左：《中興集》，重慶：個人刊，〔1945 年 8 月〕版，第 37 頁。

〔註111〕易君左：《中興集》，重慶：個人刊，〔1945 年 8 月〕版，第 61 頁。

〔註112〕易君左：《中興集》，重慶：個人刊，〔1945 年 8 月〕版，第 85 頁。

〔註113〕易君左：《中興集》，重慶：個人刊，〔1945 年 8 月〕版，第 111 頁。

〔註114〕易君左：《中興集》，重慶：個人刊，〔1945 年 8 月〕版，第 153 頁。

〔註115〕北京圖書館編：《民國時期總書目（1911～1949）：文學理論‧世界文學‧中國文學》上，北京：書目文獻出版社，1992 年 11 月版，第 354 頁。該書在提要中將《中興集》所收詩歌的寫作時限，確定為「1938 年秋至 1946 年春」，同樣有誤。

此一時間。因此，「1944 年 8 月」一說，有悖常理，顯然不足採信。《重吻大地：我的父親芮麟》的記載為「該書 1945 年 8 月初於重慶面世」〔註 116〕，以此統觀全書，則無牴牾。此書上市之前，曾發布書訊云：「本集為易君左先生抗戰以來之詩歌總集，才氣縱橫，作風新穎，實為大時代之號角，為研究詩歌者所不可不讀。重慶民生路青年書店，中一路正中書局，及各大書店均有出售。」〔註 117〕

　　《中興集》代表著易君左詩風的轉變。「調公」曾有短文兩篇，專論其風格及其與杜甫的關聯。一是《談〈中興集〉的風格：「春水碧從天上染，斜陽紅向醉中扶」》，發表於《和平日報》〔註 118〕1948 年 3 月 22 日第七版，副刊「海天」第 542 期。在他看來，易君左入川前後，「風格上有顯然的區別」。入川以前，詩人安居鎮江琴意樓〔註 119〕，過著「悠閒，逸豫」的生活，得以「唱出江南的春意」。入川以後，「嶺猿旦暮的川中」與江南的風光柔媚，境界自是不同。其雖有「五更鼓角」「三峽星河」的胸懷，且「感物無所不曠」，但終於只是「有豪情而無閒情」，「有憤慨而少歡欣」，無論是「國家的多艱」或是「家庭的流離」，都使詩人的心境趨向「蒼涼，悲壯〔註 120〕」。

〔註 116〕芮少麟：《重吻大地：我的父親芮麟》，上海：上海遠東出版社，2011 年 11
　　　　　月版，第 265 頁。此頁的相關記述為：「該書 1945 年 8 月初於重慶面世，數
　　　　　量有限。一時洛陽紙貴。父親 8 月 8 日聞訊，專程赴渝，於重慶正中書局擠
　　　　　購得一本，不久告罄。」據此還可推斷，《中興集》的問世，至少是在 1945
　　　　　年 8 月 8 日之前。

〔註 117〕《中興集》，《軍事與政治》第 8 卷第 1 期，1945 年 4 月 29 日，第 66 頁。
　　　　　該刊社長兼主編：易君左；發行者：軍事委員會政治部軍事與政治社（重慶
　　　　　老兩路口二十八號）；印刷者：軍事委員會政治部印刷廠（重慶磁器口斧頭
　　　　　岩五號）。

〔註 118〕《和平日報》原名《掃蕩報》，1932 年 6 月創刊於江西南昌，隸屬於國民政
　　　　　府軍事委員會政治部，其前身又為《掃蕩三日刊》，1934 年遷漢口，1938 年
　　　　　10 月遷重慶，先後增出桂林版和昆明版。1945 年 11 月 2 日，經張治中建
　　　　　議，改名為《和平日報》。總社設於南京。據此日報頭，其社長辦公室、經
　　　　　理部、營業部：南京東路一六六號；編輯部、印刷部：東長治路二八八號。
　　　　　曾一度發展到總分社共 10 家，其中南京社、上海社、重慶社、武漢社、蘭
　　　　　州社為「直屬版」；瀋陽社、昆明社、廣州社、海口（汕頭）社、臺灣社為
　　　　　「指導版」。如前《易君左的杜甫研究》所介紹，易君左於 1946 年秋回上海
　　　　　後，曾任《和平日報》上海分社副社長兼副刊《海天》主編。1947 年又調任
　　　　　為《和平日報》蘭州社社長。

〔註 119〕琴意樓，應是「琴志樓」。

〔註 120〕原文作「狀」，有誤，經改。

易君左是一位「民族國家思想極為濃厚」的詩人。其崇拜杜甫與陸游，風格與兩人亦有著特別淵源。《中興集》中有集杜之作〔註121〕，1945 年又有和《秋興》八首；旅川時撰有《杜甫評傳》〔註122〕，居蘭州時，又在西北大學開設杜甫的專題講座；而其詩格，尤其是七律七絕，近於放翁。在「烽火彌天、抗戰建國」的時代，為「迎取時代，忍耐艱苦，負起『筆鋒』的使命」，《中興集》的詩篇必然「充滿時代的意識」。同時，有感於「中國民族太缺乏熱力」，易君左也主張「把西方民族詩歌的熱情的生命力和東方民族詩歌的靜美的恬淡的意境，交織而成一道光彩」〔註 123〕，從而創造出「嶄新的風格」。

二是《由〈中興集〉想到杜工部》，發表於《和平日報》1948 年 4 月 3 日第五版，副刊《海天》第 553 期。論者認為，《中興集》無論從「時代和地域」，還是「作者的遭遇和感興」，都與「飽經離亂」「播遷蜀中」的杜甫「略有相似之處」。由《中興集》的巴蜀生涯到杜工部的蜀中生活，由「《中興集》的主人」到「杜工部的生平」，二者之間，有著「極自然的聯想」。

「性情用心」方面，易君左對「天性敦厚而悲天憫人」的杜甫，別有心香，十分崇拜。集中對工部亦「念念不忘」，如「命厄最憐唐杜甫」，「詩尊老杜原忠愛」，「東閣梅倚杜少陵」，「兩地閒鷗憐杜甫」等，比比皆是。另一方面，杜甫有愛國思想，《中興集》的愛國詩，「更不在少數」，「詩人第一必愛國」便是「具體的說明」。

時代方面，「長期的巴蜀寄居，相同於嚴武的故人，八方的風雨，遠念的親朋，清秋幕府，永夜角聲，甚至於後來的『即從巴峽穿巫峽，便下襄陽向洛陽』……也莫不一一的先後巧合」。論者曾舉數端以證：

杜工部有淒清歲月的作幕之詩「清秋幕府井梧寒」（《宿府》），《中興集》則有寄陳天鷗的「冷雨淒風老秘書」；杜甫築草堂在浣花溪，《中興集》主人也曾築草堂於蓉郊犀角河（即洗甲河）〔註124〕；杜甫壯年時曾遨遊齊、魯、趙、梁、宋、吳、越等地，《中興集》主人也曾飽歷天下名山大川，北抵幽燕，

〔註121〕如《偶感》（集少陵句）、《庚辰夏，星五集同人百花潭公宴，壽晉公，囑餘集杜代簡》等。
〔註122〕此說有誤，應是《杜甫今論》。
〔註123〕易君左：《中興集》，重慶：個人刊，〔1945 年 8 月〕版，《續自序》第 5 頁。
〔註124〕易君左回憶錄《蘆溝橋號角》（臺北：三民書局股份有限公司，1973 年 1 月）有專節「五三　今古兩草堂」（第 197～182 頁）述及。

南達兩廣；杜工部有「老至居人下」〔註125〕，《中興集》亦有「踽跡卑官愧前賢」；杜工部有「所親驚老瘦，辛苦賊中來」（《喜達行在所三首》其一），《中興集》亦有「亂離遷徙一家人，骨肉團圞樂最真」（《庚辰新春，犀浦鄉居雜詠》其一）；杜工部在浣花溪安居兩年，有「舍南舍北皆春水」（《客至》）的田園自適之作，《中興集》也有《犀浦鄉村雜詠》和《北泉新唱》一類作品；杜工部的生活，「貧窮，饑餒」，《中興集》中也有《白雲之歌》，以及「閒卻文章計米薪」「買柴運米費周章」的哀歎。

藝術方面，杜工部敢於大膽嘗試白話詩（如《病後過〔註126〕王倚飲贈歌》《贈姜七少府》〔註127〕），拗體，以及「自由的體裁和音律」，如「皇帝二載秋」（《北征》首句）。《中興集》亦有《壽母七秩》《老石匠》《一根銀簪》《小銀瓶》等新敘事詩。二者「同富有改革和創造的精神」。

易君左從川中回到江南，曾有《夜泊巫峽》：「沙上磐陀石，人煙百戶騰。江山千里靜，燈火一船明。倦旅飛歸鳥，疏星點亂螢。雲安吟嘯地，愁帶子規啼。」其音韻與格律，「廢蒼壯」而「向雄渾」。二句的「騰」，六句的「點」，頸聯的「靜」和「明」，可謂「四顧沉雄氣深穩」。其對蜀中景物的描寫，更容易讓人「連想到」專以「遒煉〔註128〕之筆」描寫益州「蒼茫之景」的杜詩。

此外，易君左的五律，也「很有工部意」。

綜上所述，「就作者的生平思想或創作精神看來」，《中興集》與杜工部之間，的確存在著一脈相通的地方。此亦即杜甫「悵望千秋一灑淚，蕭條異代不同時」之謂。

〔註125〕語出唐劉長卿《新年作》。

〔註126〕《宋本杜工部集》作「遇」，錢鈔本、宋九家本同；餘本作「過」，較勝。元分類本卷前目錄亦作「遇」。參見蕭滌非主編《杜甫全集校注》一，北京：人民文學出版社，2014年1月版，第228頁。

〔註127〕該詩題作《閬鄉姜七少府設鱠戲贈長歌》。「閬」，二蔡本云：「字正作『閬』，後漢建安中改作『閬』。」「鱠」，蔡甲本誤作「鱓」，注及詩之正文皆作「鱠」，不誤。參見蕭滌非主編《杜甫全集校注》三，北京：人民文學出版社，2014年1月版，第1220～1221頁。

〔註128〕遒煉，原文作「遵煉」，徑改。

餘　論

此處的「餘論」，主要包括兩個方面：

一是從區域範圍來看，尚需補論解放區的杜甫研究。「解放區」一詞，其最初含義是指從日軍侵佔的淪陷區「恢復與新開闢的地區」〔註1〕，後用來指代中國共產黨領導的以延安為中心的敵後政權。在抗日戰爭勝利以前，「解放區」這一概念，主要對位於「淪陷區」，其含義等同於根據地、抗日根據地等稱呼。〔註2〕

抗日戰爭時期，杜甫及其詩歌對解放區的「老一輩無產階級革命家、愛國詩人、革命知識分子，甚至黨政幹部」，同樣有著深刻的影響。〔註3〕解放區的杜甫研究，其代表性文章有二，即煥南的《案頭雜記》和錢來蘇的《關於杜甫》，兩者同時發表於延安《解放日報》1946年11月3日第四版，內容上也有先後的關聯。

煥南，即謝覺哉〔註4〕，時任中共陝甘寧邊區政府黨組常務幹事、常務委員，中共中央法律問題研究委員會主任委員。其《案頭雜記》〔註5〕主要是響

〔註1〕《戰時是能夠實行民主的——平北解放區村選完成》，《新華日報》1944年8月7日第2版。

〔註2〕巴傑、李傲然：《「解放區」的出現及其詞義演變》，《鄭州航空工業管理學院學報》（社會科學版）2017年第4期，第82頁。

〔註3〕李誼：《「挺身艱難際　張目視寇讎」——試談杜甫及其詩歌在抗日戰爭中的影響》，《抗戰文藝研究》1982年第4期，第76頁。

〔註4〕謝覺哉（1884～1971），字煥南，筆名澤深，冊名維鋆，別名覺齋，革命名覺哉。

〔註5〕其《案頭雜記》共計11篇，分別為：1.《案頭雜記》（《解放日報》1946年9

應胡喬木的提議，即「邊區應該對中國的最大詩人杜甫有所紀念」，提議之下，還開列四種「紀念辦法」。煥南文中，首先介紹了「延城南關外杜甫川口」的「唐左拾遺杜公祠」，並對其「故事」展開夾敘夾議的說明。最後認為，「詩人大抵敦厚，高潔，正直，勇敢，不為利所誘，不為名所惑」，故能「代表人類的義憤，正氣，甚至能寫出被壓迫階級的呼聲」。杜甫正是因為有著「極崇高的人格」，所以「鍛鍊出」「極偉大的作品」。

雜記寫完之後，煥南交付錢來蘇〔註6〕請提意見，於是又有《關於杜甫》一文的誕生。錢來蘇首先肯定杜甫的「民族意識」非常堅強，是「中華民族歷史上最有骨頭的一個人」。然後從「詩聖」和「詩史」的稱謂入手，分別展開論述。就「詩聖」而言，主要體現在杜詩的「藝術高明，思想高尚，骨力剛大，氣魄雄渾，描寫的細膩，用事的確切，對仗的工整，格律的謹嚴，字句的凝煉，聲調的鏗鏘」，堪稱「集漢魏以來作家之大成」。就「詩史」而言，杜甫「有氣骨而富正義感」，對「豪貴的荒淫，貧民的痛苦」，「一方面是深惡痛絕，一方面是哀憐惋惜」。其「據筆直書，毫無隱諱，董狐筆下，魑魅魍魎，無所逃形」。最後闡明紀念杜甫的重大意義，並號召「做詩的朋友」學習杜甫，「把復興民族的義憤和勇氣，以新的形式，歌唱到廣大人民中去」。

受到杜詩影響的還有懷安詩社。詩社為自由吟唱的業餘文藝團體。由陝

月 17 日）；2.《案頭雜記》（《解放日報》1946 年 9 月 26 日）；3.《案頭雜記》（《解放日報》1946 年 9 月 28 日）；4.《案頭雜記》（《解放日報》1946 年 10 月 3 日）；5.《實際與原則——案頭雜記》（《解放日報》1946 年 10 月 8 日）；6.《也是作風問題》（《解放日報》1946 年 10 月 9 日）；7.《案頭雜記》（《解放日報》1946 年 10 月 12 日）；8.《案頭雜記》（《解放日報》1946 年 10 月 16 日）；9.《案頭雜記》（《解放日報》1946 年 10 月 22 日）；10.《案頭雜記》（《解放日報》1946 年 10 月 29 日）；11.《案頭雜記》（《解放日報》1946 年 11 月 3 日）。

〔註6〕 錢來蘇（1884～1968），原名錢啟隆，字叔常，後名錢拯，字來蘇，一字太微。原籍浙江杭縣，出生於奉天省奉化縣（今吉林省梨樹縣）。1904 年赴日本早稻田大學留學，加入同盟會，後日俄戰起，棄學回國，在奉天（今瀋陽）創辦輔華中學。曾任《吉林報》編輯、保定育德中學和保定軍官學校教員、東三省特別區行政長官公署參議等。七七事變後，任第二戰區司令長官部少將參事。1943 年 3 月到達延安，任陝甘寧邊區政府參議員。其間曾參加懷安詩社。1949 年，任中央文史館館員。著有《孤憤草初喜集合稿》《錢來蘇詩選》。參見魏曉光編著《梨樹古今人物》，長春：吉林文史出版社，2015 年 5 月版，第 189～190 頁。

甘寧邊區政府主席林伯渠倡導，正式成立於 1941 年 9 月 5 日，陝甘寧邊區高
等法院院長李木庵任社長，社員近百人，包括董必武、謝覺哉、高自立、魯佛
民、朱嬰、吳谦、汪雨相、安文欽、戚紹光、賀連城、施靜安、李丹生等。朱
德、葉劍英、吳玉章、徐特立等曾向該社投詩。「懷安」寓意為「老者安之，
少者懷之」，葉劍英詩句「投身革命將何事，老者安兮少者懷」，體現了該社
宗旨。〔註7〕編輯出版有《懷安詩刊》。1949 年 9 月停止活動〔註8〕。該社社
員「多用古體詩的形式熱烈地表達自己悲憤的吶喊，必勝的信念，勝利的歡
樂」，「或者直接詠頌杜甫，或者憑弔其遺跡，或者化用他的詩句」，如林伯渠
曾作《杜工部遺居羌村》（1941 年 12 月），李木庵亦有《遊杜祠感賦》等。影
響所及，至 1947 年 11 月，朱德還作有《感事八首用杜甫秋興詩韻》。

　　由此可見，解放區「在繼承和發揚杜詩中的愛國主義傳統，用以激勵人
們的民族氣節和侵略者展開英勇鬥爭方面」，其特點在於，「不是自發地開展，
而是有組織、有領導從上而下加以倡導」。〔註9〕

　　二是從研究者來看，抗戰時期，因受社會現實的觸動，部分學人，如馮
至、蕭滌非〔註10〕、梁實秋、金啟華等，對杜甫和杜詩在親近、喜愛的基礎
上，萌生了研究的興趣，並著手種種準備，但因主客觀條件的不同限制，尚
未充分展開。及至抗戰勝利之後，甚或是在中華人民共和國成立之後，方才
逐步完成。其中馮至、梁實秋在抗戰時期已有部分研究成果公開發表，故筆
者下面將選擇二人作為代表，對其杜甫研究加以綜合考察。

第一節　馮至的杜甫研究

　　馮至（1905～1993），原名馮承植，河北涿縣（今涿州市）人。1921 年暑

〔註7〕　參見尚海、孔凡軍、何虎生主編《民國史大辭典》，北京：中國廣播電視出版
　　　　社，1991 年 9 月版，第 525 頁；鄂基瑞等撰《中國現代文學詞典》，上海：上
　　　　海辭書出版社，1990 年 12 月版，第 18 頁。
〔註8〕　吳海發：《二十世紀中國詩詞史稿》，北京：中國文史出版社，2004 年 9 月版，
　　　　第 528 頁。或言「1947 年後停止活動」，參見鄂基瑞等撰《中國現代文學詞
　　　　典》，上海：上海辭書出版社，1990 年 12 月版，第 18 頁。
〔註9〕　李誼：《「挺身艱難際　張目視寇讎」——試談杜甫及其詩歌在抗日戰爭中的
　　　　影響》，《抗戰文藝研究》1982 年第 4 期，第 78～79 頁。
〔註10〕　參見廖仲安《記抗戰時期三位熱愛杜詩的現代作家和學者》，《杜甫研究學刊》
　　　　1997 年第 1 期，第 53～55 頁。

假考入北京大學，1923 年參加文藝團體淺草社，1925 年與友人創立沉鍾社。1927 年夏，畢業於北大德文系，赴哈爾濱第一中學任國文教師。次年暑假後，回北平任教於孔德學校，兼任北京大學德文系助教。曾與馮文炳（廢名）合編文學刊物《駱駝草》。1930 年 9 月至 1935 年 6 月，留學德國，攻讀文學、哲學與藝術史。1935 年 9 月回國，1936 年 7 月任上海同濟大學教授兼附設高級中學主任。1939 年至 1946 年任昆明西南聯合大學外文系德語教授。1946 年 7 月至 1964 年執教於北京大學西語系，1951 年後兼系主任。1964 年 9 月調任中國科學院哲學社會科學部外國文學研究所所長。1982 年辭去所長職務，改任名譽所長。〔註 11〕

馮至與杜甫的結緣，始自抗戰時期。1938 年 10 月下旬，馮至隨同濟大學從江西贛縣出發，經湖南到達桂林，在桂林和八步小住後，又經平樂、柳州、南寧，取道河內，乘滇越鐵路，於 12 月到達昆明。「一到了昆明，說是要在這裡住下，我立即想起杜甫也是在十二月到達成都時寫的《成都府》那首詩：『翳翳桑榆日，照我征衣裳。我行山川異，忽在天一方。但見新人民，未卜見故鄉。大江東流去，遊子日月長……〔註 12〕』杜甫由隴入蜀，歷盡艱辛險阻，到了成都，眼前豁然開朗，寫出這首悲喜交集、明朗的詩篇。我入滇的行程，遠遠不能與當年杜甫經歷的苦難相比，但我反覆吟詠這幾句詩，彷彿說出了我初到昆明詩的心境。」〔註 13〕20 世紀 70 年代初，曾作七絕《自遣》云：「早年感慨恕中晚，壯歲流離愛少陵。」〔註 14〕後又自陳：「我個人在青年時期，並不瞭解杜甫，和他很疏遠，後來在抗日戰爭流亡的歲月裏才漸漸與他

〔註 11〕 中國現代文學館編：《中國現代作家大辭典》，北京：新世界出版社，1992 年 2 月版，第 114 頁，該詞條為董炳月撰。部分信息曾參照姚平《馮至年譜》，《新文學史料》2001 年第 4 期。

〔註 12〕「但見新人民」，諸本作「但逢新人民」。「去日」，蔡甲本、蔡乙本、蔡丙本校語：「黃魯直作『日月』。」參見蕭滌非主編《杜甫全集校注》四，北京：人民文學出版社，2014 年 1 月版，第 1903 頁。馮至編選，浦江清、吳天五合注《杜甫詩選》（作家出版社，1956 年 12 月）作「但逢」與「日月」（第 119 頁）。

〔註 13〕 馮至：《昆明往事》，《新文學史料》1986 年第 1 期，第 67～68 頁。該文「寫於 1985 年 9 月至 10 月中旬」。

〔註 14〕 馮至：《馮至選集》第一卷，成都：四川文藝出版社，1985 年 8 月版，第 235 頁。該詩有附注云：「早年喜讀中唐、晚唐詩，常引龔自珍『我論文章恕中晚，略工感慨是名家』之句以自解。」此係「雜詩九首」之一，組詩作於「1972 年至 1973 年」（第 238 頁）間。

接近，那時我寫過一首絕句：『攜妻抱女流離日，始信少陵句句真；不識詩中
盡血淚，十年佯作太平人。』〔註 15〕從此杜甫便成為我最愛戴的詩人之一，
從他那裡我吸取了許多精神上的營養。」〔註 16〕現將馮至從抗戰時期至《杜
甫傳》正式出版期間有關杜甫的事項，據其《昆明日記》〔註 17〕《昆明往事》、
年譜與傳記，略作梳理：

1940 年 10 月 1 日，「全家遷至楊家山農場茅屋，每週進城授課兩次，回
來便潛心讀書，歌德的著作與杜甫的詩歌是這一時期的主要讀物；此外，還
讀陸游的詩、魯迅的雜文、丹麥思想家基爾克郭爾的日記、尼采的個別著作
及里爾克的詩與書信」。〔註 18〕

1941 年 9 月 5 日，「杜甫」。〔註 19〕馮姚平注：「馮至在戰爭期間，深受
顛沛流離之苦，感受到人民的苦難，對杜甫有了更深的領會，萌發了給杜甫
寫傳的念頭。」〔註 20〕

1941 年 12 月 31 日，「杜甫工作？」〔附後〕杜甫：1. 歷史方面；2. 山川
的漫遊；3. 英雄主義：馬、鷹；4. 詩人身世：貧困、死亡、流浪生活；5. 社
會狀況；6. 藝術，特別是繪畫；7. 論詩。早期詩：1. 天寶以前；頂峰時期：
2. 天寶之亂，3. 成都時代，4. 夔州時代；晚年詩：5. 晚年。詩一首：十載江
山曾共享，一燈燃□□相逢。家貧售盡戰前物，時困尤藏劫後書。〔註 21〕

1943 年 6 月 24 日，「買杜少陵詩，已賣出。歸來張世彝、周基堃在家相
候。知此書為丁名楠購去。」〔註 22〕

1943 年 6 月 25 日，「早丁名楠持來杜少陵集相讓，盛意可感。」馮姚平

〔註 15〕此詩為馮至《贛中絕句四首》之二，作於 1938 年 1 月。
〔註 16〕馮至：《祝〈草堂〉創刊並致一點希望》，《草堂》1981 年第 1 期，第 2 頁。
　　　　文章末署「1980 年 12 月 3 日於北京」。
〔註 17〕《昆明日記》是指馮至在 1939 年 1 月 1 日到 1943 年 9 月 1 日之間，曾記有
　　　　簡單的日記，後經馮姚平整理，發表於《新文學史料》2001 年第 4 期（第 24
　　　　～56 頁）。
〔註 18〕姚平：《馮至年譜》，《新文學史料》2001 年第 4 期，第 93 頁。另據周棉《馮
　　　　至年譜（續）》（《徐州師範學院學報》1992 年第 4 期），所住為「林場的茅屋」
　　　　而非「農場」；時間是從「10 月 1 日始」，「至 1941 年 11 月 4 日」；「每星期
　　　　進城兩、三次」（第 24 頁）。
〔註 19〕馮至：《昆明日記》，馮姚平整理，《新文學史料》2001 年第 4 期，第 41 頁。
〔註 20〕馮至：《昆明日記》，馮姚平整理，《新文學史料》2001 年第 4 期，第 42 頁。
〔註 21〕馮至：《昆明日記》，馮姚平整理，《新文學史料》2001 年第 4 期，第 43 頁。
〔註 22〕馮至：《昆明日記》，馮姚平整理，《新文學史料》2001 年第 4 期，第 56 頁。

注：「馮至正在醞釀為杜甫作傳，苦於身邊沒有一本杜甫的全集。在舊書店見
到一本，錢不夠，再去時，書已被丁名楠購去，經聯大同學張世彝、周基堃傳
遞消息，次日丁來持書相讓，對馮至幫助很大。丁名楠是西南聯合大學歷史
系學生。後任中國社會科學院近代史所研究員。」〔註23〕此「杜少陵集」，即
仇兆鰲《杜少陵詩詳注》。〔註24〕馮至「苦於身邊沒有杜甫的全集，如今得到
這部平時很容易買到的仇注杜詩」，「視若珍寶」，「一首一首地反覆研讀，把
詩的主題和人名、地名以及有關杜甫的事蹟分門別類記錄」在「『學生選習學
程單』的背面」，「積累了數百張」。「杜甫的詩和他的為人深深地感動」馮至，
使其「起始想給杜甫寫一部傳記」。〔註25〕

　　1944 年，「產生了寫《杜甫傳》的企圖」。〔註26〕

　　1945 年，「作有論文《杜甫和我們的時代》，論述杜甫所處的時代與『我
們』現在面臨的時代之異同，提倡要用杜甫對待現實的執著精神和樂觀態度，
對待『我們』今天所處的現實。還在《我想寫怎樣一部傳記》一文中，談了想
寫杜甫傳的『大膽的想法』」。〔註27〕

〔註23〕馮至：《昆明日記》，馮姚平整理，《新文學史料》2001 年第 4 期，第 56 頁。

〔註24〕仇兆鰲《杜少陵集詳注》，共有四個版本：①上海：商務印書館，1930 年 10
月初版，10 冊（〔1331〕頁），32 開（萬有文庫，第 1 集，王雲五主編）；②
上海：商務印書館，1931 年 4 月初版，1939 年 12 月長沙簡編版，10 冊（〔1331〕
頁），（萬有文庫，第 1、2 集簡編；國學基本叢書，王雲五主編）；③上海：
商務印書館，1933 年 11 月初版，1935 年 5 月 3 版，2 冊（〔1331〕頁），（國
學基本叢書）；④上海：商務印書館，1936 年出版，4 冊（〔1331〕頁），（國
學基本叢書簡編）。共二十五卷。前二十三卷為五、七言律詩，收 1200 餘首；
最後兩卷為文集、詩序，收 49 篇。附編：《諸家詠杜》《諸家論杜》。卷首有
仇兆鰲的《進杜少陵集評注表》《自序》，劉昫寫的「本傳」，宋祁的《新唐書
杜氏本傳》，錢謙益的《杜氏世系》，朱鶴齡的《杜工部年譜》等〔北京圖書
館編：《民國時期總書目（1911～1949）：文學理論‧世界文學‧中國文學》
上，北京：書目文獻出版社，1992 年 11 月版，第 241 頁〕。此次馮至轉讓所
得係「國學基本叢書」的合訂二冊本（馮至《昆明往事》，《新文學史料》1986
年第 1 期，第 77 頁）。

〔註25〕馮至：《昆明往事》，《新文學史料》1986 年第 1 期，第 77 頁。

〔註26〕周棉：《馮至年譜》（續），《徐州師範學院學報》1992 年第 4 期，第 25 頁。
此說值得商榷，該作者在其所撰年譜中也有「1943 年 6 月 25 日」條，說明
馮至已「為寫《杜甫傳》作準備」，是則其「企圖」早已萌發，緣何至 1944 年
才產生？其行文前後牴牾。更何況從摘引日記來看，至少是在 1941 年，馮至
便已產生此念。

〔註27〕周棉：《馮至年譜》（續），《徐州師範學院學報》1992 年第 4 期，第 25 頁。

1946 年 6 月，攜妻女離昆明，到重慶，住曾家岩西南聯大臨時招待所〔註28〕，候機四十餘天。〔註29〕「7 月回到北平，任教於北京大學西方語言文學系，住中老胡同 32 號北大教授宿舍，從事《杜甫傳》寫作和歌德研究」。〔註30〕9 月，「寫歷史故事《兩個姑媽》——《杜甫傳》的副產品之一」；10月，「寫歷史故事《公孫大娘》——《杜甫傳》的副產品之二。後發表於北平《經世日報》」。〔註31〕或云「《兩個姑媽——〈杜甫傳〉副產品之一》，刊於 3 月 10 日昆明《獨立週報》；《公孫大娘——〈杜甫傳〉副產品之二》，刊於 11 月 3 日天津《大公報·星期文藝》」。〔註32〕

1947 年 6 月，「《杜甫傳》第五章《杜甫在長安》刊於《文學雜誌》2 卷 1 期」。〔註33〕

1948 年 5 月，「《杜甫傳》第六章《安史之亂中的杜甫》刊於《文學雜誌》2 卷第 12 期」；7 月，「《杜甫傳》第八章《從秦州到成都》刊於《文學雜誌》3 卷 2 期」；8 月，「《杜甫傳》第二章《杜甫的童年》刊於《文學雜誌》3 卷 3 期」；10 月，「《杜甫傳》第九章《草堂前期》刊於《文學雜誌》3 卷 5 期」；11 月，「《杜甫傳》第十章《杜甫在梓州·閬州》刊於《文學雜誌》3 卷 5 期」。〔註34〕

1949 年 12 月 1 日，「《杜甫傳》第一章《杜甫的家世與出身》刊於《小

〔註28〕1988 年，艾蕪對此有過相關回憶：「孤兒院這個區域，是在張家花園斜坡通道的底腳，三面是低矮的小坡」，「坡下是小塊的平整地面，修有一列草屋，中有四五間屋子，可以住人。這就是中華文藝界抗敵協會利用西南聯大學生為湘桂逃難的文化人募捐救濟的錢買的一列草房」（8 月 4 日），「由孤兒院或張家花園 65 號，爬坡上到觀音岩，即上了大馬路」（8 月 5 日）。「作家李廣田到孤兒院來看過我，是在夜間。他告訴我，是從何其芳那裡知道我的住處的。詩人馮至及其夫人路過重慶，何其芳請他們在上清寺一家飯館吃飯，約我作陪。我同馮至談到杜甫描寫四川花木的詩章，說『楠木三年大』的楠木，只有四川平原區才有。馮至出版過一本研究杜甫的書，我是讀過的。」（8 月11 日）參見艾蕪《病中隨想錄》，上海：上海書店出版社，1996 年 4 月版，第 117、118、121 頁。
〔註29〕姚可崑：《我與馮至》，南寧：廣西教育出版社，1994 年 1 月版，第 114 頁。
〔註30〕姚平：《馮至年譜》，《新文學史料》2001 年第 4 期，第 96 頁。
〔註31〕周棉：《馮至年譜》（續），《徐州師範學院學報》1992 年第 4 期，第 25 頁。
〔註32〕姚平：《馮至年譜》，《新文學史料》2001 年第 4 期，第 96 頁。《兩個姑媽》既已在 1946 年 3 月 10 日刊出，故周棉「1946 年 9 月撰寫」一說自難成立。
〔註33〕周棉：《馮至年譜》（續），《徐州師範學院學報》1992 年第 4 期，第 26 頁。
〔註34〕周棉：《馮至年譜》（續），《徐州師範學院學報》1992 年第 4 期，第 26 頁。

說》雜誌 3 卷 3 期」。〔註 35〕

　　1950 年，作「《愛人民愛國家的詩人杜甫》，刊於《中國青年》總第五十五期」〔註 36〕，12 月 23 日出版。

　　1951 年，「1 月至 6 月，《杜甫傳》以《愛國詩人杜甫傳》為題，在《新觀察》雜誌第二卷第一期至第十二期連載，各章題目有所改動」。〔註 37〕1 月 10 日首次刊登時，有編者按語，說明「關於杜甫的生平史料，馮先生搜藏極富」，「文中所敘史實，都經過精確的考證」。〔註 38〕

　　1952 年，「7 月 15 日，寫《杜甫傳》前言」；「秋，寫《杜甫詩選‧前言》。《杜甫詩選》由馮至編選，浦江清、吳天五合注」〔註 39〕；「11 月，《杜甫傳》由人民文學出版社出版，不久再版。該書是作者多年來研究杜甫的主要成果，打破了中國古典文學研究傳統的三套路數：注釋、考據和欣賞，是我國學術界最早的古代文學家傳記」。〔註 40〕

　　由上可見，馮至的杜甫研究，大體可歸為三類：

一、早期的學術論文

　　所謂「早期」，是指馮至杜甫研究的蘊蓄和發軔階段，即抗戰時期。此間的學術論文，僅有《杜甫與我們的時代》一篇，因此，該文當是馮至「研究杜甫的起跑點」和「出發點」。〔註 41〕

〔註 35〕周棉：《馮至年譜》（續），《徐州師範學院學報》1992 年第 4 期，第 26 頁。

〔註 36〕姚平：《馮至年譜》，《新文學史料》2001 年第 4 期，第 98 頁。《中國青年》是中國社會主義青年團的機關刊物，1923 年 10 月 20 日創刊於上海。其間數次休刊。1948 年 12 月，由中共中央青年工作委員會主持復刊。1949 年 4 月，中國新民主主義青年團成立後，一直是團中央機關刊物。1966 年 8 月停刊。1978 年 9 月復刊。此文發表時，該刊為雙週刊。年譜在期數前加一「總」字，或不妥。

〔註 37〕姚平：《馮至年譜》，《新文學史料》2001 年第 4 期，第 98 頁。

〔註 38〕陸耀東：《馮至傳》，北京：北京十月文藝出版社，2003 年 9 月版，第 220 頁。

〔註 39〕該書於 1956 年 12 月由作家出版社正式出版，共八卷，據選注者 1956 年所撰《例言》，全書由馮至編選，前三卷為浦江清注釋，後五卷以吳天五寫作居多，由浦江清補充修訂。前後注釋稿都融合馮至及參加本書草創時期工作的文懷沙等所作散稿的材料與見解在內，並蒙夏承燾、任銘善及其他友好的關懷指教（第 3 頁）。

〔註 40〕周棉：《馮至年譜》（續），《徐州師範學院學報》1992 年第 4 期，第 27 頁。

〔註 41〕趙睿才：《篳路藍縷，以啟山林──馮至先生的杜甫研究》，《杜甫研究學刊》2006 年第 3 期，第 39 頁。

　　論文最初發表於 1945 年 7 月 22 日昆明《中央日報》。又發表於《萌芽》
第一卷第一期〔註 42〕（第 10～11 頁），「民國卅五年七月十五日出版」。後收
入《杜甫研究論文集》一輯，中華書局 1962 年 12 月出版。就其首次發表的
時間來看，題中「我們的時代」應指抗戰的最後階段，即勝利即將來臨之際。
該文「直接道出了馮至心中杜甫的意義」〔註 43〕。

　　作者首先指出，近年來杜甫研究逐步走向活躍，一方面，杜甫這一名字
開始深入人心，日漸親切；另一方面，「撥開那些詩話與筆記之類在他周圍散
佈的雲霧」，露出其「本來面貌與真精神」也恰當其時。

　　文學史上，「某某的再生」現象數見不鮮，或因為「同」，或由於「異」。
前者是指時代的精神和某位詩人正相契合，從而引起共鳴；後者是指時代精
神的缺乏，需要得到某位詩人的補充。由於「同」者，有若尋友；由於「異」
者，則有若求師。尋到朋友，便可哀樂共享；得到良師，還需經過長期努力，
方有所獲。

　　至於和杜甫的接近，則是「同」「異」兩方面的需要。自抗戰以來，「無人
不直接或間接地嘗到戰爭」「帶來的痛苦」，因為「親身的體驗」，對於杜詩，
「自然更能深一層地認識」。馮至認為，「杜詩裏字字都是真實」，而所謂「真
實」，是指抗戰的時代與杜詩的描述處處吻合：如寫征役之苦，「三吏」「三別」
最被人稱道；寫賦斂之繁，《枯椶》《客從南溟來》《遭遇〔註 44〕》諸詩最為沉
痛；「生還今日事，間道暫時人」，是流亡者的心境；「無貴賤不悲，無富貧亦
足」，則是暴露貧富懸殊產生的不平；「喪亂死多門」，是缺乏組織力的民族，
在戰時遭逢的必然命運；《悲陳陶》《悲青阪》《春望》諸詩，正是淪陷區人民
的血淚。從這些名詩名句，可以見出：杜甫不只是「唐代人民的喉舌」，並且
也是「現代人民的喉舌」。中國文化千餘年內，雖經兩宋理學、清初漢學和晚
明性靈文學，但與一般民眾並不相干，一遇變亂，人民所蒙受的痛苦，便與
杜甫的時代並無兩樣。「直到現在，還不免如此」。而杜甫也正如朋友一般，
「替我們陳述痛苦」。相較而言，李白、王維雖同經天寶之亂，卻不能「替我
們說話」。

〔註 42〕編輯兼發行者：中華全國文藝協會重慶分會；總經售：三聯書店重慶分店（重
　　　　慶民生路七三號）。
〔註 43〕張輝：《馮至　未完成的自我》，北京：文津出版社，2005 年 1 月版，第 136
　　　　頁。
〔註 44〕「遭遇」，《萌芽》作「遭過」，當是手民之誤。

　　然而杜甫並不只限於「朋友」，更已取得「師」的地位。「世人共鹵莽，吾道屬艱難」，自趨艱難，是其「認定的道路」。「葵藿傾太陽，物性固難求」，是其性格。杜甫堅持他的性格和道路，在意識到「吾道竟何之」「處處是窮途」時，寧願「自甘賤役」，將己化為「零」和「無」，並從中創造出「驚人的偉大」。其生活態度，惟屈原能與之相比，即沒有「超然」與「灑脫」，只有對「自然」與「人生」的執著。

　　對於艱難，杜甫不但毫無躲避，還專心一意地去尋找。「或看翡翠蘭苕上，未掣鯨魚碧海中」。一方面，掣鯨碧海，是艱難，杜甫卻執著以求。因此，動物界的馬與鷹，自然界的大江與落日，在其詩中都得到「適當的地位」，而人間的悲壯與崇高，在其詩裏也有「充實的表現」。另一方面，翡翠蘭苕，是優美。杜詩也並不缺乏。但這只是「暫時的休息」，如同走出寺院或山莊，「面前仍然是艱難的現實」。正是因為執著，杜甫才「有力地」寫出「經歷過的山川」，「廣泛地把握住」「時代的圖像」。

　　馮至最後指出，「我們的時代」，「也許比杜甫的時代更艱難」；而「對付艱難」，「只有執著的精神才能克服」。不過「我們的時代」，所缺乏的正是執著。

二、《杜甫傳》

　　馮至的杜甫研究，集中體現在《杜甫傳》一書。其寫作，歷時九年（1944～1952）。〔註45〕關於其寫作的緣起與經過，1984年1月30日，馮至在回答《文史知識》編輯部的問題「您後來是怎樣走上唐詩研究特別是杜甫研究道路的？」時，作過回顧：

　　　　我的杜甫研究，多半是客觀環境所促成。1937年抗日戰爭爆

　　　　發，同濟大學內遷，我隨校輾轉金華、贛縣、昆明，一路上備極

　　　　艱辛，從南昌坐小船到贛縣，走了七、八天，當時手頭正帶了一

　　　　部日本版的《杜工部選集》，一路讀著，愈讀愈有味兒，自己正在

　　　　流亡中，對杜詩中「東胡反未已，臣甫憤所切」〔註46〕一類詩句，

〔註45〕張迎勝：《馮至先生的杜甫研究》，《杜甫研究學刊》2001年第3期，第47頁。
　　　「九年」之說，聊備一格，尤其是以1944年為起始，不知其依據何在。

〔註46〕語出杜甫《北征》。東胡，指安史。鍾惺《唐詩歸》卷十八曰：「臣甫，用奏
　　　章字面，如對君語。」蔡夢弼曰：「憤疾安史以臣叛君也。」參見蕭滌非主編
　　　《杜甫全集校注》二，北京：人民文學出版社，2014年1月版，第947頁。

體味彌深，很覺親切。後來到了昆明，在西南聯合大學教德文，課餘之暇，頗留意於中國文學，有一天在書肆偶得仇注杜詩〔註47〕，又從頭至尾細讀一過，從此形成了自己對杜甫的一些看法。當時我想，在歐洲即使是二、三流作家也都有人給他們作傳，中國卻連大文豪都無較詳細的傳記，實在太遺憾了，蕭統的《陶淵明傳》、元稹的《杜子美墓係銘》、新舊《唐書》中有關李、杜等的記載，都過於簡略了，為此決意給杜甫作傳。由於條件的限制，不可能全副精力來做這件事，所以我的準備工作用去了四、五年時間。我首先做杜詩卡片，按內容分門別類編排，如政治見解，朋友交往，鳥獸蟲魚，等等。同時對唐代政治經濟、典章制度、思想文化諸方面的發展沿革，也作了必要的瞭解，國內學者如陳寅恪等的有關著作，也都讀了。另外，對杜甫同時代詩人李白、王維等的生平、思想、創作情況，也有了基本的掌握。在這樣的基礎上，我才開始寫《杜甫傳》，那已經是 1947 年的事了。還是因為雜務牽纏，解放前只陸續寫出了《長安十年》《杜甫在草堂》等幾章。解放後有些同志催促我趕快寫完，遂於 1951 年全部完稿，分期發表在《新觀察》雜誌上，整整登了半年。發表後，社會上反應還較好，夏承燾先生等都給予熱情鼓勵。《杜甫傳》在寫法上也受西方一些傳記文學的影響。我要求自己第一要忠於史實，不能有一點虛擬懸測，還杜甫以本來面目，他的偉大之處和歷史侷限性都要寫夠，寫出分寸。第二我不作枯燥煩瑣的考據。考核史料並非沒有意義，主要是它同傳記的文體不合，傳記應當帶有形象性，寫出性格。〔註48〕

　　後來，馮至夫人姚可崑在八十五歲高齡之際，曾撰《我與馮至》一書，其中以「歌德與杜甫」為題，憶及馮至杜甫研究的歷程，可與馮至的有關回憶互相參證：

　　　　馮至青年時喜歡讀晚唐詩和宋詞，對於杜甫只知道他是偉大的詩人，但好像與他無緣，對他「敬而遠之」。在戰爭期間，身受

〔註47〕此說與前引日記的記載似不一致。

〔註48〕馮至：《我與中國古典文學——答編輯部問》，徐允平記，《文史知識》1984 年第 7 期，第 5～6 頁。

顛沛流離之苦，親眼看見「喪亂死多門」〔註49〕，才感到杜甫詩與
他所處的時代和人民血肉相連，休戚與共，越讀越感到親切，再也
不「敬而遠之」，轉為「近而敬之」了。錢鍾書在《宋詩選注》評
論陳簡齋的詩，引用陳的詩句「但恨平生意，輕了少陵詩」〔註50〕，
說明「他經歷了兵荒馬亂才明白以前對杜甫還領會不夠」。馮至也
類似這種情況。馮至讀杜甫詩，做分類卡片，為了進一步瞭解杜甫
所處的環境，他參閱在昆明能找到的關於唐代歷史和地理的資料，
因而萌發了給杜甫寫傳的念頭。1945 年他在報上發表了兩篇文章，
一篇《杜甫和我們的時代》，一篇《我想怎樣寫一部傳記》。回到北
平後，朱光潛編的《文學雜誌》於 1947 年 6 月 1 日復刊，馮至寫
出《杜甫傳》中的個別篇章在那雜誌上發表。到了 1951 年，林元
〔註51〕參加《新觀察》的編輯工作，在他的督促下，馮至重新整理
舊稿，做了大量的補充，發表在那年從 1 月到 6 月的《新觀察》
上。至於印成單行本出版則是在 1952 年。出版後，受到讀者的歡
迎，重印了四五次。也有的專家在肯定這本書的同時，提出些意見
商榷。這裡特別要提到的是夏承燾和顧隨給馮至的兩封非常懇切
的長信，夏承燾的信馮至還保存著，顧隨的信被人借去，後來經過

〔註49〕語出杜甫《白馬》。李長祥曰：「喪亂之慘，不獨兵戈，『死多門』三字，真傷
心。」張溍曰：「『死多門』，言經亂世，死之故不一，而此戰士為得死所耳。」
吳見思曰：「『喪亂死多門』，自古記之，死者已矣，生者能自保乎？不覺又為
之淚下也。」仇注：「『喪亂死多門』一語極慘。或死於寇賊，或死於官兵，
或死於賦役，或死於饑饉，或死於奔竄流離，或死於寒暑暴露，唯身歷患難
始知其情狀。」夏力恕曰：「『多門』二字，包括無窮時事。」參見蕭滌非主
編《杜甫全集校注》十，北京：人民文學出版社，2014 年 1 月版，第 6037
頁。
〔註50〕語出陳與義《正月十二日自房州城遇虜至奔入南山十五日抵（回谷張家）》。
〔註51〕據馮至《昆明往事》，「林元，本來是群社、也是冬青社的成員，皖南事變後，
他到昆明遠郊區海源河農村住了幾個月，1941 年底回到昆明，起始籌備文藝
刊物《文聚》。冬青社各種手抄報和壁報的撰稿者絕大多數是聯大同學，《文
聚》則邁出聯大校門，走向社會」。「當時在昆明《文聚》可以說是一種範圍
較廣、質量較高的文藝刊物。戰爭結束後，林元在昆明曾短期辦過小型的《獨
立週報》附有《文聚》副刊」。「林元是組稿的能手」，和馮至「始終保持組稿
與投稿的友好關係」。「1951 年《新觀察》創刊，林元參加編輯工作，由於他
的敦促」，馮至「在這年 1 月至 6 月寫完《杜甫傳》，按期在《新觀察》上發
表」。「粉碎『四人幫』後，林元主編《文藝研究》」，馮至「也是這刊物的讀
者和投稿者」（《新文學史料》1986 年第 1 期，第 75 頁）。

十年浩劫，人不見，信也無了。〔註52〕

（一）寫作計劃：《我想怎樣寫一部傳記——節錄給一個朋友的一封信》

此文堪稱馮至杜甫研究的「綱領」〔註53〕，從中可見其構想與規劃。《馮至選集》第二卷收錄時。末署「一九四五年」〔註54〕，據此可知其大致時間。其「原載不詳，後發表於 1946 年 8 月 18 日《經世日報·文藝週刊》第一期」。〔註55〕又發表於《世界文藝季刊》〔註56〕第 1 卷第 4 期（第 5～8 頁），1946 年 11 月出版。

為什麼要採用傳記的形式？文章開篇即有說明：

四五年來，因為愛讀杜甫的詩，內心裏常有一個迫切的願望，想更進一步認識杜甫這個人。當然，從作品裏認識作者，是最簡捷的途徑，用不著走什麼迂途，並且除此以外也似乎沒有其他的道路。但我們望深處一問：這詩人的人格是怎樣養成的？他承受了什麼傳統，有過怎樣的學習，在他生活裏有過什麼經驗，致使他，而不是另一個人，寫出這樣的作品？這些，往往藏匿在作品的後邊，形成一個秘密，有時透露出一道微光，有時使人難於尋找線索。這秘密像是自然的秘密一般，自然科學者怎樣努力於闡明自然，文學史工作者就應該怎樣努力於揭開這個帷幕。

緊接著，馮至認為，把「詩人的作品」作為「整個的機體」來研究，對「詩人的生活」進行「詳細的敘述」，可助人「更深一層瞭解作品」；如果研究者的「心和筆」「同樣精細而有力」，則縱使不讀作品，也會呈現出「詩人的圖像」。

〔註52〕姚可崑：《我與馮至》，南寧：廣西教育出版社，1994 年 1 月版，第 101～102 頁。

〔註53〕陳燊：《馮至先生的杜甫研究》，中國社會科學院外國文學研究所編《馮至先生紀念論文集》，北京：社會科學文獻出版社，1993 年 6 月版，第 37 頁。該文作於「1993 年 1 月」。同時參見馮姚平編《馮至與他的世界》，石家莊：河北教育出版社，2001 年 1 月版，第 402 頁。

〔註54〕馮至：《馮至選集》第二卷，成都：四川文藝出版社，1985 年 8 月版，第 190 頁。

〔註55〕張輝：《馮至　未完成的自我》，北京：文津出版社，2005 年 1 月版，第 136 頁注釋①。

〔註56〕《世界文藝季刊》原名《世界學生》，社長：杭立武，主編者：楊振聲、李廣田，發行者：世界文藝季刊社（南京北平路六九號），印刷所：商務印書館印刷廠。

　　詩歌研究，就中國傳統的學術方法而言，主要有三種，即考據、注解、批評（詩話）。前二者，「都是辛苦的造橋者，盡量使讀者和作品接近」；而詩話，「只任意拿一首詩甚至一句詩」來「品評」「吟味」，對普通的詩人，「或不無闡發」，但對於如杜甫般「有頭有尾，有始有終，像長山大河似的」詩人，「則往往不免於以管窺天」。撰寫杜甫傳記，「首先遭逢的困難就是史料的缺乏」。元稹、韓愈的言論，僅限於「推崇與讚美」；新舊唐書的本傳，則「粗枝大葉，處處顯露出作史者的疏忽」。因此，唯一的途徑，只有「完全回到杜詩本身，『以杜解杜』」。

　　一部傳記所要探討的問題，往往有三，即「這詩人承襲了什麼？學習了什麼？經驗了什麼？」在此基礎上，才能進一步研究「作品的產生」及「作品中所表現的一切」。而前兩個問題，都需要從「少年時代」尋求解答。馮至的方法是，通過「海裏摸針」，從杜甫「三十以後的詩與散文」裏尋找材料。至於第三個問題，杜甫的經驗雖然無比豐富，但卻有跡可循，一方面在其詩中，有取之不盡的素材；另一方面，也可「以唐代的山川城市作背景」，畫出一幅「廣大而錯綜」的社會圖像，從中窺知杜甫是怎樣「承受」「擔當」「克制」「他的命運」。儘管史料不足信任，可能也有「詩與真」的問題，但馮至仍只有「處處以杜甫的作品作根據」，一步步推求其生活與環境，然後再用推求的結果，反過來去闡明其作品。

　　馮至反對將杜甫「現代化」。在他看來，用現代人的「思想與情緒」去點染古人，是一種「難以原恕的罪行」，縱然眼前的社會與杜詩的表現有諸多類似。最後則希望這是一部「樸素而有生命的敘述」，既不致淪為「乾燥的考據」，也不像莫路瓦〔註57〕的傳記，成為「自由的創作」；同時希望完成的作品，可以「離開杜甫的詩」而獨立存在。

（二）成書前的部分篇章

　　《杜甫傳》在成書之前，部分章節曾見諸報刊，現按其發表時間的先後，分別攝其大要。

1.《杜甫在長安》

　　題下注「杜甫傳裏的一章」。發表於《文學雜誌》第二卷第一期〔註58〕（復

〔註57〕莫路瓦（André Maurois，1885～1967），法國作家。今譯莫洛亞。
〔註58〕編輯兼發行人：朱光潛（北平沙灘中老胡同三十二號附六號）；印刷所：商務印書館印刷廠；發行所：各地商務印書館。

刊號，第7～24頁），「民國三十六年六月一日初版」。

　　杜甫的長安歲月，是從天寶五載（746）到天寶十五載（756）。這是其「生命中一個最重要的轉變時期」。其《水上遣懷》云：「我衰太平時，身病戎馬後。」當其身體健康與物質生活「日趨降落」時，其「詩的生活卻在開展」，「詩的精神卻在煥發」，最終脫離初唐詩「狹窄的藩籬」，完成其獨有的風格。而這下降與上升兩道直線的交叉點，正落在天寶十載左右。

　　就杜甫存留下來的詩而論，長安時期約有一百餘篇，前五年僅占五分之一，其萬口稱道的傑作，多產生於後五年。其生活形式也在改變。以前「春歌冬獵，呼鷹逐獸的生活」與「求仙訪道的行徑」，一到長安，便告結束。其對李白的思念，既是對「超塵脫俗的友人的懷慕」，也是對自己過去生活的依戀。

　　杜甫到長安，為「儒術」二字所支配，「要求仕進」。他對政治的嚮往，表現為一個「很美的圖像」，即「葵藿傾太陽，本性固難奪」。但其時正是「李林甫炙手可熱的時代」，大凡對杜甫能以為力的人如張九齡、嚴挺之、賀知章、李邕、李适之、房琯等，都處在「黯淡的失敗的地位」。另一方面，杜甫雖在貴族邸宅充作賓客，但也只能給予私人的有限幫助，而不能援引其走上仕途。其中對杜甫最重要的是汝陽王璡和鄭駙馬潛曜，並因為汝陽王璡而結交其弟漢中王瑀，因為鄭駙馬而認識其從叔鄭虔。此外值得一提的是韋濟，因詩而器重杜甫，杜甫則因其而寫出《奉贈韋左丞丈二十二韻》。「這是一篇自白」，詩人第一次看清自己的命運：「紈絝不餓死，儒冠多誤身」；也寫出早日的抱負：「致君堯舜上，再使風俗淳」，與今日的淪落：「殘杯與冷炙，到處潛悲辛」。這是杜甫「生活裏窮困的開端」，也是杜詩「風格最初的成立」，故有編者將此詩冠為全集的第一篇。同時，「這也是一首告辭的詩」。對於長安，杜甫「欲去而不忍遽去，欲留又不能復留」，最終還是去而復返。

　　天寶十載，杜甫獻三大禮賦，雖贏得玄宗眷顧，但在召視之後，由於李林甫作祟，依舊沒有下文。杜甫深切感到仕進希望渺茫，只有繼承祖父名聲，努力於詩。十三載，杜甫又連進兩賦（《封西嶽賦》和《雕賦》），較之三大禮賦的進表，更為「迫切」與「淒苦」。同時還「似乎不加選擇」，投詩權要，以求汲引。此類詩作，直至十四載得到右衛率府冑曹參軍之職，方才罷手。

　　杜甫一方面運用古典寫出五言排律呈給權貴，另一方面，則用方言口語，通過「自然的詩句」，向「忠實而平凡」的友人，述說自己的景況，如《病後過王倚飲贈歌》。從中可以見出：其病已「命如一線」，其貧已「衣不蓋體」。

除權貴與無名友人之外，還有三人，既「豐富了杜甫的詩的生活，慰解了杜甫眼前的寂寞」，且是杜甫「終生的朋友」，此即高適、岑參、鄭虔。其中「過從最久，交誼最厚」的是鄭虔，與高、岑的聚合，則集中在十一載秋共登慈恩寺塔的一天。然而登頂之後，杜甫並未如高適、岑參、儲光羲，恍然有出世之感，卻從「無語的山川」，看出「時代的隱憂」：「政風腐敗，邊疆失利，民生漸趨凋弊」。

當個人貧病與時代危機「演進到最嚴肅的時刻」，能夠使杜甫「暫時忘卻苦難而笑破顏開」的朋友，則是「多才多藝」的鄭虔。杜甫懷念鄭虔的詩，可與其懷念李白的詩並讀。二人對杜甫的生活與性格，都能給與「補充和調劑」。李白代表「不羈的豪放」，鄭虔則「啟發了杜甫性格中的詼諧性」。

十載以前，杜甫在長安或其附近，多寓居客舍。十載後，杜甫在「曲江南，少陵北，下杜城東，杜陵西」一帶定居，此後也開始自稱「杜陵野老」「杜陵野客」「杜陵布衣」。至於其眷屬從東都遷到長安，大半在十三載的春天。然而未及一年，是年秋雨後，杜甫又不得不將妻子送到奉先，而舅父崔十九時任白水尉，從此杜甫就常往來於長安、奉先、白水之間。十五載正月，安祿山稱帝於東京。五月，杜甫離開長安。

長安時期，杜甫一面羨慕「江海之士」，一面又不捨帝京。去與留的衝突，在《赴奉先詠懷》表現得「最為痛切」。杜甫的步履，「從貧乏的小巷到權貴的宴遊」，從「重樓名苑，互競豪華的曲江」到征人出發必經的咸陽橋，其間，由於「仕進的要求」，認識了「權門多噂沓」，認識了政治的腐敗，更由於自己的貧窮而認識了人民的痛苦，此即其長安十年最大的收穫。這一時期的「前後出塞」、《兵車行》《麗人行》，幾乎無日不在吐露光輝，尤其是每逢政治黑暗的時代。而《赴奉先詠懷》則「有關於唐代的興衰，含有無限的劃時代的意義」。與此同時，杜甫面對「時代的痛苦」，「更收斂起」「不切實際的豪放情緒」，「甘心作一個平凡的人」。這是他「對於自己命運的決定」，也是其異於同輩詩人的地方，並因此而造就了「他的偉大」。

2.《安史之亂中的杜甫》

題下注「杜甫傳裏的一章」。發表於《文學雜誌》第二卷第十二期（第 19～28 頁），「民國三十七年五月初版」。

天寶十五載即至德元載五月，杜甫一家從奉先到白水，寄住舅父崔少府的高齋。六月九日，潼關失守。河東、華陰、馮翊、上谷各地的防禦使均棄職

逃走。白水屬馮翊郡，杜甫在「局勢急驟的轉變」中，開始了流亡生活。流亡初期，杜甫留下的詩不多，時過境遷後，卻時常提到「流離的痛苦」，對於當時給他幫助的親友，更是「感戴不已」，如《送重表侄王砅評事使南海》。其《彭衙行》和《贈衛八處士》，「真實而自然」，充溢著「一片誠樸的氣氛」。

六月十二日，玄宗出延秋門奔西蜀。七月十三日甲子，肅宗即位靈武。杜甫前進不能，後退無路，只好輾轉回到淪陷的長安。杜甫陷賊，約有八月。《悲陳陶》《悲青阪》見證了房琯軍事的失敗。《哀江頭》與《哀王孫》並稱，為曲江「唱出一章哀婉動人的輓歌」。而最足以代表其「生活與心境」者，則是《春望》。

至德二載（757）正月，安祿山被其子安慶緒、嚴莊、李豬兒合謀殺於帳中；二月，肅宗從彭原南駐鳳翔。四月，杜甫出城西金光門，逃往鳳翔。《自京竄至鳳翔喜達行在所》三首，描寫逃亡者的心境，可謂「深刻入微」。杜甫至鳳翔，肅宗授以左拾遺，但隨即因為房琯事件而捲入「長期的政爭」，並影響其「後半生的出處」，如寄住秦州，滯留巴蜀，「永久不能實現北歸的夢想」，都與此事有著「直接或間接的關連」。在鳳翔，杜甫寫有不少贈別詩，就「每人身世的不同與交誼的深淺」，提醒他們在「紊亂的時代」「所應負的責任」。

八月，肅宗「墨制〔註59〕放甫回鄜州省親」。閏八月朔日，杜甫首途北征。一路阡陌縱橫，人煙蕭瑟。經過麟游縣西的九成宮，入邠州境，借馬李嗣業，終於達到妻子寄居的羌邨。其歸來所作《北征》，抒寫「寂寞的旅途，窮苦的家境，對於回紇的外援與朝政的擔憂」，以及對太宗往日「煌煌事業的懷慕」，而其到家時的一段述敘，至為感人。該詩可與《自京赴奉先縣詠懷》先後媲美。

九月，長安收復。十月十九日，肅宗還京。十一月，杜甫攜家屬回長安。這是杜甫「最後一次的長安居留」。從至德二年十一月到乾元元年（758）六月，依舊任左拾遺。半年間，多有唱和詩、朝謁詩，但「在杜集中毫無光彩」。而此間所作曲江詩，「輕飄而悠揚」，不過是「暫時的忘懷與解脫」。

六月，房琯被貶為邠州刺史，杜甫也出為華州司功參軍。此行使杜甫「眼界廓開，胸懷廓大」，對「時代的苦難認識得更為清晰」，從而為其「詩的生命」增添「許多新的營養」。九月，杜甫至藍田，訪崔興宗別墅，也去看過王

〔註59〕猶墨敕。清袁枚《隨園隨筆・墨制授官碑文不諱》：「墨制者，即斜封墨敕之謂，蓋不由中書門下而出自禁中者也。」

維的輞川莊。嚴冬時節，又曾回洛陽故居陸渾莊。

次年三月，鄴城官軍大敗，東京一帶又為騷動。杜甫在返華州的路上，到處呈現出「不安與貧困」，於是放筆寫成「三吏」「三別」。六首詩自成一組，「字字都是血淚」。詩人在《新安吏》中還能有所「寬慰」，《潼關吏》中亦能有所「勉勵」，其餘四首，則「完全放棄自己」，讓詩中人物「各自申訴」「個人的痛苦」。而這樣的痛苦，在中國「每逢亂世」，「便成為人民必然的命運」。詩人將之記錄下來，「傳於永久」。在這裡，杜甫「所侍奉的」，「已經不是天子」，而是「無依無靠的災黎」。同時，對於政府，杜甫也漸有「清楚的認識」。鄴城未敗之前，杜甫曾作《洗兵行》，王安石選杜詩，稱之為「壓卷」。

是年立秋後，杜甫終於毅然決然，棄官西去，從此放棄了「致君堯舜」的念頭。

3.《從秦州到成都》

題下注「杜甫傳裏的一章」。發表於《文學雜誌》第三卷第二期（第1~7頁），民國「三十七年七月初版」。

乾元二年（759）七月，杜甫棄官西去。「入仕」與「獨往」兩個念頭十餘年的衝突，終於得到決斷。其《立秋後題》，堪比陶淵明的《歸去來辭》和王羲之的《誓墓文》，都是由於「斷然的放棄」而「躍入一個新的境界」。杜甫三十五歲入長安，在其生活中「劃出一個明鮮的段落」；而四十八歲的棄官，也顯然是一個「重大的轉變」。不過，杜甫雖然棄官，但並未忘卻「國家的危機與人民的苦痛」。

杜甫之所以選擇秦州，是因為那裡沒有災荒與兵禍，且從侄杜佐在東柯谷築有草堂。秦州以隴山迎接杜甫，而杜甫也從此山「起始他另一個段落的，別開生面的新詩」。然而，杜甫卻在此接觸到國家的又一危機，即吐蕃的東侵。安史之亂為杜詩「添上許多血淚」，吐蕃的蠶食則給杜甫「增加無限的焦愁」。

秦州在「風雲澒洞」中也有「靜止」的一面，並常常引發杜甫「卜居終老」的念頭。而杜甫此時的生計，多半仰仗他人，同時又從新開始其製藥生活。然而在這「沒有定居，缺衣乏食，朋友稀少的邊城」，杜甫一再感到「吾道竟何之」（《雜詩》之四），「吾道屬艱難」（《空囊》），「吾道卜終焉」（《寄賈嚴五十韻》）。

此間半年，杜甫作詩一百餘首，若獨成一集，則可彰顯其與前不同的特色。除《同谷七歌》為七言外，餘者都是五言詩（五古、五律、排律），且可

分為兩部：上部從七月到十月，寫於秦州，以《秦州雜詩》為主；下部是「從秦州赴同谷，又從同谷赴成都兩個月內的收穫，幾乎都是紀行詩」。無論敘事、抒情、寫景，杜甫都將五言詩能以表達的能力發展至最高度。山川城郭與風土人情，俱被收入這些「雄渾而健壯」的詩篇。此外，還穿插著部分懷念友人（如李白、鄭虔）的詩作。

　　杜甫於十月從秦州赴同谷，途中曾到兩當縣訪問侍御吳郁故宅。在同谷停留一月左右，又於十二月一日起程入蜀。兩段行程，各有十二首紀行詩，「有頭有尾，自成兩組」。杜甫的紀行詩，「空前絕後」，純然是自己的創造，「給中國的山水詩放一異彩」，其中「沒有空幻的高與奇，只有實在的驚與險」。第一組第一篇《發秦州》是一首序詩。詩人從秦州西南的赤谷起始，經過鐵堂峽、鹽井、寒峽、法鏡寺、青陽峽、龍門鎮、石龕，入同谷界的積草嶺，直至泥功山、鳳凰臺。尤其是最後的《鳳凰臺》，更顯示杜甫的崇高，而作為象徵的瑞鳥「鳳凰」，則是其用「心和血」所培養的「復興的徵兆」。第二組的《發同谷縣》也是一首序詩。杜甫翻木皮嶺，過水會渡，走飛仙閣雲棧，始到綿谷縣東北的龍門閣。其後再度鹿頭山，歲終到達簫管升平的成都。居同谷栗亭時，曾作《乾元中寓同谷縣作歌七首》，「發出最高峰的絕望的呼喊」。馮至認為，紀行詩每首都是「篇終接混茫」，與造化同工，此七首則可說是「詩成泣鬼神」。

4.《杜甫的童年》

　　題下注「杜甫傳裏的一章」。發表於《文學雜誌》第三卷第三期（第1～6頁），「民國三十七年八月初版」。短文《公孫大娘》即是從本章節錄。

　　杜甫於睿宗先天元年（712），出生在河南鞏縣東二里的瑤灣。其生母早逝，一段時期曾寄養在適河東裴榮期姑母家中。其間與姑母之子同時患病，但姑母卻以犧牲親子的方式換來杜甫的痊癒。這在其生命的開端，便已「暗暗地塗上一層濃鬱的悲劇色彩」。〔註60〕

　　其下便是《公孫大娘》的內容。

　　公孫大娘的舞劍，對於六歲的杜甫而言，是「一個新的啟示」，尤其是從公孫大娘的舞姿中，不難看見「鳳凰的飛翔」。從其《劍器行》之序，可以推想杜甫是以何種心情在感念兒時「這段難得的經驗」。第二年七歲時，杜甫始

〔註60〕此段內容，出自《兩個姑母》。

學詩,開口便是《鳳凰詩》一首。以壯美的鳳凰起始,對杜甫而言,「含有無限的象徵的意義」。其詩中的生物,除卻馬和鷹外,佔有重要位置的便是鳳凰,總計「不下六七十處」。

杜甫九歲時,慣於書寫大字,主要臨模虞世南的書法。正是以此為基礎,杜甫其後對於書、畫,多有精闢的見解。

杜甫的童年,有一大部分時間是在洛陽度過。一者鞏縣距離洛陽較近,二是其姑母家住洛陽東城建春門內仁風裏,叔父杜並則葬於建春門外五里地方,可以想見杜甫在鞏縣與洛陽之間,往來甚便。而彼時洛陽,正發展到極盛時期。高宗末年,洛陽已在無形中成為國都;武后稱制時改為神都,稱帝後又為周都。經過多年經營,洛陽成為當時的政治、經濟、文藝中心。其後,洛陽的重要地位,也從未失卻。可以說,杜甫自幼深受洛陽文化的薰陶。這也使其在「上樹折取棗梨」的年齡,便在翰墨場中嶄露頭角。

5.《杜甫在梓州閬州》

題下注「杜甫傳裏的一章」。初發表於《新路週刊》〔註61〕一卷十九期(第17~20頁),民國「三十七年九月十八日」出版。又發表於《文學雜誌》第三卷第六期(第1~9頁),「民國三十七年十一月初版」。

杜甫在此一階段的生活,大致如下:寶應元年(762)秋,從綿州入梓州;晚秋時,一度回成都迎家到梓。廣德元年(763)秋和廣德二年春,兩次到閬州。寶應元年十一月,曾南遊射洪通泉。廣德元年春,又再赴綿州,西去漢州。雖云「三年奔走空皮骨」,但實際上只有一年又九個月。

先分別來看內外形勢。杜甫在綿州奉濟驛送別嚴武之後,成都少尹兼侍御史徐知道反,七月起兵,八月二十三日被高適擊潰,隨即為部將李忠厚所殺,雖不足兩月,而成都所受騷擾,卻不下於安史亂中的長安和洛陽。杜甫因此轉赴東川節度使治所梓州。然而劍南在中原混亂的時代也未能自居例外。

寶應元年十月,官軍與回紇兵克復東京。廣德元年春正月,史朝義縊死廣陽,安史之亂暫告結束。杜甫在梓州,聞官軍收河南河北,乃賦「劍外忽傳收薊北」,將至德以來六七年間的胸中鬱結,發洩無餘。自此之後,該詩即常為亂世中的流亡者所歌誦。

廣德元年七月,吐蕃大舉來犯,河西隴右,全告淪陷。初冬十月,又取

〔註61〕發行者:中國社會經濟研究會。其編輯部、經理部設北平東直門大街九十八號,另設上海辦事處(上海黃浦路十七號五一室)。

道南下，代宗東奔陝州，長安再度陷落。十二月，松維保三州和西山城戍全被吐蕃攻陷，成都振動。松州被圍時，杜甫在閬州作《驚急》《王命》《征夫》及《西山》三首，「對於邊疆的危急，不勝焦愁，而悲涼激壯，成為五律的絕唱」。廣德二年春，杜甫在閬州聽到收復宮闕，代宗返駕，作排律《傷春》。此五首，與廣德元年的《有感》五首和《述古》三首，同為杜甫「最重要的政治詩」。《傷春》論到政府應剷除小人，《有感》以為「若一新宇宙，只有行儉德」，《述古》則諷當時的理財者，更有《釋悶》，「直述政府的腐敗」。

至於江南，安史之亂，本無波及。然上元元年十一月劉展起兵宋州，橫行江淮。寶應元年八月，鄭虔所在台州，又有袁晁之叛。杜甫在《喜雨》詩中也暗自祝禱：「安得鞭雷公，滂沱洗吳越！」

綜上所述，杜甫雖置身「紊亂的時代」，但世界的「一舉一動」都與其「聲息相通」，「具體地反映在他的詩中，甚於其他的史籍」。杜甫還更進一步，抒發其政治意見，如「盜賊本王臣」「萬役但平均」。

再看杜甫此一時期的生活。其生計完全依賴「邊頭公卿」。因為杜甫能詩能文，兼通藥理，使君縣令用時便「肥肉大酒」相邀，此外並無「愛敬的真情」。而梓州自成都變後，地位更為重要，入京入蜀，成為「來往官吏的必經之地」，杜甫陪居末座，多有「陪筵和送別」之作，其「淺率無味」（王嗣奭語），較之《有感》《傷春》諸篇，又成對照。然而這正是杜甫的「最傷心處」。和長安一樣，杜甫自稱「賤子」，詩題中的「陪」字也一再出現。其「得助最多而最須小心侍奉」的是梓州刺史、東川留後章彝。杜甫小心謹慎的應付，無非是贏得「免於凍餒」以及「獲得旅資」。

其間能使杜甫精神得著解放，內心得到「升發」者，則是武后中宗時代幾位「挺拔不群」的人物，如陳子昂、郭元振、薛稷。其射洪通泉之遊，便是懷著「嚮往的心情」，憑弔遺跡，歌詠三人的人格、功業或藝術。杜甫在梓閬一帶，也遇到一些新知故舊。其中新知多半是偶然相識，雖「一度傾心」，卻無後續更深的友情；故舊則是異地遭逢，「更為後會知何地，忽漫相逢是別筵」（《送路六侍御入朝》）。二者都「如輕風掠水」。值得一提的只有漢中王李瑀和房琯。

杜甫是一個「最善於觀看的發現者」。陳子昂未曾揭開梓閬山水的面幕，王勃、盧照鄰、楊炯開始歌詠這裡的山川建築，而將其「生動地呈現於遠方人的面前」，則要歸功於杜甫。不管是「獨在旅途」，還是「陪奉官吏朋友」，

杜甫都用其獨創的詩筆，勾畫出一幅川北百餘里的長卷，由此不但「看得見山水的形勢」，「並且好像還聽得見山水的聲音」。雖然奔走於如此山水之間，但杜甫「始終是作客的情懷」，「一方面惦念草堂，一方面又作東遊的計劃」。在《寄題江外草堂》詩中，杜甫將經營草堂的始末和不得已放棄草堂的原委，寫得「詳盡而親切」。至於其東征計劃漸能實現，則是因為章彝及其幕府諸公慨贈旅費。正當杜甫向各方寄詩辭行之際，嚴武又官拜成都尹兼劍南節度使，致其立即放棄既定行程，決定重回成都。其《奉待嚴大夫》和《將赴成都草堂途中有作先寄嚴鄭公》等，詩調「發揚流利」，為梓閬的沉鬱生活，宣告「一個快樂的結束」。

6.《草堂前期》

題下注「杜甫傳裏的一章」。發表於《文學雜誌》第三卷第五期（第73～83頁），「民國三十七年十月初版」。該文又以「杜甫的草堂生活」為題，發表於《民訊》創刊號〔註62〕（第35～40頁），民國「三十七年十月十日」。

先看杜甫初入成都的境遇。乾元二年（759）寒冬十二月，杜甫入蜀。從《發同谷縣》中可知，其「行役」是迫於「物累」，去留皆與願違。而成都應是詩人理想中的一塊樂土。初至成都，裴冕為成都尹兼劍南西川節度使。次年（上元元年）三月，裴冕離開成都，前京兆尹李若幽繼為成都尹。部分杜詩注者認為杜甫在詩中一再稱述的「主人」即裴冕，這在馮至看來，缺乏「充足的理由」。

次言草堂的營建。杜甫到成都後，暫居西郊外浣花溪寺中，其居停主人為僧人復空。不久，即在城西七里「浣花溪水水西頭」「江流曲處」覓得一片荒地，在「相傳二百年」的一棵枏樹下築起一座茅屋。表弟王十五司馬出郭相訪，送來建築費。杜甫一面營建草堂，一面向各處覓求樹秧。暮春時節，草堂終於落成。從此，「這座樸素簡陋的茅屋」，便成為「中國文學史上的一塊聖地」。其具體位置，可從杜詩推知：「背成都郭，在少城碧雞坊石筍街外，百花潭北，萬里橋及浣花溪西，鄰近錦江，西北則可望見終年積雪的西嶺」。

再說草堂時期杜甫創作的轉變及其特色。上元元年，杜甫終於在西南天地間，尋得一個「棲遲的處所」。其「眼前的世界」也暫時從「兵戈擾攘的人間」，收斂到「蜻蜓上下，鸂鶒沉浮，圓荷小葉，細麥輕花」之上。而此時不

〔註62〕主編兼發行：民訊雜誌社。

只杜甫，全部的唐詩都彷彿進入一個「休息的狀態」。只有元結，默默地編撰了一部《篋中集》，「倡導為人生的樸質的詩」。其理論雖「恰中時病」，但因集中詩人的詩才均有限，成績平常，「並沒有發生多大作用」。

　　杜甫在草堂，脫離了「偉大的時代」和「偉大的朋友」，與「田夫野老相狎蕩」，與花木蟲鳥相親近。如果說杜甫「在兩京間體驗了人生的痛苦」，「在隴蜀間經歷了山川的險巇」，在草堂則是「用拙存吾道，幽居近物情」（《屏跡》三首），從而「認識了平凡的自〔註63〕然界中萬物生長的姿態」。此前杜甫所寫的自然詩，「多半是在自然界中染上濃厚的個人的色彩」，而自然倒失卻了本來面目。此一時期的杜甫，則「虛心與自然接近」，儘量拋開自己，以「發現萬物的真實」，從而感到「花柳更無私」。就寫作而言，杜甫是「生活越艱難，作詩也越刻苦」，只有在此一時期，不少是「信手拈來，自成佳句」。

　　杜詩所歌詠的生物，都「各自適如其分地生活著」，且多用「謙遜的字來形容」。這些詩說明杜甫置身於蟲鳥草木中間，「破除人物的界線，丟開人的驕傲」，如同西方的聖芳濟，萬物都是兄弟姊妹。但杜甫並不止於此。讀那些詩句，「有如聽田園交響樂，聽到極細微極輕盈的段落」，但也有「驚天動地的暴風雨」，也「時而發出一些枯澀的，沉鬱的聲音」，「使人想到枯澀的，沉鬱的人生」，以及通過「自然界中的病象」「影射出社會的病象」。尤其是《茅屋為秋風所破歌》所表現的博大精神，使杜甫「超越了詩人」而「成為一個聖者」。

　　至於杜甫的草堂生活，可從下述方面勾畫其輪廓：一是其妻室兒女，雖仍不免有時飢餓，但「不能不說是一個幸福的時代」。二是其日常勞作，雖「暗自欣慶交遊斷絕」，「眼前沒有俗物」，但卻「必須具有」農夫的勤勞，對於「惡木毒草」，「盡力刪除」。三是其精神生活，對於傳說的神怪，「痛下攻擊」，如西門外的石筍、市橋側的石犀；對於當時的文藝批評界，不再保持沉默，如《戲為六絕句》；對於一般詩人，也有「公平而峻刻的批評」。從中不難感受到杜甫在詩界的「寂寞而孤單」。四是念念不忘故鄉和流落他鄉的弟妹。五是草堂的四鄰，「都是些不知名的田夫野老」，「真實，質樸，沒有嫌猜」，給杜甫以「安慰與健康」。但為了生計，也不得不和「另一些友人」甚至武人周旋。只有嚴武和高適，才是「草堂裏最受歡迎的客人」。對於高適，杜甫後有《追酬故高蜀州人日見寄》，滿懷悲涼；對於嚴武，杜甫則在《八哀詩》中為其立下「一座不朽的紀念碑」。

〔註63〕原文作「目」，有誤，逕改。

7.《杜甫的家世與出身》

題下注：「《杜甫傳》裏的一章」。發表於《小說》第三卷第三期〔註64〕（第93～97頁），1949年12月1日出版。

（1）杜甫的郡望。其舊望為京兆，新望為襄陽。

（2）從其世系來看，杜甫出生於官僚家庭，即其所謂「奉儒守官，未墜素業」，由此可以理解杜甫庸俗的一面。中年時期，杜甫在長安積極追求「仕進」，向當權者尋求援引，多少與其家庭傳統有關。

（3）杜甫最推崇的祖先為遠祖杜預和祖父杜審言。前者由於事業，後者由於詩。杜甫曾作《祭遠祖當陽君文》，稱讚杜預的「勇功」和「智名」。杜審言與李嶠、崔融、蘇味道並稱「文章四友」，其詩又與宋之問、沈佺期齊名，同為五言律詩形式的奠定者。而杜審言的《和李大夫嗣真》長至四十韻，號稱名製。排律至杜甫，得到更大的發展。其詩法堪稱家學淵源。

（4）杜審言曾在武曌面前高誦《歡喜詩》，且在李哲（中宗）復位後，因與張易之兄弟交往而配流嶺外，可見並非品質高尚的詩人。另一方面，則恃才謇傲，是一個「誇張甚於實質的狂士」。杜甫的高自稱許，既是一般文人的習氣，也是承其祖父遺風。

（5）杜甫父系被認為具有高貴德行者，一是杜審言曾祖杜叔毗，見於《周書‧孝義傳》；二是杜審言次子杜並，誄為「孝童」。另有兩姑母，一是杜審言姑母，一是杜甫姑母，均因杜甫的記載，顯露出「隱忍而清苦」的面貌。〔註65〕

（6）關於杜甫的母系，其母出於清河崔氏，大半死於杜甫幼年，但「舅氏多人物」。杜甫在白水、梓州、閬州、夔州、潭州，均曾和崔家舅父或表弟相遇。杜甫的外家雖是盛族，且與皇室同姻婭，但承襲的並非貴族的豪華，而是「悲絕人倫的慘劇」，如杜甫的外祖母、杜甫母親的舅父、杜甫外祖的母親，都含有「極濃厚」的悲劇成分。

（7）父親杜閑，杜審言長子，作過兗州司馬，杜甫曾到兗州省視，終奉天令。其弟杜穎、杜觀、杜豐、杜占，或有出於繼母范陽盧氏者。

〔註64〕編輯人：小說月刊社；出版者：小說月刊社〔上海（0）圓明園路一四九號〕；發行人：趙邦鑅；發行所：國光印書館；印刷所：國光印書局；總經售：人民畫報供應社。

〔註65〕此則內容，取自《兩個姑母》。

　　以上不充分的尋索和不完全的敘述，對於解釋杜甫的偉大成就，雖無多少幫助，但從歷代祖先的「奉儒守官」，可以理解杜甫的熱衷仕進；從杜審言的傲慢誇大，可以理解杜甫性格的另面；從為血族報仇與孝悌的家風，可以理解杜甫的家族觀念；從母系的冤獄，可以理解杜詩的悲劇氣氛。

（三）專書《杜甫傳》

　　1952 年 11 月，馮至《杜甫傳》由人民文學出版社正式出版。全書共十三節次：一、家世與出身；二、童年；三、吳越與齊趙的漫遊；四、與李白的會合；五、長安十年；六、流亡；七、侍奉皇帝與走向人民；八、隴右的邊警與艱險的山川；九、成都草堂；十、再度流亡；十一、幕府生活；十二、夔府孤城；十三、悲劇的結局。該書是在《新觀察》版的基礎上，增寫了《家世與出身》一章；將《新觀察》版的《長安十年》與《長安十年（續）》合為一章；又參酌讀者的意見與評論，作了個別字句的修正和補充，但「未動筋骨」。〔註66〕另有《前記》，作於一九五二年七月十五日，說明傳記的目的，是要把「祖國第八世紀一個偉大的詩人介紹給讀者」，「讓他和我們接近，讓我們認識他在他的時代裏是怎樣生活、怎樣奮鬥、怎樣發展、怎樣創作，並且在他的作品裏反映了些什麼事物」。〔註67〕

　　對此書，《杜集書錄》有編者按云：「此書亦為評傳體例，用階級觀點對詩人作適當之分析批判，當以此為權威著作。出版以後報刊上曾發表數篇商榷文字，作者亦有所裁答」。〔註68〕《杜集敘錄》則云：「《杜甫傳》的內容於 1951 年 1～6 月曾在《新觀察》上連續發表，後由作者修正、補充，1952 年人民文學出版社出版，是 1949 年後大陸第一部古代文學傳記，也是 1949 年後大陸最早出版的杜甫研究著作之一。此書為杜甫傳記，論述中力求有據，不作無根遊談，如史料不足，寧可闕如，決不穿鑿附會，故而平實信達。」「1954 年 12 月上海文藝聯合出版社再次出版。1980 年 3 月人民文學出版社新版本書，作者吸取學術界意見對其有所修訂，但傳記內容和體例未變，另收入作者 1962 年寫的 3 篇有關杜甫的文章以及杜甫與蘇渙交往的小說《白髮生黑絲》。其中《人間要好詩》《論杜詩和它的遭遇》專論杜詩，彌補了《杜甫

〔註66〕陸耀東：《馮至傳》，北京：北京十月文藝出版社，2003 年 9 月版，第 218 頁。
〔註67〕馮至：《杜甫傳》，北京：人民文學出版社，1952 年 11 月版，《前記》第 1 頁。
〔註68〕周采泉：《杜集書錄》下，上海：上海古籍出版社，1986 年 12 月版，第 816 頁。

傳》由於受體裁限制對杜詩有關問題難於展開討論的不足。1999 年 1 月百花文藝出版社據本書第 2 版再版。」〔註69〕

由此可見，《杜甫傳》就其內容本身而言，當有三個版本。第一個是登載於《文學雜誌》的六章和《小說》的一章，係未完稿，只四萬多字。第二個版本是《新觀察》刊出的《愛國詩人杜甫傳》，係一完整的專著，約六萬多字。第三個版本是人民文學出版社出版的《杜甫傳》，約八萬多字。〔註70〕三版無論材料、文字、觀點，都有增刪或改動。〔註71〕其中，版本一和版本二差異尤大，部分內容，幾為重寫。而時下論者，多立足於後出之書，反轉來評述先前時代的馮至，是則與作者當年的思想原貌，必將漸行漸遠。

三、《杜甫傳》的副產品

馮至曾將《兩個姑母》《公孫大娘》《白髮生黑絲》稱為《杜甫傳》的三個副產品。其中前兩篇是在《杜甫傳》的準備階段即興所寫的兩個小品，後都用於傳記本文；後一篇則是以杜甫與蘇渙的交往為題材而創作的歷史小說。

（一）《兩個姑母》

《杜集書錄》附錄二「近人杜學著作舉要」之「解放前報刊論文」收錄，篇名作「杜甫家世裏的一段（兩個姑母）」，刊載時地為「1946 年 8 月 25 日經

〔註69〕張忠綱、趙睿才、綦維、孫微編著：《杜集敘錄》，濟南：齊魯書社，2008 年 10 月版，第 516 頁。其中所謂「1954 年 12 月上海文藝聯合出版社再次出版」，經檢索，未見此版，故有待考實。另外，張輝也認為，「馮至的杜甫傳記，實際上有四個版本」，其版本四為「1962 年由人民文學出版社再版的《杜甫傳》」，並對四個版本的構成有所比較。相較於版本三，版本四增加了「重版說明」及兩個附錄，但「傳記的主體內容沒有變化」（張輝：《馮至　未完成的自我》，北京：文津出版社，2005 年 1 月版，第 142 頁注釋①），因此，視作「三個版本」，也未為不可。但《杜甫傳》「1962 年 3 月北京第 13 次印刷」，所據仍為「1952 年 11 月北京第 1 版」，張輝所謂「1962 年版」，或為「1980 年版」之誤。

〔註70〕陸耀東：《馮至傳》，北京：北京十月文藝出版社，2003 年 9 月版，第 220 頁。引述的材料將《文學雜誌》所刊《杜甫傳》的章節，統計為「五章」，但反觀該書第 216 頁所列舉的已發表篇章，又分明是六章，故作訂正。有關字數的介紹，僅供參考。

〔註71〕馮至本人認為：「有的觀點也會有些變化，彼此不完全一致。可是總的說來，我對於杜甫與杜詩的評價沒有什麼改變。」參見馮至《杜甫傳》，北京：人民文學出版社，1980 年 3 月版，《重版說明》第 1 頁。該說明作於「一九七九年五月五日」。

世日報、文藝週刊」。〔註72〕

　　所謂「兩個姑母」，即杜審言和杜甫祖孫二人各自的姑母。前者割髮待客，故事「可真可假，只能當作一個普通的傳說」；後者捨子救姪，事關杜甫「童年的命運」。具體內容，後被作者融入《杜甫的童年》《杜甫的家世與出身》，前已有述，此處不贅。

（二）《公孫大娘》

　　題下注「杜甫傳《童年》章裏的一段」。作於「一九四六年十月」〔註73〕，發表於《大公報》1946 年 11 月 3 日第六版「星期文藝」第四期。該副刊由沈從文主編。文章末尾有「附記」一則：「寫此段時，作者曾參看向達先生的《唐代長安與西域文明》及陰法魯先生的《唐宋大麵考》（稿本）。聞聞一多先生在他未完成的《杜甫評傳》裏曾有一段寫公孫大娘，在十餘年前的《新月》雜誌上發表，作者未能見及。」由此可見，《公孫大娘》最初發表時，並無「《杜甫傳》副產品之二」字樣，有關副題，是作者在 1982 年冬編選《馮至選集》時臨時增加，故姚平「補充整理並加注而成」的《馮至年譜》之「《公孫大娘——〈杜甫傳〉副產品之二》」，實則有誤。

　　杜甫兒時多病，「不是一個健康的兒童」，但卻「生長在一個漸漸健康起來的時代」。因為此前陳子昂已寫成《感遇詩》三十八首，並發出「前不見古人，後不見來者」的絕唱，這是陶淵明死後兩百餘年內「難於聽到的聲音」。作為時代的先驅，他深切地意識到自己對於時代的使命。陳子昂之後的時代，如張旭、吳道玄，其風度與藝術「豪邁而不空疏，放誕而沒有頹廢的氣息」，尤其是杜甫的《飲中八仙歌》，可說是這一時代「一幅最生動的畫圖」。

　　在杜甫的童年，時代正從文學和藝術兩方面破曉。除去早行人陳子昂，「一切都還顯著纖細，狹窄，缺乏雄厚」。然而在民間，整個的民族早已「蘊有飽滿而生動的力量，在舞蹈，在歌唱，敦促著這個時代的來臨」。中國的文化，「在漸趨安定的統一局面下恢復了健康」。人們在體質和精神兩方面，重獲「堅定的自信心」。胡族的影響，較之南北朝時代，情形已迥然不同。南北

〔註72〕周采泉：《杜集書錄》下，上海：上海古籍出版社，1986 年 12 月版，第 891
　　　　頁。

〔註73〕馮至：《馮至選集》第一卷，成都：四川文藝出版社，1985 年 8 月版，第 380
　　　　頁。

朝時代，中國文化在異族侵凌下，「附著偏安的政局」，日漸衰弱萎靡；而在唐代，則是「賓主分明」，所有異族的文物，都「足以輔助，啟發」中國自己文化的發展。所以，西域諸國的樂舞，「隨著交通的大道河水似地流入中國」，「注入新的血液，增添新的滋養」。而胡舞中最引人物議者，則是潑寒胡戲與渾脫舞。則天末年，已有劍器入渾脫，名為「劍器渾脫」。玄宗初年，精於此道者，則是教坊中的舞女公孫大娘。六歲髫齡的杜甫，曾在許州郾城的街衢得以觀看。這是其生命裏「第一次難於忘卻的有意義的經驗」。從《舞劍器行》，可以想像公孫大娘舞蹈時的熱烈景況，四圍的觀眾，也好像「被牽入一個激動的，戰鬥的，變化莫測的世界」。透過女子身軀所創造的神奇世界，杜甫不但視線展開，而且「呼吸到外界新鮮而健康的空氣〔註74〕」。

（三）《白髮生黑絲》

該文發表於《人民文學》1962年第4期，4月出版。1980年3月，《杜甫傳》由人民文學出版社重版時，作為「附錄二」收入。

關於杜甫和蘇渙的關係，《杜甫傳》中雖曾提及，但語焉不詳。1951年春，夏承燾自杭州致函馮至，對《杜甫傳》表示讚賞，同時也提醒作者注意。彼時夏承燾對杜甫亦生發研究興趣。今檢《天風閣學詞日記》，得其事略：

一月廿八日，「午後往浙江圖書館，看新觀察雜誌所載馮至重寫杜甫傳，比前作更通俗」。〔註75〕

三月十四日，「得黃懷仁浙大附中函，謂人民日報三月十一日人民文藝有馮至關於中國文學遺產一文，亟往閱報室取閱，中有涉及杜詩數節，忽有感觸，寫成杜詩中之人民語言一文之大綱」。〔註76〕

三月三十日，「著手寫杜詩論稿第二篇。午後重看第一篇一過，改題為論杜甫的提煉人民語言。作函寄鄧恭三北京大學，請轉與馮至教授。聞馮君亦任教北大也。夕於陳學恂處假得馮君十四行集、歌德論述、東歐雜記三冊」。〔註77〕

〔註74〕原文作「空想」，有誤，徑改。

〔註75〕夏承燾：《夏承燾集》第七冊，杭州：浙江古籍出版社、浙江教育出版社，1997年1月版，第149頁。

〔註76〕夏承燾：《夏承燾集》第七冊，杭州：浙江古籍出版社、浙江教育出版社，1997年1月版，第156頁。

〔註77〕夏承燾：《夏承燾集》第七冊，杭州：浙江古籍出版社、浙江教育出版社，1997年1月版，第159頁。

　　四月十日，「念恭三無回信」〔註78〕。

　　四月十六日，「上午改杜詩論第二篇竟，復視第一篇，覺文字多不妥，頗悔已寄北京」〔註79〕。

　　四月十八日，「作鄧恭三、馮至北京大學函，索前寄論杜詩稿。昨夕復視，甚不滿也。附一箋，言蘇渙事」〔註80〕。

　　四月廿一日，「得鄧恭三北京函，謂杜詩論已交馮君培（至）」〔註81〕。

　　九月七日，「傍晚孤山散步。遇雁迅，謂馮至之杜甫傳尚有可批評處。夕從倫清處假得新觀察數冊，細閱一章，札得數事」。

　　九月八日，「閱馮至杜甫傳七八章」。

　　九月九日，「札馮至杜甫傳完。因重校舊稿杜詩雜札一篇，為定名曰詩人之生命力」。

　　九月十日，「欲作一文，評馮至杜甫傳，憚於下筆，苦不耐用思也」。

　　九月十一日，「午後作一文，評馮至杜甫傳，具稿七八紙」。

　　九月十二日，「作評杜甫傳文四頁」。〔註82〕

　　九月十三日，「寫杜甫傳評完，共三四千字，久用心思，覺口苦，遂輟筆」。

　　九月十四日，「寫杜甫傳評清稿一頁，不耐久坐，散步至放鶴亭」。〔註83〕

　　九月十六日，「寫杜甫傳評畢，請微昭閱一過」。〔註84〕

　　九月十八日，「過浙江圖書館，晤雁迅，以評馮至杜甫傳一文示之。承其商量，頗得益，歸來增刪數處」。

〔註78〕夏承燾：《夏承燾集》第七冊，杭州：浙江古籍出版社、浙江教育出版社，1997年1月版，第161頁。

〔註79〕夏承燾：《夏承燾集》第七冊，杭州：浙江古籍出版社、浙江教育出版社，1997年1月版，第162頁。

〔註80〕夏承燾：《夏承燾集》第七冊，杭州：浙江古籍出版社、浙江教育出版社，1997年1月版，第163頁。

〔註81〕夏承燾：《夏承燾集》第七冊，杭州：浙江古籍出版社、浙江教育出版社，1997年1月版，第164頁。

〔註82〕以上見夏承燾《夏承燾集》第七冊，杭州：浙江古籍出版社、浙江教育出版社，1997年1月版，第190頁。

〔註83〕以上見夏承燾《夏承燾集》第七冊，杭州：浙江古籍出版社、浙江教育出版社，1997年1月版，第191頁。

〔註84〕此文收入馮姚平編《馮至與他的世界》（河北教育出版社，2001年1月版，第391～398頁），係據其手稿整理。末署「1951年9月16日，西湖浙大宿舍」，題作《讀〈愛國詩人杜甫傳〉》。

九月十九日，「午後改寫評杜甫傳。夕雁迅來，談杜詩」。〔註85〕

九月廿一日，「上午改評杜甫傳文畢」。〔註86〕

九月卅日，「夕雁迅夫婦來，謂近作讀馮至杜甫傳箚記，聽其說三節，有深至語」〔註87〕。

後來，至 1962 年，時逢紀念世界文化名人杜甫誕生 1250 週年，《人民文學》編輯部約寫文章，故馮至決意以杜、蘇二人的交往為題材，於是年春，創作出一篇小說，此即《白髮生黑絲》。〔註88〕作者在 1979 年 5 月 5 日寫就的《重版說明》中，曾道出其創作意圖，是「要說明杜甫在貧病交加的晚年，能欣賞蘇渙那樣的人物，可見他晚年的精神狀態並不像有些人所認為的那樣衰頹。傳記尊重事實，小說依靠想像，但這裡的想像還是以杜甫的詩篇為根據的」〔註89〕。此後，又在《馮至選集》的序言中，再次重申：「《白髮生黑絲》雖然也有想像和虛構，但都是以杜甫的詩為基礎，絲毫不曾像寫《伍子胥》那樣肆意放筆，橫添枝葉。」〔註90〕

馮至的杜甫研究，源於抗戰時期的生活變遷，使之對一生顛沛流離的杜甫，有了深切的同情與理解，進而去接近杜甫，認識杜甫，研究杜甫，最終重塑出全面、立體、鮮明的杜甫形象。〔註91〕其研究特色，借用陳燊、蔣勤國

〔註85〕以上見夏承燾《夏承燾集》第七冊，杭州：浙江古籍出版社、浙江教育出版社，1997 年 1 月版，第 192 頁。日記中「十八日」復作「十六日」，不知是作者之誤，還是排版之誤。

〔註86〕夏承燾《夏承燾集》第七冊，杭州：浙江古籍出版社、浙江教育出版社，1997 年 1 月版，第 193 頁。

〔註87〕夏承燾《夏承燾集》第七冊，杭州：浙江古籍出版社、浙江教育出版社，1997 年 1 月版，第 195 頁。

〔註88〕馮至：《詩文自選瑣記》，《新文學史料》1983 年第 2 期，第 32 頁。

〔註89〕馮至：《杜甫傳》，北京：人民文學出版社，1980 年 3 月版，《重版說明》第 1 頁。

〔註90〕馮至：《詩文自選瑣記》（代序），《馮至選集》第一卷，成都：四川文藝出版社，1985 年 8 月版，第 21 頁。「瑣記」末署「一九八三年一月二十九日寫完，五月五日略作修改」；「一九八四年二月二十日」，又有《〈瑣記〉補記》。

〔註91〕張輝認為，「戰亂使馮至不得不像杜甫一樣顛沛流離，並轉而學習用杜甫的方式直面個人與家國的苦痛」，但「戰爭經歷僅僅是馮至走近杜甫的一個重要契機，而遠不是全部原因」。馮至對杜甫的選擇，「實際上是一種精神類型的選擇，乃至一種人生選擇」。其「前奏或準備期」是馮至「對晚唐詩歌、浪漫派甚至對里爾克的喜好」，而另一方面，則是「馮至和中國詩史傳統的連接」。參見張輝《馮至　未完成的自我》，北京：文津出版社，2005 年 1 月版，第 135、138 頁。

和趙睿才的總結，首先是把杜詩作為「整個的有機體」來展開研究。馮至認為，杜甫的政治熱情和創作熱情，猶如負載杜詩「凌空飛翔」的「兩扇羽翼」。從這一觀點出發，《杜甫傳》的寫作，主要以杜甫的詩文為根據，既重視其愛國愛民的政治熱情，也重視其精心錘鍊的創作藝術。其次是開闊的學術視野。馮至不但將杜甫研究深置於唐代社會的政治、經濟、哲學、倫理及道德風尚之中，而且在廣闊的世界文化背景上展開論述，從而凸顯出杜甫獨具的特點及其創作的特殊價值。《杜甫傳》通過「歷史地化用材料」與「藝術地描繪人物」二者的有機結合，刻畫出古代詩人的生活圖景、性格及形象，具有開創性的學術意義。〔註92〕另一方面，正是通過上述研究，馮至也繼承了杜甫「兼濟天下的積極入世精神」，「憂國憂民的憂患意識」，對接「內在生命與外在宇宙」的思維方式，以及「語不驚人死不休」的創新精神，從而對自身的創作也產生了深刻的影響。〔註93〕

第二節　梁實秋論杜

　　梁實秋（1903～1987），原籍浙江杭縣，生於北京。學名梁治華，字實秋，一度以秋郎、子佳為筆名。1915年考入清華學校。1923年畢業後赴美留學。1926年回國任教於南京東南大學。翌年到上海編輯《時事新報》副刊《青光》，同時與張禹九合編《苦茶》雜誌。不久任暨南大學教授。1930年，應楊振聲之邀，任青島大學外文系主任兼圖書館長。1932年到天津，主編《益世報》副刊《文學週刊》。1934年應聘任北京大學研究教授兼外文系主任。1935年秋創辦《自由評論》，先後主編《世界日報》副刊《學文》和《北平晨報》副刊《文藝》。「七七事變」後，離家獨身到後方。1938年任國民參政會參政員，主持重慶北碚國立編譯館翻譯委員會並擔任教科書編輯委員會常委，年底開始主編《中央日報》副刊《平明》，因其《編者的話》而引發關於「抗戰無關論」的論爭。抗戰勝利後回北平任師大教授。1949年去臺，任臺灣師範學院

〔註92〕 參見陳燊《馮至先生的杜甫研究》，馮姚平編《馮至與他的世界》，石家莊：河北教育出版社，2001年1月版，第424～426頁；蔣勤國《馮至評傳》，北京：人民出版社，2000年8月版，第253～256、258頁；趙睿才《篳路藍縷，以啟山林——馮至先生的杜甫研究》，《杜甫研究學刊》2006年第3期，第37～45頁。

〔註93〕 參見孔令環《論杜甫對馮至詩歌創作的影響》，《太原師範學院學報》2007年第2期，第90～94頁。

（後改師範大學）英語系教授，後兼系主任，再後又兼文學院長。1961 年起，專任師大英語研究所教授。1966 年退休。〔註 94〕

　　梁實秋允稱「杜詩迷」。其讀書，一向主張要讀「長久被公認為第一流的作品」。外國文學方面，經胡適倡導，梁實秋選擇了莎士比亞；中國文學方面，則自主選擇了杜甫。1987 年，梁實秋在回答《聯合文學》記者丘彥明女士的提問時，曾系統回顧過自己研讀杜甫的歷程。〔註 95〕簡言之，其興趣和心願的萌發，是受到好友聞一多的感染。1928 年 6 月，聞一多在《新月》發表《杜甫傳》（未完）；1930 年 4 月，又在武漢大學《文哲季刊》發表《少陵先生年譜會箋》，梁實秋認為「杜甫號稱『詩聖』，『屈指詩人，工部全美，筆追清風，心奪造化』（韓愈語）」，「喜歡詩的人若是不對工部加以鑽研，豈非探龍頭而遺驪珠」？此後，即開始研究杜詩，搜集有關杜詩的版本。1936 年 5 月 25 日，遊北平東安市場，廉價購得仇兆鰲《杜少陵集詳注》，係商務國學基本叢書本，因有標點，且「取攜便利」，隨身已五十年。而琉璃廠和隆福寺街的舊書鋪老闆，知其好杜詩，遂將書不斷送來；同時購得洪煨蓮主編的《杜詩引得》，乃依其長序，按圖索驥。「但限於貲力，不能從心所欲。」〔註 96〕其好友亦多相助，如冰心去日本後，曾為其購得日本版杜詩一本。經多方查尋和友人幫助，梁實秋總共搜集杜詩版本六十多種。〔註 97〕

　　杜詩一千三百四十九首，梁實秋均曾圈點一遍。「歷代注解，率多在『無一字無來歷』說法影響之下，致力於說明某字某詞見於何書，對於詩句之意義常不措意。仇注、錢注、朱注、九家注、千家注，莫不皆然」，在他看來，「這是一大缺點」。「中國字詞只有這麼多，詩人使用字詞與古人雷同，未必

〔註 94〕中國現代文學館編：《中國現代作家大辭典》，北京：新世界出版社，1992 年
　　2 月版，第 275 頁，該詞條為石鳴撰。

〔註 95〕有趣的是，這篇訪談的題目「『豈有文章驚海內』」，也是取自杜詩。題下有小
　　序：「『豈有文章驚海內，漫勞車馬駐江干』是杜工部的名句，也是他謙己之
　　語。當時杜公四十九歲，自嗟老病。我今年逾八旬，引杜詩為題以自況，乃
　　係實情，並非謙為。丘彥明女士惠然來訪，我如聞跫音。出示二十二問，直
　　欲使我之鄙陋無所遁形。秉筆覼縷，不能成章，慚愧慚愧。」參見《梁實秋
　　散文集》第 2 卷，長春：時代文藝出版社，2015 年 3 月版，第 240 頁。「豈
　　有文章驚海內」語出杜甫《賓至》。

〔註 96〕梁實秋：《「豈有文章驚海內」──答丘彥明女士問》，《梁實秋散文集》第 2
　　卷，長春：時代文藝出版社，2015 年 3 月版，第 256～257 頁。

〔註 97〕敏君、繽子編著：《雅言風流──梁實秋》，北京：中國青年出版社，1994 年
　　12 月版，第 73 頁。

即是依傍古人。縱然是依傍古人，庸又何妨？指出其雷同之處，又有何益？」因此，梁實秋研究杜詩，重在理解詩義。〔註98〕同時，也正是因為對杜詩的熟稔，其在北碚寫作《雅舍小品》時，才會隨手拈來，而又熨帖自然。

　　梁實秋的杜甫研究，雖醞釀於抗戰之前，但初試啼聲，卻在抗戰期間，而「真正開始是在抗戰勝利之後」〔註99〕。

（一）《關於李杜的兩本新書》

　　該文發表於《星期評論》第 36 期（第 13～14 頁），1941 年 10 月 30 日出版。長期以來，此文一直未得到研究者的關注，至 2002 年 10 月，《梁實秋文集》編輯委員會編、楊迅文主編的《梁實秋文集》，方將其收入第七卷「集外拾遺 2」，由鷺江出版社出版。

　　所謂「兩本新書」，一是李長之的《道教徒的詩人李白及其痛苦》（商務印書館，1940 年 8 月），二是朱偰的《杜少陵評傳》（青年書店，1941 年 6 月）。書評開篇即指出兩書共同的特色，然後分別指陳其得失。相關內容，可見諸本著有關兩書的評述。最後則表示，李杜均曾「遭遇亂離，流寓巴蜀」，「吾人於顛沛之中」讀此兩本評傳，「當然倍增興趣」。同時論者也希望藉此「引出更多更偉大之成績」。

　　如前文所引，梁實秋在評說《杜少陵評傳》時，認為朱偰以現代稱號加之於杜甫，會失其本來面目，「詩聖」要比「民族詩人」更為恰切。梁實秋「很少在中西文學之間相互闡發」，即如談莎士比亞，也未將中國的文學現象，硬性牽扯進去。〔註100〕這也是其比較文學研究的一個特點。

（二）《杜甫的〈客夜〉》

　　該文發表於《文藝與生活》第 4 卷第 4 期〔註101〕（第 1～2 頁），1947 年

〔註98〕梁實秋：《「豈有文章驚海內」——答丘彥明女士問》，《梁實秋散文集》第 2 卷，長春：時代文藝出版社，2015 年 3 月版，第 257 頁。該文原載臺北《聯合文學》第 3 卷第 7 期（總第 31 期），1987 年 5 月 1 日出版。

〔註99〕梁實秋：《「豈有文章驚海內」——答丘彥明女士問》，《梁實秋散文集》第 2 卷，長春：時代文藝出版社，2015 年 3 月版，第 257 頁。

〔註100〕高旭東：《梁實秋：在古典與浪漫之間》，北京：文津出版社，2005 年 1 月版，第 230～231 頁。

〔註101〕編輯委員會：中華全國美術協會北平分會、世界科學社青年輔導部、中華全國文藝作家協會北平分會；主編：謝冰瑩；發行人：唐嗣堯；發行所：世界科學社（北平東城椿樹胡同二號）；印刷所：世界科學社出版部印刷組；總包銷處：東城北方書店；代售處：全國各大書店。

5月1日發行。

　　原詩如下：「客睡何曾著？秋天不肯明。入簾殘月影，高枕遠江聲。計拙無衣食，途窮仗友生。老妻書數紙，應悉未歸情。」

　　梁實秋首先闡明選析此詩的理由。該詩並非杜工部「頂出色」的作品，但在亂離中有過類似「客夜」經驗的人，卻會覺得「非常親切有味」。實則仍是從抗戰流離的經驗和感受出發。

　　次言其寫作背景。該詩大約作於寶應元年（762）秋間，詩人時年51歲，家眷留在成都，自己獨身隨成都尹嚴武還朝，至綿州，西川兵馬使徐知道反，因入梓州。此詩是才到梓州時作。是年冬，即將家眷接梓州。故此詩並非「久客在外憶家之作」，而是亂離中初到生地，夜裏難眠所發的感慨。金聖歎《唱經堂杜詩解》云：「久客不歸，最無以自解於老妻」，梁實秋認為「殊非事實」。

　　再看其語言風格。此詩「清楚明白，很近於白話」，詩中無典故和「特殊的詩藻」，可算杜詩一格。「在感情強烈而真摯的時候」，「用淺顯的文字和寫實的手法直截了當的抒寫所感，比較的更容易動人」，此即其中一例。如首二句「全是幾乎沒有什麼剪裁的大白話」。有關解讀，梁實秋認為，《九家集注本》所引趙彥材語，指陳恰當；但黃生《杜詩說》，卻有故弄玄虛之嫌。

　　該詩版本方面的問題，主要有三。其一，首句「客睡」二字，自南宋版分門集注本以降，諸本均是如此，但《杜詩引得》所據宋版郭知達九家集注本，卻作「客夜」。梁實秋不免發出疑問：「究竟是引得鉛印之誤，抑是翻刻之誤，抑是宋版郭著確是如此」，尚難斷定。不過，以意度之，「客夜」於義未安，恐有誤。今查《杜甫全集校注》，亦作「客睡」。其二，第三句「入簾」，郭本注「一作卷」，嗣後各本「入」「卷」參半。具體而言，「『卷』，錢鈔本與底本同；餘本俱作『入』；宋九家本、蔡甲本云：『「入」，一作「捲」。』宋千家本、元分類本引希曰：『「入簾」，一本作「捲簾」。』元千家本引希曰：『「捲」誤作「睡」。』」〔註102〕梁實秋認為，兩者均可，不過「在對仗上稍有問題而已」，但仇兆鰲《詳注》引洪仲注所云，則「似嫌牽強」。該句之「月影」，張遠《杜詩會粹》作「月色」，但不知何據？其三，第四句之「遠」，仇本注「一作送」，而李文煒（雪岩）《杜律通解》作「聽」，則應是「手民

〔註102〕蕭滌非主編：《杜甫全集校注》五，北京：人民文學出版社，2014年1月版，第2664頁。

之誤」。

　　繼之，梁實秋對此詩作出詮釋。首二句是說「秋夜漫漫」，客中躺在床上，「張著大眼害失眠，盼著天亮便好」，無奈「老天故意搗亂，偏不肯明」！次二句寫景。「但見殘月之影入簾而來，枕上只聽得遠江之聲，是一片秋夜淒涼景況，更加助人悲苦。」次二句寫自己身世，「直說」「客中衣食無著，毫無辦法，只好寄人籬下，靠朋友提攜」。此中問題在於：「友生」到底是誰？顧修遠《辟疆園杜詩注解》認為應指高適，朱鶴齡《年譜》則對顧說提出質疑，仇兆鰲《詳注》「完全抄襲朱說」，進一步主張「友生」或即章彝。梁實秋認為，章彝雖「最為可能」，且章、杜「交誼不惡」，但疑問猶存。如果可以確定此詩作於寶應元年，但須知章留後此時並不在梓州，據《黃氏集千家注杜工部詩史補遺》黃鶴注，「寶應元年及廣德元年之春」，「守梓州者乃李使君」，是年之夏，方為章侍御。然則「友生」是否即李梓州，梁實秋認為，「此亦不可武斷」，進而認為，「杜工部一生都是靠了朋友，何必但在這一首詩裏要確認其人」，所謂「友生」，應是「泛指一般朋友」。《杜甫全集校注》或曾採納梁說，其注釋云：「按諸說以友生確指何人，似欠妥。甫暫入梓時所交接者恐非一人，如嚴二別駕即其一，故友生乃泛指在梓之友人，不必泥定為誰。」〔註103〕

　　最後兩句亦有問題。「書數紙」，究竟是杜工部寫給老妻，還是老妻寫給杜工部，各家解釋，殊不一致。顧修遠認為是「老妻數紙自成都而來」；浦起龍《讀杜心解》認為「此因得家書後有感不寐而作，家書中定有催歸之語」，「舊以數紙為寄妻之書，恐非」；楊倫《杜詩鏡銓》則襲浦說。而仇兆鰲、黃生《杜詩說》、吳見思《杜詩論文》、邊連寶《杜律啟蒙》、金聖歎等，均解作寄妻之書。梁實秋認為，後說「較為妥當而深刻」，其理由如下：「大抵亂離之中遠出作客，不能不憶家中妻小」，但「客中所最苦惱的事，倒還不是憶家」，「乃是唯恐家裏惦念自己」。杜工部送武至綿，阻兵入梓，如同平地風波，擔心老妻一旦聽得川北用兵，心內著急，故一到梓州，便連發家信，報告自己行蹤，以使老妻放心，但又不知其是否收到。想到此地，更加難以入睡。因此，「老妻書數紙，應悉未歸情」，「乃是自己心裏盤算之語」。《杜甫全集校注》也認為，「『老妻』句，張溍、邊氏所解較為順通，似更切詩意。顧、浦所解未

〔註103〕蕭滌非主編：《杜甫全集校注》五，北京：人民文學出版社，2014年1月版，第2662頁。

免迂曲」〔註104〕。

（三）《杜審言與杜甫》

該文發表於《文潮月刊》〔註105〕第 4 卷第 1 期（總第 1391～1394 頁），1947 年 11 月 1 日出版。編者所作《作者介紹》云：「作者梁實秋先生，國立師範大學教授，曾譯莎士比亞全集等名著數十種」（總第 1420 頁）。

杜審言與杜甫祖孫之間，雖從未見面，但從作品和生平觀之，兩人在性格和作風上關係密切。

首先來看性格。一是矜誇。初唐詩壇，杜審言與崔融、李嶠、蘇味道並稱「文章四友」，然恃才傲物。《新唐書》記其三事，可見其「自負甚高，出語誇大」。以其現存四十三首而論，對五七言絕律之體，雖不愧為前驅，但「以屈宋作衙官」，似嫌不倫；又雖較沈宋略高一籌，但何至不見替人。胡適《白話文學史》以之為「詼諧的風趣」，梁實秋卻認定是「矜誕誇大」。此種性格，杜甫亦得其遺傳。如《壯遊》自誇早熟，《進雕賦表》也不少自吹自擂。

二是好遊玩。杜審言蹤跡所至，《新唐書》所記者，有襄陽、隰縣、洛陽、吉州、峰州（安南）、長安；詩中可見者，有嵐州（太原）、湘江、江津、石門山、南海（廣東）等地。其中峰州、吉州都是謫居之所。杜甫亦曾客遊吳越齊趙蜀湘。祖孫均非「死守甕牖」之人。

三是阿諛。杜審言是一位「貴族詩人」，詩多應制之作，「其間無非是一些阿諛之詞」，其趣味和供應戲的文詞相類。楊慎《丹鉛總錄》云：「唐自貞觀至景龍，詩人之作盡〔註106〕是應制，命題既同，體制復一，其綺麗有餘，而微乏韻度。」杜審言亦非例外。梁實秋認為，「大抵對於自己肯誇誕的人，對於主上的逢迎也必無所不用其極。都是做作」。而「此種阿諛主上的作風，杜甫亦所不免」。其三大禮賦、《封西嶽賦》，「都極盡歌功頌德之能事」。其氣味

〔註104〕 蕭滌非主編：《杜甫全集校注》五，北京：人民文學出版社，2014 年 1 月版，第 2663 頁。

〔註105〕 《文潮月刊》，民國三十五年（1946）五月一日創刊。張契渠編輯。文潮出版社、正中書局發行。出版地上海。該刊封面交替使用「文潮月刊」與「文潮」之名。民國三十八年（1949）一月二十五日終刊，共出 33 期。為文藝刊物，載有理論、研究、評論、小說、詩、戲劇、散文、雜文等作品，創作為主，翻譯次之。參見陳建功主編《百年中文文學期刊圖典》上，北京：文化藝術出版社，2009 年 8 月版，第 319 頁。

〔註106〕 原引文作「畫」，應是「盡」之誤，徑改。

和應制詩正是一丘之貉。杜甫因屢試不第，官微職卑，故無從賦寫應制詩，而天寶之亂迫其流離失所，反驅使其走上「自由創作」的道路。

　　其次來看作風。楊萬里《杜審言集序》已注意到「祖孫之相似」，梁實秋則認為二者的相似，「不僅是一兩句的偶合」，而是「確有一脈相承的跡象可尋」。據《進雕賦表》的自白，杜甫早年學詩，必曾觀摩祖父的作品。其後來的詩中，也屢有提及。如其一則曰「吾祖詩冠古」（《贈蜀僧閭丘師兄》），再則曰「詩是吾家事」（《宗武生日》），三則曰「例及吾家詩，曠懷掃氛翳，鍾律儼高懸，鯤鯨噴迢遞」（《八哀詩·贈秘書監江夏李公邕》）。

　　就二人整個的詩集而論，其相似處計有：一是詩的取材。初唐詩壇，「率多擬古之作，很少寫實之篇」，相較而言，杜審言則與眾不同。其詩「差不多全是臨時即景抒懷之作」，「凡有贈和皆實有其人，凡有臨眺皆實有其地」，故其題材「親切」。如杜審言《登襄陽樓》與杜工部《登兗州城橋》，杜審言《旅寓安南》與杜工部《戲作俳諧體遣悶》，「都是隨時隨地拈取事實，不假詞藻，自然生動」，體現出「獨創的寫實的作風」。統觀杜集，很少擬古之作，更少無病呻吟之作，「幾乎全是實際生活，實人實事實情實景」。此等詩才，杜審言已露端倪，至杜甫便登峰造極。

　　二是對偶。對偶成為詩中要素，始自律詩。杜審言於此道，即頗為高明。其五言律詩，「差不多通體皆是對偶」，如其《經行嵐州》《秋夜宴臨津鄭明府宅》。其妙處在於「對仗工整之外，了無堆砌之痕，一氣呵成，意義連串」。杜工部對此更是運用自如，常「驅使大量的典故詞藻，對得平平穩穩，而把一股詩意貫穿其間，不枝不蔓，不滯不板，於富贍〔註107〕典麗之中有生動灑脫之妙」。如《登高》《春望》《聞官軍收河南河北》等，「大氣磅礡，一泄如注」，為「律詩之最上乘」。

　　杜審言對杜甫的影響，由上可以見得，體現出「家學淵源」。但二人的詩藝造詣，卻不可相提並論，簡言之，「杜甫的眼界胸襟學識技巧都遠在乃祖之上」。

（四）《杜甫與佛》

　　該文發表於臺灣《自由中國》第 2 卷第 1 期，1950 年 1 月出版。後收入《梁實秋論文學》，時報文化出版事業有限公司，1978 年 9 月版，第 555～560

〔註107〕原文作「瞻」，有誤，徑改。

頁。本著的撮述，取自後者。

　　「杜甫是一個生活經驗極豐富的人」，「每飯不忘君」是其一面，與佛亦有頗多關係。梁實秋此文的目的，即在於對此略作說明。

　　杜甫與佛教發生關係，是在四十歲以後。天寶十載，杜甫「進三大禮賦，踏入宦場，蹭蹬失意，隨後即遭天寶之亂，開始流浪，度隴克秦，入川遊楚，於戚戚風塵之際，開始接受佛家思想的薰染」。而在四十歲之前，杜甫雖也不得意，時有「隱淪之志」，但其思想只是「近於道家，與佛無涉」；而且這種「求仙隱遁」的情緒，終其一生，都多少有所保持，直到臨死，還有「葛洪尸定解」的讖語。因此，四十歲以前，杜甫「只有神化隱逸的思想流露於字裏行間」；四十歲以後，才有佛家思想。

　　杜甫佛家思想的來源，或有如下數端：一是房琯及房相之客贊公，二人好佛，可能對杜甫影響甚大。尤其是與贊公往返之後，入佛漸深。二是當時佛是時尚，而禪宗正當全盛，杜甫「在顛沛流離之中不能不接受其影響」。三是「飲中八仙」之一的蘇晉以及王維，都是杜甫朋友，且杜甫另有不少方外知交。因此，杜甫四十歲以後的作品，「常有得道之語和佛門典故」。

　　杜甫所傾服的是南派禪守。何以見得？《夜聽許十一誦愛而有作》云：「許生五臺賓，業白出石壁，余亦師粲可，身猶縛禪寂。」此處所云，當是泛指南禪。而《秋日夔府詠懷一百韻》有句云：「身許雙峰寺，門求七祖禪」，更明白道出其信仰在曹溪。「七祖」二字，注家聚訟，或指天竺七祖總稱，或指普寂（大照），或指菏澤。梁實秋認為，「六祖以後衣缽不傳，七祖云云當然無據」，不過可以肯定的，則是南禪無疑。〔註108〕

　　杜甫信佛的深淺，也值得研討。是行文方便，偶然摭取釋典，阿附風尚，還是真正有所了悟，虔心皈依？蘇東坡評其《謁文公上方》，曾說「知子美詩外，別有事在」；而所謂「別有事在」，亦即杜甫《望牛頭寺》「休作狂歌老，回看不住心」之意。《上兜率寺》「庾信哀雖久，周顒好不忘」，也是同一心事。《望兜率寺》「不復知天大，空發見佛尊」，極力讚歎佛法的博大超過了儒家，則是「更坦率的自述」。《秋日夔府詠懷一百韻》，「出峽求禪之旨昭然若揭」；而《陪李梓州王閬州蘇遂州李果州四使君登惠義寺》之「誰能

〔註108〕對於杜甫所信禪宗，論者有南宗、北宗之爭。如仇兆鰲力主杜甫信南宗，周篆則以杜甫為北宗。參見蕭滌非主編《杜甫全集校注》八，北京：人民文學出版社，2014 年 1 月版，第 4871 頁。

解金印，瀟灑共安禪」，「直是勸人解脫」；且「本自依迦葉，何曾藉偓佺」（「夔府百詠詩」），明言「神仙之事縹緲不可求，惟禪方是歸宿」。杜甫老年，萬念俱灰，身軀衰謝，「確是有意於詩酒之外鑽研禪理」。另一方面，「杜詩於激憤處常有非孔語，而對佛則從無譏評」。再一方面，杜詩釋典的運用，靈巧豐贍，據此以觀，其對於若干大乘經典，必定精通。綜合來看，杜甫於佛，當具有相當信仰。

　　杜甫或有意逃入禪門，但畢竟不曾遁入空門。究其原因，應為三事所累：詩、酒、妻子。「所謂詩，即是情，即是愛憎，即是對於人世的留戀」；對於酒，杜甫因肺氣亦已辭謝痛飲。惟對於妻子，無法安排。杜甫一生，浪跡江湖，然室家之樂，每每筆之於詩，鄜州望月，梓州失眠，俱寫得「情致纏綿」。其為妻所累，求仙不成，求佛亦然。故杜甫的求禪，「大概是只限於觀經聽講」。

　　最後，梁實秋總結認為，杜甫本熱心仕進，但歷盡挫折，「始無意用世，於坎壈漂泊之際，隨緣感觸，接近禪門」，進而達到宗教境界的邊緣，卻因眷念人世而不得解脫。若從白璧德「自然的、人道的、宗教的三境界」來看，杜甫最終還是停留在人道的境界中。〔註109〕

（五）《讀杜記疑》

　　據前引梁實秋答丘彥明問，《讀杜記疑》前後共兩輯。第一輯五則，分別是：一、月是故鄉明。語出杜甫《月夜憶舍弟》。二、「浮瓜」與「裂餅」。見於《信行遠修水筒》。三、杜甫諸弟。杜詩從未提及其兄，或是早故；但數及諸弟，有穎、觀、豐、占，其行列如何，若仔細探究，「似尚可略得消息」。四、燈前細雨簷花落。語出《醉時歌》。五、槐葉冷淘。詩分兩段，各十句。〔註110〕

　　第二輯十一則，分別是：一、賣藥與藥欄。前者見於《進三大禮賦表》，後者見於《有客》。二、況余白首。語出《觀公孫大娘弟子舞劍器行》序文。三、烏鬼。語出《戲作俳諧體遣悶二首》。四、他日。語出《秋興八首》之「叢菊兩開他日淚」。五、不覺前賢畏後生。語出《戲為六絕句》之一。末署「一九七二年十月十六日」。不知此一時間是單指第五則的寫作時間，抑或包括前

〔註109〕　高旭東：《梁實秋：在古典與浪漫之間》，北京：文津出版社，2005 年 1 月版，第 231 頁。

〔註110〕　其具體內容，可參見《梁實秋散文集》第 2 卷，長春：時代文藝出版社，2015年 3 月版，第 206～211 頁。寫作時間未詳。

四則？六、雞狗亦得將。語出《新婚別》。末署「一九七三年三月一二日」。
七、漫與。語出《江上值水如海勢聊短述》。八、喪家狗。語出《將適吳楚，
留別章使君留後兼幕府諸公，得柳字》。九、不是煩形勝，深愁畏損神。語出
《上白帝城二首》第一首。末署「一九七三年九月二四日」。十、天子呼來不
上船。語出《飲中八仙歌》之「李白」。十一、藤輪。語出《贈王二十四侍御
契》。末署「一九七四年十二月二日」。〔註111〕

《讀杜記疑》觀點新穎，啟人良多。訪談中，梁實秋亦向丘彥明表示，
「此後仍將繼續發表我的疑點」〔註112〕，但在其逝世之前，未再見有關文字
發表。

此外，梁實秋尚有《劍外》一文，對杜詩「劍外忽傳收薊北」（《聞官軍收
河南河北》）之「劍外」，提出新解，認為當指「劍門以北長安一帶」。其理據
有二：一是親身歷見。「按劍門天險」，「是自廣漢穿過劍閣而入漢中必經之地」。
抗戰時期，梁實秋曾途經其地，「因為汽車拋錨，在縣城外一小站店留宿一夜，
印象益為深刻」。二是據李白《蜀道難》《上皇西巡南京歌》及張載《劍閣銘》，
「劍閣是蜀之北方門戶」。而杜甫作此詩，時在梓州，「劍閣即在梓橦之東北」，
「捷報是從河南河北傳到長安，再由長安傳到劍南」，以此推斷，故得出上一
結論。〔註113〕不過，這一說法，並未得到廣泛認可，一般論者，仍堅持認為
「劍外」是指劍南蜀中。〔註114〕

由上觀之，梁實秋論杜，頗見學術功力，既考證詳明，辨析清晰，又洞
燭幽微，發人未見，間或援引西說，稍加引申，故其見解較之舊日樸學，更顯
圓活通透。

〔註111〕 其具體內容，可參見《梁實秋散文集》第6卷，長春：時代文藝出版社，2015
年3月版，第294～301頁。

〔註112〕 梁實秋：《「豈有文章驚海內」——答丘彥明女士問》，《梁實秋散文集》第2
卷，長春：時代文藝出版社，2015年3月版，第257頁。

〔註113〕 梁實秋：《梁實秋讀書箚記》，北京：中國廣播電視出版社，1990年9月版，
第118～119頁。據該書《編後記》，20世紀70年代初，梁實秋應友人之邀，
曾在《中華日報》副刊開闢《四宜軒雜記》專欄，發表讀書箚記60篇（第
253頁），《讀杜記疑》第二輯與《劍外》均係其中篇章。

〔註114〕 參見何躍祖《談梁實秋先生「劍外」新解》，《杜甫研究學刊》1994年第2期，
第62～64頁。

結　語

　　杜甫既是著名的現實主義詩人，也是偉大的愛國主義者。其「熱愛祖國
的高貴品德」以及浸透於詩篇中的「憂國憂民的愛國主義精神」，「始終哺育
和鼓舞著後代的愛國詩人、民族英雄以及革命志士，成為中華民族保衛祖國、
抵禦外侮的精神支柱」。這種影響，「世代延續、古今貫串」，在民族危急存亡
的抗日戰爭中，同樣「激勵和鼓舞學術界、知識界以及文藝界的愛國者」，積
極展開「反侵略和反投降」的英勇鬥爭。〔註1〕可以說，杜甫的精神特質與文
化象徵，很大程度上影響和決定著當時知識分子的個人行為及其價值取向；
而杜甫研究，也就成為文化抗戰、學術抗戰的主要代表和重要力量。

　　另一方面，抗戰以來，一批批東北、華北、華東、中原的作家和學者流
落西南的經歷，與杜甫當年「漂泊西南天地間」的生活，又頗多相似之處。因
此，對杜甫和杜詩的體認與研究，尤為深切。正是由於當時的文化生態與文
人心態與杜詩多有暗合，故抗戰大後方的杜甫研究，無論是專著、論文、教
材與作品，均曾蔚為大觀。整體而言，此一階段的杜甫研究，呈現出戰時性
和現代性的顯著特色。

（一）戰時性

　　抗戰時期，由於與唐時的安史之亂近似，故此一時期的文人學者，習慣
於將自己的感受與體驗投射到杜詩，並從中得到印證；與此同時，對杜詩的
解讀，也多聯繫戰時的社會情形來加以闡發，具有鮮明的戰時指向與戰時功

〔註1〕　李誼：《「挺身艱難際　張目視寇讎」——試談杜甫及其詩歌在抗日戰爭中的
　　　　　影響》，《抗戰文藝研究》1982 年第 4 期，第 71 頁。

能。茲舉數例：

　　對安史之亂與抗戰，朱偰曾有類比。他指出，唐代安史之亂的「兩京淪陷，士庶流離」，有如抗戰一樣。許多士大夫，「自中原流亡到四川」，「在漫漫的歲月中，度著流亡的生活」，「繫念著故鄉的家庭，牽記著舊都的產業，時時渴望回到故土；但是中原無主，寇盜縱橫，只好寄居異鄉，慘澹度日」。而杜詩「我來入蜀門，歲月亦已久。豈惟長兒童，自覺成老醜」（《將適吳楚，留別章使君留後，兼幕府諸公，得柳字》），可以表現「流亡者久客他鄉的心情」；「浮生看物變，為恨與年深」（《又示兩兒》），則可表現「一般流亡者心頭的隱痛」。〔註2〕正是基於「流亡人的親身經歷」，朱偰在描寫「當年少陵流亡入蜀的心情」時，才「特別具有深刻的體會」，其感情也「十分真誠」。〔註3〕

　　杜呈祥同樣認為杜甫的詩歌如同其實際生活，一方面充滿了「偉大理想的輝光和積極奮鬥的精神」，一方面也充滿了「人生的苦痛和動亂時代的影像」，其中「所反映出來的一切」，千載以下，仍「十分動人而簇新」，如以「抗戰期間的文化人的眼光」去看，尤覺「古今文人在變亂時代的命運相同」，而杜甫的態度足夠「奉為圭臬」。〔註4〕

　　賀昌群對杜甫時代與抗戰年代的類比，也隨處可見。他認為，書齋的生活，只能對杜詩加以考據，如要深深體會老杜的詩情意境，則需身臨其境，與實景實物融匯，同時予以「美的點化」。抗戰以來的民族大流徙，時代正如天寶乾元年間的安史之亂，時間亦與其居蜀的年歲約略相等，路線則也是其當年「流亡轉徙的大道」，故杜甫「所見的山川風物，雖古今有異，畢竟大致無殊」。〔註5〕進而指出：「處於今日憂患深重的時候，少陵的情懷，其實就是我們的寫照」。〔註6〕

　　正是基於這種「異代而心通」，杜甫便因其「直觀現實的現實主義精神以

〔註2〕朱偰：《杜少陵在蜀之流寓》，《東方雜誌》第 40 卷第 8 號，1944 年 4 月 30 日，第 36 頁。

〔註3〕朱偰：《杜少陵在蜀之流寓》，《杜甫研究論文集》一輯，北京：中華書局，1962 年 12 月版，第 138 頁。

〔註4〕杜呈祥：《杜甫的貧病生活》，《文史雜誌》第 6 卷第 1 期，1946 年 7 月，第 47 頁。

〔註5〕賀昌群：《讀杜詩（一）》，《中國青年》第 7 卷第 1 期，1942 年 7 月 1 日，第 119 頁。

〔註6〕賀昌群：《讀杜詩（二）》，《中國青年》第 7 卷第 4、5 期合刊，1942 年 11 月 1 日，第 29 頁。

及不屈不撓的戰鬥精神」〔註7〕，成為抗戰時期時代的喉舌，成為飽受戰亂之苦的廣大民眾的「代言人」，成為鼓舞國人奮勇抗敵的「號角」。〔註8〕與此同時，抗戰也「直接激發了民族主義思潮」，「強化了杜詩的『詩史』說」，並為「詩史」增添了新的時代內涵。〔註9〕

（二）現代性

抗戰時期的杜甫研究，新舊並存，多元發展，其路徑較先前更為開闊，「大至時代、民族文化、社會，細至一字一句，多有論及」。〔註10〕其現代性的特徵已漸次顯現並漸趨成熟。

首先是由於現代學術意識的影響和現代學術規範的建立，這一時期的杜甫研究，逐步從傳統的點評式的審美感悟，過渡到系統的理論探討，形成研究方法的科學化與研究者的專門化。

就研究方法而言，體現在杜詩藝術的研究上，傳統的點評方法依然大行其道。如江絜生的《吟邊箚記》，邵祖平的《無盡藏齋詩話》《杜詩研究談》《讀杜箚記》，朱希祖的「摘句法」亦屬此類。但在點評的基礎上，已開始出現綜合性的論述，如邵祖平的《杜甫詩法十講》，徐中玉的《偉大作家論寫作》，均是綱目並舉，條分縷析。而系統性的論述，相對於碎片化的點評，本身就是對傳統的超越。至於賀昌群、杜呈祥的杜甫研究，更是表現出多角度、多面向的特徵。這種系統性和綜合性即是現代性學術品格的表徵。

與此同時，西方現代文學理論，開始大量引入杜甫研究領域，「特別是寫實主義或現實主義理論」〔註11〕，如李廣田的《杜甫的創作態度》等。再如聞一多論杜，不少地方可以見出白璧德新人文主義的影響。而洪業主編的《杜

〔註7〕 王學泰：《20世紀文化變遷中的杜甫研究》，董乃斌、薛天緯、石昌渝主編《中國古典文學學術史研究》，烏魯木齊：新疆人民出版社，1997年11月版，第412頁。

〔註8〕 關於抗戰時期杜甫作為「全民全社會的代言人」和「抗戰的號角」的論述，可參見吳中勝《杜甫批評史研究》，北京：中國社會科學出版社，2012年4月版，第318～327頁。

〔註9〕 趙睿才：《百年杜甫研究之平議與反思》，北京：人民出版社，2014年7月版，第83～84頁。

〔註10〕 林繼中：《百年杜甫研究回眸》，《河北大學學報》（哲學社會科學版）1999年第2期，第6頁。

〔註11〕 杜曉勤：《20世紀中國文學研究：隋唐五代文學研究》（下），北京：北京出版社，2001年12月版，第872頁。

詩引得》，則是「現代西方的引得編撰方法和中國傳統的乾嘉學派的詩文校勘整理的合璧」〔註12〕。

　　五四運動以後，馬克思主義在文化領域「逐漸被越來越多的知識分子」接受。值得注意的是，抗戰期間，也有部分學者運用階級與階級鬥爭理論分析杜詩。如《餘論》部分提到的煥南（謝覺哉）和錢來蘇的兩篇文章，即把杜甫視作「代表被壓迫人民講話的詩人」；而翦伯贊的《杜甫研究》，也認為杜詩「洋溢著愛國愛窮人的熱情」，從某種角度揭示出「杜詩的本質」。〔註13〕

　　整體來看，此一時期杜甫研究，主要是社會學的新方法，開始逐漸取得主流地位，但並未形成一種固定的模式。〔註14〕而在具體論述的過程中，則時有中外文學的對比與對照，如聞一多、朱偰的部分著述。不但如此，聞一多還將唐詩與後期印象派的點畫聯繫起來，這實際上已初步具有了跨學科比較的特徵。

　　就寫作形式而言，也有新的體裁出現，如採用「評傳」的形式來敘述杜甫的生平，分析杜詩的藝術，評價杜甫的思想，其中朱偰的《杜少陵評傳》導夫先路，馮至的《杜甫傳》則後來居上。

　　其次是用現代的觀念詮釋杜詩的思想，如對於杜甫「忠君」之「君」的闡說等。

　　蘇東坡曾說杜甫是「一飯未嘗忘君」。對此處的「君」，諸家都是闡釋和引申。正論中的「杜呈祥的杜甫研究」一節，設有專題加以總結。他認為，「君」就是「國家」。杜甫自安史之亂發生後，「開始表露出」「個人的強烈愛國思想」，其《自京赴奉先縣詠懷》《北征》《同谷七歌》，充滿了「對國家安危的關心和對皇帝個人的繫念」。〔註15〕對於杜甫的愛國思想，杜呈祥還曾專門撰文予以闡述。〔註16〕

〔註12〕杜曉勤：《20世紀中國文學研究：隋唐五代文學研究》（下），北京：北京出版社，2001年12月版，第873頁。

〔註13〕王學泰：《20世紀文化變遷中的杜甫研究》，董乃斌、薛天緯、石昌渝主編《中國古典文學學術史研究》，烏魯木齊：新疆人民出版社，1997年11月版，第412頁。

〔註14〕林繼中：《百年杜甫研究回眸》，《河北大學學報》（哲學社會科學版）1999年第2期，第6頁。

〔註15〕杜呈祥：《杜甫的貧病生活》，《文史雜誌》第6卷第1期，1946年7月，第55頁。

〔註16〕即《杜甫的愛國思想》（《三民主義半月刊》第6卷第2期，1945年1月15日）。

　　易君左在分析杜甫的「忠君愛國」，指出所謂「忠」，應該「一切以國家為前提，一切以社稷為重」，並且「忠君」與「愛國」聯為一體，不可斷分；同時強調，「所有一切的人要愛國」，將「愛國」視為國民應盡的義務。〔註17〕後來又進而指出，杜甫的中心思想即愛國思想，也即是「國家至上主義」。〔註18〕

　　此外，如朱偰在論述杜甫的政治思想時，也強調其「忠君愛國之誠，溢乎辭表」〔註19〕。

　　上引諸說，無不將「君」視同為國家。而現代意義上的國家概念、民族意識，其在中國的興起和形成，都是始自晚清末年，至抗戰時期，方才廣泛地深入人心。

　　抗戰大後方的杜甫研究，雖然取得了相對突出的成績，但也存在著一些不足。

　　首先，抗戰時期，動亂的社會現實，驅動文人學士不斷接近、親近杜甫與杜詩，成為杜甫研究一度繁盛的時代契機，但戰爭環境也在一定程度上制約了杜甫研究的推進。一方面，因為輾轉播遷，造成資料的缺失和散佚，給研究工作帶來極大的不便；同時，也因為缺少相對安寧、安定的生活環境，致使學者們大多難以安心地開展研究。〔註20〕因此，此一時期的杜甫研究，傳世之作較少，更多的卻湮沒無聞。本課題的大力發掘，其動因即根源於此。

　　除客觀條件的限制之外，抗戰時期的杜甫研究，也體現出一定的時代侷限性。1962年4月8日，朱偰在「應徵」將其《杜少陵在蜀之流寓》收入《杜甫研究論文集》第一輯時，曾作附記，對早期的觀點有所修正。在他看來，杜甫「具有無限的熱情，和人民同甘苦，熱愛人民，熱愛祖國」，而「所遭逢的時代」，又是「異族入侵，藩鎮割據，喪亂頻仍，流離失所」，其「一腔熱情，無處寄託」，所以「發為詩歌，騰為詞章」。正因為如此，朱偰認為，「不能用『忠君愛國』的陳舊觀念」，來衡量杜甫「熱愛人民、熱愛祖國的偉大的、真誠的感情」；同時也「不能單純用『身世之悲、漂泊之感』」，來說明杜甫的「懷抱不遇」；更不能用「抑塞磊落之志」，來說明「杜詩沉鬱蒼涼之由來」。杜詩

〔註17〕易君左：《杜甫今論》（二），《民族詩壇》第3卷第3輯，1939年7月，第10
　　　　～11頁。
〔註18〕杜裔：《易君左先生論杜甫及其詩》（上），《政工週報》第10卷第9期，1943
　　　　年6月1日，第19頁。
〔註19〕朱偰：《杜少陵評傳》，青年書店，1941年6月版，第113頁。
〔註20〕馮建國：《杜甫研究的思考》，《齊魯學刊》1990年第4期，第17頁。

的沉鬱蒼涼，應當從杜甫「人格的偉大，感情的真摯，個性的憂鬱」，以及「時代的喪亂」等各個方面去探求，僅從「個人的遭遇」出發，難以得到正確的解釋。〔註21〕

　　至於易君左對杜甫意識形態化的解讀，亦可從反面立鑒。1938 年 3 月 29 日至 4 月 1 日，國民黨臨時全國代表大會在武漢召開。會議制訂並通過了《抗戰建國綱領》，確立三民主義為一般抗戰行動及建國的最高準則。在此背景下，易君左運用三民主義理論，對杜甫及杜詩作出「合乎時宜」的闡釋，從國家至上、民族主義、民生主義三個維度，建構起「杜甫思想」的體系。其《杜甫今論》雖偶有精彩之見，但通篇強拉古人以就己意，整體上終歸是失敗之作。此處再引申說明的是，易君左後來對「三民主義文藝政策」的倡導，同樣與有力焉，曾在 1943 年 3 月 23 日，於「渝郊」寫成《我們所需要的文藝原則綱要》〔註 22〕，對張道藩《我們所需要的文藝政策》一文，進行修正和「補充」。學術研究一旦阿時趨俗，必將導致學術品質的窳劣與敗壞。這也是我們在總結抗戰大後方杜甫研究時，得到的教訓和警示。

〔註21〕朱偰：《杜少陵在蜀之流寓》，《杜甫研究論文集》一輯，中華書局，1962 年 12 月版，第 137～138 頁。

〔註22〕該文發表於《文藝先鋒》第 2 卷第 4 期（第 15～20 頁），1943 年 4 月 20 日出版。文章分三部分：「屬於民族方面的原則」「屬於民權方面的原則」「屬於民生方面的原則」。後收入《文藝論戰》（發行者：中央文化運動委員會；總經售：正中書局），1944 年 7 月出版。

參考文獻

按編著者音序排列

一、工具書類

1. 北京圖書館編：《民國時期總書目（1911～1949）：文學理論・世界文學・中國文學》上，北京：書目文獻出版社，1992 年 11 月。

2. 陳玉堂編著：《中國近現代人物名號大辭典》（全編增訂本），杭州：浙江古籍出版社，2005 年 1 月。

3. 陳玉堂：《中國文學史書目提要》，合肥：黃山書社，1986 年 8 月。

4. 范泉主編：《中國現代文學社團流派辭典》，上海：上海書店，1993 年 6 月。

5. 吉平平、黃曉靜編著：《中國文學史著版本概覽》，瀋陽：遼寧大學出版社，1992 年 6 月。

6. 馬興榮、吳熊和、曹濟平主編：《中國詞學大辭典》，杭州：浙江教育出版社，1996 年 10 月。

7. 王友勝、李鴻淵、林彬暉、李躍忠：《民國間古代文學研究名著導讀》，長沙：嶽麓書社，2010 年 1 月。

8. 張忠綱主編：《杜甫大辭典》，濟南：山東教育出版社，2009 年 3 月。

9. 中國現代文學館編：《中國現代作家大辭典》，北京：新世界出版社，1992 年 2 月。

10. 中華書局編輯部編：《中華書局圖書總目（1912～1949）》，北京：中華書局，1987 年 3 月。

二、著述類

1. 〔美〕陳毓賢：《洪業傳》，北京：商務印書館，2013 年 2 月。

2. 程會昌：《目錄學叢考》，北京：中華書局，1939 年 2 月。

3. 重慶文史研究館編：《中國抗日戰爭詩詞曲選》，重慶：重慶出版社，1997 年 12 月。

4. 鄧廣銘：《鄧廣銘全集》第十卷「書評　序跋　雜著」，石家莊：河北教育出版社，2005 年 7 月。

5. 杜曉勤：《隋唐五代文學研究》下，北京：北京出版社，2001 年 12 月。

6. 馮姚平編：《馮至與他的世界》，石家莊：河北教育出版社，2001 年 1 月。

7. 馮至編選：《杜甫詩選》，浦江清、吳天五合注，北京：作家出版社，1956 年 12 月。

8. 馮至：《馮至選集》，成都：四川文藝出版社，1985 年 8 月。

9. 馮至：《十四行集》，上海：文化生活出版社，1949 年 1 月。

10. 高旭東：《梁實秋：在古典與浪漫之間》，北京：文津出版社，2005 年 1 月。

11. 郭紹虞：《語文通論》，重慶：開明書店，1941 年 9 月。

12. 賀昌群：《賀昌群文集》第三卷，北京：商務印書館，2003 年 12 月。

13. 洪業：《杜甫：中國最偉大的詩人》，曾祥波譯，上海：上海古籍出版社，2014 年 2 月。

14. 洪業：《洪業論學集》，北京：中華書局，1981 年 3 月。

15. 胡迎建：《民國舊體詩史稿》，南昌：江西人民出版社，2005 年 11 月。

16. 季鎮淮：《聞朱年譜》，北京：清華大學出版社，1986 年 8 月。

17. 翦伯贊：《歷史問題論叢》，北京：人民出版社，1962 年 2 月。

18. 蔣勤國：《馮至評傳》，北京：人民出版社，2000 年 8 月。

19. 金毓黻：《靜晤室日記》六，瀋陽：遼瀋書社，1993 年 10 月。

20. 李書萍編著：《杜甫年譜新編》，臺北：西南書局，1975 年 6 月。

21. 梁實秋：《梁實秋讀書箚記》，北京：中國廣播電視出版社，1990 年 9 月。

22. 梁實秋：《梁實秋散文集》第 2 卷、第 6 卷，長春：時代文藝出版社，2015 年 3 月。

23. 盧前：《盧前詩詞曲選》，北京：中華書局，2006 年 4 月。

24. 陸耀東：《馮至傳》，北京：北京十月文藝出版社，2003 年 9 月。

25. 羅庸：《中國文學史導論》，杜志勇輯校，北京：北京出版社，2015 年 11 月。

26. 羅庸講述：《羅庸西南聯大授課錄》，鄭臨川記錄，徐希平整理，北京：北京出版社，2014 年 9 月。

27. 羅庸：《習坎庸言　鴨池十講》，北京：新星出版社，2015 年 5 月。

28. 沈暉編著：《蘇雪林年譜長編》，合肥：安徽文藝出版社，2017 年 1 月。

29. 四川省文史研究館編：《杜甫年譜》，成都：四川人民出版社，1981 年 5 月。

30. 蘇雪林：《唐詩概論》，上海：商務印書館，1933 年 12 月。

31. 陶道恕主編：《杜甫詩歌賞析集》，成都：巴蜀書社，1993 年 10 月。

32. 王禮錫：《王禮錫文集》，王士志、衛元理編，北京：新華出版社，1989 年 4 月。

33. （明）王嗣奭：《杜臆》，上海：上海古籍出版社，1983 年 8 月。

34. 王亞平、王渭：《兩代書》，北京：人民文學出版社，2004 年 5 月。

35. 聞一多：《聞一多全集 6：唐詩編上》，武漢：湖北人民出版社，1993 年 12 月。

36. 聞一多講述：《聞一多西南聯大授課錄》，鄭臨川記錄，徐希平整理，北京：北京出版社，2014 年 9 月。

37. 吳中勝：《杜甫批評史研究》，北京：中國社會科學出版社，2012 年 4 月。

38. 夏承燾：《夏承燾集》第七冊，杭州：浙江古籍出版社、浙江教育出版社，1997 年 1 月。

39. 蕭滌非主編：《杜甫全集校注》，北京：人民文學出版社，2014 年 1 月。

40. 謝思煒校注：《杜甫集校注》，上海：上海古籍出版社，2016 年 5 月。

41. 徐建榮主編、海鹽縣政協文教衛與文史資料委員會編：《孤雲汗漫——朱偰紀念文集》，上海：學林出版社，2007 年 2 月。

42. 徐天閔選編：《古今詩選》，熊禮匯校訂，武漢：武漢大學出版社，2013 年 11 月。

43. 學海出版社編：《杜甫年譜》，臺北：學海出版社，1981 年 9 月。

44. 姚可崑：《我與馮至》，南寧：廣西教育出版社，1994 年 1 月。

45. 易君左：《蘆溝橋號角》，臺北：三民書局股份有限公司，1973 年 1 月。

46. 易君左：《勝利與還都》，臺北：三民書局股份有限公司，1993 年 1 月。

47. 易君左編著：《中國文學史》，香港：自由出版社，1959 年 1 月。

48. 曾祥波：《杜詩考釋》，上海：上海古籍出版社，2016 年 11 月。

49. 張輝：《馮至　未完成的自我》，北京：文津出版社，2005 年 1 月。

50. 章衣萍：《磨刀新集》，成都：社會生活出版社，1942 年 10 月。

51. 張忠綱、趙睿才、綦維、孫微編著：《杜集敘錄》，濟南：齊魯書社，2008 年 10 月。

52. 鄭慶篤、焦裕銀、張忠綱、馮建國編著：《杜集書目提要》，濟南：齊魯書社，1986 年 9 月。

53. 中國社會科學院外國文學研究所編：《馮至先生紀念論文集》，北京：社會科學文獻出版社，1993 年 6 月。

54. 中華書局編輯：《杜甫研究論文集》一輯，北京：中華書局，1962 年 12 月。

55. 中華書局編輯：《杜甫研究論文集》二輯，北京：中華書局，1963 年 2 月。

56. 中華書局編輯：《杜甫研究論文集》三輯，北京：中華書局，1963 年 9 月。

57. 周采泉：《杜集書錄》，上海：上海古籍出版社，1986 年 12 月。

58. 朱希祖：《朱希祖日記》，朱元曙、朱樂川整理，北京：中華書局，2012 年 8 月。

三、論文類

1. 戴佳圓：《試論馮至和他的杜甫研究》，《巢湖學院學報》（人文社會科學版）2002 年第 4 期。

2. 杜曉勤：《20 世紀唐代文學研究歷程回顧》，《北京大學學報》（哲學社會科學版）2002 年第 1 期。

3. 馮姚平：《馮至年譜》，《新文學史料》2001 年第 4 期。

4. 馮至：《昆明往事》，《新文學史料》1986 年第 1 期。

5. 馮至：《昆明日記》，馮姚平整理，《新文學史料》2001 年第 4 期。

6. 付定裕：《賀昌群杜甫研究述評》，《杜甫研究學刊》2017 年第 3 期。

7. 何躍祖：《談梁實秋先生「劍外」新解》，《杜甫研究學刊》1994 年第 2 期。

8. 焦裕銀:《杜甫研究論文綜述（1911～1949 年)》,《文史哲》1986 年第 6 期。

9. 孔令環:《現代杜詩學文獻述要》,《中州學刊》2016 年第 10 期。

10. 李鳳玲、趙睿才:《治杜的結果：真瞭解——聞一多先生的杜甫研究（二)》,《杜甫研究學刊》2004 年第 4 期。

11. 李誼:《「挺身艱難際 張目視寇讎」——試談杜甫及其詩歌在抗日戰爭中的影響》,《抗戰文藝研究》1982 年第 4 期。

12. 林繼中:《百年杜甫研究回眸》,《河北大學學報》1999 年第 2 期。

13. 王渭:《王亞平傳略》,《新文學史料》1989 年第 1 期。

14. 王學泰:《20 世紀文化變遷中的杜甫研究》,載董乃斌、薛天緯、石昌渝主編《中國古典文學學術史研究》,烏魯木齊：新疆人民出版社,1997 年 11 月。

15. 汪曾祺:《西南聯大中文系》,《昆明的雨》,昆明：雲南人民出版社,2011 年 2 月。

16. 吳中勝:《抗戰時期的「杜甫熱」》,《光明日報》2015 年 11 月 30 日。

17. 張道鋒:《張汝舟年譜簡編》(一),《滁州職業技術學院學報》2018 年第 1 期。

18. 張道鋒:《張汝舟年譜簡編》(二),《滁州職業技術學院學報》2018 年第 4 期。

19. 張國強:《黃芝岡先生學術年表》,《藝海》2019 年第 3 期。

20. 張迎勝:《馮至先生的杜甫研究》,《杜甫研究學刊》2001 年第 3 期。

21. 查正賢:《論夏承燾〈杜詩札叢·儒學與文學〉的學術意義》,《北京大學學報》2016 年第 2 期。

22. 趙睿才:《蓽路藍縷,以啟山林——馮至先生的杜甫研究》,《杜甫研究學刊》2006 年第 3 期。

23. 趙瑞蕻:《離亂絃歌憶舊遊——紀念西南聯大》,《新文學史料》2000 年第 2 期。

24. 周棉:《馮至年譜》(續),《徐州師範學院學報》1992 年第 4 期。